AF552778

नरक ले जानेवाली लिफ़्ट

[सोलह विदेशी कहानियाँ, एक लघु उपन्यास और 1857 पर अंग्रेज़ कवि अर्नेस्ट जोन्स की दुर्लभ दस्तावेज़ी कविता]

नरक ले जानेवाली लिफ़्ट

अनुवाद

राजेन्द्र यादव

राजकमल प्रकाशन

ISBN : 978-81-267-0534-4

मूल्य : ₹795

पहला संस्करण : 2002
दूसरा संस्करण : 2008
पहली आवृत्ति : 2024

प्रकाशक : राजकमल प्रकाशन प्रा.लि.
1-बी, नेताजी सुभाष मार्ग, दरियागंज
नई दिल्ली-110 002
शाखाएँ : अशोक राजपथ, साइंस कॉलेज के सामने, पटना-800 006
पहली मंजिल, दरबारी बिल्डिंग, महात्मा गांधी मार्ग, प्रयागराज-211 001
1, अनमोल सोराबजी संतुक लेन, धोबी तलाव, मरीन लाइंस, मुम्बई-400 002
वेबसाइट : www.rajkamalprakashan.com
ई-मेल : info@rajkamalprakashan.com

मुद्रक : बी.के. ऑफसेट
नवीन शाहदरा, दिल्ली-110 032

NARAK LE JANE WALI LIFT
Translated by Rajendra Yadav

दूर्वा और संजय

के लिए

अनुक्रम

अनुवाद प्रशिक्षण भी है...	*राजेन्द्र यादव*	*IX*
दूसरा शमादान	*एन्तोन चेख़व*	11
भौंदू	*एन्तोन चेख़व*	17
सपना	*एन्तोन चेख़व*	22
चुड़ैल	*एन्तोन चेख़व*	29
खाता नंबर	*ज्यॉफ़्री आर्चर*	42
एक टिप्पणी	*होराशियो क़िरागो*	44
सुनसान सड़क	*तौफ़ीक़-उल्-हकीम*	48
युद्ध	*लुइगी पिरांदेलो*	54
कुत्ता-मांस-प्रिय जनरल	*लिन् यूताङ्ग*	59
छैल-छबीला शेर	*ज्याँ फ़ैरी*	62
गैस्ट हाउस	*जेम्स जॉयस*	67
चीन की दीवार	*फ़्रांत्स काफ़्का*	75
जीवन एक नाटक है...	*अर्क द' तिमोथिच वरशेंको*	88
हरफ़नमौला	*सामरसेट मॉम*	92
साँप	*जॉन स्टीनबैक*	99
नरक ले जानेवाली लिफ़्ट	*पार लागर क्विस्ट*	112

लघु उपन्यास

एक मछुआ : एक मोती	*जॉन स्टीनबैक*	120

लम्बी कविता

मुक्त हुआ हिन्दोस्ताँ आख़िर	*अर्नेस्ट जोन्स*	191

अनुवाद प्रशिक्षण भी है...

अलग-अलग देशों की इन कहानियों के अनुवाद अंग्रेज़ी के माध्यम से किए गए हैं। हम सबके लिए यही अधिक सुविधाजनक है। चूँकि प्रायः सभी कुछ अंग्रेज़ी में सुलभ हो जाता है इसलिए हम कोई अन्य भाषा सीखने में सिर नहीं खपाते। इसलिए दूसरी विदेशी भाषाओं से सीधे अनुवाद बहुत कम हैं। जो हैं, वहाँ गर्व से लिखा जाता है : "मूल फ्रेंच/जर्मन/रूसी/स्पैनिश से अनुवाद"। इनकी भाषा अक्सर बहुत खराब होती है। बीच-बीच में आनेवाले अंग्रेज़ी शब्दों को देखकर कभी-कभी शक यह भी होता है कि अनुवाद तो अंग्रेज़ी से ही किया गया है। हाँ, शायद मूल से भी मिला लिया गया होगा। प्रमाण हमारे यहाँ अंग्रेज़ी को ही माना जाता है, हालाँकि वहाँ भी जो घपले किए जाते हैं उनके उदाहरण कम नहीं हैं। दूसरी भाषाएँ सीखने की मानसिकता हिंदीवालों में दुर्लभ है। उत्तर भारत की एकाध भाषा को छोड़कर हममें से शायद ही कोई विन्ध्याचल पार की भाषाएँ जानता हो। दक्षिण में हमारी पहुँच ज़्यादा से ज़्यादा मराठी तक है।

स्वतंत्र लेखक की तरह अपने लेखन के साथ-साथ मुझे अनुवाद भी करने पड़ते थे। सौभाग्य यह था कि इन रचनाओं का चुनाव मेरा अपना ही होता था। मूल के अधिक निकट होने के लिए मैं कभी-कभी एक से अधिक अंग्रेज़ी के अनुवादों का सहारा लेता था। चेख़व के नाटकों के लिए मैंने तीन-तीन अनुवादों को सामने रखा तो तुर्गनेव के उपन्यासों और कामू के *अजनबी* के अनुवादों में फ्रेंच और रूसी जाननेवालों की मदद ली। फिर भी पक्का नहीं कह सकता कि इनमें मूल के साथ कितना न्याय किया जा सका है। जब कलकत्ता गया तो मेरे मित्र और बड़े भाई बने कथाकार मोहन सिंह सेंगर। वे *नया समाज* नाम के महत्त्वपूर्ण मासिक के संपादक थे। कहानियाँ पढ़ने की मेरी गति देखकर ही शायद उन्होंने विश्व कहानी अंक की योजना बना डाली। इसमें काफी कुछ कहानियाँ चुनने के साथ मैंने छः-सात कहानियों के अनुवाद भी किए। अंक के लिए अनेक सुझाव दिए। इस अंक की बेहद प्रशंसा हुई। दिल्ली आया तो श्यामप्रकाश दीक्षित *समाज* नाम की पत्रिका निकाल रहे थे। वे भी झाँसी के मेरे मित्र और सरपरस्त थे। विभिन्न नामों से *समाज* में मेरे अनेक अनुवाद प्रकाशित होते थे। हर कहानी के तीस रुपये देते थे जो शायद आज के पाँच-छः सौ से भी अधिक हैं।

मेरे लिए अनुवाद दो भाषाओं की क्षमता, संभावना और शब्द-शक्तियों को खँगालने और सही अर्थ या मंतव्य पकड़ सकने की चुनौती के रूप में आता है। यहाँ दोनों भाषाओं की

अपनी बनावट ही नहीं, भौगोलिक स्थितियों और संस्कृतियों के साथ अलग समयों की यात्रा भी करनी पड़ती है। सौ-दो सौ या हज़ार साल पहले के समाज-समय को आज के मिजाज़ में ढालना सिर्फ शब्दार्थ देना ही नहीं है। इस प्रयास में प्रायः नाश अपनी भाषा का ही होता है। हमारे दिमाग पर मूल पाठ इतना हावी होता है कि अपनी भाषा-प्रकृति की तरफ़ ध्यान ही नहीं दे पाते। **हंस** के संपादन के दौरान मुझे सैकड़ों अनुवाद देखने का मौक़ा मिला है और अधिकांश को जला डालने का मन होता है। वे मूल के प्रति कितने ईमानदार हैं, नहीं कह सकता, मगर हिन्दी के साथ निश्चय ही बलात्कार करते हैं। उन्हें पढ़ते हुए हमेशा मन ही मन पुनः अंग्रेज़ी में अनुवाद करके समझने की कोशिश करनी पड़ती है कि शायद मूल में पाठ यह रहा होगा। भाषा बेहद अटपटी और अपठनीय। इन्हीं अस्वीकृत रचनाओं को जब पुस्तकाकार देखता हूँ या निकलनेवाली समीक्षाओं में प्रशंसा पढ़ता हूँ तो माथा ठोक लेता हूँ।

अनुवाद में मैं पहली जवाबदेही अपनी भाषा के प्रति मानता हूँ। वह मूल के प्रति ईमानदार होने के साथ अधिक से अधिक सहज, सम्प्रेषणीय और प्रवाहपूर्ण होनी चाहिए। इसके लिए ज़रूरी है कि या तो आप स्वयं मूलपाठ से मुक्त होकर अनुवाद का संशोधन करें या दूसरे ऐसे व्यक्ति से मदद लें जो मूल से आक्रांत न हो।

इन कहानियों के चुनाव के पीछे न कोई योजना है, न सिद्धांत। जब जो कहानी पसंद आ गई या जितनी फुर्सत या मनःस्थिति सामने हुई उसी हिसाब से कहानी चुन ली गई। चूँकि इन सारी कहानियों के अनुवाद की अवधि मोटे रूप से दस-पन्द्रह साल (1952-65) रही है इसलिए शायद भाषा भी एक-सी नहीं है। फिर भी संभवतः पठनीय है। इस दौरान कुछ ऐसी भी कहानियाँ रही हैं जिनका मैं अनुवाद करना चाहता था मगर संभव नहीं हुआ। इनमें टाल्स्टाय की *डैथ ऑफ इवान इलिच,* स्टीफेन ज़्विग की *बर्निंग सीक्रेट,* काफ्का की *मैटामार्फोसिस,* ईवान बूनिन की *जैंटिलमैन फ्रॉम सैन फ्रान्सिस्को,* सॉलबैलो की *लुकिंग फॉर मि. ग्रीन,* अल्बर्टो मोराविया की *टू विमैन,* पॉल गैलिको की *फ्लड,* सार्त्र की *इन्टीमेसी,* कामू की *गैस्ट,* पार लागर क्विस्ट की *बारबास* जैसी कुछ लंबी और छोटी कहानियाँ हैं। और भी अनेक होंगी जिन्हें याद नहीं कर पा रहा हूँ।

मैं जानता हूँ कि इस संकलन की लगभग सारी कथा-रचनाएँ क्लासिक-तर्ज़ की हैं और 'अद्भुत' या 'बिज़ार' तत्त्व उनकी बुनावट है। आधुनिक संवेदना की प्रयोगशील कहानियों के लिए जैसा संकलन जितेन्द्र भाटिया ने ''सोचो, साथ क्या जाएगा'' शीर्षक से तैयार किया है वह मेरे लिए ईर्ष्या का विषय है ! सचमुच उन कहानियों को पढ़कर हम वही नहीं रहते जो पढ़ने से पहले थे। चुनाव और अनुवाद दोनों ही लाजवाब हैं। मगर वह एक योजना के तहत किया गया काम है।

बहरहाल, इन कहानियों को पढ़ना अपने से अलग और बाहर की दुनिया की यात्राओं पर निकलना तो है ही। हर यात्रा की तरह ये यात्राएँ भी सिर्फ दूसरों का आविष्कार ही नहीं करतीं, अपने-आपको अपने लिए भी आविष्कृत करती हैं।

–राजेन्द्र यादव

दूसरा शमादान

एन्तोन चेख़व

स्टाक ऐक्सचेंज न्यूज के 223 नम्बर के अंक में कुछ लपेटे हुए, उसे छाती से चिपकाए, साशा स्मीर्नोव (अपनी माँ का इकलौता बेटा) ने डॉक्टर कौशेलकोव की बैठक में प्रवेश किया। उसने अपनी सूरत कुछ ऐसे ढंग से मनहूस बना रखी थी कि देखकर हँसी आती थी।

"अरे तुम? कहो भाई?" डॉक्टर ने उसका स्वागत किया : "अब तबियत कैसी है? कोई नई बात?"

साशा ने पलकें झपकीं, छाती पर हाथ रखा और भाव-विह्वल स्वर में बोला, "जनाब, मेरी माँ ने आपको नमस्कार कहा है, और मुझसे कहा है कि मैं आपको उनकी ओर से शुक्रिया दे दूँ। अपनी माँ का अकेला ही बेटा हूँ, और आपने मेरी जान बचा ली है। हम दोनों ही नहीं जानते, किस प्रकार आपका शुक्रिया अदा करें।"

"अरे...अरे...भाई, सब ठीक है।" मन ही मन अपार प्रसन्नता का अनुभव करते हुए भी डॉक्टर ने उसे बीच में ही रोक दिया। "मेरी जगह कोई भी होता तो यही करता। और ऐसा कुछ खास तो मैंने किया भी नहीं।"

"मैं अपनी माँ का इकलौता बेटा हूँ। हम लोग ग़रीब आदमी हैं और आपने जो कुछ किया है उसका बदला तो निश्चय ही नहीं चुका सकते। इसकी हमें बड़ी कसक है डॉक्टर साहब। लेकिन फिर भी मेरी माँ और मैं—अपनी माँ का इकलौता बेटा—हम दोनों हार्दिक आग्रह करते हैं कि आप इस तुच्छ भेंट को हमारी कृतज्ञता के चिन्ह के रूप में स्वीकार कर लें। यह चीज—ताँबे की नायाब वस्तु—एक दुर्लभ कलाकृति है..."

"वो सब तो ठीक है, लेकिन तुम्हें वाकई यह सब करने की ज़रूरत नहीं थी।" डॉक्टर ने ज़रा चेहरा बिगाड़ा : "वहाँ जाकर यह सब करने की ज़रूरत ही क्या थी।"

"नहीं...नहीं...सचमुच मेहरबानी करके आप इसे अस्वीकार मत कीजिए।" बंडल खोलते हुए साशा मुँह ही मुँह में कहता रहा : "इसे अस्वीकार करके आप मेरी माँ की ही नहीं, मेरी भावनाओं को भी ठेस पहुँचाएँगे डॉक्टर साहब। यह बड़ी ही उत्कृष्ट कलाकृति है। पुराने ताँबे की बनी है। यह हमें अपने स्वर्गीय पिताजी से मिली थी, इसे हम लोग उनकी अमूल्य यादगार की तरह सँभालकर रखे हुए थे। मेरे पिताजी पुराने काँसे की चीजें खरीद-खरीदकर कला-पारखियों के हाथों बेचा करते थे। अब मैं और मेरी माँ भी इसी काम को कर रहे हैं।"

साशा ने एक गम्भीर विजेता के भाव से उस वस्तु को कागज की तहों से बाहर निकाला और उसे सावधानी से डॉक्टर की मेज पर रख दिया। यह एक अत्यंत ही कुशलता और कलापूर्ण ढंग से तैयार किया गया पुराने ताँबे का शमादान—या कहिए, दीपाधार था। एक आधार के ऊपर खड़ी हुई दो नग्न नारी-मूर्तियाँ उसमें इस तरह जड़ दी गई थीं कि उनके वर्णन की न तो मुझमें शक्ति है और न उस दिशा में मेरी खास रुचि ही। वे दोनों दिगंबर नारी-मूर्तियाँ ऐसे विलासपूर्ण सम्मोहन से मुस्कुरा रही थीं और ऐसी मुद्रा बनाए थीं कि लगता था अगर शमादान को उठाए रखना उनके लिए एक विवश कर्तव्य न होता तो निश्चय ही वे उस आधार से नीचे कूद पड़तीं और कमरे को अपने ऐसे उत्तेजक, अश्लील शृंगारिक अभिनय से भर देतीं कि पाठको, उसकी कल्पना भी कर सकना आपके लिए सम्भव नहीं है।

जैसे ही उस भेंट पर डॉक्टर ने एक निगाह डाली, कुछ सोचते हुए-से अपने दाहिने कान के पीछे खुजलाया, थोड़ी बगलें झाँकीं, और हिचकिचाते हुए अपनी नाक साफ की।

"हाँ, चीज तो सचमुच बेहद कलापूर्ण है।" उसने धीरे-धीरे कहा : "लेकिन ...मैं इसे रख कैसे सकता हूँ अपने पास? साधारण चीज तो यह है नहीं...या यों कहो कि साधारण लोगों के समझने की यह चीज नहीं है... ।"

"उफ़, आप ऐसा क्यों कहते हैं डॉक्टर... ।"

"वह महा मायावी—पापी बूढ़ा साँप भी इससे अधिक किसी और शैतानी चीज की कल्पना नहीं कर सकता था। अच्छा, तुम्हीं सोचो, अगर कोई इस 'महान कलाकृति' को अपनी मेज पर सजा ले तो इसका मतलब हुआ कि अपने सारे कमरे को गंदा कर ले... ।"

"डॉक्टर साहब, कला के संबंध में आपके विचार बड़े ही विचित्र हैं।" साशा को उनकी इस बात से क्रोध आ गया : "यह तो एक कलाकृति है। ज़रा एक बार निगाह तो डालिए। इसमें कैसी मोहिनी है, कैसा सौंदर्य है कि एक सम्मानपूर्ण समर्पण की भावना से आत्मा भर उठती है और कंठ गद्गद हो आता है। जब आप ऐसा अलौकिक सौंदर्य देख लेते हैं तो हर सांसारिक चीज आपके दिमाग से अपने आप

उतर जाती है...ज़रा देखिए तो सही, कैसी गति है, कैसी अलौकिक निष्ठा और कैसी दिव्य अभिव्यंजना है।"

"दोस्त, इस सबको मैं बड़ी अच्छी तरह समझता हूँ।" डॉक्टर ने उसकी बात मानकर कहा : "लेकिन तब भी मैं घर-गृहस्थीवाला आदमी हूँ। मेरे छोटे-छोटे बच्चे हैं और वे इसी कमरे में खेलते हैं। मेरे पास महिला रोगिणियाँ भी आती हैं।"

"हाँ, यह बात तो ठीक है। अगर इसको मोटी निगाह से देखें तो..." साशा ने स्वीकार किया : "तब तो सचमुच यह महान कलाकृति एक दूसरे ही रूप में दिखाई देगी।...लेकिन डॉक्टर साहब, आप साधारण लोगों से ऊपर उठकर देखिए न, फिर सबसे बड़ी बात यह कि इस भेंट को अस्वीकार करके आप मेरी माँ को ही आंतरिक कष्ट नहीं पहुँचाएँगे, बल्कि खुद मुझे भी हार्दिक दुःख होगा। मैं अपनी माँ का इकलौता बेटा हूँ। और आपने मेरी जान बचाई है। हम लोगों के पास जो कुछ भी सबसे अधिक कीमती था, हम आपकी सेवा में समर्पित करने ले आए हैं। और...हाँ, मुझे दुःख केवल इतना ही है कि इस शमादान का जोड़ा मुझे नहीं मिल पाया...।"

"शुक्रिया दोस्त, मैं तुम्हारा बहुत ही आभारी हूँ। तुम्हारी माँ की खातिर...मगर सचमुच...खुदा कसम...तुम खुद भी तो सोचो। मेरे बच्चे हैं जो इधर-उधर खेलते हैं। महिला मरीज हैं। खैर, ठीक है। उसे रखा रहने दो। इस सबको लेकर अब तुमसे बहस भी क्या की जाए।"

"जी हाँ, इसमें बहस करने जैसी कोई बात ही नहीं है।" साशा खिल उठा : "ज़रा शमादान को इधर रखकर देखिए...इस फूलदान की बगल में...हाँ, यहाँ...कैसे अफसोस की बात है कि इसका जोड़ा नहीं मिल रहा। वाकई बहुत अफसोस है। अच्छा डॉक्टर साहब, नमस्कार...।"

साशा के चले जाने के बाद डॉक्टर बड़ी देर अपने दाहिने कान के पीछे की ओर खुजलाता हुआ सोचता रहा : 'चीज तो निस्संदेह बड़ी शानदार है...।' उसने मन ही मन कहा : 'इसे कहीं इधर-उधर डाल देना तो बड़ा बुरा होगा...लेकिन इसे घर में कहीं छोड़ना...करीब-करीब असंभव ही ...हुम्...विकट समस्या है। अब या तो मैं इसे किसी को भेंट कर दूँ या किसी को दान में दे डालूँ।'

काफी देर सोच-विचार करने के बाद उसे अपने एक मित्र वकील उहोव का ध्यान आया। उहोव ने डॉक्टर का कुछ कानूनी काम किया था और एक तरह से वह उसका कर्जदार भी था।

"यही बिल्कुल ठीक रहेगा।" डॉक्टर ने निश्चय किया : "चूँकि वह मेरा मित्र है, इसलिए शायद पैसा लेना ठीक न समझे। इस लिहाज से भी मेरे लिए यही सबसे अच्छा तरीका है कि इस चीज को उसे ही भेंट कर डालूँ। इस शैतानी झंझट

को मैं उसके यहाँ डाल ही आऊँगा। इसके अलावा वह अकेला आदमी है...और इतनी गहराई से सोचनेवाला उसके यहाँ कोई है भी नहीं...''

अविलम्ब डॉक्टर ने कपड़े पहने, शमादान उठाया और उहोव की ओर चल दिया।

''नमस्कार दोस्त,'' वकील को घर पर ही पाकर वह बोला : ''मैं तुम्हें तुम्हारे परिश्रम के लिए धन्यवाद देने यहाँ चला आया...पैसे तो तुम लोगे नहीं, उस हालत में कम से कम मेरी यह छोटी-सी चीज ही स्वीकार कर लो भेंट के रूप में...। क्या सुना, भाई, चीज छोटी ज़रूर है, लेकिन है बेहद शानदार...।''

उस छोटी-सी चीज को देखते ही वकील ऐसा ख़ुश हो उठा कि वर्णन नहीं किया जा सकता।

''वाह, क्या चीज है!'' वह खिल उठा : ''क्या कमाल है यार, लोगों के दिमाग में भी कम्बख़्त कैसी-कैसी बातें आ जाती हैं। भई, बहुत ही अनोखी, आश्चर्यजनक है। इतनी लाजवाब चीज तुम्हें मिली कहाँ ?''

खैर, जब काफी प्रसन्नता प्रकट कर चुका तो वकील ने ज़रा चिन्तित-सी दृष्टि दरवाजे की ओर डाली।

''बात बस एक ही है भाई।'' उसने कह ही तो डाला : ''तुम्हें अपनी यह भेंट वापस ले जानी होगी। मैं इसे ले नहीं सकूँगा।''

''क्यों?'' डॉक्टर ने बुरा मानकर कहा।

''हाँ...इसकी वजह...यहाँ कभी-कभी मेरी माँ आ जाती है...महिला मुवक्किल भी तो हैं और इसके अलावा घर की नौकरानी के सामने मुझे संकोच लगता है।''

''नहीं...नहीं...नहीं...तुम अस्वीकार नहीं कर सकते।'' डॉक्टर ने अपनी बाँहें चढ़ा लीं : ''और अगर तुमने इसे अस्वीकार कर दिया तो यह तुम्हारी सरासर बेवकूफी है। यह एक कलाकृति है...देखो न कैसी गति है...क्या अभिव्यंजना है...मैं अब एक बात भी आगे नहीं सुनना चाहता...इसे लेने से इनकार करके तुम मुझे काफी कष्ट पहुँचाओगे।''

''काश, इसकी कुछ खास-खास जगहों पर ज़रा-सी पालिश ही कर दी जाती या वहाँ शर्म ढँकने के लिए अंजीर की पत्तियाँ ही लगा दी जातीं...।''

लेकिन डॉक्टर बाँहें चढ़ाता हुआ जल्दी-जल्दी उहोव के घर से चला आया। वह इस संतोष से घर पहुँचा कि इस भेंट से तो पीछा छूटा।

डॉक्टर के चले जाने के बाद वकील ने उस शमादान को ज़रा गौर से देखा, उसकी उँगलियों ने उसे चारों ओर से परखा और जैसा कि डॉक्टर के साथ हुआ था, उसने भी दिमाग लड़ाया कि आख़िर इस भेंट को कहाँ ठिकाने लगाए।

'बड़ी ही खूबसूरत चीज है।' उसने विचार किया : 'और इसे इधर-उधर फेंक

देना वास्तव में इसके साथ बड़ी ज्यादती होगी। लेकिन इसे यहाँ कहीं रखना भी तो उचित नहीं है। सबसे अच्छा रास्ता तो यह है कि इसे किसी को भेंट दे दिया जाए।... ठीक है, याद आ गया...आज ही शाम को मैं इस शमादान को हास्य-अभिनेता शाश्किन को भेंट दे आऊँगा। वह कम्बख़्त तो ऐसी चीजों के पीछे पागल ही रहता है। हाँ, यही बिल्कुल ठीक रहा...आज रात को उसका इससे कुछ न कुछ फायदा ही होगा...।'

और उसने फौरन ही इस विचार पर अमल भी कर डाला। बड़ी मेहनत से लपेटा गया शमादान उस संध्या को बड़ी धूमधाम से शाश्किन को भेंट दे दिया गया। और उस पूरी साँझ उस हास्य-अभिनेता के शृंगार कक्ष में इस भेंट की प्रशंसा करने आनेवाले पुरुषों का ताँता लगा रहा, औरत की तरह गूँज उठनेवाली हँसी और आनंद से हाल भरा रहा। लेकिन ज्यों ही कोई औरत आकर पूछती कि "क्या मैं भीतर आ सकती हूँ?" हास्य-अभिनेता की भारी-भरकम ऊँची आवाज उसे चौंका देती : "नहीं...नहीं...देवीजी, ज़रा मैं कपड़े-वपड़े ठीक-ठाक नहीं पहने हूँ।"

लेकिन जब एकबारगी ही यह तमाशा खत्म हो गया तो हास्य-अभिनेता बार-बार कंधे झटकने और बुरे-बुरे मुँह बनाने लगा।

"अब मैं इस गंदी चीज को रखूँ कहाँ?" उसने बार-बार दुहराया : "मैं एक सभ्य परिवार के साथ रहता हूँ। ज़रा-ज़रा-सी देर बाद यहाँ अभिनेत्रियाँ आती हैं। यह फोटोग्राफ भी तो नहीं है कि इसे आप झट दराज में भी तो नहीं छिपा सकते..."

"अरे हुजूर, ज़रा आगे चले जाइए और बाज़ार में जाकर इसे बेच डालिए।" बाज़ार जाने के कपड़े पहनाते हुए उसके कपड़े पहनानेवाले नौकर ने सुझाया : "बस्ती के सिरे पर एक बुढ़िया रहती है। वह पुराने काँसे की मूर्तियाँ खरीदने का व्यापार करती है। गाड़ी को उधर से ले जाइए और स्मीर्नोव को पूछ लीजिए...उसे तो हर आदमी जानता है।"

हास्य-अभिनेता ने इस सुन्दर सलाह पर अमल कर डाला।

दो दिनों बाद डॉक्टर अपने बैठकखाने में बैठे-बैठे, भौंह पर एक उँगली रखे हुए पित्त और उसकी औषधियों के संबंध में विचार कर रहे थे कि अचानक ही धड़ाक् से किवाड़ खुले और साशा स्मीर्नोव ने कमरे में प्रवेश किया। वह जैसे उल्लास से खिला पड़ रहा था, उसका चेहरा दमक रहा था और प्रसन्नता उसकी आत्मा से जैसे फूटी पड़ रही थी। वह हाथों में अख़बार में लपेटी हुई कोई चीज लिए था।

"डॉक्टर साहब," हाँफते हुए उसने कहा : "मेरी ख़ुशी की कल्पना कीजिए, यह सिर्फ़ आपकी ही ख़ुशकिस्मती थी कि आख़िरकार आपके शमादान का दूसरा जोड़ा प्राप्त करने में हम लोग सफल हो ही गए। मेरी माँ की ख़ुशी का तो

ठिकाना ही नहीं है। मैं अपनी माँ का इकलौता बेटा हूँ...और आपने मेरी जान बचाई है..."

और कृतज्ञता की भावना से काँपते हुए शासा ने शमादान डॉक्टर के सामने मेज पर रख दिया।

डॉक्टर ने अपना खुला मुँह बंद कर लिया। उसने कुछ कहना चाहा, लेकिन कुछ भी नहीं कहा। मानो, कह सकने के लिए उसे शब्द ही नहीं मिल पा रहे थे।

भौंदू

एन्तोन चेख़व

थिगलियाँ लगा हुआ पाजामा और टाट-जैसी मोटी खादी की कमीज पहने हुए एक दुबला-पतला छोटा-सा किसान, जिसके शरीर में केवल खाल ही रह गई है, ख़ुफिया विभाग के मजिस्ट्रेट के सामने खड़ा है। उसके घने बालोंवाले चेहरे पर और झुकी आती भौंहों के पीछे से मुश्किल से दिखाई देती आँखों से निपट मूर्खता झलकती है। उसके झाड़ू जैसे उलझे बालों ने, जिन्होंने न जाने कब से कंघी नहीं देखी है, उसकी सूरतशक्ल को मकड़े-जैसा बना दिया है, जिससे वह और भी भयानक दिखाई देता है। वह नंगे पाँव है।

"डैनिस ग्रिगोर्येव," मजिस्ट्रेट पूछना शुरू करता है—"इधर पास आ जाओ और मेरे प्रश्नों का जवाब दो। इसी जुलाई महीने की सातवीं तारीख़ को, चौकसी के लिए घूमते हुए रेलवे के चौकीदार ईवान सिम्योनोविच एकिनफ़ोव ने तुम्हें एक सौ इकतालीसवें मील-पत्थर के पास बोनट के उन पेंचों को खोलते पाया-जिनसे पटरियाँ स्लीपरों में ढँकी रहती हैं। यह रहा वह पेंच। इस पेंच के साथ उसने तुम्हें गिरफ्तार कर लिया। क्या यह सच है?"

"क्याँऽऽ?"

"क्या जैसा एकिनफ़ोव कहता है वही सब वैसा ही हुआ था?"

"हाँ, हाँ, हुआ!"

"अच्छा ठीक है। अब बताओ, तुम वह पेंच क्यों खोल रहे थे?"

"क्याँऽऽ?"

"क्याँ-क्याँ बंद करो—मेरे सवाल का जवाब दो। किस मतलब से तुम वह पेंच खोल रहे थे?"

तिरछी निगाह से छत की ओर देखते हुए डैनिस मेढक की तरह टरटराता है—"अगर मुझे इसकी ज़रूरत नहीं होती तो मैं इसे क्यों खोलता?"

“तुम्हें किस काम के लिए इनकी ज़रूरत पड़ी?”

“पेंच? इन पेंचों से हम जाल में लगाने का वज़न बनाते हैं।”

“हम कौन?”

“हम लोग...ल्की मोवो के किसान और कौन?”

“सुनो भाई, मेरे साथ बेवकूफी की बातें बंद करो और सोच-समझकर बोलो। जाल के बोझ की बात बताकर झूठ बोलने से कोई फायदा नहीं है।”

“ज़िंदगीभर तो मैं कभी झूठ बोला नहीं...और अब मैं झूठ बोल रहा हूँ...” आँखें झपकता हुआ डैनिस बड़बड़ाता है—“लेकिन सरकार, बिना जाल में बोझ लटकाए आप कैसे काम चला सकते हैं? मान लीजिए, आप काँटे में चारे की जगह कोई जिंदा चीज़, कीड़ा-मकोड़ा ला भी दें फिर भी बिना किसी वज़न की चीज़ के वह नीचे तले तक पहुँचेगी कैसे?...और आप कहते हैं कि मैं झूठ बोल रहा हूँ...?” डैनिस चिढ़ाता है।

“अगर वह ऊपर सतह पर ही तैरता रहा तो उस कंबख़्त ज़िंदा चीज़ के चारे का होगा क्या? झींगा, सौरी, या जल सर्प वगैरा तभी तो उसे खाएँगे जब आपकी डोरी तले तक पहुँची हुई हो, और अगर आपका चारा सिर्फ़ सतह पर ही तैरता रहे, तो रोहू वगैरा बड़ी मछली उसे भले ही कभी-कभार खा ले—मगर हमारी नदी में रोहू है नहीं...यह मछली काफ़ी लंबी-चौड़ी जगह पसंद करती है।”

“रोहू के बारे में तुम मुझे किसलिए यह सब बता रहे हो?”

“क्याँ?...आपने मुझसे खुद पूछा। लोग हमारी तरफ़ तो इसी तरह मछली पकड़ते हैं। यहाँ का तो छोटे से छोटा बच्चा भी बिना बोझ लटकाए मछली नहीं पकड़ेगा। ठीक है, कोई बेवकूफ़ ही होगा जो बिना बोझ के भी मछली पकड़ने जा पहुँचे। सरकार, बेवकूफ़ों के लिए कोई नियम-कायदा तो होता नहीं है।”

“तो तुम यह कहते हो कि तुम यह पेंच जाल में लगाने का वज़न बनाने के लिए खोल रहे थे।”

“नहीं तो और काहे के लिए? कंचा-गोली तो खेलनी नहीं थी।”

“लेकिन तुम जाल का वज़न बनाने के लिए सीसे का कोई टुकड़ा, बंदूक की गोली...या कोई कील भी तो ले सकते थे?”

“सीसा कोई सड़क पर पड़ा मिलता है? उसके लिए आपको पैसे देने पड़ेंगे। कील बेकार होती है। इस पेंच से तो अच्छी कोई चीज़ आपको मिल ही नहीं सकती। एक तो यह भारी है—दूसरे इसमें छेद भी है... ।”

“अरे अपनी ही बेवकूफी हाँके जा रहा है—जैसे आसमान से आ टपका हो या कल ही पैदा हुआ हो!

“अरे कूढ़मगज, तेरी समझ में नहीं आता कि इस पेंच खोलने का नतीजा

क्या होता है? अगर वह चौकीदार पहरे पर नहीं होता, तो रेल पटरी से उतर जाती। एक्सीडेंट हो जाता और न जाने कितने लोग मर जाते! तू लोगों को मार देता!"

"लोगों का मारना?...हुज़ूर, भगवान न करे। हम क्या कोई जरायमपेशा या नास्तिक हैं? भगवान बड़ी ताकत है हुजूर, हमारी तो सारी ज़िंदगी गुजर गई, कभी कोई ऐसी बात भी नहीं सोची...हे माँ भगवती, हमारे ऊपर दया करो–हमें बचाओ।...हुज़ूर, आप कह क्या रहे हैं?"

"और तुम क्या समझते हो, ट्रेन दुर्घटनाएँ होती कैसे हैं? दो-तीन पेंच खोल डालो, ट्रेन दुर्घटना हो जाएगी।"

डैनिस विद्रूप करता है और अविश्वासपूर्वक अपनी आँखें मजिस्ट्रेट की ओर घुमाता है।

"ठीक, लेकिन कितने सालों से हम सब गाँववाले पेंच खोलते आ रहे हैं–भगवान ने हमेशा रक्षा की है और आप दुर्घटना की बात कहते हैं–लोगों को मारने की बात कहते हैं। अगर मैं एकाध पटरी उठाकर ले जाता, या कोई लट्ठा रास्ते में डाल देता, तब तो रेल पटरी से उतर भी सकती थी...लेकिन हिंहिं...एक पेंच।"

"भौंदू, अपनी खोपड़ी में यह क्यों नहीं ठूँसता कि इन पेंचों की मदद से ही तो पटरियाँ स्लीपरों से ढँकी रहती हैं?"

"यह हम समझते हैं...हम कोई सारे पेंच थोड़े ही खोलते हैं...कुछ को हम छोड़ देते हैं...बिना सोचे-विचारे हम कोई काम नहीं करते हुज़ूर, इतना तो हम भी जानते हैं।"

डैनिस जमुहाई लेता है और मुँह के ऊपर हाथों से क्रॉस का निशान बनाता है।

"पिछले साल यहाँ एक ट्रेन दुर्घटना हो गई थी," मजिस्ट्रेट कहता है–"अब यह बिल्कुल साफ है, क्यों हुई।"

"क्या कहा?"

"मैं कहता हूँ कि पिछले साल जो ट्रेन गिरी थी उसका कारण बिल्कुल ज़ाहिर है...मेरी समझ में अब आया।"

"बंदापरवर, समझने के लिए ही तो आपको शिक्षा दी जाती है। ईश्वर खुद जानता है कि किसको समझ देनी चाहिए...क्या और कैसे का अब आपने ठीक पता लगा लिया...लेकिन वह चौकीदार हमारी तरह का किसान, एकदम गोबरगनेश है। किसी की भी गर्दन पकड़ लेता है और खींचकर बंद कर देता है। अरे पहले चीज को समझो तो सही। तब किसी को बंद करो। बिलकुल साफ है, किसान का दिमाग तो आख़िर किसान का ही है। सरकार, यह भी लिख लीजिए कि उसने मुझे जबड़े मुक्का मारा–छाती पर भी जड़ दिए।"

''जब तुम्हारे घर की तलाशी ली गई तो एक दूसरा पेंच भी मिला, यह पेंच किस जगह से और कब तुमने खोला?''

''आपका मतलब, छोटी-सी लाल संदूकची के नीचेवाला पेंच?''

''पता नहीं, तुमने कहाँ रखा था—लेकिन मिला वहीं। तुमने उसे खोला कब?''

''उसे मैंने नहीं खोला। कानेसिम्योन के लड़के इग्नाश्का ने मुझे दिया था—मेरा मतलब संदूकची के नीचेवाले पेंच से है लेकिन वह जो आँगन में स्लेज (गाड़ी) में था। उसे मैंने और मित्रोफ़ान ने साथ-साथ खोला था।''

''मित्रोफ़ान कौन?''

''मित्रोफ़ान पैत्रोव...आपने उसके बारे में नहीं सुना? वह जाल बनाता है और लोगों को बेचता है। उसे इस तरह के काफ़ी पेंचों की ज़रूरत पड़ती रहती है। आप खुद ही हिसाब लगा लीजिए कितना हुआ, एक जाल में दस पेंच लगते हैं।''

''सुनो, पीनलकोड की 1081वीं धारा के अनुसार यह रेलवे विभाग का जान-बूझकर नुकसान पहुँचाना, जान-बूझकर रेलों को ख़तरे में डालना है। और इसकी सज़ा कड़ी मशक्कतवाली जेल! अपराधी को इतनी समझ होनी चाहिए कि इससे कोई भी दुर्घटना हो सकती है—समझे! जानते हुए भी तुम्हारी समझ में नहीं आया कि पेंच खोलने का मतलब क्या होता है?''

''बिल्कुल ठीक, आप ज़्यादा जानते हैं। हम तो नासमझ लोग हैं—हम इन बातों को क्या समझें?''

''तुम सब कुछ समझते हो। तुम झूठ बोल रहे हो—धोखा दे रहे हो?''

''मैं झूठ क्यों बोलूँगा? अगर मेरा विश्वास न हो तो गाँव में किसी से भी पूछ लीजिए। बिना जाल में बोझ लगाए तो सिर्फ़ भुनचट्टी ही पकड़ी जाती है। भाकुर कोई मछली में मछली नहीं है लेकिन बिना बोझ लटकाए तो वह भी नहीं फँसता।''

''अच्छा अब मुझे रोहू के बारे में बताओ।'' मुस्कुराते हुए मजिस्ट्रेट पूछता है।

''हमारी तरफ़ रोहू होती ही नहीं...अगर हम चारे की जगह तितली लगाकर भी बिना वज़न के बंसी फेंकें तो सिर्फ़ नैन मछली पकड़ी जा सकती है—लेकिन वह भी अक्सर नहीं।''

''अच्छा, चुप रहो।''

खामोशी छा जाती है। डैनिस एक की जगह दूसरा पाँव बदल लेता है, हरे मेज़पोश से ढँकी मेज़ को घूरता रहता है और बड़ी ज़ोर से पलकें इस तरह झँपाता है जैसे कपड़े को नहीं, सूरज को देख रहा हो। मजिस्ट्रेट तेज़ी से लिखता है।

''अब मैं जाऊँ हुजूर?'' डैनिस कुछ देर की चुप्पी के बाद पूछता है।

''नहीं। मैं तुम्हें हवालात में रखूँगा फिर जेल भेज दूँगा।''

डैनिस पलकें झँपाना बंद कर देता है, अपनी मोटी भौंहें उठाकर जिज्ञासा से अफसर की ओर देखता है।

''क्या मतलब आपका हुजूर, जेल? सरकार, मुझे तो फुर्सत नहीं है। मुझे मेले जाना है। मुझे येगोर से सूअर की चर्बी के बदले तीन रूबल लेने हैं।''

''चुप रहो। मेरे काम में रुकावट मत डालो।''

''जेल...अगर मैंने कुछ किया होता तो मैं जरूर जेल जाता। लेकिन जब मैंने कुछ किया ही नहीं तो जेल किस बात के लिए जाऊँ? मैं सच कहता हूँ हुजूर।

''मैंने कोई चीज़ तो चुराई नहीं। किसी से लड़ाई-झगड़ा नहीं किया। जहाँ तक बाकी रुपए का कोई सवाल है सो सरकार, बड़े भैया का विश्वास मत कीजिए। पंचायत के पक्के मेम्बरों से पूछ लीजिए, रहा बड़ा भैया से, वह तो ईसाई भी नहीं है।''

''चुप रहो।''

''मैं तो चुप ही हूँ।'' डैनिस बड़बड़ाता है–''जहाँ तक बड़े भैया का सवाल है, वह लगान के बारे में झूठ बोला था। हुजूर, मैं कसम खाके कहता हूँ...हम लोग तीन भाई हैं...कुज़्मा ग्रिगोर्येव, उससे छोटा येगोर ग्रिगोर्येव और मैं डैनिस ग्रिगोर्येव।''

''मुझे काम करने दोगे या अपनी ही हाँकते जाओगे? ऐ सिम्योन,'' मजिस्ट्रेट आवाज़ देता है–''इसे बाहर ले जाओ।''

दो भारी-भरकम सिपाही डैनिस को पकड़कर कमरे के बाहर ले जाते हैं और वह बड़बड़ाता जाता है–''हम लोग तीन भाई हैं। एक भाई दूसरे के किए का जवाब कैसे दे सकता है? अच्छा न्याय है कि कुज़्मा लगान नहीं देता सो डैनिस तुम इसके अपराधी हो–जाओ जेल। हमारा पहला मालिक जनरल मर गया–ईश्वर उसे स्वर्ग दे, नहीं तो वह तुम सबको दिखा देता, क्या होता है न्याय। न्याय करने से पहले आप सारी बात जान तो लीजिए। ऐसा अंधेर तो नहीं मचा है। ठीक है...किसी को भी पकड़कर आप कोड़े ज़रूर लगाइए...मगर कोड़े लगाने लायक काम तो किया हो उसने...''

रूसी कहानी

सपना

एन्तोन चेख़व

शहीद-दिवस पर अचानक प्रस्ताव आया, "कितने शर्म की बात है कि दयारामजी के नाम का एक भी स्मारक नहीं है। कोई पुस्तकालय, स्कूल की तो बात ही छोड़ दीजिए, एक छोटी-सी सड़क तक नहीं है।" और तब सभी को जैसे ध्यान आया, सचमुच कितने शर्म की बात है। वह वीर जिसने गरजकर शेर की तरह ललकार कर कहा था कि 'झण्डा लगा लेने से पहले तुम मुझे किसी तरह नहीं गिरा सकते...'

"बच्चा-बच्चा जानता है कि वीर दयाराम ने किस तरह गोली खाई थी और झण्डा ट्रेजरी पर लगा दिया था। उन्होंने नगर की लाज बचा ली थी, वरना किस शहीद का नाम लेकर आज लोगों में उत्साह भरा जाता है? कौन-सा ऐसा नाम था जिसे नगर के इतिहास के साथ अमरत्व प्राप्त होता? कलक्टर और कमिश्नर तो बहुत से आए और चले गए। उनके नाम की गलियाँ थीं और सड़कें थीं, लेकिन लोगों के लिए वे पहचानने-भर का जरिया थीं, उन नामों के पीछे कभी जो व्यक्ति रहा होगा उसे तो कोई प्रयत्न करने पर भी याद नहीं कर पाता। लेकिन वीर दयाराम की बातें आज भी लोगों के दिलों में ताजी हैं और अक्सर उनकी चर्चा होती है। वे शेर थे।"

"हाँ, उनके चेहरे पर शेर-जैसा तेज़ था। कहीं कोई भय नहीं, कोई डर नहीं। हमने उन्हें मौत के मुँह में जाने से रोका भी, लेकिन उन्होंने हाथ झटक दिया–'नहीं, यह सवाल देश के सम्मान का है...' " आँखों पर रूमाल लगाकर धर्मपालजी ने बताया–"जिस समय फूलों से लदी उनकी अर्थी चली, सारा नगर रो रहा था। हजारों लोगों की भीड़ पीछे थी। उनके त्याग और तपस्या की जितनी भी तारीफ की जाय, थोड़ी है। उस जैसा देश का दीवाना पाना मुश्किल है।" धर्मपालजी सचमुच अपनी हिचकियाँ नहीं सँभाल पा रहे थे। जनता स्तब्ध थी और सभी साँस रोके प्रतीक्षा

कर रहे थे कि वे अपने को सँभालकर आगे कुछ बताएँ। "हम लोग बचपन के मित्र थे। साथ-साथ पढ़े, साथ-साथ खेले। शायद ही कोई दिन गया हो जब दो-तीन घंटों का साथ न रहा हो। लड़ना और मिलना तो रोज ही चलता रहता था। छिप-छिपकर रासबिहारी बोस का 'बंदी जीवन' पढ़ते, सावरकर के अंडमान जेल के संस्मरण तो हमने घोट डाले थे और तिलक का 'गीता रहस्य' तो हमारा धर्म-ग्रंथ था। बहुत खाते-पीते घर के वे भी नहीं थे लेकिन जिन विकट समयों में मेरी मदद की थी वह मैं भूल नहीं..."

थोड़ा रुककर उन्होंने आगे बताया—"किस तरह हम लोग आजाद और भगतसिंह के दल के लोगों के स्वयंसेवक बने और फिर किस तरह इधर-उधर फरार घूमते रहे, यह सब लम्बा किस्सा है, कभी अवसर और अवकाश मिला तो उस सबको विस्तार से लिखूँगा। खैर, तो जब पकड़े गए तब भी साथ थे और इसे संयोग ही कहिए कि जेल में भी साथ-साथ ही रहे। मैं कुछ-कुछ गाँधीजी के दर्शन की तरफ़ आकर्षित होने लगा था लेकिन वे वैसे ही दबंग, निडर और निर्भीक थे। कभी इस और कभी उस बात को लेकर जेल में रोज ही ऊधम रहता था। मैं यह तो नहीं कहूँगा कि वे बे-पढ़े थे या पढ़ने-लिखने में उनकी रुचि नहीं थी, लेकिन एक जगह बैठकर पढ़ने-लिखने जैसा काम उन्हें काहिली लगता था और इसकी जगह उन्हें कसरत करना, शरीर बनाना ज़्यादा पसन्द था। मैं बैठा पढ़ता रहता और वे निशाना लगाना सीखा करते।

"छूटकर मैं तो सेवाग्राम चला गया और वे फिर अपने उसी संगठन में लग गए। बड़ी लगन के आदमी थे। दो दिशाओं में बढ़ते हुए भी हममें आत्मीयता और स्नेह वैसा ही था। बेचारे ने बड़े-बड़े आर्थिक कष्ट सहे हैं ..."

धर्मपालजी का गला रुँध गया और वे फिर कुछ देर रुके। "फिर सन बयालीस आया," अब उनसे और अधिक नहीं बोला गया। गर्दन झुका ली और हाथ झटक कर सिर्फ़ इतना कह पाए—"और कम्बख़्त उन्हें छीन ले गया। मेरा प्राण, मेरा दिल खींच ले गया..."

जनता के गले भर आए। आँसू लीलते, आँखों को फाड़े लोग गद्‌गद भाव से धर्मपालजी को देखते रहे। "मैं उनके स्मारक के प्रस्ताव का हृदय से समर्थन करता हूँ। यह नगर का नहीं, देश की आवश्यकता और सम्मान का सवाल है..."

स्वतंत्रता के बाद जो एक लहर आई थी उसमें पार्कों और सड़कों के नाम बदल-बदलकर शहीदों और बड़े-बड़े नेताओं के नामों की संगमरमरी पट्टियाँ लगा दी गई थीं। कर्जन-पार्क तिलक-उद्यान हो गया, और जान्सन रोड महात्मा गाँधी रोड के नाम से जानी जाने लगी थी। जिन्होंने अपना तन-मन-धन देश के लिए कुर्बान

कर दिया उनके नाम अमर करने के लिए और भी स्मारक बने, पुस्तकालय, अस्पताल, मूर्तियाँ बनीं। यह तो अपने बीच का ही सबसे साहसी शहीद था। उपस्थित जनता ने जी खोलकर चंदा दिया।

और उसी दिन शहीद दयाराम स्मारक-समिति बन गई। नगर कांग्रेस कमेटी के प्रधान होने के नाते अध्यक्ष और कोषाध्यक्ष धर्मपालजी को ही बनना पड़ा। "आपसे अधिक निकट से उन्हें और कौन जानता होगा? मान लिया कि आप बहुत व्यस्त हैं, लेकिन यह काम भी तो देश का ही है। कोषाध्यक्ष होने से आप इतना क्यों डरते हैं? नहीं जी, कोई बदनामी नहीं होगी। रुपए-पैसे का मामला है तो क्या हुआ? इसलिए तो और भी आप जैसे जिम्मेदार आदमी को यह काम अपने ऊपर लेना चाहिए। फिर रुपया तो अभी बहुत इकट्ठा करना होगा। इस हजार-पाँच सौ से क्या होगा? तब तक कोई विश्वसनीय आदमी चाहिए ही। आपके मन में दयारामजी और उनके स्मारक को लेकर जो उत्साह और आत्मीयता है वह दूसरे के मन में कैसे आ सकती है? आप उनके बचपन के साथी रहे हैं, उनके परिवार के सदस्य और भाई से ज़्यादा हैं..."

लाचार धर्मपालजी को ही सारा काम सँभालना पड़ा। और नतीजे में काम सचमुच ही उत्साह से शुरू हो गया। चन्दे की अपीलें निकलने लगीं और लोग स्वयं 'शहीद दयाराम स्मारक-निधि' की रसीद-बुक लेकर घर-घर घूमे। पत्र-व्यवहार शुरू हुआ कि जितनी राशि यहाँ इकट्ठी हो, उतना ही धन राज्य सरकार भी दे।

धर्मपालजी इस मामले में अत्यंत ही सतर्क थे कि 'शहीद दयाराम स्मारक-निधि' का एक पैसा भी किसी अन्य काम में खर्च न हो और पाई-पाई का हिसाब रहे—अनुमान था कि एक लाख इकट्ठा हो जाएगा, इतना ही राज्य सरकार दे ही देगी। लेकिन अभी यह तय नहीं हुआ था कि कालेज खुले या अस्पताल। वह भी कालेज या अस्पताल अलग से खोला जाए या किसी बड़े कालेज में उनके नाम की एक नई फैकल्टी या अस्पताल में एक नया विंग खुलवा दिया जाय। इस समस्या को लेकर इस समिति की कई बैठकें हो चुकी थीं—यों बच्चों के लिए पार्क या एक भव्य मूर्ति के प्रस्ताव भी आए लेकिन राष्ट्र-निर्माण के इस युग में अस्पताल और कालेज पर ही ज़ोर ज़्यादा रहा।

तभी एक और प्रस्ताव आया और सभी का उसे समर्थन भी मिल गया। बेकारी के इस युग में अगर कुछ लोगों की जीविका के लिए कुछ किया जा सके तो ज़्यादा शुभ होगा। क्यों न कोई 'शिल्प-कला-केन्द्र' जैसी चीज खोल डाली जाए। वहाँ जो भी कुछ तैयार हो उसे बाज़ार में भेजा जाए और आनेवाले लाभ से अन्य जनोपयोगी कार्य किए जाएँ, इससे एक ओर तो लोकशिल्प को बढ़ावा मिलेगा, दूसरे बेकार और ज़रूरतमंदों को काम भी मिलेगा।

तय हो गया—'शहीद दयाराम स्मारक शिल्प कला-केन्द्र' खोला जाएगा। सूचनाएँ छप गईं। धर्मपालजी शान्ति-निकेतन और अन्य ग्रामोद्योग केन्द्रों को और कुटीर-उद्योग संस्थानों की कार्य पद्धति देखने-समझने भी गए। भवन के लिए नक्शा तैयार होने लगा। इस सिलसिले में उन्हें बड़े-से-बड़े नेताओं से मिलने और परिचय बढ़ाने का अवसर मिला, वे उनके निकट संपर्क में आए।

लेकिन तभी चुनाव की चर्चाएँ शुरू हो गईं। फिर भी धर्मपालजी सभी तरफ़ से अपना ध्यान हटाकर 'शिल्प कला-केन्द्र' के काम में ही लगे रहे। मगर जब ऊपर वाले मित्रों ने विधानसभा का टिकट उनके सिर थोप ही दिया तो बड़ी कठिनाई सामने आ गई। लेकिन आर्डर्स ही ऐसे आ गए थे और फिर यह काम भी तो देश का ही था। अपने को समझाया धर्मपालजी ने कि इस झंझट से जैसे-तैसे पार हो जाएँ, फिर निश्िंचत भाव से शहीद दयाराम स्मारक शिल्प कला-केन्द्र बनाने में समय लगाएँगे। आख़िर चुनाव भी तो टल नहीं सकते। दूसरे, मान लीजिए, वे सफल ही हो गए तो अपने परिचय, प्रभाव, पोजीशन से और भी धन-साधन इकट्ठे किए जा सकते हैं और शहीद दयाराम का ऐसा स्मारक बनाया जा सकता है कि देश भर में अपने ढंग की एक चीज हो। उनके दिमाग में तिमंजिली बिल्डिंग की लम्बी-लम्बी बाँहें फैलाए न जाने कितने विंग घूम गए...हाँ, तभी ठीक भी रहेगा, यों टुटपूँजियों जैसा स्मारक तो जैसा बनाया वैसा न बनाया। मित्र की आत्मा के प्रति वे उऋण हो जाएँगे।

और स्मारक को स्थगित कर दिया उन्होंने, हाँ, चुनाव-मोर्चों में उसका जिक्र बड़े ज़ोर-शोर से करते रहे। तभी एक धर्मसंकट हो गया। प्रचार और कनवैसिंग के लिए रुपए की ज़रूरत पड़ी और रुपया कोश में 'शहीद दयाराम स्मारक' का ही था। अब क्या हो? धर्मपालजी ने कहा कि उस रुपए का अपने चुनाव में उपयोग करने की अपेक्षा वे बैठ जाना अधिक उपयुक्त समझते हैं। साथियों ने समझाया—"आप भी कैसी बातें करते हैं। आप कोई अपने व्यक्तिगत काम के लिए रुपया ले रहे हैं? आप तो हाईकमांड का कहना कर रहे हैं। चुनाव जीत जाने के बाद सारा रुपया वापस कर दिया जाएगा। यह तो एक तरह उधार की तरह लिया जा रहा है—मन न माने तो उस समय कुछ अपनी तरफ़ से भी मिलाकर रख दीजिए। बस काम भी हो जाएगा और आपको संतोष होने के साथ-साथ कोश में भी कुछ वृद्धि होगी। वरना किसी और से भी तो हम लोग रुपया लेंगे ही...बुरा तो वहाँ होता है जहाँ नीयत बुरी होती है। सच बात तो यह है कि इस समय रुपए का प्रबन्ध एकदम असंभव हो गया है। अगर यहाँ से भी नहीं लिया गया तो समझ लीजिए कि जीतने के चांस..."

और बहुत आगा-पीछा सोचने के बाद रुपया निकाल लिया गया। धर्मपालजी

ने शंका भी रखी–"अगर हार गए तो...?"

"अरे कैसी बातें करते हैं आप? आप कांग्रेस के उम्मीदवार हैं कि मजाक है...।" एक अधिकारी ने बताया।

सचमुच हारने का प्रश्न था भी नहीं। शहीद दयाराम स्मारक कला-केन्द्र के प्रचार और निर्माण-कार्य के कारण वे यों ही अपने चुनाव-क्षेत्र में पुजने लगे थे। लेकिन बाद में कुछ लोगों ने शोर भी मचाया कि मत-पेटियों में बेईमानी हुई है।

बड़ी भयानक गर्मी थी। मेहमानों के साथ भोजन कर चुकने के बाद धर्मपालजी अपने कमरे में गावतकियों पर अधलेटे-से सींक से दाँत कुरेद रहे थे। चारों तरफ़ से पर्दे डालकर अँधेरा कर लिया गया था और सिर्फ़ कूलर की घर्र-घर्र सुनाई दे रही थी। दरवाज़ों की संधों से आती हुई रोशनी दीवारों पर टँगी फोटुओं के काँचों पर तलवार-सी कौंध रही थी। वे अधमुँदी आँखों से बंद लटके पंखों को ताके जा रहे थे और जैसे सपने में कुछ सोच रहे थे। दाँत कुरेदकर एक बार आदतन आँखों को सामने लाते, लेकिन अँधेरे में कुछ दीखने का प्रश्न ही नहीं उठता था–और फिर उसे होंठों से पोंछकर चबाने की उनकी पुरानी आदत थी। अभी-अभी बगल में तकिए पर कुहनी टेके नेतलालजी ने जो बात कही थी वह उन्हें ऐसी लगी थी कि दिमाग में चक्कर लगाए जा रही थी। तभी उन्हें खर्राटे का स्वर सुनाई दिया। बहाना मिला। पूछा–"नेतलालजी, सो गए क्या?"

चौंका हुआ स्वर आया–"कौन? मैं? नहीं, यह तो वीर सिंह आजाद है। इसका यह पुराना मर्ज है। खाते ही नाक बजने लगती है। इसके बाद अपने को नहीं रोक सकते।"

"और तिवारीजी भी तो जाने कब से मुल्के अदम की सैर कर रहे हैं।" अपने मजाक पर वह स्वयं धीरे-से हँसे। फिर बोले, "अच्छा एक बात बताइए नेताजी, मैं तभी से उस बात पर विचार कर रहा हूँ। पूछा नहीं, सोचा, सो रहे हो आप।" फिर रुककर हकलाते हुए पूछा–"पंडित नेहरू के बाद किसकी प्राइममिनिस्टर होने की उम्मीद है?"

"भई, अभी से क्या कहा जा सकता है? यों देसाई ने जो भाषण दिए हैं–टेलिविजन पर इंटरव्यू दिया है वह तो साफ ही है कि खुद उम्मीद लगाए हैं..."

"लेकिन आप कुछ कहो भाई, आदमी कुछ अपने को जमता नहीं है।" वे सोचते रहे।

"जमने को तो भाई बात यह है कि पंडितजी के मुकाबले तो कोई जमने से

रहा। लेकिन कोई न कोई तो होगा ही।" नेतलालजी चित लेटे गम्भीर भाव से छत ताकते रहे और दोनों हाथों से अपनी छरहरी भौंहों के लम्बे-लम्बे बालों को एक-एक करके यों ही खींचते रहे। फिर चुहल से बोले—"तुम हो जाओ।"

"अरे नेतलालजी, आप भी कैसा क्रूर मजाक करते हैं।" और होंठों के भीतर जीभ से दाँतों को मलकर साफ करते हुए वे भी चित लेटे रहे। भोजन के बाद का आलस्य उन पर भी छाने लगा। "मैं तो सिर्फ़ विधायक हूँ—एम.पी. भी नहीं हूँ।"

अभी-अभी नेतलालजी ने एक बात कही थी। आजकल जवाहरलाल नेहरू बहुत बीमार रहने लगे हैं। आपको भी तो राजनीति में तीस साल से ऊपर होने को आ गए—कभी आपने सुना था कि पंडितजी को जुकाम भी हुआ हो। अब आख़िर बुढ़ापे का शरीर है, कब तक साथ देगा। नेतलालजी के इस मजाक की एक बात उनके मन में खुब गई। अच्छा मान लो, वे पंडितजी की जगह हो ही जाएँ तो क्या करें? लेकिन हिश, कैसी असम्भव बातें वे सोचते हैं। फौरन ही विचार दिमाग से निकाल दिया गया। वे प्रान्त मिनिस्टर तक तो हैं नहीं, ऐसी शेखचिल्लीपने की बात उनके दिमाग में आ कैसे सकी? मगर कल्पना का आनन्द लेने में क्या बुराई है? किसी से कुछ कहने तो जा ही नहीं रहे। अपने मन में ही तो सोच रहे हैं। मान लो अचानक परिस्थितियों का चक्र कुछ इस तरह घूम जाय कि वे अपने को पंडितजी की जगह पाएँ तो? एकदम मुश्किल तो नहीं है। राजनीति में कब क्या हो जाता है कोई भी नहीं जानता। ऐसी-ऐसी बातें उनके देखते-देखते हुई हैं कि अगर वे स्वयं गवाह न होते तो शायद कभी विश्वास ही नहीं करते। दुनिया भर के प्लेन क्रैश होते हैं, मान लीजिए, ये दुनिया भर के नेता कोई मीटिंग अटेण्ड करने दिल्ली ही जाएँ और प्लेन...और उस क्षण धर्मपालजी को लगा कि नेतलालजी की बात एकदम असम्भव भी नहीं है। ऐसा बहुत बार हुआ है। उनकी रीढ़ में कुछ सुरसुराने लगा। उन्होंने करवट बदली और तेज़ निगाहों से नेतलालजी को देखा, कहीं कम्बख़्त समझ तो नहीं रहा है कि मैं क्या सोच रहा हूँ? तिवारीजी और आजाद अलग-अलग करवटें बदले बेख़बर सो रहे थे।

मनुष्य के भाग्य को कौन जानता है; कब क्या हो जाए? जब मैट्रिक करके वे गाँव के प्राइमरी स्कूल में पढ़ाने लगे थे तो कभी सपने में भी न सोचा था कि आज इस तरह यों शानदार बंगले में लेटे होंगे—आधे दर्जन नौकर, गाड़ी, मान-सम्मान होगा, लोग यों आगे-पीछे घूमेंगे? कहाँ अट्ठारह रुपयों की मुदर्रिसी, आठ आने महीने का ट्यूशन और कहाँ ये ठाठ? दयारामजी भी तो उनके साथ ही पढ़ाते थे। उनके साथ किस तरह वे बम-पार्टी के चक्कर में आए, नौकरी से निकाले गए, फरार रहे और क्या-क्या नहीं किया...सचमुच दयाराम न होता तो वे आज ज़्यादा से ज़्यादा हेडमास्टर ही हो गए होते। आज चाहें तो वे शिक्षा मंत्री हो सकते हैं...और दयाराम

न होता तो आज वे इस बंगले में आ पाते? उसी के स्मारक का तो रुपया था...यों मदद उसने जाने कितनी बार की है लेकिन मरकर भी उनको बना गया...और वे हैं कि...नहीं, जैसे भी होगा, उस अधूरे काम को जल्दी ही उठाना है। उन्हें नींद आने लगी।

तभी धीरे से दरवाज़ा खुला तो बाहर का चौंधा सीधा आँखों पर पड़ा। तबीयत झल्ला गई, कौन है यह? सारा सपना तोड़ दिया। नौकर ने अंदर आकर बहुत ही धीरे से दरवाज़ा खोल दिया। कुछ लेने या रखने आया होगा। उन्होंने दूसरी तरफ़ करवट बदल ली ताकि उसके जाते समय फिर चौंधा न पड़े। तंद्रा में उन्हें लगा जैसे किसी ने उन्हें पुकारा—"साहब!"

"क्या है?"

"कोई आई हैं साहब?" दूसरों की नींद में विघ्न न पड़े इसलिए नौकर झुक कर बहुत धीरे से कहने लगा।

"इतनी धूप में? कौन हैं?" उन्होंने अनखाकर पूछा।

"बहुत फटे गंदे कपड़े पहने हैं। उनके साथ दो बच्चे हैं। बारह-तेरह साल की लड़की है और एक लड़का है नौ-दस साल का। कहती हैं कि आपकी भाभी हैं। आप उन्हें जानते हैं, बहुत पुराने दोस्त के घर से हैं...वही जिन्हें गोली लगी थी...दयारामजी नाम बता रही थीं।"

गाढ़ी नींद में गहरे डूबे हुए धर्मपालजी को इतना ही ध्यान है जैसे उन्होंने कहा हो—'हमारी कोई भाभी-वाभी नहीं हैं। जाओ, उनसे कह दो किसी और वक्त आएँगी...'

फिर सहसा चौंककर हड़बड़ाते-से उठे। मुड़कर देखा। शायद बाहर निकलने के बाद नौकर ने अभी ही दरवाज़ा बंद किया था। नहीं, दरवाज़ा पहले भी यों ही बंद था, वहीं बाईं तरफ़ वाला पल्ला पहले था और दाईं तरफ़ का बाद में...नौकर आया भी था या यों ही...उन्हें शायद सपना दीखा है...घड़ी देखी तो पौने दो बजे थे। और वे फिर धीरे से तकिए पर टिककर औंध गए। हाँ, इस समय कौन आएगा?

चेख़व की डायरी की एक टिप्पणी के आधार पर

चुड़ैल

एन्तोन चेख़व

रात झुक आई थी। गिरजाघर से लगी झोंपड़ी में बड़े-से बिस्तर पर गिरजाघर का चौकीदार सवेली गायकिन लेटा हुआ था। हालाँकि दिन छिपते ही मुर्गियों की तरह सो जाने की उसकी आदत थी, लेकिन इस समय वह सो नहीं रहा था। रंगीन चिथड़ों से बनी, थिगलियाँ लगी चीकट रजाई के एक सिरे से उसके रूखे-बिखरे हुए बाल झाँक रहे थे तो दूसरे सिरे से बिना धुले गंदे बड़े-बड़े पाँव निकले पड़ रहे थे। वह चुपचाप कुछ सुन रहा था। उसकी यह झोंपड़ी गोल अहाते से लगी हुई थी जो गिरजाघर को चारों ओर से घेरे हुए था, और इसमें बाहर खुले मैदान की ओर केवल एक खिड़की थी। बाहर जैसे निरंतर कोई युद्ध हो रहा हो। कहना बड़ा मुश्किल है कि किसका नामोनिशान धरती से मिटाया जा रहा था, या वह कौन था जिसको नेस्तनाबूद करने के लिए प्रकृति को इतनी भीषण उत्तेजना से मथा जा रहा था, लेकिन निरंतर गूँजनेवाली भयानक गर्जना को सुनकर नतीजा यही निकाला जा सकता था कि कोई है जो अत्यंत ही उन्मत्त हो उठा है। एक दुर्दमनीय शक्ति थी जो खेतों के ऊपर दौड़ रही थी, जंगलों में और गिरजाघर की छतों पर तूफान बरपा किए हुए थी। क्रोध से फुफकारती हुई खिड़कियों को घूँसे मार-मारकर तोड़े डाल रही थी। सबकुछ को चकनाचूर किए दे रही थी। साथ ही ऐसा कुछ था जो एकदम पस्त होकर कुत्ते की तरह रो रहा था...एक स्पष्ट रुदन था जो खिड़कियों में छत पर या चूल्हे के आसपास सिसकता सुनाई दे रहा था। यह सहायता के लिए पुकारने वाली आवाज नहीं थी, बल्कि एक ऐसी रुलाई थी, जैसे कोई मुसीबत में पड़ा कराह रहा हो, जानता हो कि अब कोई चारा नहीं रह गया है—सारे रास्ते बंद हो गए हैं। आँधी से एक जगह इकट्ठे हुए बर्फ के ढेरों की ऊपरी सतह सख्त बर्फ से ढँक गई थी। जैसे उन पर और पेड़ों पर आँसू झलमला रहे हों। रास्तों और सड़कों पर कीचड़, गारा और पिघली हुई बर्फ बह निकली थी। हालाँकि सबकुछ उलट-पुलट

हो गया था, लेकिन भयंकर अँधेरे के कारण शायद आसमान उसे नहीं देख पा रहा था। इसीलिए बर्फ के ढेर के ढेर बुरी तरह पिघलती धरती पर फेंक रहा था, और हवाएँ थीं कि उन्मत्त शराबी की तरह इधर से उधर ठोकरें मारती फिर रही थीं। वह इस बर्फ को ज़मीन पर जमने ही नहीं देती थीं, अँधेरे में निरुद्देश्य इधर से उधर मथ रही थीं।

इस लगातार कोलाहल को त्योरियाँ चढ़ाए हुए सवेली सुनता रहा। सच्चाई यह थी कि या तो वह सब जानता था कि खिड़की के बाहर जो इतना सब उत्पात हो रहा है वह किसलिए है या कम-से-कम इतना संदेह तो उसे था कि उसमें किसका हाथ है।

"मैं जानता हूँ।" चादर के अंदर ही उँगली हिलाकर धमकाते हुए बड़बड़ाया—"मैं सब जानता हूँ।"

खिड़की के पास ही एक स्टूल पर चौकीदार की पत्नी रायसा निलोवना बैठी हुई थी। दूसरे स्टूल पर अपने आपसे डरा-सहमा-सा मरियल-सा टीन का एक लैम्प रखा था, जिसकी मद्धम और काँपती हुई रोशनी, उसके चौड़े कंधों पर पड़ रही थी; आकर्षक दिखाई देनेवाले उसके शरीर के किनारों पर पड़ रही थी, और उसकी फर्श तक पहुँचती मोटी वेणी पर पड़ रही थी। वह बेकार पटसन से थैला बना रही थी। उसके हाथ तेज़ी से चल रहे थे, और सारा शरीर—उसकी आँखें, भवें, दाँत, होंठ, उसकी सफेद गर्दन—सबकुछ ऐसे शांत थे जैसे या तो जड़ हो गए हों या मशीनी नीरस काम में बिल्कुल डूब गए हों। केवल थोड़ी-थोड़ी देर बाद थकी गर्दन को आराम देने के लिए वह अपना सिर उठा लेती थी। एक क्षण खिड़की की ओर देखती जिसके पार बर्फ का तूफान गरज रहा था और फिर अपने थैले पर झुक जाती। कुछ ऊपर उठी हुई नाक और गड्ढेदार गालोंवाले उसके सुंदर चेहरे पर किसी तरह का कोई भाव नहीं था : न दुख न प्रसन्नता!

आख़िरकार उसका थैला पूरा हुआ। उसने उसे एक ओर फेंक दिया और अँगड़ाई लेकर अपनी धुँधली अधखुली आँखों को खिड़की पर टिका दिया। आँसुओं की तरह बहते पानी की बूँदों से शीशे भीग रहे थे या श्रमजीवी बर्फ की सतहों से सफेद हो गए थे जो खिड़की पर गिरतीं, रायसा की ओर देखतीं और पिघल जातीं...

"अब इधर आकर बिस्तर पर बैठ जा।" चौकीदार गुर्राया। रायसा गुमसुम बैठी रही। लेकिन अचानक उसकी पलकें काँपीं और चेतना उसकी आँखों में चमक उठी। रजाई में से सवेली उसकी हर भंगिमा को देख रहा था, बाहर सिर निकालकर बोला—"क्या बात है?"

"कुछ नहीं...मुझे लगता है, कोई आ रहा है।" उसने शान्ति से उत्तर दिया।

चौकीदार ने अपनी टाँगों और हाथों से रजाई उतारकर फेंक दी। घुटनों के

बल बिस्तर पर बैठ गया और खाली-खाली आँखों से पत्नी को ताकने लगा। लैंप की मरी-सी रोशनी उसके रोएँदार चेचकवाले चेहरे को चमकाकर उसके उलझे रूखे बालों पर पड़ रही थी।

"कुछ सुनते हो?" उसकी पत्नी ने पूछा।

उस लगातार चलनेवाले तूफान की गरज में वह पतली गुनगुनाहट जैसी आवाज बड़ी कठिनाई से सुनाई पड़ रही थी मानो किसी ततैये की तीखी भनभनाहट हो जो आपके गाल पर बैठना चाहता हो और हर बार उड़ा दिया जाता हो।

अपनी एड़ियों के बल उकड़ूँ बैठकर सवेली बड़बड़ाया—"यह तो डाक है।"

डाक ले जानेवाली सड़क गिरजाघर से दो मील दूर थी। ऐसे तूफानी मौसम में इस झोंपड़ीवालों ने घंटियों की आवाज को इसलिए सुन लिया कि अंधड़ सड़क से गिरजाघर की दिशा में ही चल रहा था।

"हाय भगवान!" गहरी साँस भरकर रायसा बोली—"सोचो तो लोग ऐसे मौसम में भी गाड़ी लेकर निकल पड़ते हैं।"

"सरकारी काम है। मन हो या न हो, जाना ही पड़ेगा।"

हवा में एक बार फिर भनभनाहट गूँजकर गायब हो गई।

"शायद गाड़ी चली गई।" फिर से बिस्तर में घुसकर सवेली बोला।

लेकिन जैसे ही वह रजाई ओढ़ने को था कि फिर से घंटियों की बिल्कुल साफ आवाज सुनाई दी। चौकीदार ने उत्सुकतापूर्वक पत्नी की ओर देखा। उछलकर बिस्तरे से बाहर आ गया और चूल्हे के पास इधर-उधर डगमगाते हुए कदमों से टहलने लगा।

"मुझे तो कुछ सुनाई नहीं देता।" पत्नी की ओर तीखी आँखों से देखते हुए रुककर चौकीदार ने कहा, लेकिन तभी हवा का एक झोंका खिड़की से आया और टुनटुनाहट की आवाज फिर तैर गई। सवेली पीला पड़ गया, उसने अपना गला साफ किया और नंगे पैरों को फिर फर्श पर घिसटता हुआ घूमने लगा।

"डाकिया आँधी में रास्ता भटक गया है।" वह पत्नी की ओर बड़ी खूँखार निगाहों से घूरता हुआ बड़बड़ा उठा—"सुना तूने? डाकिया रास्ता भूल गया है... मैं...मैं जानता हूँ...तू समझती है, मैं कुछ समझता नहीं हूँ..." वह फिर बड़बड़ाया।

"मैं सबकुछ जानता हूँ। कम्बख़्त।"

"तुम क्या जानते हो?" अपनी आँखें यों ही खिड़की पर जमाए हुए शांतिपूर्वक रायसा ने पूछा।

"चुड़ैल। मैं सब जानता हूँ, यह सब तेरी करतूत है। तेरी करतूत, कम्बख़्त। तूने, सिर्फ़ तूने यह सब किया है कि यह बर्फ का तूफान आ रहा है। डाक भटक रही है।"

"मूर्ख! तुम पगला गए हो।" उसकी पत्नी ने निरुद्वेग उत्तर दिया।

"अरे। बहुत पहले देख चुका हूँ मैं तो यह सब, तभी से सबकुछ समझ रहा हूँ, जब मैंने तुझसे शादी की थी। मैं तो तभी समझ गया था कि तू कुत्ते की औलाद है।"

"हिश्,," अपने कंधे झटककर हाथों से क्रॉस का निशान बनाते हुए रायसा ने कहा—"अरे मूर्ख, भगवान से डर।"

"चुड़ैल तो चुड़ैल ही रहेगी।" कमीज के सिरे से अपनी नाक छिनककर भयाक्रांत और खोखली आवाज में सवेली ने कहा—"माना कि तू मेरी बीवी है। यह भी माना कि तू पहाड़ी खानदान की है। लेकिन मैं कहता हूँ कि अगर तू खुद इस बात को कबूल भी कर ले तो क्या होता है—क्यों? हे ईश्वर, हमारे ऊपर दया कर। पार साल भगवान दानियाल और तीन जवान वाली शाम को जब बर्फीला तूफान आया था तो क्या हुआ था? मिस्त्री यहाँ आग तापने आ गया। फिर संत अलैक्सी वाले दिन जब नदी बर्फ से पटी पड़ी थी तो पुलिसवाला आ टपका—सारी रात तुझसे गप-सड़ाका करता रहा...कम्बख़्त। और जब अगली सुबह वह बाहर निकला तो देखा, उसकी आँखों में छल्ले थे और गालों में गड्ढे पड़े थे। और सुनेगी? अगस्त के रोजे वाले दिनों में दो बार तूफान आया और दोनों बार शिकारी यहाँ आ मरा। सबकुछ तो मेरी आँखों के आगे हुआ है। अरे तू केकड़े से भी ज़्यादा ख़ूनी है।"

"अपनी आँखों से तो तूने कुछ नहीं देखा।"

"नहीं देखा? इसी जाड़ों में क्रिसमस से पहले, 'क्रीटी के दस शहीदों वाले दिन' जब तूफान पूरे दिन और पूरी रात चलता रहा था—याद है कुछ? सेनापति का क्लर्क भटक गया था—और यहाँ आ मरा, कुत्ता...हँ हँ! क्लर्क के लिए तेरी लार टपकने लगी। तमाम माहौल को उसके लिए बिगाड़ डालना क्या ठीक बात थी? पिद्दी-सा आदमी जो दिन भर बेवकूफी की बातें घसीटता रहता है—साले की टेढ़ी-मेढ़ी गर्दन, मुँह पर फुंसियाँ। कोई अच्छा-भला होता तो बात भी थी। लेकिन वो...लानत है। शैतान की तरह बदसूरत।"

चौकीदार ने साँस ली, होंठ कस लिए और फिर सुना। घंटी तो सुनाई नहीं देती थी, तूफान छतों पर गरज रहा था। कुछ क्षण बाद फिर अँधेरे में टनटनाहट सुनाई दी।

"और बिल्कुल वही अब हो रहा है..." सवेली कहता गया—"बेकार में ही डाकिया भटक गया है। अगर यह डाकिया तुझे ही नहीं ढूँढ़ रहा हो तो मेरी आँखें फोड़ देना। उसका कल्याण तो शैतान कर रहा है—वही उसका सबसे अच्छा मददगार है। वह उसे इधर-उधर घुमाएगा, चक्कर देगा और फिर यहाँ ला छोड़ेगा। मैं जानता हूँ, हमेशा मैं देखता हूँ। नरक की कुतिया, अरे अब तू कितना छिपाएगी? शैतान

की खाला।''

''कैसा बेवकूफ है।'' उसकी पत्नी मुस्कुराई, ''कूढ़मगज, तू यह क्यों सोचता है कि यह तूफान मैं लाती हूँ।''

''हुँह...चांडाल। तू लाती हो या न लाती हो लेकिन मैं खूब जानता हूँ। तेरे शरीर में आग लगती है तो ज़रूर मौसम खराब हो जाता है और इस खराब मौसम में कोई-न-कोई उल्लू का पट्ठा यहाँ ज़रूर आ मरता है। हमेशा यही होता है, इसलिए तू ही इस सबकी जड़ है।''

बात को प्रभावशाली बनाने के लिए चौकीदार ने अपनी उँगली माथे पर रख ली। बाईं आँख बंद करके लयपूर्ण आवाज में बोला—''अरे पगली, अक्ल की दुश्मन, अगर तू सचमुच चुड़ैल नहीं है, आदमी है तो तुझे खुद सोचना चाहिए कि वह कोई मिस्त्री नहीं था। क्लर्क नहीं था, शिकारी नहीं था, उनके वेश में खुद शैतान था। अरे इस बात को खुद ही समझ ले तो तेरा भला हो...''

''क्यों बेवकूफी की बातें कर रहा है सवेली।'' सहानुभूति के साथ उसकी ओर देखते हुए पत्नी ने कहा—''जब पिताजी जिंदा थे सब तरह के लोग गाँवों, नगलों और अरमीनी पड़ावों से दूर-दूर से उनसे जाड़े का बुखार ठीक कराने आते थे। वे सब रोज आते थे, उन्हें तो किसी ने शैतान नहीं बताया। लेकिन कभी साल में एकाध बार कोई आँधी-तूफान में मर भी जाने के लिए आ जाता है तो तुझे लगता है, पता नहीं क्या हो गया। एक साथ दुनिया भर की बातें तेरी खोपड़ी में नाचने लगती हैं। बेवकूफ कहीं का।''

अपनी पत्नी का तर्क सवेली को जँचा। वह अपने नंगे पैर फैलाकर खड़ा हो गया।

सिर झुका लिया और गंभीरतापूर्वक सोचने लगा। हालाँकि पत्नी की सच्ची, दो-टूक वाणी ने उसे थोड़ा विचलित कर दिया था मगर तब भी वह पूरे मन से तय नहीं कर पाया कि उसके संदेहों में दम है या नहीं। एक क्षण कुछ सोचने के बाद उसने सिर को झटका दिया और कहा—''पंगे, लँगड़े, लूले, बुड्ढे आदमी नहीं आ सकते? यही क्यों होता है कि रात बिताने के लिए हमेशा जवान आदमी ही आएँ? और अगर अपने को गरम करना ही हो तो कोई बात नहीं है लेकिन वे यहाँ सब खुराफात क्यों करते हैं? अरे, तुम औरतों जैसी कुत्ती जात ही दुनिया में दूसरी नहीं है। असली दिमाग तो तुम्हारे भीतर एक कौड़ी का भी नहीं होता, लेकिन इन दुनिया भर की बदजातियों के लिए... अरे भगवान, हमें बचा लो। अब इस डाकिए की घंटी सुनाई दे रही है। तेरे दिमाग में है क्या इसे तो मैं तभी समझ गया था जब तूफान शुरू हुआ था। अरे मक्कार, यही तो तेरा चुड़ैलपना है।''

''सब मेरे मत्थे क्यों मढ़ रहा है—नारकी।'' आख़िर उसकी पत्नी अधीर हो

उठी। "गोंद की तरह इसी बात से क्यों चिपक गया है?"

"चिपक मैं इसलिए गया हूँ कि, भगवान न करे अगर आज रात को कुछ होता है समझी, अगर आज रात को कुछ हुआ तो सुबह ही सीधा मैं फादर निकोदिम के पास जाकर सबकुछ बता दूँगा।

"फादर निकोदिम, मैं कहूँगा, 'मेहरबानी करके मुझे माफ करो। यह चुड़ैल है।' क्यों—'अच्छा तो आप सुनना चाहते हैं क्यों? ज़रूर...' और तब मैं सब कह डालूँगा। तू मर जाय कम्बख़्त कुत्ती। कयामत के दिन उस भयानक नरक में ही नहीं, तुझे तो इसी दुनिया में इस सबका फल मिलेगा। तुम जैसे भूतों को भगाने के लिए ये सारे मंत्र, प्रार्थनाएँ सब के सब बेकार थोड़े ही होते हैं।"

अचानक खिड़की के ऊपर इतनी ज़ोर की और असाधारण थपथपाहट हुई कि सवेली पीला पड़ गया और डर के मारे पीछे लुढ़क-सा गया। उसकी पत्नी उछल पड़ी। वह भी पीली पड़ गई।

"भगवान के लिए, हमें भीतर आकर ज़रा गरम हो लेने दो।" उन्होंने काँपती और बड़ी घुटी धीमी आवाज में सुना—"इसमें कौन रहता है? हमारे ऊपर दया करो। हम भटक गए हैं।"

"कौन हो?" खिड़की की तरफ़ देखने में भी डरते हुए रायसा ने पूछा।

"डाकिया।" किसी दूसरी आवाज ने उत्तर दिया।

"देख ले, तेरी शैतानी चाल सफल हो गई न।" सवेली ने हाथ झटककर कहा—"मैं बिल्कुल ठीक था। झूठ थोड़े ही कहता था। अच्छा, अब तू ही देख बाहर।"

चौकीदार दो ही छलाँगों में बिस्तर पर जा पहुँचा और परों की चटाई पर फैल गया। क्रोध में नाक से साँसें छोड़ते हुए उसने दीवार की ओर मुँह फेर लिया। शीघ्र ही उसे अपनी पीठ पर ठंडी हवा का झोंका लगा। दरवाज़ा चरमराया और सिर से पैर तक बरफ में ढँकी एक आदमी की लंबी छाया दरवाजे में दिखाई दी। उसके पीछे वैसी ही सफेद एक और छाया भी दिखाई दे रही थी।

"क्या मैं थैले अंदर ले आऊँ।" बड़ी फटी-सी धीमी आवाज में दूसरे ने पूछा।

"अरे पड़ा रहने दे वहीं।" कहते हुए पहली छाया अपना लबादा खोलने लगी। उसने फुर्ती और अज़हद बेचैनी से टोपी समेत लबादे को खींचकर अलग किया और गुस्से से चूल्हे के पास फेंक दिया। फिर अपना बड़ा कोट भी उतारकर उसी के पास पटक दिया और बिना किसी से दुआ-सलाम किए झोंपड़ी में इधर से उधर चहलकदमी करने लगा।

यह एक सुंदर बालों वाला युवा डाकिया था, जिसने फटी-पुरानी वर्दी और पुराने से दिखाई देने वाले फुलबूट पहन रखे थे। इधर-उधर घूमकर अपने को गरम कर वह मेज पर ही बैठ गया। कीचड़ से सने पैरों को उसने थैलों की ओर फैला

दिया और अपनी ठोड़ी को मुट्ठी के ऊपर टिका लिया। ठंड की वजह से जगह-जगह सुर्ख पड़ गए उसके पीले चेहरे पर अब भी उस कष्ट और खतरे के चिन्ह बिल्कुल साफ थे जिनमें से होकर वह चला आ रहा था। हालाँकि क्रोध और अभी प्राप्त किए हुए मानसिक और शारीरिक कष्ट की छाप से उसका चेहरा विकृत हो रहा था, उसकी भौंहों, मूँछों और छोटी दाढ़ी पर बर्फ पिघल रही थी फिर भी वह सुंदर था।

"क्या कुत्ते की ज़िंदगी है।" चारों ओर दीवारों को देखकर और शायद बड़ी कठिनाई से इस बात पर विश्वास करके कि वह अब कुछ गरमाहट में है, डाकिया बड़बड़ाया—"करीब-करीब हम लोग तो खो ही गए थे। अगर आपके यहाँ की यह रोशनी न दिखाई देती तो पता नहीं क्या होता। न मालूम कब यह सब खत्म होगा। इस कुत्ते की-सी ज़िंदगी का कोई अंत नहीं है। हम लोग कहाँ हैं?" चौकीदार की पत्नी की ओर आँखें उठाकर आवाज गिराकर उसने पूछा।

चौंककर शरमाते हुए उसने कहा—"जनरल कालिनोव्स्की की जमींदारी में गुल्यावस्की पहाड़ी पर।"

"स्तीपान, सुना तुमने?" डाकिए ने गाड़ीवाले की ओर घूमकर कहा, जो कंधे पर लदे डाक के बड़े थैले सहित दरवाजे में फँस गया था।

"हाँ...हम लोग काफी भटक गए हैं।" कर्कश निःश्वास से जैसे शब्दों को झटककर गाड़ीवान बाहर चला गया और फौरन ही एक और थैला ले आया। एक बार फिर बाहर गया और बड़ी-सी पेटी में लटकती डाकिए की कुछ-कुछ उस ढंग की चपटे फल वाली तलवार लेकर भीतर आया जैसी तलवार लेकर घटिया किस्म की लकड़ी में खुदी तस्वीरों में जूडिथ, हॉलोफर्न्स के साथ दिखाया जाता है। थैलों को दीवार के सहारे टिकाकर वह बाहर वाले कमरे में चला गया...फिर वहीं बैठकर उसने पाइप सुलगा लिया।

"इस सफर के बाद शायद आप कुछ चाय पीना चाहेंगे?" रायसा ने पूछा।

"अब हम चाय पीते कैसे बैठे रह सकते हैं।" डाकिए ने भौंहें तानकर कहा—"हमें तो जल्दी ही जैसे-तैसे थोड़ा गरम होकर चल देना है। वरना डाकगाड़ी के लिए लेट हो जाएँगे। हम तो सिर्फ़ दस मिनट बैठेंगे और फिर अपने रास्ते लगेंगे। बस ज़रा रास्ता बताने की कृपा कीजिए।"

"यह मौसम क्या है, पूरी सज़ा है।" रायसा ने साँस भरी।

"हुँ...हाँ ऽऽ आप लोग कौन हैं?"

"हम? हम लोग यहीं रहते हैं... गिरजाघर के सहारे...हम लोग पादरियों में से हैं...ये मेरे पति हैं। सवेली, उठो और सलाम करो। अठारह महीने पहले तक यह जगह बिल्कुल अलग-अलग पादरियों की बस्ती थी। सचमुच जब यह जगह बसी हुई थी तो काफी आदमी रहते थे—उस वक्त नौकरी करने में भी आनंद था। अब

तो सभी चले गए हैं। अब आपको क्या बताना कि एक पादरी की जीविका के लिए कुछ है ही नहीं। यहाँ सबसे पास का गाँव मार्कोव्का है। वह भी तीन मील दूर। सवेली को भी छुट्टी मिल गई है और अब उन्हें सिर्फ़ चौकीदारी का काम मिला है। इन्हें गिरजाघर की देखभाल करनी पड़ती है।''

इसके बाद ही उसने डाकिए को बताया कि अगर सवेली जनरल की पत्नी के पास जाकर बड़े पादरी के लिए एक पत्र देने को कह दे तो उसे अच्छी-खासी जगह मिल सकती है ''लेकिन ये जनरल की पत्नी के पास जाते ही नहीं हैं, एक तो ये सुस्त हैं, दूसरे इन्हें आदमियों से डर लगता है। हम लोग भी तो पादरियों से ही हैं...'' रायसा ने जोड़ा।

''अब आपकी जीविका कैसे चलती है?'' डाकिए ने पूछा।

''गिरजाघर के लिए एक चरागाह और साग-सब्जी के लिए एक बाड़ी लगी हुई है। लेकिन उसमें से हमें ही कुछ नहीं मिलता,'' रायसा ने साँस भरकर कहा—''यही दूसरे गाँव में रहनेवाला बुड्ढा कंजूस फादर निकोदिम, जो सिर्फ़ एक बार गर्मियों में और एक बार जाड़ों में संत निकोलस दिवस मनाने आता है, इसी काम के लिए करीब-करीब सारी फसल खुद ही हड़प लेता है। हमारी चिंता करनेवाला तो कोई है ही नहीं।''

''तू झूठ बोल रही है।'' कर्कश स्वर में सवेली गुर्राया—''फादर निकोदिम महात्मा हैं। इस गिरजा का प्रकाश हैं। और अगर वे फसल ले भी लेते हैं तो यह नियम है।''

''तुम तो एकदम चिड़चिड़े हो गए हो।'' डाकिया शब्दों को चबाता-सा बोला—''क्या शादी हुए काफी वक्त हो गया है?''

''तीन साल हो गए—लेण्टके व्रत से पहले का आख़िरी इतवार था। मेरा बाप पहले यहाँ का चौकीदार था और जब उसके मरने के दिन नजदीक आ गए तो उसने कान्टीसरी (संत समाज) में जाकर उनसे किसी ऐसे अविवाहित आदमी को भेजने को कहा जिसके साथ मेरा विवाह किया जा सके—साथ ही मैं इस जगह की देखभाल भी करती रह सकूँ। इस तरह मेरी-इनकी शादी हुई।''

''वाह, मतलब कि तुमने एक तीर से दो शिकार किए।'' सवेली की पीठ की ओर देखते हुए डाकिए ने कहा—''पत्नी और नौकरी एक साथ ही मिल गई।''

सवेली बड़ी बेचैनी से अपने पैर मरोड़ने लगा। और दीवार से और भी चिपककर लेट गया। डाकिया मेज से उठ खड़ा हुआ। अँगड़ाई ली और डाक के थैले पर बैठ गया। एक क्षण सोचने के बाद उसने थैले को दबाकर एकसार किया। अपनी तलवार उठाकर दूसरी तरफ़ रखी और लेट गया। उसका एक पाँव फर्श को छूता रहा।

''क्या कुत्ते की ज़िंदगी है।'' सिर के नीचे हाथ रखकर बंद आँखों ही वह

बड़बड़ाया, "मैं तो दुश्मन के लिए भी ऐसी ज़िंदगी नहीं चाह सकता।"

शीघ्र ही सबकुछ निस्तब्ध हो गया। सवेली के खर्राटों और सोते हुए डाकिए की हल्की साँसों—जो हर साँस पर एक लंबी गहरी 'हँऽ...' की आवाज निकालता—के अलावा कुछ सुनाई नहीं देता था। कभी-कभी पहिए की घरघराहट की जैसी आवाज उसके गले में सुनाई देती थी और नींद में ढीले पैर थैले से खड़खड़ा उठते थे।

सवेली रजाई के नीचे से कुनमुनाया और उसने धीरे से चारों ओर देखा। उसकी पत्नी स्टूल पर बैठी हाथों से गाल दबाए हुए एकटक डाकिए के चेहरे की ओर देख रही थी। किसी भीत-स्तब्ध या आश्चर्यचकित व्यक्ति के चेहरे की तरह उसका मुख बिल्कुल निश्चेष्ट था।

"क्यों, तू उधर ताक क्या रही है?" क्रोध से सवेली फुसफुसाया।

"तुझे इससे क्या? चुपचाप सो जा।" उस सुनहरे सिर से ज़रा भी दृष्टि हटाए बिना उसकी पत्नी ने उत्तर दिया।

अपनी छाती की सारी हवा सवेली ने क्रोध से बाहर निकाल दी और झटके से दीवार की तरफ़ करवट बदली। तीन मिनट बाद ही बेचैनी से उसने फिर करवट बदल ली। बिस्तरे में उठ बैठा और तकिए पर हाथ टिकाकर प्रश्नात्मक दृष्टि से पत्नी की ओर देखने लगा। वह अब भी उस अतिथि की ओर घूरती निश्चेष्ट बैठी थी। उसके गाल पीले थे और उसकी आँखें एक विचित्र आग से चमक रही थीं। चौकीदार ने गला साफ किया, पेट के बल अपने बिस्तरे से खिसककर डाकिए के चेहरे को एक रूमाल से ढँक दिया।

"यह क्या कर रहा है?" उसकी पत्नी ने पूछा।

"उसकी आँखों को चौंधा न लगे।"

"तो रोशनी क्यों नहीं बुझा देता।"

सवेली ने पत्नी की ओर संदेह से देखा। फूँक मारने के लिए लैम्प की ओर होंठ किए, लेकिन अचानक कुछ और सोचकर हाथ झटक दिया।

"कुछ और फितूर तो नहीं है?" आवेश से वह बोला—"अरे दुनिया में इन औरतों जैसा धूर्त भी कोई होता है?"

तकलीफ़ से जैसे भौंहें तानकर पत्नी फुफकार उठी—"दुष्ट चांडाल, थोड़ी देर और रुक जा।" और वह खुद बैठक बदलकर आराम से डाकिए को घूरने लगी।

उसका चेहरा ढँका हुआ है—इस ओर उसने ध्यान ही न दिया। उसे उसके चेहरे से ही कोई विशेष रुचि नहीं थी। उसे रुचि थी इस व्यक्ति के नएपन से, उसके पूरे वजूद से। उसकी छाती चौड़ी और मजबूत थी। देखने में उसके गठीले पाँव, सवेली के भद्दे पैरों से अधिक सुंदर थे। सचमुच कहीं कोई बराबरी नहीं थी।

"हाँ-हाँ, मैं तो दुष्ट और चांडाल हूँ ही।" कुछ देर रुककर सवेली बोला—"लेकिन

ये कम्बख़्त यहाँ क्यों सो रहे हैं? इन्हें तो सरकारी काम है। इन दोनों को रोकने के लिए हमें जवाब देना पड़ेगा। आपको खत दिए जाते हैं। खत ले जाइए, आप यों सो नहीं सकते।'' सवेली बाहर वाले कमरे की ओर चिल्लाया–''अरे ओ गाड़ीवान–तेरा नाम क्या है। मैं ही तुम्हें सिखाऊँ। उठो। डाकिए को भी सोना नहीं चाहिए।''

और एकदम जोश में सवेली ने डाकिए की बाँहें पकड़कर झकझोर डाला।

''अरे ऐ, महाराज। अगर तुम्हें जाना है तो जाओ। नहीं जाना तो कोई बात नहीं है...यूँ सोने से काम थोड़े ही चलेगा।''

डाकिया उछल पड़ा। उठ बैठा। सूनी-सूनी आँखों से उसने झोंपड़ी में चारों ओर देखा और फिर लेट गया।

''लेकिन जा कब रहे हो?'' सवेली भुनभुनाया–''डाक तो पहुँचनी ही है, सुना कुछ, अभी भी टाइम है। मैं तुम्हारी मदद करूँ?''

डाकिए ने आँखें खोलीं। पहली मीठी नींद से गरमा और अलसा जाने से उनींदी आँखों से वह इस तरह चौकीदार की पत्नी की सफेद बेजुंबिश गरदन और आकर्षक आँखों को देखने लगा, जैसे कुहरे के पार से देख रहा हो। उसने आँखें बंद कर लीं और इस तरह मुस्कुरा उठा जैसे अभी भी सब सपना हो।

''सुनो, ऐसे मौसम में तुम जा कैसे पाओगे?'' उसने एक मधुर जनानी आवाज सुनी–''तुम्हें एक गहरी नींद लेनी चाहिए। इससे तुम्हें फायदा होगा।''

''और डाक का क्या होगा?'' सवेली ने उतावली से पूछा–''डाक कौन ले जाएगा? तू ले जाएगी। बोल, तू ले जाएगी डाक?''

डाकिए ने फिर आँखें खोलीं। रायसा के गालों के गड्ढों के सौंदर्य की ओर देखा। याद किया कि वह कहाँ है और सवेली को पहचाना। इस ठंड और अंधकार में उसे जाना है। इस विचार मात्र ने ही उसके भीतर ठंड की फुरहरी भर दी। और वह कष्ट से सिहर उठा।

''सिर्फ़ पाँच मिनट और सो लूँ,'' उसने जमुहाई लेते हुए कहा–''थोड़ा लेट हो जाऊँगा तो भी...''

''हम ठीक समय पर पहुँच ही जाएँगे।'' बाहर वाले कमरे से आवाज आई। ''सभी दिन एक से थोड़े ही होते हैं। आज शायद किस्मत से रेल कुछ लेट ही हो जाए।''

डाकिया उठ खड़ा हुआ और अलसाकर अँगड़ाते हुए कोट पहनने लगा। जब सवेली ने देखा कि आनेवाले जाने की तैयारी कर रहे हैं तो प्रसन्नता से जैसे हिनहिना उठा।

''ज़रा सहारा देना।'' डाक का थैला उठाते हुए गाड़ीवाले ने उसे पुकारा।

चौकीदार दौड़कर बाहर गया फिर डाक के थैले बाहर खींचकर निकालने में मदद करने लगा। डाकिया लबादे की गाँठें खोल रहा था। चौकीदार की पत्नी उसकी आँखों में घूरती रही, और ऐसा लगा जैसे सीधे उसकी आत्मा को देख रही हो।

"एक कप चाय तो पी ही लो।" उसने पूछा।

"मन तो मेरा भी है मगर तुम्हीं देख लो। वे तैयार हो गए हैं।" उसने निमंत्रण स्वीकार करते हुए कहा—"ज़रा लेट हो गए हैं, फिर भी..."

"रुको तो सही।" आँखें झुकाकर उसकी आस्तीन छूते हुए वह फुसफुसाई।

डाकिए ने गाँठ खोल ली और हिचकिचाते हुए लबादे को बाँह पर डाल लिया। रायसा के पास खड़े होना उसे अच्छा लग रहा था।

"तुम्हारी गर्दन कितनी..." उसने दो उँगलियों से उसकी गर्दन छुई और यह देखकर कि वह कोई विरोध नहीं कर रही, उसके कंधे और गर्दन को सहलाने लगा।

"मैं कहता हूँ...तुम..."

"तुम ज़रा ठहरो न...थोड़ी चाय पी लो..."

"उसे कहाँ पटक रहे हो?" बाहर से गाड़ीवान की आवाज सुनाई दी—"उसे सड़क पर ही छोड़ दो।"

"रुक जाओ न...सुनो, आँधी कैसी गरज रही है।"

डाकिया न तो ठीक तरह से जाग पाया था और न अभी जवानी और थकान की निद्रा को ही झटककर फेंक सका था। वह अचानक एक ऐसी कामना के वशीभूत हो उठा—जिसके लिए डाक के थैले, डाकगाड़ी और संसार की हर चीज पर लानत भेजी जा सकती है। उसने डरते हुए इस तरह दरवाजे की ओर देखा जैसे या तो भाग जाना चाहता हो या अपने को छिपा लेना चाहता हो। उसने रायसा को कमर से पकड़ा और लैम्प बुझाने के लिए झुका ही था कि बाहर के कमरे में बूटों के चलने की आवाज सुनी, गाड़ीवान दरवाज़े में दिखाई दिया। पीछे उसके कंधों के ऊपर से सवेली झाँक रहा था। डाकिए ने अपने हाथ झुका लिए और बिल्कुल तटस्थ की तरह शांत खड़ा हो गया।

"सब तैयार है।" गाड़ीवान ने कहा। डाकिया एक क्षण चुपचाप खड़ा रहा, निश्चयात्मक ढंग से उसने गर्दन को ज़ोर से झटका दिया। जैसे अब पूरी तरह जाग रहा हो और गाड़ीवान के पीछे-पीछे बाहर निकल आया। रायसा अकेली रह गई।

"आओ, चढ़ जाओ, ज़रा रास्ता तो दिखाओ।" उसने सुना।

एक निर्जीव-सी घंटी बजी। फिर दूसरी और घंटियों की टनटनाहट की सुंदर मधुर आवाज का एक क्रम झोंपड़ी से लेकर दूर तक तैरता चला गया।

जब एक-एक करके सभी चले गए तो बड़ी हताश-सी रायसा उठी और इधर से उधर चहलकदमी करने लगी। पहले तो वह पीली पड़ गई। फिर एकदम पूरी

लाल हो उठी। उसका मुँह घृणा से विकृत हो गया। उसकी साँसें काँप रही थीं, उसकी आँखें क्रूर और भयंकर गुस्से से चमक रही थीं। और अब ऐसी लग रही थी जैसे पिंजरे में इधर से उधर घूमती शेरनी को कोई दहकते लोहे से धमका रहा हो। एक मिनट वह चुपचाप खड़ी रही फिर उसने उस माँद में देखा। करीब-करीब आधा कमरा बिस्तर से भर गया था, जो दीवार की पूरी लंबाई तक चला गया था, और जिस पर गंदे परों का बिस्तर, भद्दे भूरे तकिए, एक रजाई और दुनियाभर के लावारिस चीथड़े पड़े थे। बिस्तर इस बुरी तरह बिगड़कर घूरे की तरह बन गया था कि उसे देखकर सवेली के सिर पर झुंड के झुंड खड़े बालों का ध्यान आता था, खासतौर से जब वह तेल मालिश करता था। बिस्तरे से बाहर के ठंडे कमरे वाले दरवाजे तक लटकते चीथड़ों और बर्तनों से घिरा चूल्हा फैला था। अनुपस्थित सवेली और घर की हर चीज इस बुरी तरह गंदी-चिपचिपी और दाग-धब्बों से चीकट थी कि सचमुच इस वातावरण में सफेद गर्दन और कोमल त्वचा वाली स्त्री को देखकर विश्वास नहीं होता था।

रायसा दौड़कर बिस्तरे तक आई और अपने हाथों को फैलाकर इस तरह झटका मानो हर चीज को वह इधर-उधर फेंक देना चाहती है, कुचल देना चाहती है, फाड़-फेंक देना चाहती है। लेकिन फिर जैसे गंदगी के स्पर्श से डरकर वह पीछे उछल आई और इधर से उधर घूमने लगी।

जब दो घंटे बाद सवेली थका-माँदा, जर्जर और बर्फ में ढँका लौटा तो उसने कपड़े उतार डाले थे और बिस्तरे में पड़ी थी। आँखें बंद थीं। लेकिन उसके मुँह की हल्की कँपकँपी से वह जान गया कि सोई नहीं है। घर को लौटते हुए रास्ते में मन-ही-मन संकल्प किया था कि दूसरे दिन सुबह तक राह देखूँगा। उसे छुऊँगा भी नहीं। लेकिन अब वह एक कटखना ताना मारने की इच्छा से अपने आपको रोक नहीं पा रहा था।

"तेरी सारी जादूगरी बेकार गई। वह तो चला गया।" उसने दाँत पीसते हुए क्रूर प्रसन्नता से कहा।

पत्नी चुपचाप पड़ी रही। लेकिन उसकी ठोड़ी काँपी। सवेली ने आहिस्ते से कपड़े उतार डाले और कठिनाई से पत्नी के ऊपर से फलाँगकर दीवार के सहारे जा लेटा।

"सुबह मैं फादर निकोदिम को बताऊँगा तू कैसी जोरू है।" वह ऊपर की ओर उठते हुए बड़बड़ाया।

रायसा ने उसकी ओर अपना मुँह घुमाया। उसकी आँखें चमक उठीं। "यह काम तेरे लिए काफी है और तू कहीं से भी जंगल-पहाड़, खोह-खाँद से अपने लिए दूसरी बीवी ढूँढ़ ला, कम्बख़्त।" वह बोली—"मैं तुझ जैसे भद्दे गँवार, दिन-रात पड़े

रहनेवाले नीच की बीवी नहीं हूँ। हे भगवान, मुझे माफ करो।''

''अच्छा...अच्छा, बहुत हुआ, सो जा।''

''हाय, मैं कैसी मुसीबत की मारी हूँ।'' पत्नी सिसक पड़ी–''तू नहीं होता तो किसी व्यापारी से या और किसी भले आदमी से शादी कर लेती। तेरी जगह कोई दूसरा होता। देखता, अपने आदमी को कैसा चाहती हूँ। राक्षस, तू बरफ में दब क्यों नहीं गया। खुली सड़क पर जमकर बरफ ही बन गया होता।''

रायसा बड़ी देर तक चिल्लाती रही। आख़िर एक गहरी साँस खींचकर चुप हो गई। बाहर तूफान अब भी गरज रहा था, कोई जैसे चूल्हे में रो रहा था, ऊपर चिमनी में रो रहा था, दीवारों के बाहर रो रहा था। सवेली को ऐसा लगा जैसे यह रुदन उसके अपने भीतर हो, अपने कानों में हो। इस साँझ ने उसके पत्नी के प्रति संदेह को एकदम पक्का कर दिया था। अब उसे ज़रा भी शक नहीं रह गया था कि उसकी पत्नी शैतान की सहायता से आँधियों और डाक की बैलगाड़ियों को अपने अधिकार में रखती है। लेकिन इससे भी अधिक दुख उसे इस बात का था कि इस रहस्यमयता ने, इस अलौकिकता ने और इस जादुई शक्ति ने पास लेटी हुई स्त्री को एक ऐसे अजब अनजान आकर्षण से भर दिया है, जिसे पहले वह कभी नहीं जान पाया था। सच्चाई यह थी कि अपनी इस मूर्खता में, अनजाने ही उसने इस स्त्री को ऐसे कवित्वपूर्ण जादू से ढँक दिया था कि वह उसे अधिक श्वेत, अधिक चिकनी और अपनी पहुँच से एकदम बाहर लगने लगी थी।

''चुड़ैल।'' वह गुस्से में बड़बड़ाया–''खूँखार जानवर।'' फिर भी उसके शांत हो जाने तक वह चुप रहा। अब वह स्वाभाविक रूप से साँस लेने लगी थी। सवेली ने उसके सिर को उँगलियों से छुआ...कुछ देर उसकी मोटी वेणी को हाथ में लिए रहा। शायद वह इससे अनजान रही। तब ज़रा हिम्मत करके उसकी गर्दन को हाथ से सहलाने लगा।

''छोड़ दे।'' वह चिल्लाई और उसकी नाक पर इतने ज़ोर से कुहनी मारी कि उसकी आँखों के आगे तारे नाच उठे।

थोड़ी देर बाद नाक का दर्द खत्म हो गया। मगर छाती के भीतर की तूफानी यंत्रणा चलती रही।

खाता नंबर

ज्यॉफ्री आर्चर

भ्रष्टाचार मिटाने की घोषणाएँ करती नई पार्टी जब सत्ता में आई तो बेईमानों की रूह फना हो गई। नए वित्तमंत्री ने बेहद सख़्ती से भ्रष्टाचार उन्मूलन का अभियान चालू कर दिया और कल तक जो सोना काट रहे थे, वे जेल काटते दिखाई देने लगे। आयकर चोरों और कालाबाजारियों पर छापे मारे गए, जुर्माने और जब्तियाँ हुईं—काला मुँह करके सड़कों पर घुमाया गया, तस्करों के गिरोहों का बेदर्दी से सफाया कर दिया गया। न संबंधों का लिहाज किया गया, न संपर्कों का, बेईमानी और भ्रष्टाचार की दुनिया में जैसे त्राहि-त्राहि मच गई। इस चुनाव में भ्रष्ट राजनेताओं, मंत्रियों, मुख्यमंत्रियों और उद्योगपतियों, तस्करों को खुलकर गालियाँ दी गई थीं, नाम ले-लेकर उनके कारनामों और कमाइयों के भंडा फोड़ किए गए थे, इसलिए उन्हें ही विशेष लक्ष्य बनाया गया। उनकी संपत्ति और बैंक खाते जब्त कर लिए गए। वित्तमंत्री ने कहा कि देश में तो हम इन्हें छोड़ेंगे नहीं, विदेशों में भी जिनके खाते या पूँजी हैं उनको भी नहीं बख्शा जाएगा। ऐसे लोगों के पास-पोर्ट सरकार ने अपने पास जमा करा लिए ताकि वे बाहर न भाग सकें।

इस बुलडोजर की सबसे बड़ी दिक़्क़त आई स्विस खातों को लेकर। गोपनीयता के करार के तहत न वहाँ की सरकार कुछ बताती थी, न बैंकवाले। पक्के सबूत थे कि बड़े-बड़े सौदों में भयानक कमीशन खाया गया है और सारा रुपया स्विस बैंकों में चला गया है। लाख कोशिश करने पर भी न रकम का पता चल रहा था न एकाउंट नंबरों का। वित्तमंत्री कई बार सार्वजनिक शपथ खा चुके थे कि वे इस राज का भी पर्दाफाश करके रहेंगे...आख़िर उन्होंने एक दुस्साहस कर ही डाला।

साधारण कपड़े और फटा-पुराना ब्रीफकेस लिए, एक व्यक्ति सबसे बड़े स्विस बैंक के मैनेजर के कमरे में पहुँच गया। उसने बताया कि उसे एक बहुत ज़रूरी और गोपनीय बात करनी है इसलिए चीफ एकाउंटेंट को भी बुला लिया जाए। जब

वह आ गया तो, उस व्यक्ति ने आग्रह किया कि दरवाज़ा अंदर से लॉक कर लिया जाए। जैसे ही दरवाज़ा लॉक हुआ, उसने जेब से पिस्तौल निकाली और दोनों को लक्ष्य करके दहाड़कर कहा, "मैं देश का वित्तमंत्री हूँ, और मुझे इन-इन व्यक्तियों के खाता नंबर चाहिए। मैनेजर और एकाउंटेंट दोनों के ही चेहरे सफेद पड़ गए—लगा, दिल का दौरा पड़नेवाला है, फिर भी उन्होंने कहा, "वह तो हम नहीं बता पाएँगे..."

"मैं सचमुच तुम दोनों को गोली मार दूँगा..." वित्तमंत्री की आँखों में ख़ून उतर आया।

"बताना संभव नहीं है," जैसे-तैसे हकलाकर कहने की कोशिश की।

"तुम्हें अपने बाल-बच्चों, घर-बीवी का, अपने जीवन और भविष्य का ख्याल नहीं है?" वित्तमंत्री ने मनोवैज्ञानिक हमला किया।

"सब है महामहिम, लेकिन हम अनुबंध और करार से बँधे हैं..." दोनों ही असहाय भाव से थर-थर काँप रहे थे।

"अब भी सोच लो, मैं सचमुच गोली मार दूँगा। कोई बचाने नहीं आएगा।"

"अब जो भी हो ..."

"तो तुम नहीं ही बताओगे?"

"नहीं," इस बार स्वर में दृढ़ता थी।

अचानक वित्तमंत्री ढीले पड़ गए। उन्होंने ब्रीफकेस खोला और बोले, "तब ठीक है। ये पचास लाख डालर मेरे हिसाब में जमा कर दो और मुझे मेरा खाता नंबर बता दो..."

ज्यॉफ्री आर्चर की कहानी का संक्षिप्त

एक टिप्पणी

होराशियो क़िरागो

महोदय,

यह सोचकर मैं यह कुछ पंक्तियाँ आपकी सेवा में भेजने की हिम्मत कर रही हूँ कि आप कृपा कर इन्हें अपने नाम से छपवा देंगे। यह प्रार्थना मैं इसलिए कर रही हूँ कि मैं जानती हूँ कि अगर इन पर मैं अपना नाम डाल दूँ, तो शायद इन्हें कोई भी पत्र स्वीकार नहीं करेगा।

अपने काम के सिलसिले में मुझे दिन में कम से कम दो बार पब्लिक ट्राम-बस का सहारा लेना पड़ता है। और पिछले पाँच साल से मैं इसी तरह आ-जा रही हूँ। लौटते समय तो कभी-कभी यात्रा में सहेलियों का साथ हो जाता है, लेकिन काम पर जाते हुए तो हमेशा अकेली ही जाती हूँ। उम्र मेरी बीस साल की है। शरीर लम्बा। बहुत दुबली-पतली भी नहीं हूँ और रंग भी साँवला नहीं है। चेहरा मेरा ज़रा भारी है, लेकिन पीला कमज़ोर नहीं। मेरा ख़याल है कि मेरी आँखें भी काफ़ी बड़ी-बड़ी हैं। मेरा यह बाह्य नख-शिख, जिसका मैंने संकोचपूर्वक वर्णन किया है, असल में बहुत-से क्या, काफ़ी लोगों की सम्मतियों का ही मिश्रित रूप है। मेरा मन तो यहाँ तक कहने को करता है कि यह सभी लोगों की सम्मतियों का निचोड़ है। आप जानते ही हैं कि किसी ट्राम-बस में चढ़ने से पहले आप पुरुषों की उसकी खिड़कियों से बैठे लोगों पर एक उड़ती निगाह डालने की आदत होती है। इस तरह आप सब चेहरों को परख लेते हैं—और निश्चित रूप से इनमें स्त्रियों के ही चेहरे होते हैं, क्योंकि उन्हीं में आपकी थोड़ी-बहुत रुचि हो सकती है। इतना-सा कष्ट कर चुकने के बाद आप भीतर तशरीफ़ लाते हैं, बैठते हैं।

अच्छा, एक बात और। कोई भी पुरुष जैसे ही फुटपाथ छोड़कर गाड़ी में क़दम रखता है और भीतर मुआइना करता है, मैं उसी समय समझ जाती हूँ कि वह किस तरह का आदमी है। इसमें आज तक मैंने ग़लती नहीं की। मैं फ़ौरन ताड़ जाती

हूँ कि वह गम्भीर आदमी है या यों ही अच्छे साथ और मन बहलाने के खयाल से ही टिकट के दस सेण्ट का जुआ खेल रहा है। मैं दोनों तरह के आदमियों को फ़ौरन ही पहचान लेती हूँ कि कौन अपने आराम को ध्यान में रखकर चढ़ा है और किसे किसी लड़की की बग़ल में थोड़ी-सी जगह में भी कोई तकलीफ़ नहीं होगी। मेरे बगल की जगह जब खाली होती है, तो मैं खिड़कियों से डाली गई पहली निगाह में ही ठीक-ठीक पहचान लेती हूँ कि कौन आदमी नीरस क़िस्म के हैं और कहीं भी बैठ जाएँगे; कौन थोड़े-थोड़े रसिक हैं और बैठ जाने के बाद सिर घुमा-घुमाकर धीरे-धीरे हम लोगों का मुआइना करेंगे, और कौन ऐसे साहसी हैं, जो खाली सात जगहों को छोड़कर गाड़ी के बिल्कुल पिछले हिस्से में एक कोने में भी कष्टपूर्वक मेरी बगल में आ जमेंगे। साफ़ है कि यही आदमी सबसे ज़्यादा दिलचस्प होते हैं। अकेले सफ़र करनेवाली लड़कियों की ख़ास आदत के विरुद्ध नए आनेवाले को खड़े होकर खिड़की की ओर वाली सीट पेश करने की बजाय मैं खिड़की की तरफ़ सरक-भर जाती हूँ और उस 'साहसी' साहब के बैठने को काफ़ी जगह छोड़ देती हूँ। मैंने कहा—काफ़ी जगह। लेकिन इस शब्द का कोई अर्थ नहीं है। लड़की द्वारा छोड़ी गई तीन-चौथाई सीट भी उसके हिस्सेदार को कभी पूरी नहीं होती। इच्छानुसार फैल-फूलकर बैठ चुकने के बाद वह आश्चर्यजनक रूप से निस्पन्द और जड़ हो जाएगा—इतना जड़, जैसे उसे लकवा मार गया हो। लेकिन यह सब दिखावा है, क्योंकि अगर कोई इन साहब की निस्पन्द जड़ता और निश्चेष्टता को गौर से देखे, तो उसे साफ़ पता लग जाएगा कि इन महाशय का शरीर बड़े अनजाने और चुपचाप उनकी अन्यमनस्कता और विचारमग्नता के कारण ही खिड़की की तरफ़ इस तरह सरक रहा है, जैसे वे एक चिकनी ढालू सतह पर बैठे हों। और यह तो सिर्फ़ एक संयोग है कि उसी खिड़की की तरफ़ कोई लड़की भी बैठी है, वरना वे न तो उधर देख रहे हैं और न उन्हें उसमें कोई ख़ास दिलचस्पी ही है।

इस तरह के होते हैं, ये लोग। इन्हें देखकर तो आदमी शपथपूर्वक कह सकता है कि चाँद से कम की बात तो वे सोच ही नहीं रहे होंगे। मज़ा यह कि इसी बीच में उनका दाहिना (या बायाँ) पाँव धीरे-धीरे उस ढालू धरती पर फिसलता भी रहता है। मैं मानूँगी कि जब यह सब होता रहता है, तो मुझे भी कम रोचक नहीं लगता। खिड़की की तरफ़ सरकते हुए सिर्फ़ एक ही निगाह में मैं अपने उन 'दोस्त' को तौल लेती हूँ। मैं जान जाती हूँ कि यह जो कुछ भी मन में उठे, उसे कर गुज़रनेवाले साहब हैं या मुझे थोड़ी-सी परेशानी में डाल देनेवाले सचमुच चिकने घड़े हैं। इसी तरह मुझे यह समझने में भी देर नहीं लगती कि यह शिष्ट नवयुवक है या कोई ज़लील साहब हैं, पुराने जरायमपेशा घाघ हैं या जेबकटी की लाइन में नए फँसे बाँगडू हैं। सचमुच लड़कियाँ फँसाने के फ़न में उस्ताद छैले हैं या यों ही चलते-फिरते दिल-फेंक

हैं। ऊपर से देखने में ऐसा लग सकता है कि एक ही क़िस्म के साहब, चेहरे से गम्भीर बने हुए, चुपचाप पाँव को सरकाते होंगे—उदाहरण के लिए जैसे चोर। पर बात ऐसी नहीं है। कोई लड़की ऐसी नहीं होगी, जिसने इस सिलसिले में गौर न किया हो, क्योंकि हर अलग क़िस्म के व्यक्ति से उसे खास तरह के बचाव की ज़रूरत पड़ती है। लेकिन अक्सर-औक़ात और उस समय ख़ासे तौर से, जब कि यह व्यक्ति नया मासूम युवक न हो और बढ़िया कपड़े पहने हो, तो यह ज़रूर जेबकट होता है।

पुरुषों द्वारा इस्तेमाल किए गए तरीकों में कभी फ़र्क नहीं होता। सबसे पहला क़दम होता है एक ओढ़ी गई दृढ़ उदासीनता और चाँद के ख़याल में डूबे रहने का अभिनय। दूसरा क़दम हमारे शरीर पर उड़ती हुई निगाह, जो लगती तो हमारे चेहरे पर ठिठकती-ठहरती-सी है, लेकिन जिसका एकमात्र उद्देश्य हमारे और अपने पाँव की दूरी को नापना होता है। बस, इतनी बात पता चल गई, अब जय-यात्रा शुरू होती है। मेरी समझ में पुरुषों द्वारा किए जानेवाली इन गुपचुप हरकतों से ज़्यादा हास्यास्पद शायद ही कोई चीज़ हो। जब कभी अँगूठे और कभी एड़ी के ज़रिए पुरुष धीरे-धीरे अपना पाँव खिसकाते हैं, तो साफ़ ही है कि वे उस हास्यास्पद स्थिति को नहीं देख सकते; लेकिन सचमुच ग्यारह नम्बर की साइज़ के जूते से चलनेवाले इस खूबसूरत चूहे-बिल्ली के खेल तथा ऊपर छत से लगे नक़ली हँसी हँसते, भावावेश के कारण शंकाहीन चेहरे में और पुरुषों की किसी भी दूसरी बेवकूफी में कोई भी तो तुलना नहीं है।

मैंने अभी कहा कि इस सब खेल में मुझे अरुचि नहीं होती। और मेरे मनोरंजन का एक ख़ास कारण है। जिस क्षण वे महाशय निश्चित रूप से जान लेते हैं कि उन्हें अपने पाँव से कितनी दूरी तय कर लेनी है, वे भूलकर भी अपनी निगाह नीचे की ओर नहीं जाने देते। अपने अन्दाज का उन्हें विश्वास होता है, इसलिए बार-बार निगाह डालकर वे हमें आत्म-रक्षा की ओर चौकन्ना नहीं करना चाहते। उस समय आपको साफ पता लग जाएगा कि उनका सारा आकर्षण सम्पर्क स्थापित करने में है, सिर्फ़ आँखें सेंकने में नहीं। अच्छा, अब जब यह मजेदार दोस्त आधी दूरी तय कर चुकते हैं; तो मैं भी उन अनाड़ी साहब से वही हरकत शुरू कर देती हूँ, जिसे वे कर रहे होते हैं—अर्थात् ठीक उसी तरह, उसी अनजान रूप से, उसी अन्यमनस्कता और विचारमग्नता से। सिर्फ़ मेरे पाँव की दिशा उल्टी होती है—ज़्यादा नहीं, बस कुछ इंचों का अन्तर बनाए रखना काफ़ी है। और सचमुच वह दृश्य तो बहुत ही मज़ेदार होता है, जब मेरे वे दोस्त अपनी अन्दाज़ी गई जगह पर पहुँचने के बाद वहाँ कुछ भी नहीं पाते! कुछ भी नहीं! उनका ग्यारह नम्बर का जूता वहाँ सिर्फ़ अकेला होता है। वे जैसे आसमान से गिर पड़ते हैं। पहले तो उनकी निगाह फ़र्श पर जाती है,

फिर मेरे चेहरे की ओर। मैं अपने विचारों में वहाँ से हज़ारों मील दूर गुड़िया से खेलती हुई खोई रहती हूँ। लेकिन वे महाशय मेरी चालाकी समझ जाते हैं।

इस तरह सत्रह में से पन्द्रह (काफ़ी लम्बे अनुभव के बाद मैं यह आँकड़े दे रही हूँ) झेंपे हुए हज़रत यह खेल बन्द कर देते हैं। बाक़ी दो के लिए मुझे ज़रा तीखी निगाहों से देखने को बाध्य होना पड़ता है। इस प्रकार की निगाहों में तिरस्कार, घृणा या क्रोध का भाव जताना ज़रूरी नहीं होता। बस, बिना उनकी ओर सीधा देखे, उनकी ओर उसी दिशा में सिर को झटका देना काफ़ी है। ऐसी स्थितियों में उस आदमी से निगाहें चुरा लेना ही अच्छा है, जो सचमुच संयोग से हमें दिल दे बैठा है। हो सकता है, किसी जेबकट में भयंकर चोर बनने के तत्त्व भी हों। इस बात को काफ़ी बड़ी रक़म की देखभाल करनेवाला खजाँची खूब अच्छी तरह जानता है या यह जानती हैं वे नवयुवतियाँ, जो बहुत दुबली-पतली न हों, जिनका रंग काला न हो, चेहरा भरा हो, और आँखें भी छोटी न हों, यानी कि सुन्दर हों जैसी कि मैं हूँ।

—आपकी, म. र.

प्रिय कुमारीजी,

आपकी कृपा के लिए अत्यन्त कृतज्ञ हूँ। जैसी कि आपने प्रार्थना की है, आपके अनुभवों पर आधारित लेख पर अपना नाम देने में मुझे कोई आपत्ति नहीं है; तो भी सिर्फ़ इस कार्य में आपका सहभागी होने के नाते निम्नलिखित प्रश्नों पर आपका उत्तर जानने में मुझे दिलचस्पी है : अपने बताए इन सत्रह लोगों के अलावा क्या सचमुच आपने कभी लम्बे या ठिगने, खूबसूरत या काले, मजबूत या मरियल कैसे भी अपने पड़ोसी के प्रति आकर्षण महसूस नहीं किया? क्या आपके मन में समर्पण का ज़रा-सा भी लोभ नहीं आया? हो सकता है, वह लोभ इतना अस्पष्ट हो कि आप अपना पाँव हटाना न चाहें या कम से कम पाँव सरकाने में थोड़ी अनिच्छा अनुभव करें?

—आपका ही, ह. क.

महोदय,

स्पष्ट कहूँ तो हाँ, एक बार, जीवन में सिर्फ़ एक बार, मैंने इस प्रकार समर्पण का लोभ अपने में पाया था। ज़्यादा सही यह है कि पाँव सरका लेने में आपकी बताई दुर्बलता मैंने अनुभव की थी। वह व्यक्ति कोई और नहीं, स्वयं आप ही थे। लेकिन उस अवसर का लाभ उठाने की आपमें तमीज़ नहीं थी...।

—आपकी, म. र.

सुनसान सड़क

तौफीक-उल्-हकीम

[सुनसान सड़क 'हज़ार दास्ताँ' के ढंग की एक सुन्दर रोमानी रचना है। अरबी साहित्य की अमर रचना 'अलिफ़ लैला' के इसमें जगह-जगह संकेत हैं। बादशाह शहरयार जब एक बार शिकार के बीच से ही लौट पड़ा, तो राजमहल में उसने अपनी प्राणों से भी प्रिय पत्नी को एक गुलाम हब्शी के साथ पाया। उस दिन से उसका विश्वास स्त्रियों पर से ऐसा उठ गया कि वह रोज़ शहर की एक कुमारी लड़की से शादी करता और सुबह उसे क़त्ल करा देता। जब वज़ीर की लड़की शहरज़ाद से यह सब देखा न गया, तो उसने हठपूर्वक बादशाह से अपनी शादी करा ली। सुहागरात के कमरे में उसने अपनी छोटी बहन के भी सोने की आज्ञा बादशाह से ले ली। बादशाह जानता था कि सुबह वह भी औरों की तरह क़त्ल होगी ही, इसलिए इस इच्छा के पूरे किए जाने में उसने आपत्ति नहीं की। पहले से सिखाई हुई छोटी बहन ने सुबह जल्दी ही उठकर बहन से कहा—'बहन, अभी तो सुबह होने में काफ़ी देर है। नींद नहीं आती, कोई कहानी सुनाओ न।' शहरज़ाद कहानी सुनाने लगी। बादशाह भी चुपचाप सुनता रहा। अपनी कहानी को उसने ऐसी जगह तोड़ दिया, जहाँ श्रोता की उत्सुकता चरम सीमा पर थी। कहानी अधूरी थी, इसलिए बादशाह ने उसे नहीं मरवाया और एक हज़ार दिन तक शहरज़ाद कहानियाँ कहती रही। 'सिन्दबाद जहाज़ी', 'अलाउद्दीन का चिराग़' आदि इसी की कहानियाँ हैं। ज्यों-की-त्यों तो नहीं, लेकिन अप्रत्यक्ष पृष्ठभूमि की तरह प्रस्तुत रचना में ऊपर की कहानी का उपयोग है। हब्शी गुलाम की तरफ़ लेखक की सहज मानवीय सहानुभूति अरब-समाज में कितनी क्रान्तिकारी चीज़ है, इसे बिना उस समाज का सम्यक् ज्ञान हुए समझना शायद कुछ मुश्किल है।—अनु.]

[एक सूनी सड़क। केवल एक मकान और दरवाज़े पर जलती लालटेन। हवा के

साथ झटकों में कहीं दूर से आता हुआ गाने का स्वर। कृष्ण-पक्ष की अँधेरी रात। आगे-आगे जादूगर आता है। वह एक लौंडी को घर वापस ला रहा है। वह उससे सवाल पूछ रहा है :]

जादूगर : वह ग़ैरमुल्क़ से आया हुआ हब्शी तुझसे क्या कह रहा था?

लौंडी : वह हमारे शहर में होनेवाले उत्सवों का कारण पूछ रहा था। मैंने बता दिया कि बेगम शहरज़ाद के सम्मान में हमारे यहाँ की कुमारियाँ यह त्योहार मनाती हैं।

जादूगर : तब फिर तेरा बदन क्यों काँप रहा है?

लौंडी : *(होंठों-ही-होंठों में)*—मुझे नहीं मालूम।

जादूगर : वक्त ने तुझे बार-बार बताया और मैं फिर बताए देता हूँ। उस बुड्ढे हब्शी से बचकर रहना। मुझे उसकी आँखों से बदमाशी टपकती दीखती है।

लौंडी : *(फुसफुसाकर)* वह बुड्ढा तो नहीं है!

जादूगर : तू इस तरह बोलती है, जैसे तेरे दिलो-दिमाग पर शैतान ने कब्जा कर लिया हो। अपना हाथ इधर ला, और चल भीतर। शायद उसकी बदसूरती ने तुझे डरा दिया है।

लौंडी : *(फुसफुसाकर)* वह तो बदसूरत भी नहीं है।

(दोनों मकान में चले जाते हैं। आँखों से लड़की का पीछा करता हुआ हब्शी आता है।)

हब्शी : सारी कुमारी लड़कियों में यही सबसे प्यारी है। इसका शरीर जैसे मानव-आत्मा का शरणस्थल हो...

एक आवाज़ : *(बिल्कुल उसके पीछे से)* या शैतान का शरणस्थल...या मेरी तलवार का!

हब्शी : *(घूमकर)* अच्छा, तो तुम हो?

जल्लाद : तुमने तो मुझे बड़ी आसानी से पहचान लिया।

हब्शी : अपनी तलवार कहाँ छोड़ आए, जल्लाद?

जल्लाद : मैंने सपनों के बदले में उसे बेच डाला।

हब्शी : अच्छा, अब मेरी समझ में आया। कल तुम मैखाने में क्यों इतने दरियादिल हो रहे थे? ख़ुशबूदार अगर का जो धुआँ अभी भी तैर रहा है, उसी से पता चलता है कि कितनी दरियादिली से तुमने मेरे ऊपर खर्च किया है।

जल्लाद : दूसरे मुल्कों से आनेवाले अपने मेहमानों के लिए जो हम ठीक समझते हैं, करते ही हैं।

हब्शी : और शाही महलों में अपने आक़ा के लिए तुम क्या कर रहे हो?

जल्लाद : मेरी नौकरी चली गई। अब मैं शाह का जल्लाद नहीं हूँ।

हब्शी : अच्छा, तो यह बात है।

जल्लाद : तुम यहाँ क्या देख रहे हो?

हब्शी : क्या आज कुमारियाँ दावत नहीं कर रहीं?

जल्लाद : हूँ। बादशाह को अब जल्लाद की ज़रूरत नहीं रही...

हब्शी : *(प्रशंसा से)* और इसका कारण शहरज़ाद की लाश है न?

जल्लाद : नहीं, बादशाह शहरज़ाद को प्यार ज़रूर करता है; लेकिन कुमारी लड़कियों का क़त्ल रोकने की वजह यह नहीं है।

हब्शी : *(अचानक गाने की आवाज़ सुनते ही)* गाना सुनो! कितना लाजवाब गाना है, कितना प्यारा। यह मकान किसका है?

जल्लाद : *(इधर-उधर देखकर जैसे चोरी से बता रहा हो)* जादूगर का। बादशाह छिपकर यहाँ इससे सलाह लेने आता है।

हब्शी : जादूगर का! क्या यही उस लौंडी का बाप है?

जल्लाद : कहा तो ऐसा ही जाता है।

हब्शी : *(फिर गाना सुनते हुए)* एक बेचारी बुलबुल, जो तुम्हारी ख़ूनी धार से बच गई है।

जल्लाद : *(जाने के लिए मुड़ते हुए)* मुझसे जो बच जाता है, सो शैतान का हो जाता है।

हब्शी : अरे, जाओ मत। मैं समझता हूँ, जल्दी का कोई काम तो तुम्हें है नहीं।

जल्लाद : और मेरा खयाल है कि मेरी आत्मा मुझसे किसी लाल चीज़ के बारे में कह रही है।

हब्शी : नहीं, तुम्हारे देखते ही वह स्याह पड़ जाएगी। तुम्हारी आत्मा को तो रंगों की पहचान ही नहीं रही। *(इसी समय एक थकी हुई टूटी-सी कराह, जो मानो दिल की बड़ी गहराई से खिंची चली आ रही हो, मकान की खिड़की से सुनाई देती है।)*

जल्लाद : कुछ सुनाई दिया?

हब्शी : क्या सुनाई देता?

जल्लाद : उल्लू की हाँक जैसी आवाज।

हब्शी : उल्लू? मुझे तो कोई उल्लू नहीं दीखता है। अरे बेकार जल्लाद, दुनिया को असगुनों से मत भर।

जल्लाद : *(जाते हुए)* मैं कहता हूँ, इन बहरों का ख़ुदा ही मालिक है।

हब्शी : अरे, एक मिनट रुक तो। खूबसूरत शहरज़ाद के बारे में कुछ बताए बिना मत जा।

जल्लाद : और उसके बारे में तुम क्या जानना चाहते हो? कल मैंने सब बता तो दिया था। बेकार ही कोई सोचने लगेगा कि तुम हज़ारों मील पार करके इस शहर में सिर्फ़ उसी के लिए आए हो।

हब्शी : *(दूरी की तरफ़ उँगली उठाकर इशारा करते हुए जोश से चिल्लाकर)* वहाँ देखो, रोशनी कैसी फूटी पड़ रही है। जैसे कोई पटाखा छूटा हो या रोशनी का फ़व्वारा चल रहा हो।

जल्लाद : वह बादशाह का कमरा है।

हब्शी : बेगम का भी?

जल्लाद : नहीं, बेगम के अपने कमरे महल के दूसरी तरफ़ हैं।

हब्शी : अजीब बात है। बादशाह को अब कहानियाँ सुनानेवाली बेगम की ज़रूरत नहीं रही, जो रात-भर कहानी सुनाती और पौ फटते ही ठीक समय पर खत्म कर देती।

जल्लाद : *(धीरे से)* बादशाह का दिमाग़ खराब हो रहा है।

हब्शी : मगर वह तो बेगम की मुहब्बत में पागल है।

जल्लाद : नहीं, यह सचमुच का पागलपन है।

हब्शी : कितना अभागा है वह, जिसे अँधेरे में भटकने की सज़ा दे दी गई हो।

(एक अजब-सी कराह, लम्बी आह खिड़की से सुनाई देती है)

हब्शी : *(चौंककर)* कौन है?

खिड़की से आने वाली आवाज़ : एक अजनबी, जो तुम्हें और तुम्हारी पुतलियों में तैरनेवाली रोशनी दोनों को देखता है।

हब्शी : क्या वह अजनबी मुझे जानता है?

आवाज़ : हाँ, और वह यह भी जानता है कि तुम सूरज की रोशनी की बेक़रार चाह में वक्त से पहले ही आ गए हो।

हब्शी : क्या अभी वह घड़ी नहीं आई है कि मैं उसे देख सकूँ, जो खुद सूरज है?

आवाज़ : अगर ज़िन्दगी चाहते हो, तो अँधेरा रहते-रहते भाग जाओ। कोशिश करो कि सवेरा तुम्हें न देख सके।

हब्शी : तुम कौन हो, मेरी रानी?

आवाज़ : वह आदमी बिल्कुल ही नासमझ बच्चा है, जो देखते हुए भी मौत

के स्याह साये से अपने को बचा नहीं सकता।

हब्शी : क्या मेरी ज़िन्दगी ख़तरे में है?

आवाज़ : जाओ, बादशाह की निगाहें तुम पर पड़ें, इससे पहले ही भाग जाओ। बादशाह आज भी नहीं भूला है कि उसने अपनी बेगम को एक हब्शी गुलाम की बाँहों में देखा था। भाग जाओ गुलाम, भाग जाओ, गायब हो जाओ, अँधेरे में वापस लौट जाओ।

हब्शी : सिर्फ़ एक बात पूछने की इजाजत दो।

आवाज़ : जल्दी करो।

हब्शी : मैं उसे देखना चाहता हूँ।

आवाज़ : क्या तुम उसी के लिए आए हो?

हब्शी : हाँ, और मुझे जानना ही चाहिए कि वह क्या है?

आवाज़ : वह सब कुछ है! और अधिक उसके बारे में कुछ नहीं जाना जा सकता।

हब्शी : और तुम? तुम नहीं जानतीं?

आवाज़ : मुझे कुछ नहीं पता। वे मुझसे उसके बारे में सवालात करते रहे; जवाब पाने के लिए उन्होंने मेरी ख़ुशामदें कीं। लेकिन मैं कुछ जानती ही नहीं। वे मेरा सिर काटकर उससे पूछ सकते हैं, शायद वही उन्हें जवाब दे तो दे। अच्छा, अब जाओ।

हब्शी : सिर्फ़ एक बात और।

आवाज़ : जाओ, मैंने कहा जाओ।

हब्शी : क्या तुम इस मकान में अकेली हो?

आवाज़ : मेरे साथ एक आदमी है, जो चालीस दिन से एक तिल के तेल-भरे बर्तन में भींग रहा है। जादूगर ने उसे सिर्फ़ अखरोट और अंजीरों के ऊपर जिंदा रखा है। अब उसमें सिर्फ़ नसें रह गई हैं और दिमाग में चिन्ताएँ। आज जादूगर उसे बर्तन से बाहर निकालकर हवा में सूखने को खड़ा कर देगा।

हब्शी : यह सब क्यों कर रहा है?

आवाज़ : ताकि उससे जो-जो सवाल पूछे जाएँ, उनका जवाब दे दे।

हब्शी : और यह सवाल पूछेगा कौन?

आवाज़ : बादशाह।

हब्शी : बादशाह जानना क्या चाहता है?

आवाज़ : भाग जाओ, गुलाम। यहाँ से दूर भाग जाओ। देखो, वे लोग चिराग़ बुझाने के लिए आ रहे हैं।

हब्शी : लेकिन तुम्हारा बाप तो चिराग बहुत पहले ही बुझा चुका है।

(कुमारी फिर अपनी लम्बी कराह के साथ सिसकने लगती है।)

हब्शी : तुम यह अजीब तरह की आवाज़ क्या कर रही हो?

आवाज़ : अगर कभी अँधेरे में कोई सब्ज़ बादल तुम्हारे पास से गुज़रे, तो पगली ज़ाहिदा को याद कर लेना।

इतालवी कहानी

युद्ध

लुइगी पिरांदेलो

रात की एक्सप्रेस गाड़ी से जो सवारियाँ रोम से चलती थीं, आगे जाने के लिए उन्हें सुबह पौ फटने के समय तक फ्रैब्रियानो नाम के छोटे से स्टेशन पर रुकना पड़ता था। यहाँ उन्हें मेन लाइन को सुलमानो से मिलानेवाली पुराने ढंग की एक लोकल मिलती थी।

सैकिंड क्लास का डिब्बा बड़ा घुटा-घुटा और धुएँ से भरा था। पाँच आदमी इसमें पहले से ही सारी रात सफर करते चले आ रहे थे...इसी डिब्बे में सुबह तड़के ही किसी ने एक भारी-भरकम स्त्री को बेडौल गठरी की तरह उठाकर भीतर रख दिया। स्त्री काले मुहर्रमी कपड़े पहने थी, पीछे-पीछे हाँफता-कराहता उसका पति भी चढ़ आया—छोटा, मरियल, सूखा-सा आदमी, चेहरे पर मौत की सफेदी, छोटी-छोटी चमकीली आँखें और देखने में संकोची और कुछ परेशान!

जब वह एक सीट पर बैठ चुका, तो उसने पत्नी को सहारा देने और बैठने को जगह बनाने के लिए डिब्बे की सवारियों को धन्यवाद दिया, फिर स्त्री की ओर घूमकर, उसके कोट का कालर नीचे करने की कोशिश करते हुए बड़े मुलायम स्वर में पूछा, "क्यों, ठीक हो ना?"

उसकी बात का जवाब देने की बजाय पत्नी ने अपने कोट का कालर फिर से अपनी आँखों के सामने उठा लिया, ताकि उसका चेहरा उसके पीछे छिपा रहे।

पति ने होंठों-ही-होंठों में बड़ी दुख भरी मुस्कुराहट के साथ कहा, "यह दुनिया भी कमबख़्त..."

अब साथी मुसाफिरों को उसे यह समझाना ज़रूरी लगा कि वह बेचारी स्त्री कितनी दुखियारी है। बीस साल के मासूम बच्चे, उसके इकलौते बेटे को युद्ध का दानव छीने लिए जा रहा था। उस बच्चे के लिए उन लोगों ने अपनी सारी ज़िंदगी कुर्बान कर दी थी। जब विद्यार्जन के लिए उसे रोम जाना पड़ा था तो वे दोनों भी

सुलमानोवाला अपना घर-बार छोड़कर उसके साथ-साथ रोम चले आए थे। फिर जब उसने लड़ाई पर जाना चाहा, तो उन्होंने उसे इसी आश्वासन पर जाने दिया था कि जैसे भी हो, कम-से-कम छह महीने के लिए उसे मोर्चे पर नहीं भेजा जाएगा। लेकिन, अचानक अब उन्हें एक तार मिला है कि तीन दिन के भीतर ही आपके पुत्र को मोर्चे के लिए चल पड़ना है और आप लोग उसे विदाई देने चले आएँ।

भारी-भरकम कोट के भीतर स्त्री मानो ऐंठन से कुड़मुड़ा रही थी। रह-रहकर वह जंगली जानवर की तरह घुर्र-घुर्र कर उठती थी। शायद उसे यह एहसास हो जाता था कि सारे वर्णन और ब्यौरे, सुननेवालों के भीतर हमदर्दी की छाया तक नहीं उभार पा रहे हैं, हालाँकि उसे यह भी निश्चित लगता था कि हो-न-हो, ये सभी उसी की तरह दुर्भाग्य के शिकार हैं। उनमें से एक आदमी खास दिलचस्पी से सारी बात सुन रहा था। उसने कहा, "ख़ुदा का शुक्र कीजिए कि आपका बेटा मोर्चे पर अब जा रहा है! मेरे लड़के को तो लड़ाई के पहले दिन ही भेज दिया गया था। दो बार घायल होकर वापस आने के बाद अब उसे फिर मोर्चे पर भेज दिया गया है।"

"और मैं? मेरे तो बेटे और तीन भतीजे मोर्चे पर हैं।" दूसरा मुसाफिर बोला।

"हो सकता है। लेकिन जहाँ तक हमारा सवाल है, हमारा तो ये इकलौता लड़का है!" पति ने साहस बटोरकर कहा।

"इससे क्या फ़र्क़ पड़ता है, ज़्यादा-से-ज़्यादा यही होता न, कि आप लाड़-प्यार में अपने इकलौते लड़के को बिगाड़ लेते! अगर मान लीजिए कि आपके और भी बच्चे होते तो क्या आप उस अकेले को ही सबसे ज़्यादा प्यार करते? जनाब, बाप का प्यार कोई रोटी नहीं है कि लिया, उसके टुकड़े किए और फिर सब बच्चों में बराबर-बराबर हिस्से बाँट दिए। बाप तो अपने दिल का प्यार अपने सभी बच्चों को बिना किसी भेदभाव के देता है, वह एक हो या दस। इसलिए इस समय मैं अपने दो बेटों के लिए दुखी हूँ, तो ऐसा नहीं कि दोनों के लिए आधा-आधा दुखी हूँ, बल्कि मैं तो एक ही तरह से दुखी..."

"आप ठीक कहते हैं... आप ठीक कहते हैं..." दुविधा और परेशानी में पड़े पति ने गहरी साँस ली, "लेकिन मान लीजिए, (हालाँकि हम सभी को पूरी उम्मीद है कि आपके साथ ऐसा नहीं है) कि एक बाप के दो बेटे मोर्चे पर लड़ रहे हैं और उनमें से एक लड़ाई पर काम आ जाता है तो इस हालत में उसे ढाढ़स बँधाने के लिए एक तो तब भी बचा रहता है जबकि..."

"जी हाँ!" वे साहब झुँझलाकर बोले, "उसे ढाढ़स बँधाने को एक बेटा बचा ज़रूर रहता है, लेकिन एक बेटा ऐसा भी होता है जिसके नाम पर उसे अपनी सारी ज़िंदगी रोते-कलपते ही घसीटनी पड़ती है। दूसरी तरफ़ इकलौते बेटे वाला बाप अगर अपना बेटा खो भी दे, तो खुद मरकर इन सारी मुसीबतों का खात्मा तो कर सकता

है। इन दोनों स्थितियों में से कौन-सी स्थिति ज़्यादा बुरी है? आप खुद नहीं समझते कि आपकी हालत के मुकाबले मेरी हालत कितनी बुरी हो जाएगी।"

"बकवास!" पीली-पीली, मटमैली, ख़ूनी आँखों और लाल-लाल चेहरेवाले एक मोटे-ताजे मुसाफिर ने बीच में टोककर कहा।

यह साहब हाँफ रहे थे। उनकी बाहर निकली पड़ती आँखों से उनके भीतर की दुर्दम हिंसा इस तरह फुफकार मारती फूटी पड़ रही थी, मानो उनका जर्जर शरीर उसे भीतर बाँधकर न रख पा रहा हो।

"बकवास!" अपने मुँह पर हाथ रखकर सामने के दो टूटे दाँतों को छिपाते हुए उन्होंने फिर दोहराया, "बकवास! क्या सिर्फ़ अपने स्वार्थ के लिए ही हम अपने बच्चों को जन्म देते हैं?"

शेष सारे यात्री बड़े कष्ट से घूर-घूरकर देखने लगे। जिसका लड़का पहले ही दिन से मोर्चे पर चला गया था, वह बोला, "आप ठीक कहते हैं। हमारे बच्चों पर हमारा कोई हक नहीं है, वे देश की संपत्ति हैं..."

"उहुँ!" मोटे मुसाफिर ने पलटकर जवाब दिया, "जिस समय हम बच्चों को जन्म देते हैं, उस समय कहीं हमारे मन में देश का विचार भी होता है? हमारे बेटे इसलिए पैदा होते हैं...कि...कि...उन्हें पैदा होना पड़ता है, और जब वे जीवन पा लेते हैं, तो हमारा अपना जीवन भी उनकी ही चीज़ हो जाता है, सच्चाई यह है। हो सकता है हम उनके हों, लेकिन वे हमारे किसी भी तरह नहीं हो सकते। जब वे बीस-बीस बरस के हो जाते हैं, तो हू-ब-हू वैसे ही होते हैं जैसे उनकी उम्र में हम हुआ करते थे। हमारे अपने भी बाप थे, माँ थी, लेकिन साथ-साथ और बहुत-सी दूसरी चीजें भी तो थीं...जैसे लड़कियाँ थीं, सिगरेटें थीं, सपने थे और नई-नई टाइयाँ थीं...और फिर बेशक देश भी था ही। खुद जब हम बीस के थे तो देश की पुकार का जवाब भी दिया करते थे, चाहे उसके लिए माँ-बाप रोकते ही क्यों न रह जाते हों। आज, अपनी इस अवस्था पर पहुँचकर हो सकता है, देश का प्रेम अब भी हमारे लिए महान हो, लेकिन हमारे लिए उससे ज़्यादा शक्तिशाली हो गया है अपने बच्चों का मोह। हममें से कौन ऐसा है, जिसका वश चले तो ख़ुश-ख़ुश अपने बेटे की जगह मोर्चे पर न चला जाए?"

चारों तरफ़ एकदम स्तब्धता छा गई। हर कोई समर्थन में सिर हिलाने लगा।

"ऐसा क्यों है कि..." मोटे आदमी ने अपनी बात जारी रखी, "जब हमारे बच्चे बीस साल के हो जाएँ, तो क्या उनकी भावनाओं का हमें बिल्कुल खयाल नहीं रखना चाहिए? उम्र पाकर वे अपने देश के प्रेम को (बेशक मैं अच्छे लड़कों की बात कह रहा हूँ) हमारे प्रेम से बड़ा समझें, क्या यह बहुत स्वाभाविक नहीं है? क्या यह अस्वाभाविक है कि ऐसा होने पर वे लोग हमें अपने बड़ी उम्र के दोस्तों की

तरह समझें और मानें कि हम लोग अब ज़्यादा चलने-फिरने लायक नहीं रह गए हैं। और हमारे लिए अच्छा हो कि हम अब घर पर ही बने रहें? अगर सचमुच देश नाम की कोई चीज है, अगर देश एक ऐसी प्राकृतिक आवश्यकता है, जैसी रोटी होती है और जैसे हम सभी को जीवित रहने के लिए खाना ही पड़ता है, तो किसी-न-किसी को तो देश की रक्षा करने जाना ही पड़ेगा और इस काम को सरंजाम देते हैं—हमारे बेटे! जब वे बीस बरस के हो जाते हैं तो उन्हें यह भी तो पसंद नहीं आता कि कोई उनके लिए आँसू बहाए। युद्ध में वे पौरुष, उत्साह और प्रसन्नता के साथ मरते हैं (बेशक मैं अच्छे लड़कों की बात कह रहा हूँ)। अच्छा, अब मान लीजिए, कोई बुढ़ापे में ज़िंदगी के बुरे पक्ष, यानी ऊब, नीरसता, ओछेपन और निराशा की कड़वाहट भुगतने से बचा रहकर अपनी जवानी के दिनों में ही ख़ुश-ख़ुश मर जाता है, तो इससे ज़्यादा और किस चीज की उसके लिए आप कामना करते हैं? यह रोना, बिसूरना सब कोई बंद कर दें...सब मेरी तरह हँसें और ख़ुश रहें...या कम-से-कम मेरी तरह ख़ुदा का शुक्र मनाएँ...मरने से पहले मेरे बेटे ने संदेशा भेजा था कि जिस सुंदर-से-सुंदर रूप में ज़िंदगी के अंत की कल्पना कर सकता था, अब बड़े संतोष के साथ उसी रूप में प्राण त्याग रहा हूँ। इसीलिए तो, देखिए न, मैंने कोई मुहर्रमी कपड़े नहीं पहने..."

उसने अपना हलका, बादामी रंगवाला कोट इस तरह झटका, मानो वह इसकी नुमाइश कर रहा हो। टूटे हुए दाँतों के ऊपर उसका उत्तेजित होंठ थर-थर काँप रहा था। आँखें पनीली और बेहरकत हो गई थीं। जैसे ही उसने बात पूरी की, उसके मुँह से हँसी की ऐसी आवाज निकली, जिसके लिए भ्रम हो सकता था कि कहीं यह सिसकी की आवाज़ तो नहीं है।

"आप ठीक कहते हैं...आप ठीक कहते हैं!" दूसरे लोगों ने सहमति जताई।

अपने कोट के भीतर गठरी बनी स्त्री कोने में बैठी-बैठी सब कुछ सुन रही थी। वह पिछले तीन महीनों से अपने पति और मित्रों की बातों से ऐसा कुछ पाने की कोशिश कर रही थी, जो उसे उसकी व्यथा में ढाढ़स बँधाए, जो उसे ऐसी राह दिखा सके कि एक माँ अपने बेटे को मौत के हवाले करके नहीं, बल्कि खतरनाक ज़िंदगी को सौंपकर भी कैसे अपना मन मार लेती है। लेकिन उन कहे हुए अनेक शब्दों में अपने मन को समझानेवाला एक शब्द भी तो उसे आज तक नहीं मिला था... यह देख-देखकर उसकी वेदना और भी बढ़ जाती थी कि कोई भी उसकी भावनाओं को नहीं समझ पाता।

लेकिन इस यात्री के शब्दों ने उसे आश्चर्यचकित ही नहीं, बल्कि एकदम स्तम्भित-सा कर दिया। सहसा ही यह बात उसकी समझ में आ गई कि ग़लती औरों की नहीं थी और न ही ग़लती उन लोगों की थी, जो उसे समझ नहीं पाते थे, बल्कि

ग़लती खुद उसकी थी। क्यों नहीं वह उन माँ-बापों की ऊँचाई तक उठ पाती थी, जो बिना आँखों में आँसू लाए अपने बेटों की जुदाई ही नहीं, बल्कि मौत तक के लिए अपने मन को तैयार कर लेते थे।

अपने कोने से बाहर की ओर झुकी-झुकी वह बड़े गौर से सुनने की कोशिश कर रही थी।

उस स्त्री को लगा, मानो उसे किसी ने ऐसी दुनिया में धकेल दिया है, जिसकी उसने स्वप्न में भी कल्पना नहीं की थी। इस दुनिया को तो वह अभी तक जानती ही नहीं थी। अपनी संतान की मौत पर ऐसे नियंत्रण और संयम से बात करनेवाले बहादुर बाप को सभी लोग मिलकर बधाइयाँ देने लगे, यह देखकर उसे बेहद ख़ुशी हुई।

"तो ...तो...क्या आपका बेटा सचमुच मर गया?" उसने पूछा।

सभी उसे आँखें फाड़-फाड़कर देखने लगे। उसकी ओर देखने के लिए बूढ़ा भी मुड़ा। अपनी बड़ी-बड़ी, बाहर निकली आती, पनीली-डरावनी और हल्की भूरी-भूरी आँखों को उसने स्त्री के चेहरे पर गड़ा दिया। कुछ समय तो उसने जवाब देने की कोशिश की, लेकिन फिर उसे शब्द ही नहीं सूझे। वह उसकी ओर बस देखता रहा, देखता रहा–और मानो तब उस बेहूदे और बेमौक़े सवाल पर पहली बार अचानक ही उसकी समझ में आ गया कि उसका बेटा सचमुच मर गया है, हमेशा-हमेशा के लिए उससे दूर चला गया है। उसके चेहरे पर ऐंठन उभरी, और उसकी मुद्रा भयानक रूप से विकृत हो उठी। झपटकर उसने अपनी जेब से रूमाल निकाला और तब सभी ने असीम आश्चर्य से देखा कि वह डरावनी हृदयविदारक बेबस हिचकियों में फूट-फूटकर रो पड़ा...

चीनी कहानी

कुत्ता-मांस-प्रिय जनरल

लिन् यूताङ्

हाँ, तो आज सुबह की ख़बर के हिसाब से 'कुत्ता-मांस-प्रिय जनरल' जनरल चांग-जुंग-चांग मारा गया! मुझे उसके लिए अफ़सोस है, उसकी माँ के लिए अफ़सोस है, और जिन्हें वह अपने पीछे छोड़ गया है, उन चौंसठ रखैलियों के लिए भी मुझे कम अफ़सोस नहीं है, यद्यपि उसकी मौत के पहले ही वे उसे छोड़कर चली गई थीं। चूँकि मेरी इच्छा इन दिनों भ्रान्त पीढ़ी के दुर्दान्त जनरलों के संस्मरण लिखने में विशेषता प्राप्त करने की है, इसलिए मैं उसका प्रारम्भ इस 'कुत्ता-मांस-प्रिय जनरल' से ही कर रहा हूँ।

हाँ, तो हमारा 'कुत्ता-मांस-प्रिय जनरल' मर गया! कितनी बड़ी घटना है! मेरे लिए, पूरे चीन के लिए और उन ग़रीब चीनियों के लिए तो, जो नंगे पाँव, कन्धों पर संगीन उठाए चलते हैं, यह बड़े ही रहस्यपूर्ण और महत्त्व की ख़बर है! ऐसी घटनाएँ रोज़-रोज़ नहीं घटतीं, और अगर कहीं वे रोज़ घटतीं, तो चीन के सारे दुःख दूर हो जाते। ऐसी घटना के अवसर पर तो पाँचों युवानों को भंग किया जा सकता था, डा. सुनयात सेन की वसीयत को फाड़ा जा सकता था और कुओमिन्तांग की केन्द्रीय कार्यकारिणी-समिति के सौ सदस्यों को बर्खास्त किया जा सकता था। पूरे चीन के सारे स्कूल-कालेजों को बन्द किया जा सकता था, और अपनी खोपड़ी में भरी हुई दुनिया-भर की खुराफ़ातों—कम्युनिज्म, फासिज्म, जनतंत्र, विश्व के कष्ट और स्त्रियों की स्वतन्त्रता आदि-आदि को निकाल फेंका जा सकता था। लेकिन हम ग़रीब लोग शायद तभी शान्ति और समृद्धिपूर्वक ज़िन्दा रह सकते थे।

तो, मध्ययुगीन चीन की एक और रंगीन हस्ती शून्य में समा गई; जिसके बारे में तरह-तरह की बातें कही जाती थीं। लेकिन फिर भी उस 'कुत्ता-मांस-प्रिय जनरल' का मेरी आँखों में विशेष महत्त्व है, क्योंकि नए चीन का वह सबसे अधिक रंगीन, मध्ययुगीन और बेहद बेशर्म शासक था, जिसके बारे में तरह-तरह की बातें

कही जाती हैं। वह सचमुच ठीक वैसा ही जन्मजात शासक था, जैसा आज के चीन को चाहिए। वह असाधारण रूप से मोटे-मोटे हाथों और भैंगी आँखोंवाला लंबा-तड़ंगा छः फीट ऊँचा पूरा देव था। वह खरी बात कहनेवाला, शक्तिशाली और मौक़ा पड़ने पर भयंकर रूप से योग्य, जिद्दी और असाधारण प्रतिभासम्पन्न व्यक्ति था। अपने हिसाब से वह देशभक्त और कम्युनिज्म-विरोधी था, जिसका कारण यह था कि वह कुओमिन्तांग का विरोधी था। उसके सारे आलोचकों को स्वीकार कर लेना चाहिए कि वह अपने किन्हीं विश्वासों के कारण कुओमिन्तांग का विरोधी नहीं, वरन् अचानक संयोगवश ऐसा हो गया था। वह कुओमिन्तांग से लड़ना भी नहीं चाहता था, लेकिन कुओमिन्तांग खुद उससे लड़ना और उसके राज्य को हड़पना चाहता था। और एक ईमानदार आदमी होने के नाते पूँछ दबाकर भागने की अपेक्षा वह लड़ा। अगर अवसर मिलता और कुओमिन्तांग उसका शांतुंग लौटा देता, तो वह कुओमिन्तांग में शामिल हो गया होता, क्योंकि वह तो खुद ही कहा करता था कि सानमिन के सिद्धान्तों से कोई हानि नहीं हो सकती।

वह भयंकर रूप से शराबी था और कुत्तों के मांस पर तो जान देता था। छोटे-बड़े अफ़सरों की ज़रा भी चिन्ता किए बिना जो-कुछ चाहता और जितना चाहता, बक सकता था। बाकी लोगों की तरह न तो उसने कभी अपने को सज्जन आदमी बताने की कोशिश की और न कभी प्यारे, सुन्दर सुनाई देनेवाले शब्दों के तार ही कहीं भेजे। बिना किसी लाग-लपेट के वह सच कहनेवाला आदमी था और उसकी यही ईमानदारी थी कि उसके निकट सम्पर्क में आनेवाले उसे बहुत प्यार करते थे। वह कहा करता था कि उसे औरतों से बड़ा प्रेम है—यहाँ तक कि वह एक रूसी लड़की को गोद में बैठाकर विदेशी एलचियों से मिला करता था। जब भी वह रात को आमोद-उत्सव मनाता था, तो अपने दोस्तों और दुश्मनों सभी को उसके बारे में बता दिया करता था। अगर अपने किसी मातहत की पत्नी उसे लुभा लेती थी, तो वह उससे साफ़-साफ़ कह देता था। इस सबको छिपाने के लिए शाह डेविड की तरह श्लोकों का सहारा लेना उसे पसंद नहीं था। और जब किसी मातहत की पत्नी को वह ले लेता था, तो उसके पति को ज़ीनान का पुलिस-अधिकारी बना देता था। दूसरे लोगों की नैतिकता की उसे बड़ी चिन्ता थी। उसने छात्राओं का ज़ीनान के पार्कों में घुसना बन्द करा दिया था और गली-नुक्कड़ों पर उन्हें निगल जाने को खड़े गुंडों-लफंगों से उनकी सुरक्षा का प्रबन्ध किया था। वह बड़ा ही सच्चरित्र और पाक था। उसका अपना एक 'हरम' भी था। वह एक स्त्री के कई पति हों या एक आदमी की कई पत्नियाँ हों, दोनों में विश्वास करता था। जिस समय उसे अपनी किन्हीं रखैलों की ज़रूरत नहीं रहती थी, तो उन्हें हर किसी से प्रेम करने की खुली छूट दे देता था।

कन्फ्यूशियस का वह भक्त था। देशभक्त तो वह था ही। उसके बारे में कहा जाता है कि एक बार जब बैप्पों में जापानी बिस्तरे में उसने एक खटमल पकड़ लिया, तो ख़ुशी से उछल पड़ा था। चीनी संस्कृति की महानता बखानने में तो वह कभी थकता ही न था। अपनी माँ से उसे बड़ा प्रेम था और अपने मन्त्री को भी वह बहुत चाहता था। उसकी बेलाग ईमानदारी के बारे में काफ़ी क़िस्से मशहूर हैं। उसे एक रूसी वेश्या से प्रेम था। वह रूसी वेश्या बाल-कतरे छोटे से रूसी कुत्ते को बहुत चाहती थी। कुत्ते को प्यार करनेवाली उस वेश्या को वह कितना चाहता है, यह दिखाने के लिए उसने उस कुत्ते के सामने उसे दिखलाते हुए पूरी रैजीमेण्ट की परेड कराई। एक बार उसने शांतुंग के एक ज़िले में एक मजिस्ट्रेट तैनात किया और दूसरे ही दिन उसी ज़िले में उसी जगह के लिए एक दूसरा आदमी भी तैनात कर दिया गया। अब वहाँ झगड़ा खड़ा हो गया। दोनों का दावा था कि 'कुत्ता-मांस-प्रिय जनरल' ने उन्हें खुद तैनात किया है। आख़िरकार यह तय हुआ कि दोनों मामला साफ़ करने के लिए जनरल के पास जाएँ। जब वे पहुँचे तो संध्या हो चुकी थी और जनरल उस समय रात्रि के आमोद-उत्सव में अपने सोनेवाले कमरे में था। अपनी उसी स्वाभाविक निष्कपटता से उसने कहा—"भीतर भेज दो।"

दोनों मजिस्ट्रेटों ने बताया कि उसने दोनों को एक ही ज़िले में तैनात कर दिया है, तो जनरल बोला—"बेवकूफ़ो, इस ज़रा-सी बात को तुम खुद तय नहीं कर सकते थे, जो यहाँ मुझे तंग करने आए हो ?"

महान चीनी-उपन्यास 'शूई-हू' के नायकों और सारे चीनी डाकुओं की तरह वह भी ईमानदार आदमी था। अपने साथ की गई किसी भी भलाई को वह भूलता नहीं था और जिन लोगों ने उसकी मदद की थी, उनके प्रति वह हठपूर्वक बड़ा ही ईमानदार था। उसकी पतलून की जेबें नोटों से भरी रहती थीं और जब कोई उससे कुछ माँगने आता था, तो मुट्ठी भरकर नोट निकालता और माँगनेवाले को दे देता। वह सौ-सौ डालर के नोट इस तरह बाँट देता था, जैसे राकफ़ैलर डाइम (सौ सेण्ट का सिक्का) बाँटता है। अपनी उदारता और ईमानदारी के कारण ही वह अपने सहयोगियों की घृणा से बचा था।

आज सुबह जब मैं अपने दफ्तर में आया और जब अपने साथियों को मैंने यह महान ख़बर सुनाई, तो हरेक मुस्कुराया, इससे साफ़ था कि हर आदमी उसे चाहता है। किसी ने उससे नफ़रत नहीं की और कोई कर भी नहीं सकता था। चीन का शासन अब भी उस जैसों से ही चल रहा है, लेकिन बाकी लोगों में न तो वैसी ईमानदारी है, न सच्चाई और न वैसी उदारता ही। चीन को जैसे शासकों की ज़रूरत है, वैसा वह जन्मजात था और बाकियों के मुकाबले सबसे अच्छा आदमी भी था।

फ्रांसीसी कहानी

छैल-छबीला शेर

ज्याँ फ़ैरी

म्यूजिक-हाल के उन तमाशों में जो दर्शकों और अभिनेताओं दोनों के लिए समान रूप से बेहूदा खतरनाक होते हैं, मुझे 'फैशनेबिल शेर' नाम का तमाशा जैसी विलक्षण दहशत से भर देता है उतना कोई तमाशा नहीं भर पाता। आज की पीढ़ी को तो इस बात का कोई ज्ञान ही नहीं है कि पहले महायुद्ध के बाद के दिनों में बड़े म्यूजिक-हाल किस तरह के हुआ करते थे। इसलिए जिन्होंने उसे कभी देखा ही नहीं उनके लिए मैं पूरे नाटक का ही वर्णन करूँगा। लेकिन वह दृश्य मुझे जिस बर्फीले घिनौने पानी के चहबच्चे जैसे नेस्त आतंक और घृणित मानसिक क्लेश की स्थिति में डाल देता है उसे तो मैं समझा क्या, बताने का प्रयत्न भी नहीं कर पाऊँगा। कायदे से तो मुझे ऐसे थियेटर में ही नहीं जाना चाहिए जिसके कार्यक्रम में ऐसा तमाशा भी शामिल हो (वैसे यह सही है कि आजकल तो यह बहुत ही कम दिखाया जाता है) यह कह देना बड़ा आसान है। पर, इस बात का कारण मैं कभी भी नहीं जान सका कि 'फैशनेबिल शेर' के तमाशे की घोषणा पहले से क्यों नहीं की जाती—इसीलिए मैं भी पहले से कभी चौकन्ना नहीं हो पाया। बस एक धुँधला-धुँधला अर्ध-जाग्रत सा बेचैनी का अहसास मन में रहता है जो म्यूजिक-हाल के मेरे सारे मजे को किरकिरा कर देता है। कार्यक्रम के अंतिम तमाशे पर अगर मैं मुक्ति की एक गहरी साँस छोड़ता हूँ तो इसीलिए कि इस खेल की भूमिका के बाजे-गाजे और रंग-ढंग से मैं बहुत अधिक परिचित हूँ। और यों जैसा कि मैंने कहा इस खेल को हमेशा इस तरह दिखाया जाता है मानो बिना किसी तैयारी के यों ही दिखा दिया जा रहा हो। जैसे ही बैण्ड सहसा 'वाल्ज' की वह विशेष कान-फोड़ती धुनें बजा उठता है, मैं समझ जाता हूँ कि अब क्या होगा। एक पीसता-सा बोझ दिल पर जम जाता है और खौफ से मेरे दाँत इस तरह बजने लगते हैं मानो कम वोल्टेज की बिजली के करैण्ट से बज रहे हों। कायदे से उस वक्त मुझे उठ आना चाहिए, लेकिन हिम्मत नहीं पड़ती।

खैर, जो भी हो और तो शायद ही कोई और घबराता हो। मैं जान जाता हूँ कि जानवर अपने काम पर चल पड़ा है। कुर्सी के हत्थे बेचारे थोड़ा-बहुत सहारा दे पाते हैं—बस मैं उन्हें ही कसकर पकड़ लेता हूँ...

सबसे पहले सारा हाल घुप अँधेरे में डूब जाता है। फिर स्टेज के सामने की ओर से रोशनी का एक गोला उभरता है और अपनी हास्यास्पद-सी किरणें एक खाली बक्से पर फेंकता है। यह बक्सा अक्सर मेरी सीट के ही पास होता है—बिल्कुल सटा हुआ। फिर प्रकाश की उँगलियाँ आरामगाह के दूर सिरे की ओर बढ़ती हैं और नेपथ्य में खुलनेवाले एक दरवाजे पर चमक उठती हैं। और जब सहसा भोंपूवाले बाजों के एक नाटकीय धूमधड़ाके के साथ आर्केस्ट्रा 'वाल्ज का निमंत्रण' बज उठता है तो वे प्रवेश करते हैं।

शेर को वश में करनेवाली का सिर ऐसे सुर्ख रंग का है कि कँपकँपी पैदा हो जाए। हल्के-हल्के बाल लहराते रहते हैं। शुतुरमुर्ग के परों का एक पंखा ही उसका एकमात्र हथियार होता है, इससे पहले वह अपने चेहरे का निचला भाग छिपाए रहती है—बस लहरिए की काली झालर के ऊपर उसकी बड़ी-बड़ी हरी आँखें दिखाई देती रहती हैं। रोशनी के गोले में उसकी बाँहें, जाड़े की संख्या के बदलते रंगोंवाली कुहरिल-आभा से झलमला उठती हैं। वह बहुत नीचे, सरसराते और मन को मादक भावनाओं से भर देनेवाले कपड़े पहने रहती है। काली-काली गहराइयों और खूब चमकने, झलमलानेवाली यह पोशाक सबसे अच्छे मुलायम, लचीले फर की बनी होती है। सबसे ऊपर होते हैं, नीचे की ओर लहराते सोने के सितारों में झलमल-झलमल करते चकाचौंध करनेवाले उसके केश। सब मिलाकर एक हावी होता-सा लेकिन फिर भी हल्का हास्यास्पद-सा असर होता है। लेकिन हँसने की बात तो आप सपने में भी नहीं सोच सकते। नखरे के साथ अपने पंखे से खेलती, एक अपरिवर्तनीय मुस्कान में जमे हुए अपने सुन्दर तराशे हुए-से होंठों को दिखाती वह खाली बक्से की ओर बढ़ती है। उसके पीछे-पीछे किसी एक बाँह पर पड़ता हुआ रोशनी का गोला आता है—और यह बाँह शेर की होती है।

शेर अपने पिछले पैरों पर अच्छा-खासा आदमी की तरह चलता है। वह निहायत ही शानदार छैल-चिकनियाँ बाबुओं जैसे कपड़े पहने रहता है। उसका सूट ऐसा चुस्त-दुरुस्त कटा-सिला होता है कि भूरी बुँदकियोंवाली पतलून, फूलोंवाली वास्कट झकझकाती हुई बे-नुक्स सफेद चुन्नट, बड़ी ही कुशलता से सिले फ्राक-कोट के भीतर के जानवर के शरीर को शायद ही कोई पहचान पाए। लेकिन ऊपर सिर जो है, जहाँ घिग्घी बँधा देनेवाली क्रूर मुस्कान होती है, सुर्ख गढ़ों में ख़ूनी आँखें इधर से उधर घूमती हैं, खूँखार सरसराती हुई बड़ी-बड़ी मूँछें; और फड़कते ऐंठते हुए होंठों के भीतर खंजर जैसे दाँत चमकते हैं। अपनी बाईं बाँह के खम में एक हल्का-सा

भूरा-भूरा हैट लेकर शेर बड़ी सख्त मुद्रा में बढ़कर आगे आता है। औरत भी निहायत ही सधे कदमों से आगे बढ़ती है। अगर वह अपनी पीठ को सिकोड़ती दिखाई देती है, या उसकी नंगी बाँह में एक ऐसी ऐंठन-सी आ जाती है कि उसकी केसरिया मखमली खाल के नीचे कोई अप्रत्याशित मांस-पेशी दिखाई दे जाती है तो वह इसलिए कि अपने इस प्रच्छन्न कठोर प्रयत्न से वह आगे की ओर गिरने-गिरने को होते अपने साथी को झटका देकर रोके रखती है।

वे लोग बक्से के दरवाजे पर आ जाते हैं और फैशनेबिल शेर अपने पंजे से धक्का देकर उसे खोलता हुआ महिला को भीतर जाने देने के लिए एक ओर खड़ा हो जाता है। जब वह अपनी कुर्सी पर बैठ जाती है और उस फटे-पुराने गुदगुदे कपड़े के सहारे बहुत लापरवाही से झुक जाती है, तो शेर भी उसके बगलवाली कुर्सी में धम से गिर पड़ता है। इस क्षण पर आनन्द के अतिरेक से भीड़ वाह-वाह कर उठती है, और मैं हूँ कि शेर को फटी-फटी आँखों से देखता रहता हूँ—काश, यहाँ न होकर कहीं और होता! इस विकट इच्छा से रुआँसा-सा हो जाता हूँ। शेर पालनेवाली शाहाना-अन्दाज से अपनी चिलकती लटों को झुलाकर हमारा अभिनन्दन करती है। अब शेर बक्से में अपने लिए रखे गए सामान को कुशलतापूर्वक अपने कार्य-क्षेत्र में लेता हुआ अपना काम शुरू करता है। वह एक आपेरा-ग्लास (दूरबीन) द्वारा दर्शकों को ध्यान से देखने का अभिनय करता है, मिठाई के डिब्बे का ढक्कन उठाकर एक अपने साथी की ओर बढ़ाता है। वह इत्र का रेशमी बटुआ निकाल लेता है और उसे लड़ाके की आवाज के साथ सूँघने का नाटक करता है, कार्यक्रम का कागज उठाकर उस पर विचार करता है—तो हर कोई आनंद से खिल उठता है। फिर वह साथी को पटाने का भाव दिखाता है—महिला की ओर ऊपर झुककर वह उसके कान में धीरे-धीरे ख़ुशामद और चापलूसी के शब्द कहने का नाटक करता है। वह बुरा मान जाने का बहाना करती है और बड़े नखरे से अपने परों के पंखे को उठाकर अपने पीले-पीले सलोने रेशमी गाल और उस हिंस्र पशु की बदबूभरी साँस, तलवार के फलों जैसे अगले दाँतोंवाले जबड़े के बीच में नाजुक-सी आड़ कर लेती है। तब शेर ऐसा दिखाता है मानो निराशा की अतल गहराइयों में डूब गया हो। वह अपने रोएँदार पंजे के पिछले हिस्से से आँखें पोंछता है। और इस सारे पैशाचिक निश्शब्द प्रदर्शन के बीच मेरा दिल पसलियों पर धड़-धड़ बजता रहता है; क्योंकि सिर्फ़ मैं ही इस बात को देख और महसूस कर सकता हूँ कि यह सारा घिनौना दिखावा, संकल्प शक्ति के चमत्कार के साथ ही दिखाया जाता है। ऐसा ही लोग कहते हैं। और उस समय हम एक ऐसे अत्यंत ही अनिश्चित संतुलन की स्थिति में होते हैं कि कोई ज़रा-सी भी बात इस सबको चकनाचूर कर दे सकती है। शेर के बक्से से लगे दूसरे बक्से में बैठा थकी-थकी आँखोंवाला वह ग़रीब क्लर्क-सा दीखता छोटा-सा

आदमी अगर कहीं एक क्षण को ही अपनी इच्छा-शक्ति को विश्राम दे दे तो क्या हो?—क्योंकि असली शेर पालनेवाला तो वही है। लाल बालोंवाली यह औरत तो यों ही ऊपरी दिखावा है। हर चीज उसी के हाथ में है। वही तो शेर को एक कठपुतली, एक ऐसी मशीन बना देता है जो फौलादी रस्सियों से भी अधिक मजबूती से नियंत्रण बनाए रखती है।

लेकिन मान लो वह छोटा-सा आदमी अचानक कुछ और ही सोचने लगे? मान लो मरने ही लगे? इस निरंतर झूलते खतरे की तरफ़ किसी का भी ध्यान नहीं जाता। मगर मैं तो इस विषय में सब कुछ जानता हूँ और कल्पना करने लगता हूँ...लेकिन नहीं, बेहतर हो इस बात की कल्पना ही न की जाए कि रोएँदार खूबसूरत कपड़ों वाली यह औरत तब कैसी दिखाई देगी...अच्छा यही हो कि हम खेल के आख़िरी मोड़ को देखें कि आगे क्या होता है। तब अनिवार्यतः सारे दर्शक आनंद और वापस लौटते विश्वास से भर उठते हैं। शेर पालनेवाला पूछता है कि क्या दर्शकों में से कोई अपना बच्चा उधार देगी? ऐसे जादूगर को कुछ भी देने से कौन इनकार करेगा? हर बार कोई न कोई बेवकूफ ऐसी निकल आती है जो अपने हँसते-मुस्कुराते बच्चे को उस पैशाचिक बक्से को सौंप देती है जहाँ शेर अपने मुड़े हुए पंजों के पालने पर उसे लाड़ से झुला रहा होता है और मांस के उस नन्हे-से ग्रास के ऊपर लार टपकाती आँखों से देखता रहता है। भयानक तूफानी तालियों के साथ हाल की सारी बत्तियाँ जल उठती हैं, बच्चा अपनी असली माँ को वापस दे दिया जाता है और दोनों जोड़ीदारों ने जिस अदा से प्रवेश किया था उसी तरह झुक-झुककर अभिवादन करते हुए वापस अंदर चले जाते हैं।

उनके जाते ही जैसे ही दरवाज़ा बंद होता है, सारे ढोल-ढमाके अपने पूरे ज़ोर-शोर से बज उठते हैं। वे दोनों फिर दुबारा अभिवादन के लिए कभी नहीं आते। तभी अचानक वह ठिगना-सा आदमी अपनी भौंहें पोंछता हुआ उठ खड़ा होता है और ढोल-ढमाकों की आवाज और भी दुगुनी-चौगुनी हो जाती है क्योंकि पिंजरे में अपनी स्वाभाविक स्थिति में लौटे हुए शेर की दहाड़ों की तरफ़ से दर्शकों का ध्यान हटाना ज़रूरी है। शेर पागलों की तरह गुर्राता है, अपने खूबसूरत कपड़ों को तार-तार करता हुआ धरती पर लोट लगाता है। हर शो के लिए नए कपड़े बनवाने होते हैं। उसका हताश गुस्सा दर्दनाक चीख़ों और गालियों या पिंजरे की दीवारों को झकझोर डालनेवाली जंगली छलाँगों में ही निकल पाता है। उधर दूसरी तरफ़ कमबख़्त प्रशिक्षक जल्दी-जल्दी कपड़े बदल रहा होता है ताकि आख़िर ट्रेन न छूट जाए। ठिंगना आदमी बाहर स्टेशन के पास नीला चाँद नाम के शराबखाने में बैठा-बैठा लड़की की राह देख रहा होता है।

चाहे जितनी दूर से सुनाई दे रहा हो, मगर फटे चीथड़े कपड़ों में उलझे शेर

का कहर बरपा करनेवाला शोर दर्शकों पर काफी खराब प्रभाव डाल सकता है। इसलिए नेपथ्य में बैंड पूरे ज़ोर-शोर से 'अरज सुनो फिदेलियो' धुन बजा रहा होता है। उधर सरकस का मालिक जल्दी-जल्दी साइकिलों के करतब दिखानेवालों को स्टेज पर ठेल रहा होता है।

मुझे 'छैल-छबीला' शेर सख़्त नापसन्द है। मेरी समझ में कभी नहीं आता कि लोग ऐसे खेल देखकर कैसे मज़ा ले पाते हैं।

'समाज', दिसम्बर 1959

गैस्ट हाउस

जेम्स जॉयस

1

मिसेज़ मूनी थीं तो क़साई की बेटी, लेकिन थीं इतनी ठसकेवाली कि अपने हर काम में अपने को ही महत्त्व देती थीं। उन्होंने अपने बाप के मिस्त्री से शादी कर ली थी और बसन्तबाग के पास अपनी एक अलग दुकान खोल ली थी। लेकिन ससुर के मरते ही मिस्टर मूनी के रंग-ढंग बिगड़ने लगे। उन्होंने शराब पीना शुरू कर दिया। गुल्लक का सफ़ाया कर डाला था और सिर से पाँव तक कर्ज़े में डूब गए। उनसे किसी बात के लिए तौबा कराना भी व्यर्थ था, क्योंकि निश्चय ही वह उनसे निभनेवाला नहीं था। ग्राहकों के सामने पत्नी से लड़-लड़कर और सड़ा मांस खरीद-खरीदकर उन्होंने अपना व्यापार भी चौपट कर डाला। एक रात जब वे गोश्त काटने की कुल्हाड़ी लेकर पत्नी पर दौड़े, तो मिसेज़ मूनी को पड़ोसी के यहाँ रात बितानी पड़ी।

फिर वे दोनों अलग हो गए। बच्चों का ख्याल करके मिसेज़ मूनी ने पादरी के पास जाकर पति से तलाक़ ले लिया। उन्होंने पति का खाना, आवास, पैसा आदि सब बन्द कर दिया, तो उसे विवश होकर ज़िलाधीश का नौकर होकर अपनी जीविका चलानी पड़ी। क़साई के व्यापार में जो-कुछ बचा था, उसे लेकर श्रीमती मूनी ने हार्डविक स्ट्रीट में एक बोर्डिंग हाउस खोल लिया। उनके मकान में कभी लिवरपूल और मान के द्वीप से यात्री आकर ठहरते, तो कभी म्यूज़िक हॉलों के आर्टिस्ट आ जाते। इस तरह आने-जानेवाले लोगों की भीड़ लगी रहती। जमकर रहनेवालों में शहर के क्लर्क थे। वे अपने बोर्डिंग हाउस का प्रबन्ध बड़ी कुशलता और कड़ाई से करती थीं। वे जानती थीं कि कब उधार किया जाता है, कब सख्ती बरतनी होती है और कब किसी बात को दरगुज़र करना पड़ता है। रहनेवाले सारे युवक उन्हें मैडम कहते।

मिसेज़ मूनी के ये नौजवान मेहमान खाने और रहने के 15 शिलिंग प्रति सप्ताह देते। इसमें बीयर या अन्य पौष्टिक पदार्थ शामिल नहीं थे। उन लोगों की रुचियाँ

और पेशे क़रीब-क़रीब समान थे, इसीलिए उनमें आपस में दाँतकाटी रोटी थी। वे एक-दूसरे से अपने परिचितों और बाहरवालों के भविष्य के बारे में बहस करते। फ्लीट स्ट्रीट के एक कमीशन-एजेंट के यहाँ क्लर्की करनेवाला, मैडम का लड़का जैक मूनी ज़रा अक्खड़ समझा जाता था। उसे सिपाहियोंवाली अश्लील हरकतें पसन्द थीं। रात को भी ज़रा देर से ही आता था। वह जब भी अपने किसी मित्र से मिलता, तो उसके पास दिलचस्प बातें बताने के लिए बहुत-सा मसाला होता—जैसे कोई घोड़ा या कोई कलानेत्री। वह घूँसेबाज़ी में भी तेज़ था और फूहड़ गाने भी खूब गाता था। रविवार की रात को प्रायः ही मिसेज़ मूनी की सामनेवाली बैठक में संगीत-मंडली जुटती। संगीत हॉल के आर्टिस्ट मुलाहिज़े में आ जाते और शैरीडन वाल्ट्ज और पोल्का या अन्य ऐसी ही उत्तेजनापूर्ण नाचों की धुन बजाते और मिसेज़ मूनी की लड़की पाली मूनी बड़े हल्के-फुल्के रसीले गाने गाती।

पाली 19 साल की पतले-दुबले शरीर की लड़की थी—हल्के मुलायम बाल और छोटा-सा भरा-भरा चेहरा। जब वह किसी से बात करती, तो उसकी हल्की नीली झाँईवाली भूरी-भूरी आँखें कुछ अजब तरह से ऊपर की ओर देखतीं। उस समय वह कुमारी मरियम जैसी लगती। पहले तो मिसेज़ मूनी ने उसे एक ग़ल्ले के व्यापारी के यहाँ टाइपिस्ट की नौकरी करा दी, लेकिन जब वहाँ ज़िलाधीश का बदनाम नौकर रोज़ अपनी पुत्री से मिलने की इच्छा से आने लगा, तो उन्होंने उसे वहाँ से हटा लिया और घर के कामकाज में लगा दिया। पाली चूँकि ज़रा देखने-सुनने में अच्छी थी, इसलिए उसे घर पर रखने का उद्देश्य नौजवानों को कुछ चारा दिखाना भी था। और सच्चाई यह भी थी कि पाली बहुत से नौजवानों के दिल की धड़कन थी। लेकिन मिसेज़ मूनी की तेज़ आँखों से यह बात छिपी नहीं थी कि यह उन लोगों के वक्त गुज़ारने का शगल-भर है। गम्भीर उनमें से कोई नहीं था। काफ़ी समय तक यही सब चलता रहा।

मिसेज़ मूनी इधर फिर पाली को टाइपिस्ट की जगह भेजने की बात इसलिए सोचने लगी थीं कि उन्हें लगा कि एक नवयुवक और पाली के बीच में कुछ चल रहा है। बात उन्होंने किसी से कही नहीं, लेकिन निगाह दोनों पर बराबर रखती रहीं। निगरानी रखी जा रही है, यह पाली भी जानती थी। फिर भी माँ की इस जान-बूझकर धारण की गई लम्बी चुप्पी का अर्थ वह न समझती हो, ऐसी बात नहीं थी। माँ-बेटी में कोई खुली मिली-भगत नहीं थी और न ही ऐसा कोई समझौता ही था। लेकिन जब लोगों ने इस बात को लेकर कानाफूसी शुरू कर दी, तो भी मिसेज़ मूनी ने इसमें हस्तक्षेप नहीं किया। पाली के तो रंग-ढंग ही बदलने लगे। और वह नवयुवक तो साफ़ ही परेशान और उखड़ा-उखड़ा-सा दिखाई देने लगा। आख़िर जब मिसेज़ मूनी ने देखा कि अब ठीक मौक़ा आ गया है, तो मामले को अपने हाथ में ले लिया।

नैतिक समस्याओं की तरफ़ उनका रवैया ठीक वैसा ही था, जैसा कुल्हाड़ी का अपने गोश्त की तरफ़ होता है। और इस मामले में उनका दिमाग़ बिल्कुल साफ़ था।

शुरू गर्मी के एक रविवार के सुबह की बात है। दिन खुला था। हवा ठण्डी थी, लेकिन गर्मी क्रमशः बढ़ रही थी। बोर्डिंग हाउस की सारी खिड़कियाँ खुली थीं और खुले हुए शीशे के किवाड़ों के नीचे किनारीदार पर्दे सड़क की तरफ़ गुब्बारों की तरह फूले हुए लहरा रहे थे। जार्ज चर्च के घण्टाघर से लगातार घण्टे की आवाज़ आ रही थी और भक्त लोग अकेले या झुण्डों में अपने चेहरे-मोहरे की संयत भाव-भंगिमाओं या दस्तानेवाले हाथों में छोटी-छोटी पुस्तकें लिए चर्च के बाहर के गोल घेरे के पास आ गए थे। बोर्डिंग हाउस में नाश्ता हो चुका था और नाश्ते का कमरा सनी हुई प्लेटों से भरा था। मिसेज़ मूनी बेंत की आरामकुर्सी पर बैठी नौकरानी मेरी को नाश्ते का बचा हुआ सामान उठाकर ले जाते देख रही थीं। वे मेरी से बची-खुची डबलरोटियों के टुकड़े और छिलकों को अलग जमा करवा रही थीं, ताकि मंगल को उनका ही पुडिंग बना दिया जाए।

जब मेज़ साफ़ हो गई, डबलरोटी के टुकड़े अलग कर लिए गए और चीनी-मक्खन को अलमारी में रखकर ताला बन्द कर दिया गया, तो उन्होंने फिर पाली की पेशी का काम शुरू किया। इसे वे पिछली रात भी कर चुकी थीं। बात वही निकली, जिसका उन्हें शक था। उन्होंने बहुत साफ़-साफ़ सवाल किए और पाली ने भी बहुत ही साफ़ जवाब दिए। यों उन दोनों के बीच में यह चीज़ ज़रा अजीब-सी तो लगी ही—माँ को अजीब इसलिए लगा कि लड़की ने इन सब बातों को न तो हेकड़पने से लिया और न ही इधर-उधर करके आनाकानी करने की कोशिश की और पाली की उलझन का कारण यह नहीं था कि इस तरह की बातों का संकेत उसे उलझन में डाल देता था, बल्कि उसे यह पसन्द नहीं था कि कोई सोचे कि माँ की सहनशीलता की आड़ में भोली-भाली बनी रहकर उसने मन की उड़ानों को बहुत अधिक महत्त्व दिया है।

अपने विचारों और सपने में खोए हुए ही जब लगा कि जार्ज चर्च की घंटियों का बजना बन्द हो गया है तो मिसेज़ मूनी की निगाह स्वयं ही मेण्टलपीस पर रखी पालिशदार घड़ी की ओर उठ गई। ग्यारह बजकर सात मिनट हुए थे। मि. डोरन के साथ मामला साफ़ करने के लिए काफ़ी समय चाहिए था और बारह बजते-बजते मार्लबरो स्ट्रीट भी पहुँचना था। बाज़ी उन्हीं के हाथ है, यह विश्वास उन्हें था। सबसे पहली बात तो यह कि पूरा सामाजिक समर्थन उनकी ओर था। उनका स्थान एक ऐसी माँ का था, जिसके साथ धोखा किया गया हो--सिर्फ़ यह समझकर कि वे एक इज़्ज़तदार व्यक्ति हैं। उन्होंने उस लड़के को अपनी छत के नीचे रहने दिया, इसका अर्थ यह तो नहीं था कि वह उनके इस उदार आतिथ्य का यों दुरुपयोग करे। उम्र

भी उसकी चौंतीस-पैंतीस थी, इसलिए यह भी नहीं कहा जा सकता कि जवानी अंधी होती है। ऐसे दुनिया-देखे आदमी के साथ यह भी नहीं कि भूल या अज्ञान में यह सब हो गया हो। स्पष्ट ही उसने पाली के अनुभवहीन कैशोर्य का फ़ायदा उठाया था। आख़िर इस सब नुक़सान को पूरा कैसे किया जाए? पर ऐसे मामलों में नुक़सान की भरपाई करनी ही पड़ती है। आदमी का तो कुछ बनता-बिगड़ता नहीं है। दो मिनट की मौज लेकर वह तो ऐसे चल देता है, जैसे कुछ हुआ ही न हो; लेकिन भोगना तो सब औरत को पड़ता है। वे कुछ ऐसे भी उदाहरण जानती थीं, जहाँ कुछ माँओं ने रुपया लेकर मामले को रफ़ा-दफ़ा किया था। लेकिन वे ऐसा नहीं करेंगी। लड़की की इज़्ज़त के इस नुक़सान को तो अब सिर्फ़ एक ही रूप में पूरा किया जा सकता है और वह है विवाह।

मि. डोरन को कमरे से बुला भेजने के लिए मेरी को आदेश देने से पहले उन्होंने एक बार फिर अपनी दलीलों को दोहराया। उन्हें विश्वास था कि वे ही जीतेंगी। डोरन गंभीर नौजवान है। दूसरों की तरह बिगड़ैल या घर सिर पर उठा लेनेवाला नहीं है। उसकी जगह अगर कहीं शैरीडन, मीडे या बैण्टम लियन्स होते, तो मामला उनके लिए कुछ टेढ़ा ज़रूर हो जाता। उनका ख्याल था कि वह इस बात को फैलाना सहन नहीं करेगा। पर बोर्डिंग हाउस में रहनेवाले सब लोग बात को जान गए थे। कुछ ने अपने मन से ही घटना को अलग-अलग विस्तार और रंग दे डाले थे। इसके अलावा वह एक बड़े भारी शराब के कैथोलिक व्यापारी के यहाँ तेरह साल से नौकर था। अगर बात फैल गई, तो शायद उसकी नौकरी पर भी आ बने।

क़रीब आधा घंटा बीत गया। वे उठ खड़ी हुईं और दो खिड़कियों के बीच की दीवार पर लगे शीशे में अपने-आपको निहारने लगीं। अपने लाल चेहरे पर स्थित दृढ़ निश्चयात्मक भाव से उन्हें संतोष हुआ। अपनी परिचिता कई माँओं के बारे में वे सोचने लगीं, जो अपनी लड़कियों को हाथ से कभी भी बाहर नहीं जाने देती थीं।

डोरन भी इस रविवार की सुबह बड़ा बेचैन था। उसने दो बार शेव करने की कोशिश की, लेकिन हाथ इस बुरी तरह काँप रहा था कि उसे हज़ामत का विचार ही छोड़ देना पड़ा। तीन दिन की दाढ़ी उसके जबड़ों पर लटक आई थी, और हर तीन मिनट बाद उसके चश्मे के शीशों पर इतनी भाफ़ छा जाती थी कि उसे चश्मा उतारकर रूमाल से साफ़ करना पड़ता था। सबसे अधिक पीड़ा उसे पिछली रात गिरजे में जाकर अपने पाप की स्वीकृति को याद कर-करके हो रही थी। पादरी ने खूब बाल की खाल निकाली थी और अन्त में उसके पाप को इतना बढ़ा-चढ़ाकर उसके सामने रखा था कि उसे जैसे भी हो, इस नुक़सान की पूर्ति कर डालने में ही ग़नीमत लग रही थी। जो होना था, वह हो चुका था। इसके सिवाय अब वह कर भी क्या सकता था—कि या तो भाग जाए या पाली से शादी कर ले। चाहे

जितनी बेशर्मी दिखाए मगर इस बात की ओर से आँख नहीं फेर सकता था। बात तो चारों ओर फैले बिना रुकेगी नहीं, फिर यह कैसे सम्भव है कि उसके मालिकों के कान तक यह न पहुँचे। डबलिन शहर इतना छोटा है कि यहाँ हर आदमी दूसरे की बात अच्छी तरह जानता है। उस समय तो उसका कलेजा उछलकर जैसे गले में आ फँसा, जब अपनी कल्पनाओं की उत्तेजना में उसने ल्योनार्ड को बाहर पुकारते सुना—"ज़रा मि. डोरन को बाहर भेजना।"

2

लम्बे-लम्बे वर्षों की नौकरी यों चली गई। तमाम परिश्रम और जी-तोड़ मेहनत का हासिल यह हुआ। यह सही है कि नौजवानों की तरह उसने भी बड़ी-बड़ी शेख़ियाँ बघारी थीं, अपने स्वतन्त्र विचारों की डींग हाँकी थी और सार्वजनिक स्थानों में यार-दोस्तों के बीच भगवान के अस्तित्व से इन्कार किया था...; लेकिन यह सब तो क़रीब-क़रीब गुज़री और बीती हुई बातें थीं। यों 'रेनाल्ड्स न्यूज़' की एक प्रति वह अब भी हर सप्ताह खरीदता था, लेकिन साथ ही धार्मिक प्रार्थनाओं में शामिल भी होता और लगभग पूरे साल बड़े नियम-संयम से रहता था। यह ठीक है कि गृहस्थी जमा लेने लायक उसके पास काफ़ी पैसा था, लेकिन बात सिर्फ़ इतनी ही तो नहीं थी। उसका अपना परिवार पाली को हिकारत की निगाह से देखेगा। इसका सबसे पहला कारण तो था उसका बदनाम बाप और दूसरा उसकी माँ का यह बोर्डिंग हाउस चलाना, जिसके बारे में भी लोग इधर-उधर की तरह-तरह की बातें कहने लगे थे। उसे ऐसा लगता था जैसे वह चारों ओर से घिर गया है। इस बात को लेकर अपने दोस्तों को हँसते और रस लेकर कहते-सुनते वह कल्पना कर सकता था। असल में पाली थी भी तो कुछ ऐसी ही। कभी-कभी वह कहती—"मैं...देखा...अगर मुझे मालूम हुआ गया होता...।" लेकिन अगर सचमुच उसे पाली से प्यार है, तो व्याकरण की इन ग़लतियों से क्या लेना-देना? जो कुछ पाली ने किया है, उसके लिए वह प्यार करे, या उससे घृणा करे, यह वह समझ नहीं पाता था। सचमुच की भी उसने ज्यादती ही थी। उसकी प्रकृति उसे मुक्त करने को—शादी से बचने को—विवश करती थी। कहावत है कि शादी और बरबादी।

कमीज़ और पाज़ामा पहने जब वह खाट की पाटी पर बेबसी से बैठा था, तभी पाली ने धीरे से दरवाज़ा थपथपाया और भीतर आ गई। उसने डोरन को सब बताया कि कैसे उसने अपनी माँ के सामने दिल की सारी बातें कह डाली हैं और माँ डोरन से इस बारे में बातें करेगी। यह कहते-कहते वह उसके गले में बाँहें डालकर

रो पड़ी। बोली—"बताओ, अब मैं क्या करूँ? आख़िर मैं करूँ भी तो क्या? और कुछ नहीं, तो मैं आत्महत्या कर लूँगी।" बड़े मरे-से स्वर से डोरन ने उसे समझाया, चुप किया। कहा—"सब ठीक हो जाएगा, डरने की कोई बात नहीं है।" अपनी छाती पर पाली की छाती की तेज़ धड़कन डोरन ने महसूस की। वह सोचने लगा—सिर्फ़ उसी की तो ग़लती नहीं थी कि यह सब हुआ। इस घटना से पहले की सारी बातें एक विचित्र ठहराव के साथ उसको अच्छी तरह याद आती चली गई जब पहली बार पाली के कपड़ों का, उसकी साँस का, उसकी उँगलियों का अचानक स्पर्श उसे मिला था। फिर वह पहली रात, जब ज़रा देर से वह सोने के लिए उतर ही रहा था कि पाली ने बड़े डरते-डरते धीरे से किवाड़ थपथपाए थे। उसने आकर बताया था कि उसकी मोमबत्ती हवा के झोंके से बुझ गई है और वह डोरन की मोमबत्ती से अपनी मोमबत्ती जलाने आई है। उस रात वह नहाई थी। भारी बालोंवाले स्लीपरों के ऊपर उसकी दूधिया पिंडलियाँ चमक रही थीं। उसकी सुगन्धित देह में दौड़ता हुआ ख़ून साफ़ चमक रहा था। जब उसने मोमबत्ती को जलाकर स्टैण्ड पर जमाया, तब भी उसके हाथों और कलाई से हल्की-हल्की ख़ुशबू उठ रही थी। रात में जब वह काफ़ी देर से लौटता था, तो वही तो थी, जो उसका खाना गरम रखे उसकी राह देखती रहती थी। पूरा सोता हुआ घर, रात का एकान्त और अकेली खड़ी पाली की उपस्थिति की अनुभूति में वह यह भूल जाता था कि वह क्या खा रहा है। और उसकी वह कहीं दूर खोई-खोई मुद्रा! अगर किसी रात ज़्यादा ठण्ड हो या पानी पड़ा हो, हवा तेज़ हो, तो निश्चित रूप से दूध में मिली ब्राण्डी का गिलास उसे अपने लिए तैयार मिलता और उसे ख्याल आता—हो सकता है कि साथ-साथ वे दोनों सुखी रह सकें।...दोनों का अपने-अपने हाथों में मोमबत्तियाँ लिए पंजों के बल चुपचाप सीढ़ियाँ चढ़ते हुए ऊपर जाना, फिर उतर आना और कम-से-कम तीन बार ऊपर-नीचे आकर बड़े बेमन से विदा लेना। और वे चुम्बन...। उसके ध्यान में उसकी आँखें बिल्कुल साफ दिखाई दे रही थीं...उसके हाथों का वह जादुई स्पर्श...और फिर अपनी मोहाच्छन्न...विस्मृति...

लेकिन वह मोहाच्छन्नता सहसा भंग हो गई। जैसे अपने ही लिए डोरन ने पाली का वह वाक्य दुहराया—"मैं आख़िर क्या करूँ?" उसकी स्वच्छन्द कुँआरे बने रहने की प्रकृति उसे पीछे लौट जाने को लुभा रही थी। लेकिन पाप सामने था। और उसके आत्मसम्मान की भावना पुकार-पुकारकर कहती थी कि ऐसे पाप का निराकरण तो होना ही चाहिए...। जब वह पाली के साथ पलंग की पाटी पर बैठा था, तो मेरी ने आकर बताया कि मालकिन उसे बैठक में बुला रही है। वह बड़ी शिथिलता से कोट और बास्कट पहनने के लिए उठा। ऐसा लाचार तो वह कभी नहीं हुआ था। कपड़े पहन चुकने के बाद वह फिर पाली को ढाढ़स बँधाने आया—"सब

ठीक हो जाएगा। डरने की कतई कोई बात नहीं है।" और बिस्तर पर उसे सिसकता छोड़कर वह बाहर निकल आया।

सीढ़ियाँ उतरते हुए उसके चश्मे के काँच भाफ़ से इतने धुँधले हो गए कि उसे चश्मा उतारकर उन्हें साफ़ करना पड़ा। उसके मन में दुर्निवार इच्छा हो रही थी कि वह छत से कूदकर किसी ऐसे देश में चला जाए, जहाँ कि हमेशा के लिए इस मुसीबत से छुटकारा मिल जाए। फिर भी कोई ऐसी शक्ति थी, जो उसे एक-एक सीढ़ी नीचे ठेल रही थी। उसके मालिक और मैडम के निर्दयी चेहरे उसके दयनीय पतन को घूर-घूरकर देख रहे थे। जब वह आख़िरी सीढ़ियाँ उतर रहा था, तो बगल से जैक मूनी गुज़रा। दो 'बास' की बोतलें हाथों में झुलाता वह रसोई से चला आ रहा था। दोनों ने बड़ी अनिच्छा से एक-दूसरे का अभिवादन किया और डोरन की आँखें उसके भयंकर बुलडौग-जैसे भारी चेहरे और भारी-भरकम भुजाओं पर दो-एक मिनट के लिए अटक गईं। जब वह जीने के तले पर आ गया, तो ऊपर देखा—जैक कमरे के दरवाज़े से झुककर उसे देख रहा था। अचानक उसे संगीत-हॉल के एक लन्दनिया छैला आर्टिस्ट का ध्यान आया। उसने एक रात बड़े रँगीले ढंग से पाली के बारे में कुछ बातें कही थीं और उसके भड़क जाने से संगीत-समारोह बिल्कुल भंग हो गया था। सभी ने उसे शांत करने की कोशिश की थी। वह संगीत-हॉल का कलाकार खिसियाना-सा होकर यही कहता रहा था कि उसका मतलब कोई बुरा नहीं है; लेकिन जैक चीख़ता ही जा रहा था कि अगर किसी साले ने उसकी बहन के साथ खिलवाड़ किया, तो वह उसके दाँत तोड़ देगा। सचमुच वह ऐसा कर भी सकता था।

3

पाली पलंग की पाटी पर थोड़ी देर बैठी रोती रही। फिर उसने अपनी आँखें पोंछीं और शीशे के सामने आकर तौलिए को पानी के बर्तन में डुबाकर ठंडे पानी से आँखों को धोया। उसने अपने-आपको ज़रा तिरछे होकर देखा और कान के ऊपर की हेयर-पिन को ठीक किया। वह फिर पलंग पर जाकर पायताने की ओर बैठ गई। तकिए को वह बड़ी देर तक ध्यान से देखती रही और धीरे-धीरे उसके मस्तिष्क में मधुर स्मृतियाँ कुलबुलाने लगीं। उसने अपनी गर्दन के पिछले भाग को लोहे की छड़ी के पायताने पर टिका दिया और सपनों की दुनिया में खो गई...। अब उसके चेहरे पर किसी भी प्रकार की घबराहट का भाव नहीं था। वह धैर्यपूर्वक—कहना चाहिए निःशंक होकर आनन्दपूर्वक—प्रतीक्षा कर रही थी। उसकी स्मृतियों में धीरे-धीरे आशा और भविष्य

के सुनहरे चित्र उभरते आ रहे थे। उसकी उन आशाओं और सपनों ने उसे अपने आपमें इतना डुबा दिया था कि वह तकिए पर निगाहें टिकाए प्रतीक्षा कर रही है, इस बात को बिल्कुल ही भूल गई।

और अन्त में उसने अपनी माँ की पुकार सुनी। वह एक झटके से उठ खड़ी हुई और सीढ़ियों की रेलिंग पकड़े दौड़ी। माँ पुकार रही थीं–"पाली, ओ पाली!"

"क्या है अम्मा?"

"नीचे तो आ बेटी, यह मि. डोरन तुझसे कुछ बात करना चाहते हैं।"

वह किस बात की प्रतीक्षा कर रही थी, यह उसे अब याद आया!

जर्मन कहानी

चीन की दीवार

फ्रांत्स काफ़्का

['चीन की दीवार' काफ़्का का एक साहित्यिक दस्तावेज़ है जो उनकी मृत्यु के बाद छपा। काफ़्का की मृत्यु 1924 में हुई और यह प्रख्यात रचना 1931 में प्रकाशित हुई। 'चीन की दीवार' के ऐतिहासिक निर्माण को लेकर एक तिब्बती मज़दूर की दृष्टि से देखते हुए जो कुछ काफ़्का ने कहा है, वह आज के संदर्भ में भी कितना सच है!

काफ़्का की चिन्ता का मुख्य केंद्र रहा है 'सत्ता-विमर्श'। पितृ-सत्ता, राज-सत्ता से लेकर धर्म या ईश्वर-सत्ता तक उसके लेखन का फैलाव है। यहाँ भी राज-सत्ता की बनावट को दीवार के माध्यम से समझने की कोशिश है—खास तौर से मजबूत और अजेय दीवार के बीच-बीच में छूटी हुई फाँकें उसका ध्यान बार-बार खींचती हैं।—अनु.]

सुदूर उत्तरी सीमा पर जाकर चीन की दीवार का निर्माण-कार्य आख़िर पूरा हुआ। दक्षिण-पूर्व और दक्षिण-पश्चिम से दो अलग-अलग हिस्सों में दीवार बढ़ी और इस जगह आकर यह दोनों हिस्से आपस में मिल गए! हिस्सों में बाँटकर निर्माण-कार्य चलाने का सिद्धांत, पूर्वी और पश्चिमी मज़दूरों के बड़े-बड़े दलों ने छोटे-छोटे रूपों में ही लागू किया—अर्थात् लगभग बीस-बीस मज़दूरों की टुकड़ियाँ बना ली गईं और इन्हें एक निश्चित लंबाई की चिनाई पूरा करने का काम दे दिया गया। मान लीजिए, एक टुकड़ी पाँच सौ गज लंबी दीवार चिनेगी तो उससे ला मिलाने के लिए दूसरी टुकड़ी को भी पाँच सौ गज की दीवार उठानी होगी। लेकिन जब दीवार के यह दोनों हिस्से एक जगह आ मिलते थे तो ऐसा नहीं होता था कि इस हजार गज लंबी दीवार के बाद निर्माण-कार्य शुरू हो जाए—बल्कि होता यह था कि मज़दूरों के ये दोनों दल निर्माण-कार्य शुरू करने के लिए आस-पास ही किसी और जगह पर भेज दिए जाते थे। काम के

इस तरीके से स्वभावतः ही बीच-बीच में बड़ी-बड़ी दरारें छूट जाती थीं जो बाद में धीरे-धीरे भरती रहतीं थीं। इनमें कुछ दरारें तो दीवार पूरी हो जाने का सरकारी ऐलान हो जाने के बाद तक भी ज्यों-की-त्यों बनी रहीं। लोगों का खयाल तो यहाँ तक है कि कुछ दरारें तो कभी नहीं भरी गईं। खैर ऐसी बातों को अफवाहों में शुमार किया जा सकता है; और इस दीवार के निर्माण को लेकर क्या कुछ कम अफवाहें उस समय फैली थीं? दीवार की तस्वीर ही ऐसी और इतनी लंबी-चौड़ी थी कि अपनी आँखों देखकर इन अफवाहों की पुष्टि कर सकना आदमी के लिए असंभव था।

सुनने के साथ ही मन में खयाल आता है कि अगर दीवार को लगातार एक ही साथ बना दिया जाता तो क्या अधिक अच्छा नहीं रहता? यह न सही तो कम-से-कम दोनों प्रमुख हिस्सों को ही पूरी-पूरी लंबाई में बना दिया जाता। दुनिया भर में ऐलान था और सभी बताते थे कि दीवार का उद्देश्य उत्तरी लोगों के हमलों से रक्षा करना है, मगर जब दीवार में ही दरारें छूट गई हों तो वह रक्षा क्या खाक करेगी? रक्षा-वक्षा इससे क्या होगी, खुद दीवार के लिए हमेशा एक खतरा बना रहेगा। वीरान इलाकों में खड़े हुए दीवार के इन हिस्सों को कबायली लोग हर बार आकर तहस-नहस कर डालेंगे। इस निर्माण-अभियान से वे वैसे ही चौकन्ने हो गए थे और टिड्डियों के दल की तरह झपाटे के साथ यहाँ से वहाँ अपने अड्डे बदलते रहते थे। इसलिए शायद हम बनानेवालों के मुकाबले उन्हें दीवार की प्रगति का ज़्यादा अच्छा और पूरा-पूरा ज्ञान था। बहरहाल, निर्माण का इतना भारी कार्य किसी और दूसरे तरीके से हो भी नहीं सकता था। बात को समझने के लिए स्थिति को दूसरे पहलू से देखना होगा। दीवार का उद्देश्य तो सदियों तक रक्षा करना था और इस प्रकार के कार्य में कुछ बातों की आधारभूत रूप से आवश्यकता थी, जैसे बनावट के मामले में अचूक सावधानी, सभी युगों और देशों का स्थापत्य विषयक ज्ञान और कौशल तथा व्यक्तिगत रूप से बनानेवालों में उत्तरदायित्व की सुदृढ़ भावना। यह सही है कि जहाँ-तहाँ सिर्फ़ परिश्रम का काम था, वहाँ पास-पड़ोस की बस्तियों से स्त्री, पुरुष, बच्चे—सभी तरह के मज़दूरों को अच्छी रोजाना मज़दूरी पर लगाया जा सकता था, लेकिन रोजनदारी पर काम करनेवाले मज़दूरों के ऊपर देखरेख के लिए ऐसे आदमी की सख्त ज़रूरत थी जो चिनाई की कला में माहिर हो, साथ ही इस कार्य की महानता और महत्त्व को तन-मन से महसूस कर सके। जितना भारी यह काम था, उतनी ही ज़्यादा थी जिम्मेदारी। सारे निर्माण-कार्य में जितने लोग खप सकते थे, उतने तो नहीं, मगर ऐसे जिम्मेदार आदमियों की सचमुच काफी संख्या में आवश्यकता थी।

आख़िर इतना बड़ा काम बिना सोचे-समझे तो उठाया नहीं गया था। नींव का पहला पत्थर रखने के पचास साल पहले ही सारे चीन की स्थापत्य-कला को, खास तौर से राजगीरी को ही ज्ञान की सबसे महत्त्वपूर्ण शाखा घोषित कर दिया

गया था। शेष कलाओं को सिर्फ़ वहीं तक मान्यता प्राप्त थी, जहाँ तक स्थापत्य-कला में उनकी ज़रूरत थी। मुझे अभी भी अच्छी तरह याद है—हम लोग बहुत छोटे-छोटे बच्चे थे और मुश्किल से खड़े हो पाते थे। उन दिनों भी गुरुजी के बगीचे में हमें खड़ा कर दिया जाता और पत्थरों के टुकड़ों और मिट्टी से दीवार बनाने की आज्ञा होती, तभी अपना लबादा लपेटते गुरुजी आते और ऐसी ठोकर मारते कि दीवार गिर जाती, फिर तो हमारी बनाई दीवार के इस कच्चेपन पर ऐसी बुरी लताड़ पड़ती कि हम सब रोते-पीटते अपने माँ-बापों के पास भाग आते। बात ज़रा-सी है, लेकिन समय की नब्ज़ पहचानने के लिए महत्त्वपूर्ण है।

तीस वर्ष की उम्र में जैसे ही मैंने प्रारंभिक स्कूल का आख़िरी इम्तिहान पास किया, सौभाग्य से दीवार का बनना शुरू हो गया। सौभाग्य इसलिए कि मुझसे पहले जाने कितनों ने ऊँची-से-ऊँची डिग्रियाँ इकट्ठी की थीं और दिमाग में एक से एक शानदार स्थापत्य की योजनाएँ लिए दर-दर की ठोकरें खाते मारे-मारे फिरते थे। आख़िर उनकी हिम्मत जवाब दे जाती थी। लेकिन उन्हें अंतिम रूप से सबसे निचले पद वाले निरीक्षकों के रूप में चुना गया, वे लोग सचमुच इस महान कार्य के ही लायक थे। अक्सर इन लोगों में वे राज-मज़दूर थे, जिन्होंने दीवार की नींव के पहले पत्थर के समय से ही अपने को उसका एक अंग समझना शुरू कर दिया था। इन्होंने दीवार को लेकर सोचा-विचारा था और अभी भी सोचते-विचारते थे। इन राज लोगों की कामना सिर्फ़ इतनी ही नहीं थी कि वह अपने काम को निहायत कौशल और कलात्मकता के साथ पूरा कर लें, बल्कि वे लोग तो उतावली से उस दिन की राह देखा करते थे जब पूरी की पूरी दीवार बनकर तैयार हो जाएगी। रोजाना मज़दूरों को कोई ऐसी उतावली नहीं थी—उन्हें तो अपनी मज़दूरी से ही मतलब था। उधर लोगों के मन में साहस, आस्था और उत्साह भरने के लिए सबसे ऊँचे या बीच के ओहदेवाले निरीक्षक इस चौमुखे निर्माण की देखरेख के काम में ही व्यस्त रहते थे। लेकिन सबसे निचले निरीक्षकों का उत्साह बनाए रखने के लिए दूसरे और तरीकों की ज़रूरत थी। देखने में भले ही उनका काम निहायत साधारण लगे, वास्तव में बौद्धिक रूप से यह बहुत ही बड़ा था। सिर्फ़ यही तो उनका काम नहीं था कि घर-बार से सैकड़ों मील दूर बियावान पहाड़ी इलाकों में पड़े वे महीनों, कभी-कभी तो वर्षों, एक के ऊपर दूसरा पत्थर चिनते रहें। एक तो काम ही ऐसा कि आदमी की लंबी-से-लंबी ज़िंदगी में पूरा न हो, फिर हाड़-तोड़ मेहनत, जिसका कोई नतीजा अपने सामने आने वाला न हो। स्वभावतः ही उनकी हिम्मत टूट जाने का डर था। और सबसे बड़ा डर यही कि जहाँ एक बार मज़दूर की हिम्मत टूटी, वह काम की दृष्टि से बेकार हुआ। इसलिए यह तय हुआ कि निर्माण-कार्य हिस्सों में बाँटकर किया जाए। पाँच सौ गज लंबी दीवार पाँचेक वर्षों में पूरी हो जाती और तब तक अनिवार्यतः निरीक्षक

थककर चूर-चूर हो चुकते। उनको न तो अपने आपमें विश्वास रह जाता, न दीवार में, न दुनिया में। इसलिए जब हज़ार गज लम्बी दीवार के पूरी होने की ख़ुशी और नाच-गाने भरे जश्नों में ये लोग होश-हवास भूले रहते, तभी उन्हें बाकायदा किसी बहुत दूर के इलाके में भेज दिया जाता। रास्ते में इन्हें जहाँ-तहाँ खड़े, दीवार के पूरे किए हुए टुकड़े मिलते, सबसे ऊँचे अधिकारियों के निवास स्थान मिलते और यहाँ इन्हें पुरस्कार-पदक दिए जाते, देश के जाने किन-किन कोनों से आती मज़दूरों की नई-नई टोलियाँ आनंद भरी चहल-पहल के साथ गुजरती दिखाई देतीं। दीवार के टेक तथा मचानों के लिए जंगल-के-जंगल कटते दीखते। बड़े-बड़े पहाड़ काटकर दीवार के लिए चौकोर पत्थर कटता हुआ दिखाई पड़ता और दीवार पूरी होने के लिए प्रार्थना करते संत-महंतों के मंत्रोच्चार रास्तों के मंदिरों से आ-आकर इनके कानों में पड़ते। और यह सब इनके मन की उद्विग्नता और थकान पर शीतलता का लेप कर जाता। थोड़े दिन घर जाकर ये लोग आराम करते, तो वहाँ का शांत जीवन मन में नई शक्ति भर देता। जिस सरल, श्रद्धा भाव से इनके बनाए ब्योरे सुने जाते और जिस निष्ठा से गाँव का सीधा-सादा किसान एक दिन दीवार के पूरी हो जाने की बात को गले उतार लेता, उस सबसे उनकी आत्मा की ढीली डोरियाँ कस उठतीं। इनके मन में इस राष्ट्रीय दीवार पर फिर से जी-जान से जुट जाने की इच्छा इस अदम्य भाव से उठती कि अनंत-अटूट आशावान बच्चों की तरह वे घर से दुबारा विदा ले लेते। लौटने के समय से पहले ही वे निकल पड़ते, आधा गाँव उन्हें दूर तक छोड़ने साथ जाता। झंडे और दुपट्टे फहराते इन लोगों के दल-के-दल सड़कों पर चलते दिखाई देते—कितना महान्, सुंदर, संपन्न और प्यारा है उनका देश—इस बात को मानो वे पहली बार अनुभव करते। देश का हर व्यक्ति भाई था और उसकी सुरक्षा के लिए दूसरा भी दीवार बना रहा था। इसके लिए वह मन-वचन-कर्म से आजीवन उसका आभार मानेगा। एका! एका! कंधे-से-कंधा मिलाए भाइयों के जत्थे! ख़ून का एक प्रवाह था जो शरीर की संकीर्ण सीमाओं में ही नहीं बँधा था, वरन् चीन के अंतहीन योजनों में, यहाँ से वहाँ तक किलकारियाँ मारता हुआ चक्कर काट रहा था।

इस प्रकार यह बात अच्छी तरह समझ में आती है कि क्यों काम को हिस्सों में बाँटकर किया जा रहा था। मगर साथ-साथ कुछ और भी कारण थे। पहली बार देखने में भले ही समस्या ऐसी न लगे, लेकिन सारी दीवार के निर्माण में इसका बड़ा महत्त्व है। इसलिए इस सवाल पर इतनी देर अटकने में किसी को आश्चर्य नहीं होना चाहिए। अगर मुझे तत्कालीन भावनाओं और विचारों को सरलतम रूप से प्रस्तुत ही करना हो तो, इस सवाल के सिवाय, गहरे उतरने का मेरे सामने कोई रास्ता नहीं है।

सबसे पहली बात तो यह है कि उन दिनों बैबेल की मीनार (वह मीनार जिसमें एक-एक खंड पर सब देशों के भाषाभाषी इसलिए रखे गए थे कि मानवीय सहयोग का एक नया अध्याय बनेगा, पर वे अलग-अलग राष्ट्रीयता के लोग आपस में सहयोग के स्थान पर लड़ मरे थे—अनु.) से छोटी चीज बना डालने की बात किसी के दिमाग में नहीं आती थी, हालाँकि लोगों का यह भी पक्का विश्वास था कि बैबेल की मीनार को वैसा कोई दैवी आशीर्वाद प्राप्त नहीं था, जैसा उनके प्रयत्न को है। मेरी बात का एक ठोस आधार है : जिन दिनों निर्माण-कार्य शुरू ही हुआ था तभी किसी विद्वान ने एक पुस्तक लिखी थी और उसमें बैबेल की मीनार और प्रस्तुत दीवार—दोनों की विस्तार से तुलना की थी। उसने यह सिद्ध कर दिखा दिया था कि बैबेल की मीनार के अपने लक्ष्य को प्राप्त न कर सकने के पीछे क्या कारण थे। असफलता के ये कारण वे नहीं हैं जो सारी दुनिया को बताए जाते हैं। उनमें असली महत्त्वपूर्ण कारण ही गायब हैं। अपने प्रमाण उस विद्वान ने सिर्फ़ लिखे-लिखाए कागजों और दस्तावेजों से ही इकट्ठे नहीं कर लिए थे, बल्कि उसका दावा था कि उसने खुद मौक़े पर जाकर जाँच की है और पाया है कि मीनार की असफलता का एकमात्र कारण, अनिवार्य कारण, नींव का मजबूत न होना था। इस लिहाज से हमारा युग उस प्राचीन युग से मीलों आगे था। हमारे युग का प्रायः हर शिक्षित आदमी पेशे से राज था और नींव रखने के मामले में तो उससे कभी किसी तरह की चूक होने का सवाल ही नहीं उठ सकता था। बहरहाल, उक्त विद्वान को ये सब सिद्ध करने की उतनी चिंता थी भी नहीं, उसकी मूल स्थापना तो यह थी कि मानव जाति के इतिहास में पहली बार यह विराट दीवार ही बैबेल की मीनार के लिए स्थायी नींव का सूत्रपात कर रही है। पहले दीवार होगी तभी तो बाद में मीनार बन सकेगी। उस ज़माने में तो जिसे देखो यही किताब लिए घूमता था, लेकिन सच्चाई यही है कि आज तक मेरी समझ में नहीं आया कि आख़िर कैसी मीनार की कल्पना उसके मन में थी। यह दीवार तो पूरा एक घेरा भी नहीं बनाती थी और आधे या चौथाई घेरे में ही समाप्त होने को थी। तो फिर कैसे उसने इसे मीनार का आधार मान लिया। स्पष्ट ही यह बात किसी आध्यात्मिक आशय से ही कही गई होगी, मगर जब ऐसा ही था तो सचमुच की ठोस दीवार बनाने की क्या ज़रूरत थी—ऐसी दीवार जिसका एक जीता-जागता आकार था और जो हजारों लोगों के आजीवन परिश्रम का फल थी? और जब साक्षात दीवार को ही बनाना था तो उस पुस्तक में मीनार के नक्शे तथा उस विराट कार्य के लिए लोगों की शक्तियों को सामूहिक रूप से तैयार करने के लंबे-चौड़े सुझाव किस आशय से दिए गए थे? बेशक, मीनार के ये नक्शे एक हद तक हवाई और निराधार थे।

उक्त विद्वान की प्रस्तुत पुस्तक सिर्फ़ एक उदाहरण की तरह है, वरना क्या-क्या

खुराफातें उस ज़माने में लोगों के दिमागों में नहीं आती थीं? कारण शायद यह रहा हो कि जाने कितने लोग इस एकमात्र उद्देश्य की सिद्धि में भरसक अपना-अपना योगदान देना चाहते थे। मनुष्य का स्वभाव ही परिवर्तनशील और धूल की तरह चंचल है, वह कोई बंधन, कोई अंकुश नहीं सहता, अगर कहीं बँधा भी तो देखते-देखते उन्मत्त की तरह हर रस्से को काट फेंकता है। दीवार या कोई और बंधन उसे रोक नहीं पाते, यहाँ तक कि वह खुद अपने आपको तोड़-फोड़कर तहस-नहस करने पर उतारू हो जाता है।

जब काम को टुकड़ों में बाँटकर करने का निश्चय किया गया, उस समय हो सकता है यह लक्ष्य भी नज़रअंदाज न किया गया हो, क्योंकि मनुष्य स्वभाव की यह कमज़ोरी तो मूलतः किसी भी प्रकार की दीवार बनाने के ख़िलाफ़ पड़ती है। हमें खुद (और यहाँ मैं अपने जैसे बहुत से लोगों की बात कहता हूँ) इन बातों की असलियत का ज्ञान नहीं था। वह तो जैसे-जैसे इस सर्वोच्च-सत्ता के आदेशों का अत्यंत बारीकी से अध्ययन करते गए, यह बात हमारे भेजे में उतरती गई। तभी यह पता भी चला कि इस विराट और संपूर्ण कार्य में हमने जो अपना विनम्र श्रम अर्पित किया है—इसके मूल में भी यही सर्वोच्च सत्ता है, वरना किताबी ज्ञान और मनुष्य की सीमित समझ से क्या हाथ लगना था। निश्चय ही इस सर्वोच्च सत्ता के कार्यालय में सारे मानवीय विचार, सारे मानवीय स्वप्न निरंतर चक्कर काटते रहते होंगे और उनके उत्तर के लिए वहाँ सारे मानवीय लक्ष्य और उपलब्धियाँ पहले से ही प्रस्तुत होंगी। जिससे भी मैंने पूछा किसी को भी यह नहीं पता—अभी तक पता नहीं है कि सर्वोच्च सत्ता का यह कार्यालय है कहाँ और इसमें कौन बैठता है। हाँ, जो नेता लोग बैठे-बैठे अपने नक्शे-योजनाएँ बनाया करते थे, उनके हाथों पर ज़रूर सपने के स्वर्गीय संसार भरे उस कार्यालय की खिड़की से भव्य प्रकाश-बिंब उतर आते थे।

इस सबको देखते हुए निश्चयी और ईमानदार प्रेक्षक को एक बात माननी पड़ती है : सर्वोच्च सत्ता ने अगर सचमुच इस कार्य को गंभीरतापूर्वक उठाया था, तो दीवार के काम में आड़े आनेवाली सारी संभावित कठिनाइयों को पहले ही हल कर लिया होगा, अस्तु! अब तो यह स्वीकार कर लेने के सिवाय कोई रास्ता ही नहीं बचता कि सर्वोच्च सत्ता ने हिस्सों में चिनाई का यह तरीका खूब सोच-समझकर ही चुना था—मगर यह तरीका था तो मूलतः कामचलाऊ ही। अतः परिस्थिति के हिसाब से बहुत उपयुक्त भी नहीं था, अर्थात् सर्वोच्च सत्ता की मूल इच्छा वस्तुतः स्थायी और उपयुक्त तरीके को काम में लाने की रही होगी। अजीब नतीजा है न? मगर एक तरह से देखें तो इस पर भी काफी कुछ कहा जा सकता है। शायद यहाँ आकर इस प्रश्न पर कुछ जमकर बातचीत की जा सकती है। उन दिनों न जाने

कितने लोगों में—और इनमें अच्छे से अच्छे लोग शामिल थे—यह गूढ़ सूक्ति बेहद प्रचलित हो गई थी कि 'जितना भी बन पड़े सर्वोच्च सत्ता के आदेशों को हृदयंगम करने की कोशिश करो, लेकिन एक सीमा तक ही; इसके आगे चिंतन-मनन से बचो।' बड़ी विद्वत्तापूर्ण सूक्ति थी, इसे और आगे बढ़ाकर एक दृष्टांत के रूप में फैला दिया गया था और अक्सर बाद में सुनाया जाता था : चिंतन-मनन से इसलिए मत बचो कि इससे कोई नुकसान हो सकता है, बल्कि नुकसान ही हो, इसका क्या ठीक। क्या नुकसानदेह है, क्या नहीं है, यह प्रश्न ही व्यर्थ है। उद्गम निर्झर को लो—काफी शक्ति संचय करने तक यह झरना निरंतर बढ़ता रहता है और जब शक्तिशाली हो जाता है, तो अपने दोनों ओर विस्तार से फैली तटवर्ती धरती को जी खोलकर सींचता, समृद्ध करता चलता है; लेकिन बिना डगमगाए समुद्र में जा मिलने का रास्ता नहीं छोड़ता। ऐसे सशक्त प्रवाह को पाकर सागर भी धन्य हो उठता है, क्योंकि अब उसे साथ मिलने का कुछ लाभ भी है। इतनी दूर तो सर्वोच्च सत्ता के आदेशों पर चिंतन की रासें ढीली छोड़ दो, लेकिन इसके बाद? किनारे तोड़कर नदी बाहर फैलने लगती है। तब न उसकी रूपरेखा रह जाती है और न शक्ल-सूरत, प्रवाह की गति अवरुद्ध पड़ जाती है और नदी अपने चरम लक्ष्य की ओर से आँखें मूँद लेती है, धरती पर ही छोटे-छोटे सागर बन जाते हैं। खेत-खलिहानों का नुकसान होता और मजे की बात यह है कि अपने इस लंबे-चौड़े विस्तार को कायम रख पाना खुद नदी के हाथ में नहीं रह जाता। मजबूर होकर उसे फिर उन्हीं दो पाटों के बीच लौट आना पड़ता है। इतना ही क्यों, शीघ्र ही आनेवाली गर्मी में सूखकर बेचारी बेहाल हो जाती है। सर्वोच्च सत्ता के आदेशों पर इतनी दूर जाकर दिमाग खपाने की ज़रूरत आपको नहीं है।

जिन दिनों दीवार बन रही थी, उन दिनों हो सकता है इस दृष्टांत-कथा को असाधारण अर्थ और शक्तिशाली माना जाता रहा हो, लेकिन मेरी प्रस्तुत रचना में तो यह बहुत ही सीमित संदर्भ में आई है। मेरी जिज्ञासा वस्तुतः शुद्ध ऐतिहासिक है। इसीलिए मैं हिस्सों में होनेवाले काम के पीछे के कारण को खोजने में इतना परिश्रम कर रहा हूँ। कारण केवल इतना ही नहीं हो सकता जितना तत्कालीन लोगों के संतोष के लिए काफी माना जाता था। मानता हूँ कि विचार-सामर्थ्य की मेरी सीमाएँ बहुत ही सँकरी हैं, लेकिन इस सिलसिले में जिस प्रांत का सर्वेक्षण मुझे करना है उसकी तो क़ोई सीमा ही नहीं। आख़िर इस दीवार के जरिए किससे बचाव करना था? उत्तर के लोगों से? मैं दक्षिण-पूर्वी चीन का रहनेवाला हूँ। कोई उत्तरी आदमी हमारा बालबाँका नहीं कर सकता। हाँ, पुरखों की किताबों में हमने उनके बारे में ज़रूर पढ़ा है। अपने सहज स्वभाव के अनुरूप जो-जो निर्दय अत्याचार ये उत्तरी लोग करते हैं, उन्हें सुन-सुनकर ही हम अपने पेड़ों की शीतल-शांत छाया में गहरी साँसें

ले उठते हैं। वास्तविकता को ज्यों का त्यों प्रस्तुत करनेवाले कलाकार की कूची ही हमें बताती है कि देखने में ये बिल्कुल राक्षसों जैसे हैं, कैसे मुँह फाड़े-फाड़े रहते हैं, कैसे इनके जबड़ों के बड़े-बड़े नुकीले दाँत चमकते हैं। इन भयानक जबड़ों से फाड़ खाने के लिए शिकार की खोज में बेचैन आँखें कैसे आधी-आधी मुँदी रहती हैं। जब हमारे बच्चे बहुत शैतानी करते हैं, तो हम उन्हें ये तस्वीरें दिखाते हैं। देखते ही वे रोते हुए आकर हमारी छाती से चिपक जाते हैं। बस इसके आगे इन उत्तरी लोगों के बारे में हम कुछ भी नहीं जानते। इन्हें हमने खुद कभी नहीं देखा और अगर हम अपने गाँव में ही बने रहे, तो कभी देख भी नहीं पाएँगे। दुर्दांत घोड़ों पर सवार होकर अगर ये सीधे हमारी दिशा में अंधाधुंध दौड़ना शुरू कर दें, तब भी हमें इनके दर्शन नहीं होंगे। यह देश ही इतना लंबा-चौड़ा है कि उन्हें हम तक पहुँचने ही नहीं देगा। उनका रास्ता बीच हवा में ही कहीं खत्म हो जाएगा।

यहाँ एक सवाल उठता है। अगर बात यही है तो क्यों आख़िर हम लोगों ने इसी दूरदराज शहर में आकर काम सीखने के लिए अपना घर-बार छोड़ा, क्यों पुलों वाली नदी छोड़ी, क्यों माँ-बाप, रोती-बिलखती पत्नियाँ और बच्चे छोड़े? उन्हें तो इन दिनों हमारी देखभाल की ज़रूरत थी। हमने ऐसा क्यों किया? जहाँ तक हमारे विचारों का प्रश्न है वे तो दीवार के पार सुदूर उत्तर के चक्कर मारते रहते थे, हम खुद तो वहाँ नहीं गए? सवाल का जवाब सर्वोच्च सत्ता को देना है।

हमें अपने नेताओं पर भरोसा है। वे सब कुछ जानते हैं। अपनी भारी-भारी चिंताओं, फिक्रों-जिक्रों में डूबे हुए ये नेता हमारे बारे में सारी जानकारी रखते हैं। हमारे छोटे-से-छोटे व्यापार और व्यवसायों को जानते हैं। हमें टूटी-फूटी झोंपड़ियों में इकट्ठे बैठे हुए देखते हैं, परिवार के बीच बैठकर घर के बड़े-बूढ़ों को सांध्य प्रार्थना करते हुए देखकर ये लोग ख़ुश और नाख़ुश होते हैं। मगर इसके साथ ही आता है खुद सर्वोच्च सत्ता का सवाल : सो अगर उसके बारे में विचार प्रकट करने की इजाजत हो, तो मेरा खयाल है कि यह सर्वोच्च सत्ता जाने किस ज़माने से रहती चली आई है। इसका संघटन इस तरह नहीं हुआ जैसे कुछ सरपंच आकर एक जगह जुट गए हों। सरपंचों की इस तरह की मंडली का क्या ठिकाना? कहीं किसी ने कोई सपना देखा। अफरातफरी में पंचों की बैठक बुला ली गई। जो भी हुआ, शाम को उसकी मुनादी करवाने का निर्णय लेकर सभा विसर्जित हो गई। निर्णय में कुछ और न किया तो पिछली रात इन मुखिया लोगों पर सपने में कृपा करने वाले देवता के स्वागत में रोशनी ही करा दी—फिर भले ही रोशनी के बुझते-न-बुझते इन पंच लोगों को ठोकपीट कर एक अँधेरे कोने में जा बिठाया जाए...नहीं, सर्वोच्च सत्ता का संघटन ऐसा नहीं था। मेरा तो दावा यहाँ तक है कि यह सर्वोच्च सत्ता अनादि काल से रही है और अनादि काल से ही रहा है दीवार खड़ी करने का यह निश्चय।

कैसे भोले हैं उत्तर के ये लोग जो समझते हैं कि दीवार उन्हीं के कारण से बनी है, और कैसे भोले निश्छल हृदय हैं हमारे सम्राट जिनका खयाल है कि दीवार के बनने में उनका आदेश था। दीवार बनानेवाले तो हम लोग हैं। हमें पता है कि असलियत क्या है? इसीलिए जबान नहीं खोलते।

जिन दिनों दीवार खड़ी हो रही थी तब से लेकर आज तक मैं एकाग्रभाव से विभिन्न जातियों की आपस में तुलना तथा उनके इतिहास का अध्ययन करने में लगा रहा हूँ। कुछ सवाल ऐसे हैं, जिनकी जड़ तक पहुँचने के लिए यही एक मात्र तरीका है। इसमें मैंने पाया है कि हम चीनियों में कुछ व्यक्ति और संघ तो अपनी स्पष्टता और निर्भ्रान्ति में अद्वितीय हैं, लेकिन कुछ ऐसे रहस्य और गूढ़ हैं कि उनका गोरख-धंधा ही समझ में नहीं आता। क्यों कुछ ही व्यक्ति या संघ ऐसे रहस्य और स्पष्टता के शिकार हैं, इसका कारण खोज निकालने की तड़प ने मुझे हमेशा परेशान किया है—आज भी परेशान किए है। दीवार बनने में भी यही समस्याएँ अनिवार्यतः गुँथी हुई हैं।

उदाहरण के लिए इन संघों या संस्थाओं में सबसे अधिक गूढ़ और रहस्यमय खुद 'साम्राज्य' नाम का संघ है। पीकिंग के शाही दरबार में ज़रूर इस बात को लेकर कुछ स्पष्टता पाई जा सकती है—हालाँकि यह स्पष्टता और सच्चाई कम, छलना और धोखा ही अधिक है। उच्च विद्यालयों में रहनेवाले राजनीतिक-विज्ञान के इतिहास के शिक्षक भी इन सारी बातों की जानकारी नाकाफी समझकर शंकाएँ करते हैं, लेकिन जैसे-जैसे आप निचली कोटि के विद्यालयों में उतरते जाएँगे, स्वभावतः ही शिक्षक और शिक्षार्थी—दोनों के मन में अपने ज्ञान को लेकर शंका और जिज्ञासा कम होती चली जाएगी। हाँ, कुछ धर्मादेशों को आधार बनाकर आसमान को छूती सतही संस्कृति का तानाबाना वहाँ ज़रूर छाया मिलेगा। क्योंकि यही आदेश शताब्दियों से लगातार लोगों के दिल-दिमाग में ठूँस दिए गए हैं। यों देखें तो इन आदेशों में कहे गए शाश्वत-सत्यों का भी अभी तक कुछ नहीं बिगड़ा, मगर उलझन और कुहासे के जाल-जंजाल से बाहर निकलना हरगिज-हरगिज उनके बस का नहीं है।

मगर मेरा ख्याल है कि साम्राज्य-विषयक इस विशेष सवाल का जवाब जनता को ही देना होगा। साम्राज्य की मूलभूत आधारशिला तो जनता है। यहाँ मैं स्वीकार करता हूँ कि इस विषय में भी मुझे सिर्फ़ अपने जन्म-स्थान की ही बात मालूम है। हम लोगों का परिचय या तो सूर्य-चाँद जैसे प्रकृति-देवताओं और उनके पूजा-उत्सवों से है या फिर सम्राट से। प्रकृति-देवताओं के यह उत्सव एक के बाद एक हमारे सारे साल को अपने खूबसूरत सिलसिले से रंगीन बनाए रखते हैं। इसलिए हम उनसे परिचित हैं। लेकिन 'सम्राट' नाम को हम भले ही जानते हों, 'सम्राट' जैसे किसी विशिष्ट और वर्तमान व्यक्ति को हम नहीं जानते। काश, हमें इतना ही पता हो कि

सम्राट क़ौन है, कैसा होता है, तो शायद इस वर्तमान सम्राट के बारे में भी सोचें। अक्सर ही उत्कट जिज्ञासा से हमारा मन बेचैन रहता है, और तब हम सम्राट को लेकर तरह-तरह के कुलाबे भिड़ाया करते हैं। आश्चर्य की बात तो यह है कि घाट-घाट का पानी पिए हुए तीरथिए हों, या हमारे आस-पास के गाँव में रहनेवाले, इस विषय में किसी से रत्ती भर जानकारी नहीं मिलती।

कितना बड़ा यह हमारा देश है! क्या किसी भी उपमा से इसकी लंबाई-चौड़ाई के साथ न्याय किया जा सकता है? इसे नाप सकना आसमान और आसमानी ताकतों के वश का भी नहीं है। बीजिंग की इसमें बिसात क्या है। एक बूँद बराबर भी नहीं है—फिर बीजिंग का राजमहल बूँद से भी छोटा है। अच्छा, मान भी लीजिए कि जहाँ-जहाँ महन्तशाही है, वहाँ-वहाँ सम्राट भी हैं और वही सर्वशक्तिमान हैं! लेकिन इस समय जो सम्राट जीवित हैं, वे होंगे तो हमारे जैसे जीते-जागते आदमी ही। हो सकता है, बहुत ही बड़े पलंग पर सोते हों, या यह भी हो सकता है कि यह पलंग भी उन्हें छोटा ही पड़ता हो। वे जब बहुत थक जाते होंगे, तो हमारी ही तरह अँगड़ाई लेते होंगे—सुकुमार-सुडौल मुँह फाड़कर हमारी ही तरह जमुहाई लेते होंगे। लेकिन यहाँ तिब्बती पठारों के सीमा प्रदेश पर रहनेवाले हम यह सब जानें तो जानें कैसे? अलावा इसके, कोई भी हलचल, कोई भी उथल-पुथल अगर हम तक आई भी हो तो उसे हम तक आते-ही-आते इतना समय बीत चुका होता है कि, तब तक बात ही ठंडी हो गई होती है। एक धारणा यह भी है कि सम्राट अत्यंत बुद्धिमान, मगर जाने किन-किन अजीबोग़रीब किस्म के सरदारों और दरबारियों की भीड़ से हमेशा घिरे रहते हैं। सेवकों और शुभेच्छुओं के वेश में द्वेष और शत्रुता उनके चारों ओर मँडराती रहती है। और मानो शाही ताकत का पलड़ा बराबर बनाए रखने के लिए ये लोग हाथों में जहर बुझे तीर लिए हुए हुकूमत का तख़्ता उलटने की तिकड़मों में रात-दिन ख़ून-पसीना एक किए रहते हैं। साम्राज्य अमर हो सकता है, लेकिन सम्राट तो सिंहासन से लुढ़कते और गिरते ही हैं। यही क्यों, सारे-के-सारे राजवंश देखते-देखते दम तोड़कर सदा के लिए आँखें मूँद लेते हैं। लेकिन इन सारे भीतरी संघर्षों और यातनाओं को जनता कभी नहीं जान पाती। आँखें चुराए, थके-पस्त अनजान आदमी की तरह जनता किसी भीड़भाड़ में धक्कमधक्का करती, किनारे की गली में खड़ी-खड़ी साथ लाए चने-चबेने को चभर-चभर खाती रहती है, और इसी सड़क पर आगे जाकर—यानी शहर के बीचोंबीच बाज़ारवाले चौराहे पर उनके सम्राट को फाँसी पर लटकाए जाने की तैयारियाँ हो रही होती हैं।

ठीक ऐसे ही आशा भरे और आशाहीन मन से हमारी जनता सम्राट को लेकर कुछ कल्पना करती है। पता उसे यह भी नहीं होता कि किस सम्राट का शासन है और राजवंश के नाम को लेकर तो उसमें हमेशा सिर-फुटौवल होती रहती है।

विश्वविद्यालयों में राजवंशों और 'किसके बाद कौन राजा आया' को लेकर काफी कुछ पढ़ाया जाता है, लेकिन इस बारे में घपला कुछ ऐसा सार्वभौमिक है कि बड़े से बड़ा विद्वान चौकड़ी भूल जाता है। जाने कब-कब के मरे-खपे सम्राट हमारे गाँव में पुनर्जीवित होकर राज्याभिषेक पा जाते हैं। अभी कुछ दिनों पहले ही पुरोहितजी ने वेदी को साक्षी बनाकर एक घोषणा-पत्र पढ़ा था, मजा यह कि प्राचीन लोक-गीतों को छोड़कर इस सम्राट का कोई नाम-निशान नहीं जानता। इतिहास की पुरानी लड़ाइयों की सूचना हमारे लिए एकदम ताजी ख़बर की तरह आती है! किसी भी क्षण कोई पड़ोसी बच्चों जैसे उत्साह से दमकता चेहरा लिए, इस प्रकार की ख़बर लिए दौड़ा चला आ सकता है। लाड़-प्यार में बिगड़ी घमंड में दुहरी सम्राटों की रानियाँ अपने देश-विदेश के नित नए कारनामे करती हमारे यहाँ हर वक्त ही घूमती रहती हैं। कोई कुटिल दरबारियों के चक्कर में संभ्रान्त पथ छोड़कर ग़लत राहों में पड़ गई है तो किसी की महत्त्वाकांक्षा बेकरार हो उठी है, किसी के भीतर लालच का साँप फुफकार रहा है, तो कोई वासना में मतवाली अपने-पराए का ज्ञान भूल गई है। समय की कब्र में जितनी गहरी वह दफन होती जाती हैं उनकी करतूतों पर उतना ही पानी चढ़ता जाता है। हजारों साल पहले कैसे किसी सम्राज्ञी ने लंबे-लंबे घूँट भरकर अपने स्वामी का ख़ून पिया था, इस कहानी को सुनकर आज भी हमारा गाँव दर्द से कराह उठता है।

ठीक इसी तरह, हमारी जनता पर न तो क्रांतियों का ही असर पड़ता है न सामयिक लड़ाइयों का। लड़कपन की एक घटना याद आती है। पड़ोस के, लेकिन काफी दूर-दराज प्रांत में एक बार विद्रोह उठ खड़ा हुआ। कारण क्या था, आज याद नहीं। उसका महत्त्व भी नहीं है। लोगों का क्या है, यों ही बात-बेबात भड़क जाते हैं। विद्रोह का कोई भी बहाना निकालने में देर ही कितनी लगती है। हाँ, तो हमारे प्रांत से गुजरता हुआ एक भिखारी, विद्रोहियों द्वारा प्रकाशित पर्चा बापू के पास दे गया। संयोग से उसी दिन हमारे यहाँ दावत थी और सारे कमरे मेहमानों से भरे थे। पुरोहितजी बीच में आसन लगाए बैठे थे। उन्होंने पर्चे को ध्यान से पढ़ा।

अचानक लोगों में जो हँसी-मजाक का दौर शुरू हुआ तो उसी छीना-झपटी में पर्चा फट गया। भिखारी को भीख पहले ही मिल चुकी थी, लेकिन इस पर्चे को पढ़ने के बाद उस पर जो लात-घूँसे पड़ने शुरू हुए हैं कि बिचारे को भागते ही बना। उसके जाते ही उस सुहाने दिन मौज मनाने के लिए मेहमान छूट गए। क्यों? क्योंकि उस पड़ोसी-प्रांत की जबान हमारी जबान से एकदम अलग है, और लेखन में भी कुछ ऐसी तोड़-मरोड़ होती है कि अलगाव बना ही रहता है। हमारे लिए तो ये अक्षर गोले-गोले से लगते हैं। इसीलिए पुरोहितजी ने दो पंक्तियाँ भी नहीं पढ़ी होंगी कि हमने अपने फैसले कर लिए। ऐसी जाने कितनी बातें पुराने इतिहासों में कही गई

थीं। और उनका दुःख-दर्द सब खत्म हो चुका था। आज याद करते हुए मुझे लगता है कि वर्तमान विभीषिका को कैसे अकाट्य रूप में वह भिखारी हमारे दरवाजे पर लाया था, लेकिन हमने सिर झटककर एक शब्द तक सुनने से इंकार कर दिया, वर्तमान को मार भगाने के लिए हमारी जनता ऐसी उधार खाए बैठी रहती है...

इस सबको देखकर अगर नतीजा यह निकले कि यहाँ सम्राट जैसी कोई भी चीज नहीं है तो झूठ नहीं होगा, मगर फिर–फिर याद रखने की बात यह भी है कि सम्राट के नाम पर जान देनेवाले दक्षिण में हम ही हैं। खुद सम्राट को हमारी इस भक्ति का पता हो या न हो। इसके लिए हम जिम्मेदार हैं भी नहीं। यह सही है कि गाँव के सिरेवाले छोटे से खंभे पर जो अजगर देवता बैठे हैं न, वे आज भी वहीं हैं और जब से मनुष्य की स्मृति का अस्तित्व है तभी से बीजिंग की ओर मुँह किए श्रद्धांजलि के रूप में अग्निल फुँफकारें छोड़ते हैं। मगर हमारे गाँववाले हैं कि जिन्हें यही नहीं पता कि बीजिंग किस चिड़िया का नाम है, वह इसी लोक में है या दूसरे लोक में। अपने गाँव की पहाड़ी पर चढ़कर जिधर निगाह दौड़ाओ, मैदान में कोसों तक घर ही घर फैले हों और इन मकानों के बीच रात-दिन लोगों की धक्कमधक्का भीड़ बनी रहती हो–क्या ऐसा भी सचमुच कोई गाँव हो सकता है? ऐसे किसी भी शहर की तस्वीर हमारे दिमाग में नहीं समा पाती। हाँ, यह विश्वास हम ज़रूर कर लेते हैं कि बीजिंग और सम्राट दोनों एक ही हैं और यह सूर्य की छाँव में शांत-भाव से युग-युगांतरों के प्रवाह में निरंतर बहते चले आ रहे हैं।

इस प्रकार की धारणाएँ पालने के पीछे वस्तुतः ज़िंदगी का संपूर्ण रूप है जिस पर न कोई दबाव है न बाधा। इस ज़िंदगी पर वर्तमान का कोई कानून नहीं लागू होता। बस पुराने ज़माने से चली आती ज़बरदस्ती वसूली और ऐलानों के ही दर्शन अक्सर होते रहते हैं। मैं सभी को एक लाठी से हाँकने के ख़िलाफ़ हूँ, अतः चीन के पाँच सौ प्रांतों की बात नहीं कह सकता। यह भी नहीं कह सकता कि मेरे प्रांत के ही सारे गाँव, हमारे गाँव जैसे हैं। मगर इस दीवार में चूँकि दुनिया-भर के लोगों का योगदान रहा है, हर प्रांत से लोग आए हैं–इससे समझदार आदमी को कमोबेश हर प्रांत की आत्मा के सर्वेक्षण का एक अवसर ज़रूर हाथ आता है। इस आधार तथा अपने व्यक्तिगत निरीक्षण, और इस विषय में पढ़ी अनेक पुस्तकों के आधार पर एक बात शायद मैं ज़रूर कह सकता हूँ। सम्राट के प्रति जो भी कुछ धारणा हमारे गाँव की है, उसमें शर्तिया कुछ-न-कुछ ऐसा है, जो सार्वभौमिक और सर्वव्यापी है, और सभी जगह समान रूप से प्रचलित है। मेरा मंतव्य, कतई जनता के इस रवैए को गुण के रूप में प्रस्तुत करना नहीं है। बल्कि बात उल्टी है। वस्तुतः उसकी मूलभूत जिम्मेदारी तो सरकार की ही है। संसार के प्राचीनतम साम्राज्य होने के बावजूद

क्यों यह सरकार साम्राज्य व्यवस्था को ऐसा पक्का निर्दोष और अचूक रूप दे सकने में असमर्थ रही या उस ओर से आँखें मूँदे रही कि सुदूरतम सीमाओं के प्रांतों में भी उसका कार्य सुचारु-सीधे और अनवरत ढंग से चलता रहे? उधर दूसरी तरफ़ देखें तो यह जनता की अपनी कल्पना-शक्ति और आस्था की ही कमज़ोरी लगती है कि वे बीजिंग को इस अवरोध और सड़ाँध से बाहर निकालकर खड़ा नहीं कर पाती—उसे साक्षात सजीव यथार्थ मानकर, बाँहें फैलाकर, अपनी छाती से नहीं लगा पाती। साम्राज्य की तो अभी भी सचमुच एकमात्र इच्छा है कि प्राण त्यागने से पहले एक बार तो जनता के इस स्पर्श को महसूस कर ले...

अस्तु, जनता का यह रवैया गुण तो निश्चय ही नहीं है। मगर कितना बड़ा मज़ाक़ है कि हमारी सारी जनता को एक करनेवाला तत्त्व ही कमज़ोर है। कहें तो कह सकते हैं कि यही वह धरती है जिस पर हम लोगों की ज़िंदगी चलती है। एक आधारभूत बुराई को बाकायदा स्थापित करने लगने का अर्थ अपनी आत्मा और चेतना की जड़ें खोदना ही नहीं, बल्कि खुद अपने पैरों पर कुल्हाड़ी मारना है। यह बात तो और भी बुरी है। अतः इसी कारण अपनी जिज्ञासा को अब मैं इन प्रश्नों की दिशा में बढ़ने से रोकता हूँ।

जीवन एक नाटक है...

अर्क द' तिमोथिच वरशेंको

वह दुर्भाग्यपूर्ण और दुखभरा किस्सा यों शुरू हुआ : पत्थर के बने एक बहुत बड़े मकान की छठी मंजिल पर विभिन्न मुद्राओं और भंगिमाओं में तीन व्यक्तियों में बड़े ज़ोर-शोर से वाद-विवाद हो रहा था। सुडौल, सुंदर और मांसल बाँहोंवाली स्त्री एक चादर से अपनी छाती ढाँकने की कोशिश कर रही थी। वह यह भूल गई थी कि चादर एक साथ उसकी छाती और नंगी टाँगों को ढँकने का काम नहीं कर सकती थी। स्त्री रो रही थी और सुबकियों के बीच में कहती जाती थी–"सच जॉन, मैं तुम्हारी कसम खाती हूँ, इसमें मेरा ज़रा भी कसूर नहीं है। इसने मेरा दिमाग खराब कर दिया था। इसने मुझे बहका लिया था। मैं तुमसे सच कहती हूँ, मेरी ज़रा भी इच्छा नहीं थी। मैंने तो इसे रोका भी था...।" शेष दो में से एक आदमी, जिसने अभी अपने हैट और ओवरकोट भी नहीं उतारे थे, तरह-तरह की मुद्राएँ बना रहा था और कमरे में उपस्थित तीसरे आदमी को सम्बोधित करके गालियाँ सुना रहा था–"बदमाश, अभी मैं तुझे ऐसा ठीक करता हूँ कि तू भी क्या याद करेगा। तू कुत्ते की मौत मरेगा और कानून मेरे साथ होगा। देख, इस ज़रा से शिकार की तुझे कितनी बड़ी कीमत चुकानी पड़ती है? कमीने साँप, औरतों को बहकानेवाले गुण्डे।" तीसरा आदमी एक युवक था, जिसके शरीर पर इस समय विशेष तड़क-भड़कवाले कपड़े तो नहीं थे, लेकिन फिर भी काफी रोबीला दिखाई देता था। उसने कमरे के एक खाली कोने की ओर निगाहें गड़ाते हुए विरोध किया–"मैं? भाई, मैंने तो कुछ किया नहीं है, मैं...मैं।" ओवरकोटवाले मजबूत आदमी ने सड़क की ओर वाली खिड़की झटके से खोल दी। दौड़कर उस सादे कपड़ेवाले नवयुवक को ज़ोर से बाँहों में भरा और उठाकर यह कहते हुए खिड़की के बाहर फेंक दिया कि "तूने काहे को किया है कुछ! तो ले बदमाश...!"

अपने आपको हवा में उड़ता हुआ पाकर उस युवक ने डर के मारे अपनी

बास्कट के बटन लगा लिए और जैसे अपने-आपको समझाता हुआ-सा बोला—'कोई बात नहीं, हमारी असफलताएँ ही तो हमें मजबूर कर देती हैं।' और वह हवा में नीचे गिरता रहा। अभी वह दूसरी (पाँचवीं) मंजिल तक आया भी नहीं था कि उसकी छाती से एक गहरी साँस निकल गई। उस औरत के ध्यान ने, जिसे अभी वह पीछे छोड़ आया था, उसके हृदय में भरे उड़ने के सारे उत्तेजनात्मक आनन्द को एक तीखे जहरीलेपन से भर दिया। युवक ने मन-ही-मन कहा—'हे भगवान! मैंने उसे क्यों प्यार किया? और वह कम्बख़्त इतनी भी हिम्मत नहीं कर सकी कि अपने आदमी के सामने स्वीकार तक कर ले। भगवान उसे सुखी रखे। मेरे लिए तो वह अब बहुत दूर और बिल्कुल अपरिचिता-मात्र रह गई है।' यह बात सोचते-सोचते वह पाँचवीं मंजिल तक आ चुका था और जैसे ही वह एक खिड़की के पास से गुजरा, उत्सुकतावश उसकी निगाह भीतर चली गई। एक युवक विद्यार्थी डेस्क के पास बैठा एक किताब पढ़ रहा था। अपना सिर उसने अपने हाथों में ले रखा था। उसे देखकर उस गिरते हुए युवक को अपना पिछला जीवन याद हो आया। उसे याद हो आया कि अभी तक उसने भी अपने जीवन के सारे दिन इसी प्रकार दुनिया से दूर और पढ़ाई-लिखाई में ही डूबे रहकर गुजारे हैं। और उसने भी अपने आपको ज्ञान के प्रकाश की ओर और प्रकृति के रहस्यों की ओर एक जिज्ञासु मस्तिष्क से खिंचते हुए अनुभव किया है। वह भी विद्या के अधिकारी महान् आचार्यों की ओर आकर्षित हुआ है। फिर पढ़ते हुए व्यक्ति को पुकारकर उसने कहना चाहा—'प्यारे विद्यार्थी भाई, तूने मेरी सारी सोई हुई महत्त्वाकांक्षाओं को जगा दिया है। अभी छठी मंजिल पर जीवन के जिस झूठ, मक्कारी और छिछले सम्मान ने मेरी आँखों पर पड़े मोह के पर्दे को हटा दिया है, उस मोह-भंग की प्रतिक्रिया से भी तूने मुझे उबार लिया है।' लेकिन उसके अध्ययन में विघ्न न डालने के खयाल से युवक ने पुकारने की अपनी इच्छा को दबाए रखा।

गिरता हुआ वह अब चौथी मंजिल पर आ गया था और यहाँ उसके विचारों ने एक दूसरा ही मोड़ ले लिया। प्रसन्नता और आनन्द के मारे उसका सिर चकरा रहा था और उसे अपने हृदय में एक विचित्र मीठा-मीठा दर्द अनुभव हो रहा था। चौथी मंजिल पर एक नवयुवती बैठी मशीन सामने रखे सिलाई का कोई काम कर रही थी। लेकिन उसके गोरे-गोरे सुन्दर हाथ इस समय काम करना भूल गए थे और उसकी अलसी के फूलों-सी नीली आँखें, बड़ी उदास और जैसे स्वप्न में खोई हुई-सी कहीं दूर देख रही थीं। युवक इस दृश्य को देखे बिना नहीं रह सका और एक बड़ी विचित्र, महान् और शक्तिशाली भावना उसके हृदय में उठकर जैसे छा गई और उसे लगा कि स्त्रियों के साथ के उसके पिछले सारे परिचय झूठे, खोखले दिखावे और बेवकूफी के सिवा और कुछ भी नहीं थे। 'प्रेम' नाम के उस अद्भुत रहस्यमय शब्द

को तो वह अब समझ पाया है। शान्त गृहस्थ-जीवन के प्रति अब उसके हृदय में एक आकर्षण उत्पन्न हुआ, वर्णनातीत प्यार और प्रियतमा के स्वप्नों ने उसे खींचा और आनंद-उल्लास की शीतल चाँदनी में मुस्कुराते एक प्राणी के अस्तित्व की सार्थकता अब उसकी समझ में आई।

अगली मंजिल ने, जिससे होकर अब वह गुजर रहा था, उसकी इस आकांक्षा को और भी बल दिया। तीसरी मंजिल की खिड़की पर उसने एक माँ को देखा। वह बड़े दुलारपूर्वक हँसती हुई एक मोटे-ताजे स्वस्थ मुस्कुराते बच्चे को झुला रही थी। प्यार और सलज्ज मातृत्व का गौरव उसकी आँखों में झिलमिला रहा था। युवक सोचने लगा–'मैं भी चौथी मंजिलवाली लड़की के साथ शादी करना चाहता हूँ और मेरी भी इच्छा है कि मेरे भी तीसरी मंजिल-जैसा एक मोटा-ताजा गुलाब के फूल-सा बच्चा हो। तब मैं अपने आपको पूरी तरह अपने परिवार में डुबा दूँगा। और उस आत्म-त्याग में सच्ची प्रसन्नता का अनुभव करूँगा।'

लेकिन अब दूसरी मंजिल आ रही थी और इस मंजिल पर उसने जो कुछ देखा, उसने उसके हृदय को धक्का दिया। बिखरे बालों और इधर-उधर घूमती निगाहोंवाला एक आदमी लिखने की शानदार मेज के पास बैठा था। अपने सामने फ्रेम में लगी एक फोटो को वह घूर रहा था। साथ ही वह अपने दाहिने हाथ से लिख रहा था और बाएँ में एक पिस्तौल पकड़े हुए था, जिसकी नली उसने अपनी कनपटी से अड़ा रखी थी। युवक ने चीख़ना चाहा–"अरे पागल ठहर! देख, जीवन कितना सुन्दर है।" पर पता नहीं, न जाने क्या सोचकर वह रुक गया। कमरे की शान-शौकत, उसके ऐश्वर्य और समृद्धि को देखकर युवक ने सोचा, ज़रूर इसके जीवन में कुछ ऐसा घटित हुआ है, जिसने इतने संतोष और सुख के बावजूद तमाम परिवार को उथल-पुथल कर दिया है। कितना शक्तिशाली, भयंकर और घातक रहा होगा वह कारण... । फिर और भी दुखी हृदय से आश्चर्यपूर्वक उसने सोचा–'इसका कारण क्या हो सकता है?'

और मानो पहली मंजिल की खिड़की द्वारा जीवन ने उसे इसका बेलाग और कठोर उत्तर दे दिया। अब तक वह यहाँ तक आ चुका था। कपड़ों के ढेर के पीछे लगभग छिपा हुआ-सा एक नवयुवक खिड़की में बैठा था। उसके शरीर पर कोट या बास्कट कुछ भी नहीं था। एक अधनंगी स्त्री उसकी गोद में बैठी थी। उसने अपनी गुलाबी कोमल बाँहों में अपने प्रियतम के सिर को घेर रखा था और एक विभोर आवेश से वह युवक को अपने आलिंगन में बाँधे थी। गिरते हुए युवक को याद आया कि उसने इसी स्त्री को बढ़िया कपड़ों में सजे-सजाए अपने पति के साथ घूमते हुए देखा है और इस समय यह आदमी निश्चित रूप से उसका पति नहीं है। उसका पति इसकी अपेक्षा उम्र में बड़ा था। उसके बाल घुँघराले, आधे काले और

आधे सफेद थे, जब कि इस युवक के बाल काले और बड़े ही सुन्दर थे। और पिछले सारे नक्शे युवक के सामने जैसे साफ उभर आए। विद्यार्थी को देखकर पढ़ने की इच्छा, चौथी मंजिलवाली लड़की से शादी करने का विचार, तीसरी मंजिलवाली शान्त-सुखी गृहस्थी का चित्र...और जैसे एक बार फिर उसका हृदय भारी बोझ से धसक उठा।

अब उसकी समझ में प्रसन्नता की सारी मरीचिका और क्षणभंगुरता स्पष्ट हो गई, जिसके स्वप्न उसने देखे थे। उसने अपनी पत्नी और अपने चारों ओर जो सुन्दर बालोंवाले युवकों का जुलूस देखा था, वह उसकी आँखों के आगे कौंध गया। उसे दूसरी मंजिलवाले युवक की मानसिक मर्मान्तक पीड़ा याद आई और उस पीड़ा से अपने आपको मुक्त करने के लिए जो साधन वह प्रयोग कर रहा था, वे उसकी निगाह के सामने चमक उठे और जैसे उसकी समझ में सारा रहस्य आ गया। बड़ी निर्जीव घृणापूर्ण मुस्कान के साथ युवक ने मन-ही-मन कहा—'आखिकार, मैंने देख ही लिया कि जीने का कोई अर्थ नहीं है। इसमें सिवा बेवकूफी और कष्ट के कुछ भी नहीं है।' और अपनी भौंहें सिकोड़कर उसने अपनी 'उड़ान' को वहीं धरती पर स्वेच्छापूर्वक समाप्त कर दिया। फर्श के पत्थरों से जब उसके हाथों का स्पर्श हुआ, तो उसका हृदय ज़रा भी नहीं काँपा। अंग के इन निरर्थक हिस्सों को तोड़ते हुए उसने जड़ और कठोर पत्थर पर अपना सिर दे पटका।

और जब जिज्ञासु लोगों की भीड़ उसके निर्जीव शरीर को चारों ओर से घेरकर उसे देखने लगी, तो किसी के दिमाग में यह बात आई ही नहीं कि अभी दो क्षण पहले यह युवक किस तिलस्मी नाटक को जी चुका है।

हरफ़नमौला

सामरसेट मॉम

मैक्स कलैडा से परिचय होने के पहले ही मुझे मालूम था कि वह शख़्स मुझे पसन्द नहीं आएगा। लड़ाई ख़त्म हो ही चुकी थी और महासागर के रास्ते चलनेवाले यात्री जहाजों पर बड़ी भीड़ थी। जगह मिलना मुहाल था और एजेंट लोग जहाँ भी ठूँस दें, उसे ही ग़नीमत मानकर सन्तोष करना पड़ता था। अकेले अपने लिए केबिन पाने की उम्मीद करना ही ग़लत था, इसलिए सिर्फ़ दो बर्थोंवाला केबिन पाकर बड़ा ही कृतज्ञ हुआ। लेकिन जब मुझे अपने साथी का नाम बताया गया, तो दिल डूब-सा गया। वह केबिन मुझे बन्द भाफ़ की ऐसी नली जैसा लगा, जिसमें रात को बाहरी हवा आने का कोई रास्ता ही न छोड़ा गया था। एक ही केबिन में किसी के साथ लगातार चौदह दिन तक रहना वैसे भी काफ़ी कष्टप्रद था (मैं सैनफ्रांसिस्को से योकोहामा जा रहा था), फिर भी अगर मेरे साथी का नाम ब्राउन या स्मिथ होता, तो मुझे इस सब कष्ट की कोई चिन्ता नहीं होती।

जब मैं खाना खाने गया था, तभी किसी मि. कलैडा का सामान देख आया था। मुझे वह सब देखने में भी अच्छा नहीं लगा था। सूटकेसों पर कई-कई लेबिल लगे थे। वर्दी रखने का ट्रंक बहुत ही बड़ा था। ब्रश, तौलिया, नहाने इत्यादि का सामान उन्होंने खोल लिया था। तभी मैंने ध्यान दिया था कि वे माशिए काटी (शृङ्गार-प्रसाधन बनानेवाली एक कम्पनी) के बड़े भक्त थे, क्योंकि मुँह-हाथ धोने के स्टैण्ड पर मैंने उनका सैण्ट, सिर धोने का शैम्पू और बालों का तेल इत्यादि देखे थे। मि. कलैडा का ब्रश, उनकी आबनूस की लकड़ी जिस पर सुनहले अक्षरों में उनका नाम अंकित था, सबकुछ ऐसा था मानो किसी पॉलिश करनेवाले का सामान हो। मुझे मि. कलैडा क़तई पसन्द नहीं आए।

मैं सीधा सिगरेट पीनेवाले कमरे में चला आया। ताश की गड्डी निकाल ली और पेशेंस खेलने लगा। मैंने अभी शुरू ही किया था कि एक सज्जन दाख़िल हुए

और मुझसे पूछने लगे–"अगर मैं ग़लती नहीं करता, तो आप..."

"मेरा नाम मि. कलैडा है।"–अन्त में उन्होंने जोड़ा और मुस्कुराए। उनकी चमकदार दंत-पंक्ति साफ़ दिखाई दी। फिर वे बैठ गए। मैंने कहा–"अरे हाँ, मेरा ख़याल है, हम लोग एक ही केबिन में तो हैं।"

"मैं तो कहूँगा ख़ुशक़िस्मती है। आपने तो कभी सोचा भी नहीं होगा कि किसके साथ आपको ठूँसा जा रहा है। जब मुझे पता चला कि आप अँगरेज़ हैं, तो बहुत ही ख़ुशी हुई। मैं तो कहता हूँ कि अपने देश से बाहर तो अँगरेज़ों को एक साथ रहना ही चाहिए। आप समझे न मेरी बात?"

मैंने आँखें झपकीं और काफ़ी भोलेपन से कहा–"क्या आप भी अँगरेज़ हैं?"

"बिल्कुल! क्या आपको मैं अमरीकन-जैसा नहीं लगता? लेकिन मैं भीतर तक अँगरेज़ हूँ।" और इसका सबूत देने के लिए मि. कलैडा ने जेब से एक पासपोर्ट निकाला और बड़े अन्दाज़ से उसे मेरी नाक के नीचे हिलाने लगे।

मि. कलैडा ठिगने और मज़बूत काठी के आदमी थे–क्लीन शेव, ज़रा काली चमड़ी, उठी हुई मोटी नाक, काफ़ी बड़ी-बड़ी चमकदार पनीली आँखें, चमकदार और घुँघराले लम्बे काले बाल। वे काफ़ी धाराप्रवाह बोलते थे, जिसमें ज़रा भी अँगरेज़पना नहीं होता था और बात करने में तरह-तरह की भाव-भंगिमाएँ बनाते थे। मुझे पूरा विश्वास था कि अगर मैंने उस ब्रिटिश पासपोर्ट को ज़रा भी गौर से देखा होता, तो मुझे साफ़ पता लग गया होता कि वे इंग्लैण्ड के आकाश के नीचे नहीं, बल्कि कहीं बिल्कुल नीले खुले आसमान के नीचे पैदा हुए, पले और बढ़े हैं।

"आप क्या लेना पसन्द करेंगे?"–उन्होंने मुझसे पूछा। मैंने ज़रा सन्देह से उनकी ओर देखा। शराबबन्दी पूरे ज़ोरों पर थी और साफ़ था कि पूरा जहाज़ बिल्कुल ही 'रेगिस्तान' था। जिस समय मुझे प्यास नहीं होती, उस समय यह बताना बड़ा मुश्किल होता कि जिंजर, बीयर या लैमन-स्क्वेश में से किसे सबसे ज़्यादा नापसंद करता हूँ। लेकिन मि. कलैडा ने एक खिली मुस्कुराहट से मेरी ओर देखा। बोले–"ह्विस्की-सोडा या तीखी मार्टिनी, जो आप कहें। सिर्फ़ मुँह से शब्द निकलने की ज़रूरत है, दोस्त!"

उन्होंने पैंट की पिछली दोनों जेबों में से एक-एक बोतल खोज निकाली और मेरे सामने की मेज़ पर उन्हें जमा दिया। मैंने मार्टिनी ले ली। उन्होंने स्टीवार्ट को बुलाकर दो गिलास और बर्फ़ लाने का हुक्म दिया।

"यह तो बढ़िया काकटेल हो गया!"–मैं बोला।

"अरे, जहाँ से आती हैं, वहाँ बहुत काफ़ी हैं अभी। खाने के साथवाले अगर आपके कुछ दोस्त लोग हों, तो उनसे कह दीजिए कि आपका एक साथी है, जिसके पास दुनिया की सारी शराबें हैं।"

मि. कलैडा बातूनी आदमी थे। वे कभी न्यूयार्क और कभी सैनफ्रांसिस्को की बातें करते थे। सिनेमा, खेल और राजनीति सभी पर वे बहस करते थे। देशभक्त भी थे। यह ठीक है कि यूनियन जैक कपड़े का टुकड़ा होते हुए भी एक विशेष प्रभाव रखता है, लेकिन जब ये अलैक्जेंड्रिया या बैरुत के किसी आदमी द्वारा फ़हराया जाता है, तो लामुहाला मैं महसूस करता हूँ कि इसके सम्मान को चोट पहुँच रही है। मि. कलैडा यारबाश आदमी थे। ज़्यादा बनने की मेरी क़तई इच्छा नहीं है, लेकिन एक बिल्कुल अपरिचित आदमी पुकारते समय आपके नाम के आगे मिस्टर लगाए, यह साधारण शिष्टाचार है, जिसका न होना मुझे बुरा लगता है। निस्संदेह मेरी निकटता के ख़याल से ही मि. कलैडा ऐसी औपचारिकता नहीं बरतते थे। मुझे मि. कलैडा पसन्द नहीं थे। पर जब वे बैठ ही गए, तो मैंने ताश एक ओर रख दिए। लेकिन जब सोचा कि पहली ही मुलाकात में हमने काफ़ी बातचीत कर ली है, तो मैं फिर अपने खेल में जुट गया।

"चौके पर तिक्की।"—मि. कलैडा बोल उठे। पेशेंस के खेल में इससे ज़्यादा झुंझलाहट पैदा करनेवाली बात और कोई नहीं होती कि पत्ता उठाकर आपके देखने से पहले ही कोई बोल उठे कि इस ताश को वहाँ रखो।

"आ रहा है, आ रहा है..." वे ज़ोर से बोले—"जोकर के ऊपर दहला!"

क्रोध और घृणा से मैंने सारे ताश समेट लिए और खेलना बन्द कर दिया। तब गड्डी उन्होंने उठा ली। बोले—"ताश के जादू आपको पसंद हैं?"

"नहीं; मुझे ताश के जादुओं से चिढ़ है।" मैंने बेबाक उत्तर दिया।

"अच्छा, मैं अभी आपको एक दिखाता हूँ।" और यह कहकर मुझे उन्होंने तीन जादू दिखाए। तब मैंने कहा—"मैं नीचे डाइनिंग-रूम में जा रहा हूँ। ज़रा देख आऊँ, मेरी कुर्सी किस मेज़ पर है।"

"अरे, वह सब तो हो गया।" वे बोले—"आपके लिए तो सीट मैंने पहले ही ले ली है। मैंने सोचा कि जब हम लोग एक ही कमरे में हैं, तो एक ही मेज पर खाना भी पसन्द करेंगे।"

कलैडा मुझे पसंद ही नहीं थे। न केवल मेरे केबिन के हिस्सेदार थे और हम लोग एक ही मेज़ पर दिन में तीन बार खाना खाते थे, बल्कि डैक पर भी जब मैं घूमता, तो वे मेरे साथ लग लेते। उन्हें झिड़क देना असंभव था। यह बात तो जैसे कभी उनके दिमाग़ में ही नहीं आई कि वे किसी को नापसंद भी हो सकते हैं। उन्हें पूरा विश्वास था कि आप भी उनसे मिलकर इतने ही प्रसन्न होते हैं, जितने कि आपसे मिलकर वे। अपने घर पर आप उन्हें धक्का मारकर सीढ़ी से गिरा दें और ज़ोर से मुँह पर ही दरवाज़ा बन्द कर लें, तब भी शायद उनके मन में यह बात नहीं आएगी कि उनका आना किसी को अच्छा नहीं लगा। वैसे वे बहुत ही

घुलने-मिलनेवाले जीव थे और तीन दिनों में ही वहाँ के सारे लोगों को जान गए थे। वे हर चीज़ में टाँग अड़ाते थे। सफ़ाई का प्रबन्ध वे करते थे, नीलाम वे करते थे, खेल के इनाम के लिए पैसे वे जुटाते थे, गोल्फ़ या कोइटर (छल्ले का खेल) के प्रतिद्वन्द्वी वे तय करते थे, संगीत-समारोहों के वे संयोजक थे और बाल-डान्स में फैन्सी-ड्रेस का ज़िम्मा उन पर था। हर जगह हर वक्त वे मौजूद रहते थे। निश्चित रूप से पूरे जहाज में सबसे अधिक अगर कोई आदमी नापसंद किया जाता था, तो वे ही। हम लोग तो उनके मुँह पर ही उन्हें 'हरफ़नमौला' कहते थे और वे इसे अपना सम्मान समझते थे।

खाने के वक्त तो उनकी उपस्थिति बरदाश्त से बाहर हो जाती, क्योंकि तब एक घंटे का खाने का अच्छा-खासा समय उनकी इच्छा पर रहता था। वे बड़े खुले दिल के, हँसमुख, बेहद बातूनी और बहसी जीव थे। दुनिया की कोई भी बात हो, वे उसके बारे में किसी से भी ज़्यादा जानते थे। और उनकी किसी बात से सहमत न होना मानो उनके अहंकार और शेखी को ललकारना था। चाहे कैसा भी बेकार का विषय क्यों न हो, जब तक वे उस पर आपको अपने ढंग से सोचने को मजबूर नहीं कर देंगे, तब तक उसे छोड़ेंगे नहीं। यह बात कभी उनके मन में आई ही नहीं कि वे भी ग़लती कर सकते हैं। वे पूरे जान-पांडे थे।

हम लोग डॉक्टर की मेज पर बैठे थे। मि. कलैडा अपनी आदत के मुताबिक व्यवहार किए जा रहे थे। लेकिन मैं उधर से बुरी तरह उदासीन था और डॉक्टर बहुत ही आलसी था। अगर कोई रुचि ले रहा था, तो रैम्से नाम के एक सज्जन। वे भी मि. कलैडा की तरह कठहुज्जती ही जान पड़ते थे और लैवेन्टाइन जैसी अवस्था से दृढ़तापूर्वक प्रतिवाद कर रहे थे। उन दोनों के बीच का विवाद बड़ा तीखा हो उठता था और द्रोपदी के चीर की तरह खिंचता जा रहा था।

रैम्से अमरीकन कौंसलर-सर्विस में था और आजकल कोबे में रहता था। वह मध्य-पश्चिम का रहनेवाला था और शरीर से काफ़ी भारी-भरकम आदमी था—जैसे कसी-कसाई चमड़ी के भीतर चर्बी भर दी गई हो। रैडीमेड कपड़ों के बन्धन तोड़कर उसका शरीर बाहर निकला पड़ता था। उसकी पत्नी एक साल से घर पर ही थी, सो उसे लाने के लिए न्यूयार्क तक का तूफ़ानी दौरा करता हुआ वह अब नौकरी पर वापस जा रहा था। मिसेज़ रैम्से बड़े सुथरे ढंग-ढर्रे की काफ़ी समझदार छोटी-सी सुन्दर महिला थीं। कौंसलर सर्विस में ज़्यादा वेतन नहीं मिलता था, इसलिए कपड़े तो वे बहुत ही सादे पहनती थीं, लेकिन उन्हें पहनने-ओढ़ने का सलीका था। उनमें कुछ ऐसी खास बात थी, जो उन्हें सबसे अलग करती थी। मुझे उनकी ओर इतना ध्यान नहीं देना चाहिए था, लेकिन उनमें कुछ ऐसी बात थी; जो होती तो सभी औरतों में है, लेकिन आजकल उनके व्यवहार से झलक नहीं पाती। उन्हें देखते ही उनकी

शालीनता की ओर आपका ध्यान आकृष्ट हुए बिना नहीं रह सकता और वह इस तरह आपको अपनी ओर खींच लेती थीं जैसे कोट में लगा फूल।

एक साँझ भोजन के समय बातचीत संयोग से मोतियों के बारे में चल पड़ी। अख़बारों में चालाक जापानियों द्वारा चलाए गए नक़ली मोतियों की बड़ी चर्चा हो चुकी थी और डॉक्टर का कहना तो यह था कि निश्चित रूप से ये मोती सच्चे मोतियों की क़ीमतें ख़त्म कर देंगे। सचमुच अभी भी वे काफ़ी अच्छे हैं, रही-सही कसर बहुत जल्दी ही पूरी हो जाएगी। अपनी आदत के मुताबिक मि. कलैडा ने यह नया विषय लपक लिया। मोतियों के बारे में जो भी कुछ जानने योग्य था, सब उन्होंने बता डाला। रैम्से भी इस बारे में कुछ जानता है, इसका मुझे विश्वास नहीं था; लेकिन लैवेन्टाइन के हिसाब से इस समय कुछ कर गुजरने के सुअवसर को वह छोड़ भी नहीं सका और पाँच मिनट बाद ही हम लोग गरमागरम बहस का मजा ले रहे थे। यूँ तो मैं मि. कलैडा को पहले भी काफ़ी जोश में और धुआँधार बातें करते हुए देख चुका था, लेकिन उतने जोश में और उतनी ज़ोर-ज़ोर से बातें करते कभी नहीं देखा था। आख़िर कोई बात उन्हें बुरी तरह छेद गई, क्योंकि उन्होंने ज़ोर से मेज पर घूँसा मारा और पूरी शक्ति से चीख़कर कहा—"अरे जो कुछ मैं कह रहा हूँ उसे खूब अच्छी तरह जानता हूँ। सिर्फ़ जापानी मोतियों के व्यापार को देखने ही मैं जापान जा रहा हूँ। मैं इसी व्यापार में हूँ और इस व्यापार का हर आदमी आपको बता देगा कि जो कुछ मैं कह रहा हूँ, वह जरा भी ग़लत नहीं है। दुनिया के सारे अच्छे-से-अच्छे मोतियों के बारे में मुझे जानकारी है और मोतियों के बारे में जो कुछ मैं नहीं जानता, वह जानने लायक ही नहीं है।"

यह हम लोगों के लिए एक नई बात थी, क्योंकि अपने सारे बातूनीपन के बावजूद मि. कलैडा ने कभी अपने व्यापार के बारे में किसी से कुछ नहीं कहा था, हमने सिर्फ़ इधर-उधर से सुना था कि वे अपने किसी व्यापार के सिलसिले में जापान जा रहे हैं। उन्होंने विजय के रौब से मेज के चारों ओर देखा और बोले—"ऐसा नक़ली मोती कोई दे ही नहीं सकता, जिसे मुझ-जैसा उस्ताद आदमी एक उड़ती निगाह में ही न भाँप ले।" फिर उन्होंने मिसेज़ रैम्से के गले में पड़ी माला की ओर इशारा करके कहा—"मिसेज़ रैम्से, आप मेरी बात पर ध्यान दीजिए। जो हार आप पहने हैं, उसकी क़ीमत कभी भी एक पाई कम नहीं होगी।"

मिसेज़ रैम्से अपने उसी शालीन ढंग से ज़रा झेंप गईं और उन्होंने उस हार को कपड़ों के नीचे सरका लिया। रैम्से आगे झुक आया। उसने हम सबकी ओर देखा। उसकी आँखों में मुस्कुराहट चमक उठी। बोला—"मिसेज़ रैम्से का हार बड़ा खूबसूरत है, क्यों?"

"मैंने तो पहली निगाह में ही ताड़ लिया था।" मि. कलैडा ने जवाब दिया—"तभी

मेरे मन में आया था कि वाह, क्या खूब मोती हैं!''

''असल में यह मोती मैंने खुद तो खरीदे नहीं हैं, लेकिन आपके ख़याल में इनकी कीमत क्या होगी, यह जानने की दिलचस्पी अब ज़रूर मन में आ गई है।''

''हाँ, बाज़ार के हिसाब से तो क़रीब पन्द्रह हज़ार डालर के होंगे। लेकिन अगर यह हार पाँचवीं एवेन्यू से खरीदा गया है तो तीस हजार तक इसकी कीमत सुनकर मुझे ताज्जुब नहीं होगा।''

रैम्से ज़रा गंभीरता से मुस्कुराया। बोला–''अब आपको सुनकर आश्चर्य होगा कि न्यूयार्क से चलने के ठीक एक दिन पहले डिपार्टमेण्ट स्टोर से मिसेज़ रैम्से ने इस हार को सिर्फ़ अठारह डालर में खरीदा है।''

मि. कलैडा भड़क उठे–''झूठ! ये मोती सच्चे ही नहीं हैं; बल्कि ऐसे नायाब मोती मेरी निगाह से कभी नहीं गुजरे।''

''शर्त बदते हो? ये बिल्कुल नक़ली हैं। मेरी तरफ़ से सौ डालर की शर्त रही।''

''रही!''

''एमर साहब, ऐसे विश्वास के साथ आप शर्त नहीं बद सकते।'' मिसेज़ रैम्से बोलीं। उनके होंठों पर फीकी मुस्कुराहट थी और उनका स्वर जैसे हल्का-सा विरोध लिए था।

''क्यों नहीं बद सकता! अगर रुपया मुझे इतनी आसानी से मिल सकता है, तो मुझसे बड़ा बेवकूफ़ और कौन होगा, जो उसे छोड़ दे!''

''लेकिन यह साबित कैसे होगा?'' वे कहती रहीं–''यह मैं सिर्फ़ मि. कलैडा की बात के जवाब में कह रही हूँ।''

''ज़रा माल मुझे देखने दीजिए। मैं फौरन बता दूँगा, नक़ली है या नहीं। सौ डालर इधर या उधर।''–मि. कलैडा बोले।

''ज़रा इसे गले से उतारना। इन साहब को खूब जी-भरकर देख लेने दो।''–रैम्से ने पत्नी से कहा।

मिसेज़ रैम्से एक क्षण को झिझकीं। उन्होंने हार के जोड़वाले हुक पर हाथ रख लिए और बोलीं–''उतार मैं इसे नहीं सकती। मि. कलैडा को सिर्फ़ मेरी बात का विश्वास करना होगा।''

रैम्से उछल खड़ा हुआ। बोला–''मैं इसे उतारूँगा।'' और उसने हार उतारकर मि. कलैडा के हाथ में दे दिया। लैवेन्टाइन साहब ने जेब से ख़ुर्दबीनी शीशा निकाला और बड़े ध्यान से उसका परीक्षण किया। उनके साँवले चिकने चेहरे पर विजय की मुस्कुराहट दौड़ गई। हार उन्होंने लौटा दिया। वे कुछ कहने जा ही रहे थे कि उनकी निगाह मिसेज़ रैम्से के चेहरे पर जा पड़ी। चेहरा ऐसा सफ़ेद फक् पड़ गया था, जैसे वे बेहोश होनेवाली हों। वे फटी-फटी आतंकित आँखों से मि. कलैडा की ओर देख

रही थीं—उनमें साथ ही एक हताश प्रार्थना थी, विनय थी और वह इतनी साफ़ थी कि मुझे ताज्जुब हुआ उनके पति की निगाह उनकी आँखों पर क्यों नहीं पड़ी।

मि. कलैडा का मुँह खुला-का-खुला ही रह गया। वे बुरी तरह लजा गए। अपने को सँभालने का जो प्रयत्न उन्होंने किया उस समय तो वह और भी उजागर हो गया। वे बोले—"मैं ग़लती पर था। यह तो बड़ी कमाल की नकल है, और सचमुच शीशे से देखने से पहले भी असली का ही धोखा होता रहा! मैं समझता हूँ इसकी कीमत अठारह डालर बिल्कुल ठीक ही ली गई है।"

उन्होंने अपनी जेब से पाकेट बुक निकाली और बिना एक भी शब्द बोले सौ डालर का एक नोट निकालकर रैम्से को पकड़ा दिया।

"शायद अब आपको आगे के लिए सबक मिल गया होगा दोस्त, कि ऐसे विश्वास से बातें नहीं करनी चाहिए।" जब मि. कलैडा ने नोट निकाला, तो रैम्से बोला।

मैंने ध्यान दिया, मि. कलैडा के हाथ काँप रहे थे। सिर-दर्द के कारण मिसेज़ रैम्से उठकर अपने कमरे में चली गईं।

सुबह उठकर मैं हजामत करने लगा। मि. कलैडा अपने बिस्तरे पर ही पड़े सिगरेट फूँक रहे थे। अचानक कुछ खिसकने की आवाज़ हुई और मैंने देखा कि दरवाजे के नीचे से एक पत्र खिसक आया। दरवाज़ा खोलकर देखा, तो बाहर कोई नहीं था। पत्र मैंने उठा लिया। देखा, तो पता मैक्स कलैडा का था। नाम बड़े-बड़े अँगरेजी अक्षरों में लिखा था। मैंने पत्र उनके हाथ में दे दिया।

"किसका है?"—पूछते हुए उन्होंने पत्र खोल डाला। लिफ़ाफ़े में से उन्होंने जो कुछ निकाला, वह पत्र नहीं, सौ डालर का नोट था। उन्होंने मेरी ओर देखा और फिर उनका सारा मुँह लाल हो गया। उन्होंने लिफ़ाफ़े के टुकड़े-टुकड़े कर डाले और फिर उन्हें मेरे हाथ पर रख दिया। बोले—"इन्हें ज़रा बाहर चिमनी में फेंक आ सकते हो?"

उनके कहने के मुताबिक करके मैंने ज़रा मुस्कुराकर उनकी ओर देखा।

"इस तरह अपने-आपको सोलह आना बुद्धू बनवाना किसे अच्छा लगेगा?"—वे बोले।

"तब क्या मोती असली थे?"

"अगर मेरी पत्नी भी ऐसी खूबसूरत छोटी-सी होती, तो मैं खुद कोबे में पड़े रहकर कभी उसे एक साल के लिए न्यूयार्क में न छोड़ता।"—उन्होंने कहा।

उस क्षण मि. कलैडा मुझे एकदम बुरे नहीं लगे। उन्होंने अपनी डायरी निकाली और बड़े सँभालकर सौ डालर का नोट वापस उसमें रख लिया।

साँप

जॉन स्टीनबैक

झुटपुटे का समय था। डॉक्टर फिलिप्स ने झटके से घुमाकर झोला कंधे पर लादा और बाढ़ के पानी से भर जानेवाली पोखर जैसी जगह से चल पड़ा। पहले पत्थर के ढोकों पर चढ़कर कुछ रास्ता पार किया और फिर रबर के बूटों से छप्-छप् करता सड़क पर निकल आया। मोण्टेरी की मछलियों और दूसरी खाद्य-सामग्री को टिन के डिब्बों में भरनेवाली सड़क पर उसकी अपनी छोटी-सी पेशेवर प्रयोगशाला थी। वहाँ तक आते-आते सड़क की बत्तियाँ जल चुकी थीं। दबा-भिंचा-सा छोटा-सा मकान था—जिसका कुछ हिस्सा खाड़ी के पानी के ऊपर लट्ठों के खंभे और पुल लगाकर बना था और कुछ ज़मीन पर था। बड़े-बड़े लहरदार लोहे की चादरों के बने मछली वाले, गँधाते गोदामों ने इसे दोनों ओर से बुरी तरह घेर और भींच रखा था।

काठ की सीढ़ियाँ चढ़कर डा. फिलिप्स ने दरवाज़ा खोला। सफेद चूहे अपने पिंजरे में तार के ऊपर-नीचे ज़ोर-ज़ोर से उछल-कूद मचाने लगे और छोटे-छोटे बाड़ों में बन्द कैदी बिल्लियाँ दूध के लिए म्याऊँ-म्याऊँ करने लगीं। डॉक्टर फिलिप्स ने अपनी चीर-फाड़ की मेज पर तेज़ चौंधा डालनेवाली रोशनी जला दी और उस लिसलिसे झोले को धम्म् से धरती पर पटक दिया। फिर वह खिड़की के पास रखे शीशे के पिंजरों के पास आया और झुककर भीतर देखने लगा। इनमें अमेरिकन साँप बन्द थे।

साँप एक-दूसरे में गुँथे हुए कोनों में आराम कर रहे थे, लेकिन सबके सिर अलग-अलग साफ दिखाई देते थे। धूमिल आँखें किसी ओर भी देखती नहीं लगती थीं, लेकिन जैसे ही नौजवान डॉक्टर पिंजरे पर झुका कि सिरे पर काली और पीछे से मुर्ख दुहरी जीभें बाहर लपलपा उठीं और धीरे-धीरे ऊपर-नीचे हिलने लगीं। जब साँपों ने उस व्यक्ति को पहचान लिया तो जीभें भीतर कर लीं।

डा. फिलिप्स ने चमड़े का कोट एक तरफ़ फेंका और टीन की अँगीठी पर

पानी की केतली चढ़ाई; फिर गिलास-भर मटर उसमें छोड़ दीं। अब वह फर्श पर पड़े उस झोले को खड़ा-खड़ा घूरता रहा। डॉक्टर दुबला-पतला नौजवान था। उसकी आँखें चुँधियायी, छोटी और खोई-खोई-सी थीं। अक्सर अणुवीक्षण-यंत्र के द्वारा बहुत अधिक देखते रहनेवालों की हो जाती हैं। उसके छोटी खूबसूरत-सी दाढ़ी थी। गहरी-गहरी साँसों-सी सिसकारी भरती हुई भाफ की धारा चिमनी में जा रही थी और अँगीठी से गरमाहट का भभका आ रहा था। मकान के नीचे छोटी-छोटी लहरें हौले-हौले खम्भों को सहला रही थीं। कमरे में चारों ओर लकड़ी के खानों में एक के ऊपर एक अजीबोग़रीब अमृतबान सजे थे। इनमें समुद्री वस्तुओं और जीवों के नमूने ढँके रखे थे। यह प्रयोगशाला भी थी इन्हीं सबके लिए।

डा. फिलिप्स ने बगल का दरवाज़ा खोलकर सोनेवाले कमरे में प्रवेश किया। इसमें चारों ओर किताबों की लाइनें लगी थीं, एक फौजी खाट पड़ी थी, पढ़ने के लिए रोशनी और एक गैर-आरामदेह किस्म की लकड़ी की कुर्सी रखी थी। उसने अपने रबर के बूट खींच-खींचकर उतारे और भेड़ की खालों के स्लीपर पहन लिए। जब वह बगलवाले कमरे में वापस लौटा तो केतली का पानी सनसनाने लगा था।

उसने झोला उठाकर मेज पर सफेद रोशनी के नीचे रखा और उसमें से दो दर्जन साधारण तारक मछलियाँ उलटकर बाहर निकालीं। इन्हें उसने मेज पर एक की बगल में एक फैला दिया। फिर उसकी खोई-खोई आँखें तारों के पिंजरे में बन्द उछल-कूद मचाते चूहों की ओर मुड़ीं। कागज के एक थैले से अनाज के दाने निकाल कर उसने खानेवाले तसलों में डाले। चूहे फौरन ही एक-दूसरे को खूँदते तारों से नीचे की ओर दौड़े और खाने पर टूट पड़े। काँच की एक अलमारी पर, ढँके हुए केंकड़े और जेली मछली के बीच दूध की बोतल रखी थी। डॉक्टर फिलिप्स ने झुककर दूध उठाया और बिल्लियों के पिंजरे की ओर बढ़ा। लेकिन डिब्बों को दूध से भरने से पहले ही उसने हाथ बढ़ाकर आहिस्ता से एक बड़ी, लम्बे-लम्बे हाथ-पाँवोंवाली मरगिल्ली-सी चितकबरी बिल्ली को पकड़कर बाहर निकाल लिया। पल भर उसे हाथ से थपथपाया और फिर उसे काले पुते बक्से में डाल दिया। ढक्कन बंद करके कुण्डी चढ़ा दी। इसके बाद एक हैंडिल घुमाया। अब उस मारनेवाले डिब्बे में गैस भरने लगी। काले डिब्बे में हलकी-हलकी उछल-कूद होती रही और वह तसलों को दूध से भरता रहा। एक बिल्ली उसके हाथ से सटकर कमान जैसी दुहरी हो गई तो वह मुस्कुरा पड़ा। उसने उसकी गर्दन प्यार से सहला दी।

डिब्बे में अब शान्ति हो गई थी। उसने हैंडिल को उलटा घुमाया। ज़रूर उस रंध्रहीन डिब्बे में डटकर गैस भरी होगी।

अँगीठी पर, मटर भरे गिलास के चारों ओर पानी बुरी तरह खौल रहा था। डॉ. फिलिप्स ने एक सँडसी से पकड़कर गिलास बाहर निकाला और उसे खोलकर

मटर काँच की एक तश्तरी में उलट लिए। खाते-खाते वह मेज पर रखी उन तारक-मछलियों को देखता रहा। किरणों के बीच में दूधिया द्रव की छोटी-छोटी बूँदें पसीज-पसीजकर निकल आई थीं। उसने फटकने की तरह बची हुई मटर एक तरफ़ फेंक दीं और जब सब फैल गईं तो तश्तरी धोनेवाले नाँद में रखकर अपनी औजारों की अलमारी की ओर बढ़ा। यहाँ से उसने एक अणुवीक्ष्ण-यंत्र और काँच की तश्तरियों की एक गड्डी निकाली। एक नल द्वारा एक-एक करके इन सारी तश्तरियों को समुद्री पानी से भरा और तारक-मछलियों के पास एक लाइन में उन्हें सजा दिया। अपनी घड़ी निकाली और उसे भी घनी उमड़ती सफेद रोशनी के नीचे मेज पर रख दिया। फर्श के नीचे लहरें उसाँसें भरती हुई-सी खम्भों को सहला रही थीं। उसने एक दराज से आँख में दवा डालनेवाली काँच की पिचकारी निकाली और एक तारक-मछली के ऊपर झुक गया।

ठीक उसी समय लकड़ी की सीढ़ियों पर लपकती, दबे कदमों की आवाज के साथ-साथ दरवाजे पर एक तेज़ दस्तक सुनाई दी। दरवाज़ा खोलने जाते हुए नौजवान के चेहरे पर झुँझलाहट की हल्की तलखी झलक उठी। दरवाजे में एक पतली-दुबली लम्बी-सी स्त्री खड़ी थी। वह भँवर-काला सूट पहने थी और उसके सीधे-सीधे काले बाल चपटे माथे पर नीचे तक उग आए थे। अब इस तरह अस्त-व्यस्त थे मानो आँधी में उड़ते रहे हों। तेज़ रोशनी में उसकी काली-काली आँखें चमक रही थीं।

उसने मुलायम, रुँधी-सी आवाज में पूछा : "मैं भीतर आ जाऊँ न? आपसे कुछ बात करना चाहती हूँ।"

"इस समय तो मैं बहुत ही व्यस्त हूँ।" उसने बे-मन से कहा, "मुझे तो सारे काम वक्त पर ही करने पड़ते हैं।" लेकिन वह दरवाजे से हटकर खड़ा हो गया था। लम्बी स्त्री तिरछी होकर भीतर आ गई।

"आपको जब तक मुझसे बात करने की फुरसत नहीं मिलेगी, मैं चुपचाप बैठी रहूँगी।"

उसने दरवाज़ा बन्द कर लिया और सोने के कमरे से उस गैर-आरामदेह कुर्सी को उठा लाया। "देखिए," उसने माफी माँगते हुए कहा : "कार्य की प्रक्रिया शुरू हो गई है और मुझे उसमें लगना है। जाने कितने आदमी यों ही चले आते हैं और दुनिया भर के सवाल पूछते हैं। साधारण नासमझ लोगों को सारी कार्य प्रणाली समझाने के लिए उसके पास अलग से कोई साधन या सुविधा नहीं है। उनसे तो वह बिना सोचे बोल देता है कि 'आप यहाँ बैठिए, दो मिनट बाद मैं आपकी बातें सुनूँगा।' "

वह लम्बी स्त्री मेज के ऊपर झुक आई। आँख में दवा डालने की पिचकारी से डॉक्टर ने तारक-मछलियों की किरणों के बीचों-बीच से द्रव इकट्ठा किया और पिच्च् से पानी के एक प्याले में छोड़ दिया। इसके बाद उसने कुछ दूधिया द्रव सूँता

और फिर पिचकारी से उसी प्याले में छोड़ा। फिर उसी पिचकारी से पानी को धीरे-धीरे हिलाया। अब उसने अपना वही छोटा-सा व्याख्यान भाषण जल्दी-जल्दी बोलना शुरू किया :

"जब ये तारक-मछलियाँ अपने पूर्ण विकसित यौवन पर आ चुकती हैं तो हलके ज्वार का खुला विस्तार पाकर इनके शरीर से शुक्राणु और डिम्ब निकलने लगते हैं। कुछ पूर्ण यौवनवाली तारक-मछलियों के नमूने चुनकर और उन्हें पानी से बाहर निकालकर मैं उन्हें हलके ज्वार की सारी अवस्था और वातावरण में यहाँ रखता हूँ। अब मैंने शुक्राणु और डिम्बों को मिला दिया है। इस घोल में से थोड़ा-थोड़ा लेकर अब मैं इन सब परीक्षण-गिलासों में रखूँगा। दस मिनट बाद पहले गिलास वालों को सफेद कपूर डालकर मार डालूँगा। फिर बीस मिनट बाद दूसरे वर्ग को मारूँगा। और फिर इसी तरह हर बीस मिनट बाद नए वर्ग को मारता जाऊँगा। इससे मैं सारी प्रक्रिया को अलग-अलग अवस्थाओं में पकड़ सकूँगा, और इस सारी प्रक्रिया-माला को माइक्रोस्कोप की काँच की स्लाइडों पर जमाकर जैविक अध्ययन के लिए तैयार कर लूँगा।" वह रुक गया, "आप इस पहले वर्ग को अणुवीक्ष्ण-यन्त्र से देखेंगी?"

"नहीं, शुक्रिया।"

तेज़ी से वह उसकी ओर घूमा। लोग तो हमेशा गिलासों में देखने को उधार खाए रहते हैं। वह मेज की तरफ़ बिल्कुल न देखकर–देख रही थी खुद उसकी तरफ। उसकी काली-काली आँखें थीं तो उसकी दिशा में; लेकिन लगता था उसे देख नहीं रहीं। उसने महसूस किया, अरे इस स्त्री की आँखों के तारे तो शेष पुतलियों की तरह ही काले-काले हैं–पुतलियों और तारों के बीच में किसी भी रंग की कोई रेखा नहीं है। डॉ. फिलिप्स उसके इस जवाब से झल्ला उठा। यों उसे सवालों का जवाब देने से बड़ी ऊब होती थी–क्योंकि इससे हाथ के काम में दिलचस्पी कम हो जाती थी और इसी बात से उसे हमेशा बड़ी कोफ़्त होती। अब उसके मन में हुआ कि किसी तरह इस स्त्री को उकसाया जाए।

"पहले दस मिनट राह देखने के दौरान ही मुझे एक काम और भी करना है। कुछ लोग इसे देखना पसंद नहीं करते। अच्छा हो जब तक मैं इसे खत्म करूँ, आप कुछ देर के लिए उस कमरे में चली जाएँ।"

"नहीं।" उसने अपने उसी मुलायम और सपाट लहजे में कहा, "आपकी जो इच्छा हो सो कीजिए। मैंने कहा न, मैं यहाँ बैठकर प्रतीक्षा कर रही हूँ, आपको जब भी फुरसत मिले तभी हम बात करेंगे।" उसके हाथ पास-पास उसकी गोदी में रखे थे। वह बड़े आराम और इत्मीनान से बैठी थी। उसकी आँखें ज़रूर चमकीली थीं; लेकिन बाकी सब-कुछ ऐसा था मानो बेजान हो। डॉक्टर ने मन ही मन कहा : 'देखने से लगता है कि बहुत ही धीमी रफ्तार से मांस-पेशियाँ परिवर्तन की स्थिति में हैं–इतनी

धीमी जितनी मेढक की होती हैं।' स्त्री को उसकी इस मुर्दनी से झँझोड़ने की प्रबल इच्छा ने उसे फिर आविष्ट कर लिया।

उसने लकड़ी का एक पालना जैसा लाकर मेज पर रखा, चीर-फाड़ करने का चाकू और कैंची पिचकनेवाली नली में लगी पोली-सुई सँवारकर रखी। फिर मारनेवाले डिब्बे से उसने उस बेजान मुर्दा बिल्ली को निकाला और पालने पर रखकर उसकी टाँगों को इधर-उधर लगे हुकों से बींध दिया। कनखियों से उसने स्त्री को देखा। उसमें कतई कोई हरकत नहीं थी। वह उसी तरह अब भी आराम से बैठी थी।

रोशनी में बिल्ली मानो दाँत निकालकर चिढ़ा रही थी। उसकी सुर्ख जीभ नुकीले दाँतों के बीच दबी थी। सधे हुए कुशल हाथों से डॉ. फिलिप्स ने गले के पास से उसकी खाल काट डाली। चाकू से चीरा-फाड़ी करते हुए उसने हृदय से और भागों तक रक्त ले जानेवाली नली को बाहर निकाल लिया। अपने अचूक और बेझिझक हाथों से फुफ्फुस में सुई रखकर आँतों से उसे कसकर बाँध दिया। "यह मसालेदार है।" उसने समझाया : "बाद में मैं इंजेक्शन की सहायता से इसके सारे स्नायु-मंडल में पीला द्रव पहुँचाऊँगा, लाल द्रव हृदय की धमनियों में दूँगा। इससे रक्त-प्रवाह का विश्लेषण किया जा सकेगा, जैसा कि प्राणिशास्त्र की कक्षाओं में..."

उसने फिर उस स्त्री की तरफ़ घूमकर देखा। उसकी आँखों पर जैसे धूल की एक परत फैली थी। वह भावनाहीन निगाहों से बिल्ली के कटे हुए गले की तरफ़ देखे जा रही थी। ख़ून एक बूँद भी नहीं गिरा, कटाई बहुत ही साफ हुई थी। डॉक्टर फिलिप्स ने घड़ी देखी : "पहले वर्ग का समय पूरा हो गया।" उसने सफेद कपूर के कुछ चौकोर चिकने टुकड़े पहलेवाले परीक्षण-गिलास में डालकर हिलाए।

स्त्री की उपस्थिति उसके मन में तनाव पैदा कर रही थी। अपने पिंजरे में चूहे फिर तार पर जा चढ़े थे और धीरे-धीरे चूँ-चूँ कर रहे थे। मकान के नीचे की लहरें खम्भों पर हल्के-हल्के थपेड़े मार रही थीं।

नौजवान डॉक्टर के शरीर में शीत की एक झुरझुरी-सी आई। उसने अँगीठी में कुछ कोयले डाले और आकर बैठ गया। "इस समय," उसने कहा—"इस समय बीस मिनट तक मुझे कुछ नहीं करना।" उसने देखा, स्त्री के निचले होंठ और चिबुक के सिरे के बीच की ठोड़ी कितनी छोटी-सी है। लगा, जैसे वह धीरे-धीरे जागी हो—मानो चेतना के किसी गहरे कुएँ से निकलकर बाहर आ रही हो। सिर ऊँचा उठा, काली-काली धूसर आँखें एक बार कमरे में चारों ओर घूमीं फिर डॉक्टर पर आकर टिक गईं।

"मैं तो इन्तजार ही कर रही थी।" वह बोली। हाथ यों ही गोदी में पास-पास रखे रहे। "आपके पास साँप होंगे?"

"किसलिए? जी हाँ, हैं तो।" उसने अपेक्षाकृत ऊँचे स्वर में कहा, "मेरे पास

करीब दो दर्जन अमेरिकन साँप हैं। उनका जहर सूँतकर मैं विषनाशक प्रयोग-शालाओं में भेज देता हूँ।''

वह लगातार उसे देखे जा रही थी; लेकिन उसकी आँखें जैसे उस पर केन्द्रित नहीं हो पा रही थीं। लगता था जैसे वे उसके चारों ओर एक बड़े दायरे में देख रही हों—इस तरह से उसे चारों ओर से घेरे हुए हैं, ''आपके पास नर-साँप होगा? मेरा मतलब अमेरिकन नर-साँप?''

''देखिए इत्तफाक ही है। मेरा खयाल है मेरे पास होगा। एक दिन सुबह-सुबह आया तो देखा कि एक बड़ा-सा साँप एक छोटी नागिन के साथ ऊँ ऊँ...के साथ सहवास कर रहा था। देखिए, मुझे ठीक पता है कि मेरे पास नर-साँप है।''

''है कहाँ वह?''

''देखिए, उस खिड़की के पास काँच के पिंजरे के ठीक नीचे।''

उसका सिर धीमे से उधर घूम गया; लेकिन उसके दोनों शान्त हाथ यों ही निश्चल पड़े रहे। वह फिर उसकी ओर घूमी, ''देख सकती हूँ न?''

उठकर वह खिड़की के पास रखे काँच के अमृतबान के पास आ गया। रेतीले तले पर एक-दूसरे में गुँथा साँपों का गुट्ठल पड़ा था, लेकिन उनके सिर अलग-अलग साफ दीखते थे। जीभें बाहर निकल आईं और एक क्षण तक लपलपाती रहीं। फिर कैंपन के लिए हवा को टटोलती हुई-सी ऊपर-नीचे लहराती रहीं। डॉक्टर फिलिप्स ने घबराकर सिर घुमाया। स्त्री उसके पास ही खड़ी थी। वह कुर्सी से कब उठ आई, डॉक्टर को पता ही नहीं लगा। उसे तो सिर्फ़ खम्भों के बीच में पानी की छपक्-छपक् सुनाई दी थी या तारों की जाली पर चूहों का दौड़ना सुनाई दिया था।

स्त्री ने धीरे से पूछा, ''जिस नर-साँप के बारे में आप बता रहे थे, वह कौन-सा है?''

उसने पिंजरे के एक कोने में अकेले पड़े मोटे-से भूरे-भूरे नाग की ओर इशारा किया, ''वो वाला। होगा करीब पाँच फीट लम्बा। टैक्सा प्रान्त का है। हमारे प्रशान्त सागर के किनारोंवाले साँप अक्सर छोटे होते हैं। यह सारे के सारे चूहे हड़प कर जाता है। जब मुझे दूसरे साँपों को खिलाना होता है तो इसे बाहर निकाल लेता हूँ।''

स्त्री झुककर उस भौंडे सूखे-सूखे भोंथरे सिर को घूरती रही। दुहरी जीभ बाहर निकल आई और काफी देर तक थरथराती हुई झूलती रही : ''अच्छा, आपको यकीन है कि यह साँप ही है, साँपिन नहीं?''

''ये अमेरिकन साँप होते बड़े मजेदार हैं।'' वह स्निग्ध स्वर में बोला, ''इसके बारे में जो भी सामान्य सिद्धान्त निकालिए, ग़लत निकलता है। अमेरिकन साँपों के बारे में निश्चयपूर्वक तो मैं कुछ भी नहीं बता पाऊँगा, लेकिन जी हाँ, यह विश्वास दिलाता हूँ कि है यह नर-साँप ही।''

उसकी निगाहें उस चपटे से सिर से नहीं हिलीं : ''आप इसे मेरे हाथ बेचेंगे?''

''बेचूँगा?'' वह चीख़-सा पड़ा : ''आपके हाथों बेचूँगा?''

''आप तो नमूने की चीजें बेचते हैं। क्यों, बेचते हैं न?''

''ओह हाँ, जी हाँ, बेचता तो हूँ। बेचता तो हूँ।''

''कितने का है? पाँच डालर? दस?''

''अरे, पाँच से ज़्यादा का नहीं है। लेकिन—आपको क्या इन अमेरिकन साँपों के बारे में कुछ जानकारी है? कहीं आपको काट-वाट न ले।''

पल भर वह उसे देखती रही—''मैं इसे साथ नहीं ले जाना चाहती। मैं तो इसे यहीं रहने दूँगी। लेकिन—चाहती हूँ यह मेरा होकर रहे। चाहती हूँ कि मैं यहाँ आया करूँ, इसे देखूँ, खिलाऊँ और मानूँ कि यह मेरा है।'' उसने एक छोटा-सा बटुआ खोलकर पाँच डालर का नोट निकाल लिया, ''लीजिए यह। अब यह मेरा हुआ।''

डॉक्टर फिलिप्स को अब डर लगने लगा। ''उसे देखने तो आप बिना इसे खरीदे भी आ सकती हैं।''

''मैं चाहती हूँ यह मेरा हो।''

''ओह गॉड!'' डॉक्टर चिल्ला उठा : ''बातों में मुझे तो समय का भी खयाल नहीं रहा।'' वह मेज की ओर लपका : ''बीस मिनट पूरे हो चुके। खैर, कोई खास नुकसान नहीं हुआ होगा। उसने सफेद कपूर के टुकड़े दूसरे परीक्षण-गिलास में घोले। और फिर जैसे वह खुद-ब-खुद वापस साँपों के पिंजरे के पास खिंच आया। स्त्री अभी भी उसी साँप को घूरे जा रही थी।

स्त्री ने पूछा : ''खाता क्या है यह?''

''मैं तो इसे सफेद चूहे खिलाता हूँ। उस तरफ़वाले पिंजरे के चूहे।''

''इसे आप दूसरे पिंजरे में रखेंगे? मैं इसे खिलाना चाहती हूँ।''

''लेकिन इस समय इसे खाने की ज़रूरत ही नहीं है। अपने इस हफ्ते का चूहा यह हजरत पहले खा चुके हैं। कभी-कभी तो ये लोग तीन-तीन, चार-चार महीनों तक कुछ नहीं खाते। मेरे पास एक साँप था। उसने एक साल से ऊपर तक कुछ भी नहीं खाया।''

अपने उसी धीमे उतार-चढ़ावहीन लहजे में स्त्री ने पूछा, ''आप मुझे एक चूहा बेचेंगे?''

डॉक्टर ने कंधे झटके, ''तो आप अपने साँप को खाते देखना चाहती हैं? अच्छी बात है। मैं दिखाता हूँ आपको। एक चूहे का दाम पच्चीस सेण्ट होगा। एक तरह से देखें तो साँप का चूहे को खाना साँड़ों की लड़ाई से भी ज़्यादा मज़ेदार दृश्य है, और दूसरी तरह से देखें तो यह सिर्फ़ साँप के भोजन करने का एक तरीका है।'' उसके लहजे में कड़वाहट आ गई थी। प्राकृतिक कार्यकलाप को जो लोग खेल और

क्रीड़ा बना डालते हैं—उनसे उसे नफ़रत थी। वह खिलाड़ी नहीं, जीवशास्त्री था। ज्ञान के लिए वह हजारों जीवों की हत्या कर सकता है, लेकिन आनन्द के लिए एक कीड़ा मारना भी उसके लिए गवारा नहीं था। यह उसके दिमाग में पहले से ही एकदम साफ था।

स्त्री ने धीरे-धीरे अपना सिर उसकी ओर घुमाया और उसके पतले-पतले होंठों पर मुस्कुराहट झलक उठी, "मैं अपने साँप को खिलाना चाहती हूँ।" वह बोली, "मैं इसे दूसरे पिंजरे में रखूँगी।" उसने पिंजरे का ऊपर का ढक्कन खोल लिया था और इससे पहले कि डॉक्टर जाने कि वह क्या कर रही है, उसने अपना हाथ भीतर डाल दिया। डॉक्टर एकदम छलाँग लगाकर उसके पास पहुँचा और झट उसे पीछे खींच लिया। ढक्कन धड़ से गिरकर बन्द हो गया।

"आपको अक्ल है या नहीं?" उसने गुस्से से पूछा, "हो सकता है वह आपको जान से न मारता; लेकिन आपकी तबियत ज़रूर अच्छी तरह दुरुस्त कर देता। फिर मेरी लाख कोशिशों के बाद भी आपको तारे नज़र आते रहते।"

वह निरुद्विग्न शान्त-भाव से बोली : "तो फिर आप ही इसे दूसरे पिंजरे में रख दीजिए।"

डा. फिलिप्स को जैसे किसी ने झकझोर डाला। उसे महसूस हुआ कि जो आँखें किसी को भी देखती नहीं लग रही हैं—वह उन्हें ही सीधे देखने से कतरा रहा है। उसे लगा कि पिंजरे में चूहा डालना निहायत ही ग़लत है—जैसे इसमें कोई घोर पाप है। लेकिन ऐसा सब उसे क्यों लगा, वह खुद नहीं जान पाया। जब भी किसी ऐरे-गैरे ने चाहा है, उसने पिंजरे में चूहे डाले हैं; लेकिन आज रात, इस विशेष इच्छा ने उसे इतना अस्वस्थ और असन्तुलित बना डाला है कि मन खराब हो गया है। वह खुद अपने लिए इस सारी बात को समझने की कोशिश करता रहा।

"यों इसे देखना है तो बड़ा मजेदार।" वह बोला, "इससे आपको पता चलेगा कि साँप कैसे अपना काम करता है। इससे यह भी लगता है कि आपके दिल में अमेरिकन साँपों के लिए इज्जत है। लेकिन एक बात और भी है : साँप किस तरह अपने शिकार को मारता है, इसे लेकर हजारों लोगों के अजब-अजब खौफनाक खयालात होते हैं। मुझे लगता है इसका कारण चूहे के साथ अपना तादात्म्य कर लेना है। उस समय चूहा व्यक्ति का अपना प्रतिबिम्ब हो जाता है। लेकिन एक बार आप इसे अपनी आँखों से देख लें तो यह सारी चीज़ बड़ी ही निरपेक्ष और तटस्थ लगे। चूहा केवल शुद्ध चूहा रह जाता है और सारा खौफ हवा हो जाता है।"

उसने दीवार पर लगी एक लम्बी-सी छड़ी उठा ली, इसमें एक सरकनेवाला चमड़े का फंदा लगा था। जाल खोलकर उसने फंदा बड़े साँप के सिर पर डालकर खींचा और गाँठ को कस दिया। एक कर्णभेदी खड़खड़ाहट सारे कमरे में भर गई।

जब उसने साँप को उठाकर खानेवाले पिंजरे में डाला तो छड़ी की मूठ पर साँप का मोटा-सा शरीर बुरी तरह लिपट गया था और फट्-फट् टक्करें मार रहा था। कुछ देर तो उस पिंजरे में वह हमला करने को तैयार तना खड़ा रहा। लेकिन फिर धीरे-धीरे उसकी फुंकारें बन्द हो गईं। साँप रेंगता हुआ कोने में सरक गया और अपने शरीर को हिन्दी अंक चार की शक्ल में डालकर चुपचाप लेट गया।

''देखा आपने।'' नौजवान डॉक्टर ने समझाया–''ये साँप काफी पालतू हैं। मेरे पास तो ये काफी दिनों से हैं। मेरा ख्याल है कि अगर मैं चाहूँ तो इन्हें ही अपना कार्य-क्षेत्र बना सकता हूँ, लेकिन जो भी इन अमेरिकन साँपों को अपना कार्य-क्षेत्र बनाता है, देर-सवेर इनके दाँतों का शिकार हो जाता है। और इस तरह तकदीर के साथ खिलवाड़ करने का मेरा कतई इरादा नहीं है।'' उसने स्त्री को नज़र भरकर देखा। पिंजरे में चूहा डालना उसे अच्छा नहीं लग रहा था–जैसे बड़ी वितृष्णा हो रही हो। स्त्री अब नए पिंजरे के सामने जा पहुँची थी। उसकी काली-काली आँखें फिर से साँप के पथरीले सिर को टकटकी लगाए देखे जा रही थीं।

बोली–''चूहा डालिए न भीतर।''

बड़े बेमन से वह चूहों के पिंजरे की ओर बढ़ा। जाने क्यों, उसे चूहे पर बड़ा तरस आ रहा था। इस तरह तो उसने पहले कभी भी महसूस नहीं किया। तार की जाली के पीछे अपनी ओर उछलते सफ़ेद-सफेद शरीरोंवाले चूहों के खचपच-खचपच करते ढेर को उसकी आँखें टटोलती-सी देखती रहीं। 'कौन-सा हो?' उसने मन-ही-मन कहा–''इनमें से कौन-सा चूहा हो?'' अचानक गुस्से से झल्लाकर वह स्त्री की तरफ़ घूम पड़ा : ''आप कहें तो चूहे की बजाय एक बिल्ली न रख दूँ भीतर? तब आप देखेंगी सचमुच की लड़ाई क्या होती है? बिल्ली हो सकता है जीत भी जाए, लेकिन अगर वह जीत गई तो हो सकता है साँप का काम तमाम कर डाले। आप चाहें तो मैं आपके हाथ एक बिल्ली बेच सकता हूँ।''

स्त्री ने उसकी ओर मुड़कर देखा तक नहीं। ''एक चूहा रख दीजिए भीतर,'' वह बोली, ''मैं तो अपने इस साँप को खाना खिलाना चाहती हूँ।''

डॉक्टर ने चूहों का पिंजरा खोला और अपना हाथ भीतर ठूँस दिया। उँगलियों की पकड़ में एक पूँछ आ गई तो उसने एक लाल-लाल आँखों वाले गोल-मटोल चूहे को खींचकर ऊपर उठा लिया। पहले तो वह उसकी उँगलियों को काटने की कोशिश में छटपटाया, पर फिर हारकर चारों हाथ-पाँव फैलाकर चुपचाप बेजान की तरह पूँछ से लटका रहा। डॉक्टर तेज़ी से कमरा पार करके आया, खानेवाले पिंजरे का ढक्कन खोला और चूहे को फर्श पर साँप के ऊपर फेंक दिया। ''लीजिए देखिए अब,'' उसने लगभग चीख़कर कहा।

चूहा पाँवों के बल गिरा, चारों तरफ़ घूमा, और अपनी सुर्ख नंगी पूँछ की तरफ़

सूँ-सूँ करता रहा। फिर नथुने फैलाकर सूँघते हुए-से निहायत तटस्थ भाव से रेत पर दौड़ लगाने लगा। कमरे में एकदम स्तब्धता छाई थी। डा. फिलिप्स की समझ में नहीं आया कि नीचे के खम्भों में पानी ही उसाँसें ले रहा है या स्त्री की साँसें गहरी-गहरी चलने लगी हैं। एक कनखी से उसने देखा, स्त्री का शरीर ऐंठकर तन-सा उठा है।

अब बहुत ही आहिस्ते और धीरे-धीरे साँप आगे सरका। जीभ बाहर-भीतर लपलपाने लगी। सारी हरकत इतनी नामालूम, आहिस्ता और धीरे-धीरे हो रही थी कि लगता ही नहीं था कि साँप के भीतर कोई हरकत हो भी रही है। पिंजरे के दूसरे सिरे पर चूहा आत्माभिमान से तना हुआ-सा बैठ गया था और सिर झुकाकर अपनी छाती के मुलायम महीन-महीन बालों को चाटने लगा था। अपनी गर्दन को दृढ़तापूर्वक रोमन अक्षर 'एस' की शक्ल में रखे हुए साँप आगे सरक रहा था।

चुप्पी नौजवान के सिर पर मानो धक्-धक् बज रही थी। उसे लगा जैसे ख़ून उसके सारे शरीर में सन्नाने लगा है। उसने ऊँचे स्वर में कहा—"देखिए, साँप हमला करने के लिए सिर को मरोड़कर हमेशा तैयार रखता है। ये अमेरिकन साँप बड़े ही चौकन्ने होते हैं। कहना चाहिए, बड़े ही डरपोक जीव होते हैं। यह सारी कार्यवाही बेहद नाज़ुक होती है। जैसी कुशलता और चतुराई से सर्जन अपना काम करता है, ठीक उसी तरह साँप का भोजन भी बड़ी कुशलता और सावधानी से होता है। सर्जन जानता है कि किस जगह कौन औजार काम आएगा—वहाँ वह इस या उस औजार को प्रयोग करने का जोखम नहीं उठा सकता।"

अब तक साँप पिंजरे के बीचोंबीच सरक आया था। चूहे ने सिर उठाया, साँप को देखा और फिर उसी तटस्थता और इत्मीनान से अपनी छाती को चाटने लगा।

"दुनिया की यह सबसे खूबसूरत और आकर्षक चीज है।" नौजवान ने बताया। ख़ून उसकी नसों में बजने लगा था।—"साथ ही यह दुनिया की सबसे खौफनाक चीज भी है।"

साँप अब पास आ गया था। अब उसका सिर रेत से कुछ इंच ऊँचा उठ आया था। दूरी का अन्दाज लगाता हुआ सिर घात लगाए आगे-पीछे झूम रहा था। डा. फिलिप्स ने फिर स्त्री की ओर निगाहें घुमाईं। उत्तेजना और भय से वह सिहर उठा। वह भी झूम रही थी...ज़्यादा नहीं, लेकिन बहुत ही हल्के-हल्के बेमालूम-सी, सिर्फ़ लगती थी।

चूहे ने फिर सिर उठाया और साँप को देखा। वह चारों पाँवों के बल गिरा और यों ही सिर साँप की तरफ़ किए-किए पीछे सरका कि तभी खट्...। एक बिजली-सी कौंधी। कुछ भी देख पाना असम्भव था। जैसे किसी अदृश्य झपाटे के नीचे आ गया हो, चूहा इस तरह चिचिया उठा। साँप तेज़ी से फिर अपने उसी पहले वाले कोने

में लौट आया और फिर वहीं लेट गया—हाँ, उसकी जीभ अभी लगातार लपलपा रही थी।

"कमाल!" डा. फिलिप्स चिल्ला उठा : "ठीक कन्धों की हड्डियों के बीचोंबीच चोट की है। दाँत करीब-करीब दिल तक पहुँच गए होंगे।"

छोटी-सफेद धौंकनी की तरह, चूहा अभी भी खड़ा-खड़ा हाँफ रहा था। सहसा वह एकदम ऊपर उछला और करवट के बल गिर पड़ा। एक सैकिण्ड उसके पाँव ऐंठन से हवा में छटपटाते रहे और फिर प्राण-पखेरू उड़ गए।

स्त्री ने मुक्ति की साँस छोड़कर बदन ढीला किया—जैसे नींद में शरीर ढीला छोड़ दिया हो।

"क्यों?" इस बार नौजवान ने पूछा, "यह मानसिक उद्वेग के सागर में गहरे स्नान करने जैसा ही लगता है न?"

स्त्री ने अपनी धुँधली-धुँधली आँखें उसकी ओर घुमाईं : "अब क्या यह इसे खा जाएगा?" उसने सवाल किया।

"बिल्कुल खाएगा। केवल खिलवाड़ के लिए तो इसने इसे नहीं मारा। मारा इसीलिए है कि भूखा था।" स्त्री के मुँह के सिरों पर फिर हल्की-सी ऐंठन आई। वह फिर साँप को देखने लगी, "मैं इसे खाते हुए देखना चाहती हूँ।"

साँप फिर अपना कोना छोड़कर बाहर निकल आया। अब उसकी गर्दन में वह हमला करनेवाली मरोड़न नहीं थी। लेकिन वह जैसे फूँक-फूँककर उधर सरक रहा था—मान लो अगर चूहा हमला कर भी दे तो वह उछलकर पीछे आ जाए। अपनी भोंथरी नाक से उसने चूहे के शरीर को कोंचा और फिर पीछे सिमट आया। उसे सन्तोष हो गया कि चूहा मर गया है। फिर सिर से लेकर पूँछ तक साँप ने उसके शरीर को अपनी ठोड़ी से सहलाया। लगा जैसे वह शरीर का जायजा लेता हुआ प्यार से उसे चूम रहा हो। आख़िरकार उसने अपना मुँह खोला और अपने जबड़ों के सिरों पर जीभ फिराई।

डा. फिलिप्स अपनी सारी इच्छा-शक्ति लगाकर अपने ध्यान को उस स्त्री की ओर जाने से रोके हुए था। उसने मन ही मन कहा, 'अगर अब यह ज़रा-सा भी अपना मुँह खोलेगी तो मेरा दिमाग खराब हो जाएगा। मैं सचमुच डर जाऊँगा।' अपनी निगाहें उधर से हटाए रखने में उसे कैसे सफलता मिली, यह वही जानता था।

साँप ने अपना जबड़ा चूहे के सिर पर अड़ाया और रुक-रुककर धीरे-धीरे लकवे के झटकों की तरह चूहे को निगलने लगा। जबड़े फँसे, तो सारा गला आगे सिमट आया। जबड़ों ने फिर दुबारा अपनी पकड़ ठीक की।

घूमकर डॉक्टर फिलिप्स अपनी काम करने की मेज पर लौट आया। तलखी

से बोला, "आपके कारण मेरी प्रक्रिया-माला की एक कड़ी यों ही निकल गई न? अब यह सारा सैट कभी पूरा नहीं होगा।" एक परीक्षण-गिलास को उसने कम-शक्ति वाले अणुवीक्ष्ण-यंत्र के नीचे रखकर उसे देखा। फिर झल्लाकर उसने सारी तश्तरियों के पदार्थ को बर्तन धोने की नाँद में उलट दिया। लहरें अब कम हो गई थीं, इसलिए अब फर्श के पार से सीला-सीला भभका ही आ पा रहा था। नौजवान डॉक्टर ने अपने पाँवों के पास ही एक कमानीवाले दरवाजे का पल्ला उठाया और सारी तारक-मछलियाँ नीचे समुद्र के काले-काले पानी में उलट दीं। पालने की सूली पर चढ़ी, रोशनी में उपहास से मुँह बिराती, दाँत चमकाती हुई बिल्ली के पास आकर वह कुछ देर को रुका। नली द्वारा प्रविष्ट होनेवाले द्रव के कारण उसका शरीर फूल कर कुप्पा हो गया था। उसने नलकी बन्द की, सुई निकाली और नस को कसकर बाँध दिया।

"आप थोड़ी-सी कॉफी पिएँगी क्या?" उसने पूछा।

"नहीं धन्यवाद, मुझे अभी फौरन ही चले जाना है।"

साँप के पिंजरे के पास वह खड़ी थी। डॉक्टर उसके पास आ गया। चूहा निगला जा चुका था—बस, साँप के मुँह के बाहर उसकी एक इंच लाल-लाल पूँछ इस तरह बाहर निकली हुई थी मानो किसी को चिढ़ाने को जीभ निकाल रखी हो। गले ने फिर भीतर की तरफ़ साँस खींची और पूँछ भी गायब हो गई। जबड़े अपने-अपने खानों में सटकर बैठ गए और वह बड़ा साँप अलसाया-सा रेंगकर कोने में आ गया। बड़ा-सा चार का अंक बनाया और रेत पर अपना सिर डालकर सो गया।

"इसे तो अब नींद आ गई।" स्त्री ने कहा, "अब मैं जा रही हूँ। लेकिन मैं थोड़े-थोड़े समय बाद आकर अपने साँप को खाना खिलाया करूँगी। चूहों के पैसे दे दूँगी, लेकिन इसे जी-भरकर खिलाना चाहती हूँ। और फिर किसी समय अपने साथ ले जाऊँगी।" एक क्षण को अपने धूसर-धूमिल सपनों से उसकी आँखें पार निकल आईं—"याद रखिए, यह मेरा है। इसका जहर मत निकालिए। मेरी इच्छा है, जहर इसमें ही रहे। अच्छा, नमस्कार।" तेज़ी से वह दरवाजे की तरफ़ बढ़ी और बाहर चली गई। डॉक्टर ने उसके जाते कदमों की आवाज को सीढ़ियों पर सुना, लेकिन फिर नीचे के फर्श पर उसके चलने की आवाज सुनाई नहीं दी।

डा. फिलिप्स ने घुमाकर एक कुर्सी अपनी ओर की और साँप के पिंजरे के सामने ही बैठ गया। उस निश्चल साँप की ओर निगाहें टिकाए हुए वह अपने विचारों की गुत्थी सुलझाने की कोशिश करता रहा। मन ही मन बोला : 'मनोवैज्ञानिक यौन-प्रतीकों के बारे में मैंने इतना कुछ पढ़ा है; लेकिन वह सब इसे समझने में मदद करता नहीं लगता। शायद ये सब मेरे लिए बहुत दूर की बातें हो गई हैं। हो सकता है मैं इस साँप को मार डालूँ। काश, मैं जान पाता कि... । लेकिन इस सबको जानने

के लिए मैं प्रार्थना करने किसी भगवान के पास नहीं जाऊँगा।'

हफ्तों वह उसके लौटने की राह देखता रहा। उसने निश्चय किया, ''इस बार जब वह आएगी तो मैं उसे अकेला छोड़ बाहर चला जाऊँगा। उस कम्बख़्त को दुबारा देखूँगा ही नहीं।''

मगर वह फिर कभी वापस नहीं आई। जब-जब वह बस्ती में बाहर घूमने जाता तो उसे तलाश करता। कई बार तो किसी भी लम्बी-सी स्त्री को वही समझ कर उसके पीछे हो लेता। लेकिन वह स्त्री उसे फिर कभी दिखाई नहीं दी।

कल्पना, मई 1960

नरक ले जानेवाली लिफ़्ट

पार लागर क्विस्ट

रईस व्यापारी मि. स्मिथ ने होटल की शानदार लिफ़्ट का दरवाज़ा खोला और निहायत प्यार-भरे अन्दाज के साथ फर और पाउडर में लिपटी, महकती सुन्दरी को एहतियात से भीतर खींच लिया। गुदगुदी और मुलायम सीट पर दोनों आपस में लिपट गए। लिफ़्ट नीचे की ओर चल पड़ी। अपना भाप और शराब से भीगा, अधखुला मुँह लड़की ने आगे कर दिया और एक ने दूसरे का चुम्बन लिया। खुली छत पर, तारों भरी छाँह में, अभी-अभी दोनों ने रात का खाना साथ-साथ खाया था और अब मनोविनोद और मनोरंजन करने के लिए बाहर निकल रहे थे।

"सुनो, ऊपर कैसा अच्छा लगता था! मानो साक्षात् स्वर्ग में बैठे हों!" होंठों-ही-होंठों में फुसफुसाकर स्त्री ने कहा, "तुम्हारे साथ बैठकर आसपास का सब-कुछ ऐसा रोमानी और कवित्वपूर्ण लगता था, मानो हम लोग धरती के जीव नहीं, आसमान के तारे हों!...प्यार किसे कहते हैं, सचमुच इसका अनुभव ऐसे क्षणों में ही तो होता है। तुम मुझे प्यार करते हो...क्यों, करते हो न?"

मि. स्मिथ ने उसकी इस बात का जवाब पहले से भी अधिक प्रगाढ़ और लम्बे चुम्बन से दिया। लिफ़्ट नीचे जा रही थी।

"डार्लिंग, तुम आ गईं, यह बहुत ही अच्छा किया।" मि. स्मिथ बोले, "वरना तुम जानती हो, मेरा मन कितना खराब हो जाता।"

"सो तो ठीक है। लेकिन ज़रा इस बात की भी तो कल्पना करो कि वह आदमी कितना ढीठ और जिद्दी है। आने के लिए मैंने जैसे ही तैयारी शुरू की कि आप पूछते हैं, कहाँ चल दीं। मैंने भी कह दिया, जहाँ मन होगा, वहाँ जाऊँगी, किसी की दबैल हूँ क्या? मेरी इस बात पर, जब तक मैं कपड़े बदलती और नया ऊनी शाल पहनती रही, वह बैठा-बैठा ढिठाई से मुझे घूरता ही रहा। अच्छा तो बताओ, यह बिना रँगा-धुला ऊनी शाल मुझ पर कैसा लगता है? तुम्हें कैसे रंग का कपड़ा

सबसे ज़्यादा अच्छा लगता है? गुलाबी ही लगता होगा, है न?''

''तुम्हारे ऊपर तो सब कुछ खिल उठता है, डार्लिंग!'' पुरुष ने कहा, ''लेकिन आज की रात तो तुम दिल पर बिजलियाँ गिरा रही हो, बिजलियाँ।''

आत्म-तुष्ट मुस्कान के साथ उसने अपना फर वाला कोट खोल डाला। देर तक फिर दोनों एक-दूसरे को चूमते रहे। लिफ़्ट नीचे की ओर चलती रही।

''फिर जैसे ही मैं निकलने को तैयार हुई कि उसने बिना कुछ बोले-चाले मेरा हाथ पकड़कर ऐसे ज़ोर से ऐंठ दिया कि अभी तक दर्द हो रहा है। तुम सोच नहीं सकते, कैसे उजड्ड और जंगली आदमी से मेरा पाला पड़ा है। मैंने कहा, अच्छा चलती हूँ। लेकिन उस बन्दे के मुँह से बोल नहीं फूटा। ऐसा भयानक जिद्दी और हठीला आदमी है कि डर लगता है। मुझसे अब नहीं सहा जाता।''

''उफ़्!'' हमदर्दी से मि. स्मिथ ने कहा।

''मानो ज़रा-सा बाहर निकलकर मन बहलाना भी मेरे भाग्य में नहीं है। फिर वह ऐसा घुन्ना और चुप्पा आदमी है कि तुम सोच नहीं सकते। किसी बात को सहज और स्वाभाविक रूप में लेना तो उसने सीखा ही नहीं, मानो हमेशा उसके सामने ज़िंदगी और मौत का सवाल बना रहता हो।''

''हाय, तुम्हें कितनी मुसीबतें उठानी पड़ी होंगी।''

''उफ़्! मैंने भयंकर तकलीफ़ें सही हैं, भयंकर! जितना मैंने सहा है, क्या किसी ने सहा होगा! प्यार क्या होता है, इसे तो तुमसे मुलाकात होने से पहले मैं जानी ही नहीं थी।''

''दिलरुबा!'' उसे बाँहों में भरकर मि. स्मिथ बोले। लिफ़्ट नीचे चलती रही।

''मेरे उस सुख की कल्पना करो,'' आलिंगन के बाद जैसे ही साँस आई, वह बोली, ''तारों को ताकते हुए यों तुम्हारे साथ ऊपर बैठना और सपनों की दुनिया में खो-खो जाना...हाय! मैं इस क्षण को कभी नहीं भूलूँगी। देखो, बात यह है...आर्विड के साथ मेरा निर्वाह अब नामुमकिन है। हमेशा ऐसा मनहूस और बुजुर्ग जैसा बना रहता है कि बस! कविता तो उसे छू नहीं गई है। उसे कविता-वविता से वैसे भी कोई लगाव नहीं है।''

''इस सबको सह पाना तो सचमुच असम्भव है, डार्लिंग!''

''हाँ, असहनीय है!...लेकिन,'' मुस्कुराकर अपना हाथ उसकी ओर बढ़ाकर स्त्री ने अपनी बात कही, ''लेकिन यहाँ बैठकर हम अब उस-सब पर माथापच्ची क्यों करें? हम लोग मनोरंजन के लिए निकले हैं। तुम सचमुच मुझे प्यार करते हो न?''

''हाँ-हाँ, इसमें भी कोई शक है?'' पुरुष बोला और उसे कमर से पकड़कर पीछे झुका दिया। स्त्री का मुँह खुल गया। लिफ़्ट नीचे चलती रही। उसके ऊपर

झुककर पुरुष ने उसे प्यार से गुदगुदा दिया। स्त्री लजाकर लाल हो गई।

"आज की रात, आओ, हम लोग ऐसा प्यार करें, ऐसा प्यार करें कि आज तक कभी न किया हो! हुम्!" फुसफुसाकर वह बोला।

स्त्री ने उसे अपने शरीर से चिपका लिया और आँखें मूँद लीं। लिफ़्ट नीचे चलती रही।

लिफ़्ट नीचे और नीचे उतरती चली जा रही थी।

आख़िर मि. स्मिथ उठ खड़े हुए; चेहरे पर हवाइयाँ उड़ने लगीं।

"मगर आज इस लिफ़्ट को क्या हो गया है?" घबराकर वह बोले, "यह रुकती क्यों नहीं है? जाने कब से बैठे-बैठे हम लोग इसमें बातें कर रहे हैं! क्यों, है न?"

"हाँ, प्रियतम, मुझे भी लगता है कि हम लोग काफी देर से बैठे हैं। समय भी तो हवा की तरह उड़ता है।"

"या ख़ुदा! हमें इसमें बैठे युगों हो गए। आख़िर इसका मतलब क्या है?"

उसने सींखचों के पार देखने की कोशिश की। अँधेरे-घुप के सिवा कुछ नहीं था। और लिफ़्ट थी कि अपनी दृढ़, एक-रस गति से गहरी और गहरी उतरती चली जा रही थी।

"हाय भगवान्! यह क्या हुआ? मानो किसी गड्ढे में उतरते चले जा रहे हों। ख़ुदा जाने कितनी देर से इस तरह उतरते चले जा रहे हैं। अब क्या होगा?"

उन्होंने नीचे, तले के गड्ढे की ओर झाँकने की भी कोशिश की। वहाँ भी घटाटोप अन्धकार था, और वे लोग उसमें डूबते चले जा रहे थे।

"लगता है, अब तो यह नरक में जाकर ही दम लेगी," स्मिथ बोले।

"हाय राम!" उसकी बाँह पकड़कर स्त्री बिसूरने लगी, "मेरे तो हाथ-पाँव फूल गए हैं। रोकने के लिए एमर्जेन्सी ब्रेक खींचो न!"

अपने शरीर की सारी ताकत लगाकर स्मिथ ने ब्रेक खींचा। कोई लाभ नहीं हुआ। लिफ़्ट अनवरत रूप से नीचे उतरती रही।

"उफ्! यह क्या हुआ?" वह रो पड़ी, "अब हम क्या करें?"

"हाँ, ऐसे में कोई कम्बख़्त करे भी तो क्या?" स्मिथ बोले, "अजीब आफत है!"

लड़की बहुत ही हताश हो उठी और फूट-फूटकर रोने लगी।

"बस-बस, मेरी जान! अब रोओ मत! हम लोगों को होश से काम लेना चाहिए। इसमें हम लोगों का बस भी आख़िर क्या है! अब बस करो, आओ, बैठो। यों! ऐसे! हाँ, अब हम दोनों यहाँ चुपचाप पास-पास बैठकर देखें कि आगे क्या होता है। कभी-न-कभी तो यह रुकेगी ही, और न रुके तो जाए भाड़ में!"

वे लोग बैठकर प्रतीक्षा करने लगे।

"कभी किसी ने सोचा था कि ऐसा हो जाएगा?" स्त्री बोली, "हम लोग मजे उड़ाने के लिए निकले थे!"

"हाँ, उसी कमबख़्ती के मारे तो हम निकले थे!" स्मिथ ने जवाब दिया।

"तुम मुझे बहुत-बहुत प्यार करते हो, क्यों, करते हो न?"

"डार्लिंग!" स्मिथ ने उसे अपनी बाँहों में कसकर कहा। लिफ़्ट नीचे उतरती रही।

आख़िर अचानक झटके से लिफ़्ट रुक गई। चारों तरफ़ ऐसी तेज़ रोशनी थी कि आँखों में चुभती थी। अब वे लोग नरक में आ गए थे। शैतान ने बा-अदब लिफ़्ट का छड़ोंवाला दरवाज़ा एक तरफ़ सरका दिया।

"नमस्कार!" शैतान ने बहुत ही झुककर साभिवादन कहा। उसने अपनी पूँछ को बड़े फैशनेबल तरीके से सजा रखा था। एक जंग लगी कील के सहारे पूँछ का बालोंवाला झब्बा रीढ़ के ऊपर गर्दन के पास झूम रहा था।

मि. स्मिथ और वह स्त्री दोनों लड़खड़ाते-से चौंधे में निकल आए। उन अजीब-अजीब छायाओं से दहलकर उसके मुँह से निकल पड़ा, "या ख़ुदा, यह हम लोग कहाँ आ गए!"

परिताप के प्रतिबिम्ब शैतान ने उन्हें स्थिति समझाई।

" 'नरक' शब्द सुनकर जैसा कुछ लगता है उतना बुरा यह नहीं है," शैतान बोला। साथ ही कहा, "मुझे उम्मीद है, आपका समय यहाँ आनन्द में ही बीतेगा। मेरा ख्याल है, आप एक रात ही तो रहेंगे यहाँ?"

"जी हाँ, जी हाँ!" स्मिथ ने आतुरता से हामी भरी, "जी हाँ, सिर्फ़ एक ही रात के लिए चाहिए! इससे ज़्यादा हम लोग यहाँ नहीं रुक सकेंगे। जी, नहीं।"

थरथर काँपती हुई लड़की ने उसकी बाँह भींच रखी थी। रोशनी कुछ ऐसी रक्त-शोषी और पीली-हरी थी कि पहले तो उन्हें कुछ दिखाई ही नहीं दिया। उन्हें लगा कि गरम-गरम गन्ध आस-पास भरी है। जब उनकी आँखें इस रोशनी की कुछ और अभ्यस्त हो गईं, तो उन्होंने देखा वे लोग जहाँ खड़े हैं, वह जगह चौकनुमा है। इसके चारों ओर रोशन दरवाज़ों वाले मकान अँधेरे में तने खड़े हैं। दरवाज़ों पर पर्दे पड़े हुए थे, लेकिन उन्होंने दरारों से देखा कि भीतर कुछ लोबान जैसा जल रहा है।

शैतान ने पूछा, "एक-दूसरे को बहुत प्यार करनेवाले आप ही लोग हैं न?"

अपने मद-भरे नयनों के कटाक्ष के साथ स्त्री ने जवाब दिया, "जी हाँ, हम लोग बुरी तरह एक-दूसरे को प्यार करते हैं।"

"तो आप इस तरफ़ चलिए," वह बोला, "मेहरबानी करके मेरे पीछे-पीछे चले आइए।" वे लोग झेंपे-झेंपे से बगलवाली अँधेरी गली से होकर चल दिए। यह गली

इस चौक से बाहर जाती थी। एक पुरानी-धुरानी-सी लालटेन गन्दे-चीकट दरवाजे पर लटकी थी।

"इसी जगह," शैतान ने दरवाज़ा खोला और बड़े अदब के साथ लौट गया।

उन्होंने भीतर प्रवेश किया। एक नई, मोटी और ख़ुशामदी किस्म की चुड़ैल ने उनका स्वागत किया। उसके स्तन बहुत बड़े-बड़े थे और उसके मुँह के चारों ओर मूँछों पर पाउडर के थक्के जमे हुए थे। वह हीं-हीं करती मुस्कुरा रही थी। उसकी मटर-जैसी आँखों में मिलनसारी और परिचय का भाव था। अपने माथे के सींगों के चारों ओर उसने अपनी गुँथी हुई चोटियों की लटें लपेट रखी थीं और उन्हें नीले-नीले रेशमी फीतों से बाँध रखा था।

"अरे, आप ही मि. स्मिथ और वह लड़की हैं न?" वह बोली, "अब आप आठ नम्बर में जाइए।" उसने उन्हें एक बड़ी-सी चाबी पकड़ा दी।

वे अँधेरी और चीकट सीढ़ियों से ऊपर जाने लगे। सीढ़ियाँ चिकनाई के कारण फिसलनी हो रही थीं। ऊपर दो रोशनियाँ जल रही थीं। स्मिथ ने नम्बर आठ कमरा खोला। भीतर प्रवेश किया। कमरा काफी बड़ा और दुर्गंध से भरा था। बीचोंबीच एक गन्दे कपड़े वाली मेज रखी थी। दीवार के सहारे पलंग पड़ा था। उसकी चादर की सलवटें सावधानी से निकाली गई थीं। उन्हें लगा, यह जगह तो बहुत ही अच्छी है। अपने-अपने कोट उन्होंने उतारे और देर तक आपस में एक-दूसरे को चूमते रहे।

तभी दूसरे दरवाजे से एक व्यक्ति ने बड़े विनीत भाव से प्रवेश किया। कपड़े उसने वेटर जैसे पहन रखे थे, लेकिन उसकी डिनर-जाकेट बड़ी खूबसूरत सिली थी। उसकी कमीज का सामने वाला हिस्सा इतना साफ था कि उस धुँधलके में प्रेत की तरह चमक रहा था। उसका चलना बहुत निःशब्द और आहिस्ता था, कदमों से कोई आवाज नहीं होती थी और उसकी हर हरकत मशीनी और ऐसी नपी-तुली थी, मानो उसे दीन-दुनिया की कोई ख़बर न हो; चेहरे के नक्श सख़्त थे और आँखें एकटक अविचल भाव से सामने ही देखती थीं। उसके चेहरे पर मौत की सफेदी छाई थी और उसकी एक कनपटी पर गोली का घाव था। उसने कमरे को करीने से ठीक किया, शृंगार-मेज को पोंछा फिर कमरा साफ करनेवाली झाड़ू और मूत्र-दान लाकर भीतर रख दिए।

इन लोगों ने उसकी तरफ़ कोई खास ध्यान नहीं दिया, लेकिन जैसे ही वह जाने लगा, स्मिथ बोले :

"मैं समझता हूँ, हम लोगों को कुछ शराब की ज़रूरत पड़ेगी। हमें आधी बोतल मदिरा दे जाना।"

आदमी शिष्टता से झुका और बाहर गायब हो गया। स्मिथ ने अपने कपड़े

उतारने शुरू कर दिए। स्त्री झिझक रही थी।

"वह वापस आएगा न, अभी।" स्त्री बोली।

"उँह, ऐसी जगहों में इन बातों पर ध्यान नहीं दिया जाता। बस, उतार डालो अपने कपड़े-वपड़े!"

स्त्री ने अपने कपड़े अलग किए, खींचकर पतलून उतारी और बड़े नखरे के साथ पुरुष की गोद में आ बैठी। बड़ा आनन्द आ रहा था।

"ज़रा कल्पना करो," वह फुसफुसाकर बोली, "केवल हम और तुम, यह एकान्त, इस विलक्षण, रूमानी जगह पर हमारा-तुम्हारा यों बैठना...सचमुच, यह सब इतना मादक और कवित्वपूर्ण है कि मैं कभी भी नहीं भूल पाऊँगी।"

पुरुष बोला, "मेरी जान।"

और देर तक उनका चुम्बन चलता रहा।

बिना कोई शब्द किए उस व्यक्ति ने फिर प्रवेश किया। बड़े आहिस्ते और मशीनी ढंग से उसने गिलास रखे और उनमें शराब डाल दी। लैम्प की रोशनी उसके चेहरे पर पड़ रही थी। उसमें ऐसी कोई खास बात नहीं थी...हाँ, उसके चेहरे पर मौत की सफेदी थी और एक कनपटी पर गोली का घाव था।

अचानक एक चीख़ मारकर स्त्री उछल पड़ी।

"हाय, मेरे राम! आर्विड, तुम हो? यह तुम्हीं हो न? हाय राम रे, यह तो मर गया। इसने अपने को गोली मार ली।"

वह व्यक्ति सिर्फ़ अपने सामने की ओर ताकता हुआ बिना हिले-डुले खड़ा रहा। उसके चेहरे पर कोई व्यथा और वेदना नहीं दिखाई देती थी, बस वह वैसा ही सख्त और संजीदा था।

"लेकिन आर्विड, यह तुमने क्या कर डाला? क्या कर डाला यह तुमने? प्यारे आर्विड! अगर मुझे ज़रा भी इस तरह का शक होता, तो तुम्हें पता है, मैं घर पर ही रह जाती। लेकिन तुम तो मुझे कुछ बताते ही नहीं। तुम इस बारे में भी मुझसे एक शब्द नहीं बोले। जब तुम्हीं ने नहीं बताया तो मैं आख़िर समझती भी कैसे।"

उसका सारा शरीर थर-थर काँप रहा था। उस व्यक्ति ने स्त्री की तरफ़ इस तरह देखा, जैसे पहचानता ही न हो। उसकी निगाहें जड़, सर्द और उदास थीं। लगता था, जैसे हर चीज के आर-पार सीधी चली जाती हों। उसका हल्दिया चेहरा अँधेरे में भी झलक रहा था। घाव से ख़ून की एक बूँद नहीं निकल रही थी, सिर्फ़ एक छेद-भर था।

"उफ, भयानक! भयानक!" वह रोने लगी, "मैं यहाँ नहीं रहूँगी। चलो, हम लोग इसी क्षण चलते हैं। मुझसे नहीं सहा जा रहा।"

उसने अपना फर का कोट, हैट और कपड़े झटपट हाथों में दबोचे और बाहर लपकी। पीछे-पीछे स्मिथ थे। नीचे वही मूँछोंवाली चुड़ैल खड़ी-खड़ी उसी मिलनसारी और परिचय के भाव से मुस्कुराती हुई अपने सींग ऊपर-नीचे हिला रही थी।

सड़क पर बाहर आकर उन्होंने कुछ चैन की साँस ली। अब स्त्री ने कपड़े पहने, कमर सीधी की और चेहरा-मोहरा दुरुस्त किया। वे लोग चौक में आ गए।

प्रमुख शैतान वहीं टहल रहा था। वे लोग दौड़कर फिर उसके पास पहुँचे।

''आप लोगों ने बड़ी जल्दबाज़ी की, '' वह बोला, ''आशा है, सुख से कटी?''

''उफ, भयानक जगह थी,'' स्त्री ने कहा।

''नहीं-नहीं, ऐसा मत बोलिए। आप ऐसा नहीं मान सकते। अगर पुराने ज़माने में आप लोग यहाँ आए होते तब तो बात ज़रूर ज़रा अलग थी। अब तो नरक में शिकायत करने लायक कोई बात ही नहीं रह गई है। ज़्यादा क्या कहूँ, लेकिन जो कुछ हमसे बन पड़ता है, इसे आरामदेह और आमोदप्रद बनाने में हम लोग कुछ नहीं उठा रखते। पहले बात एकदम उलटी थी।''

''जी हाँ,'' मि. स्मिथ बोले, ''आपकी यह बात तो ठीक है। जैसा भी कुछ है, इस सबमें पहले से ज़्यादा इन्सानियत है।''

''जी हाँ,'' शैतान बोला, ''हमने तो अब सब चीज़ों को नए सिरे से आधुनिक बना डाला है। जो चीज़ जैसी होनी चाहिए उसको भरसक ठीक कर दिया है।''

''बिलकुल सही। आदमी को समय के साथ तो चलना ही पड़ता है।''

''जी हाँ, आजकल तो जो भी थोड़ी-बहुत यन्त्रणा मिलती है वह सिर्फ़ आत्मा को ही मिलती है।''

''इसे भी भगवान की कृपा ही समझो,'' स्त्री बोली।

शैतान उन्हें विनीत भाव से लिफ्ट तक ले आया।

''नमस्कार!'' उसने बहुत नीचे झुककर कहा, ''फिर पधारिएगा।'' और उनके पीछे-पीछे उसने छड़ोंवाला दरवाज़ा खींच दिया। लिफ्ट ऊपर चल पड़ी।

''ख़ुदा का शुक्र! पीछा छूटा उस सबसे।'' कहकर सीट पर आपस में लिपटकर दोनों ने सुख और सन्तोष की साँस छोड़ी।

''अगर तुम न होते तो इस जगह से मैं जिन्दा बचकर नहीं निकल पाती,'' स्त्री ने बुदबुदाकर कहा। पुरुष ने उसे खींचकर अपने से सटा लिया। देर तक उनका चुम्बन चलता रहा। आलिंगन के बाद जब उसकी साँस वापस आई तो बोली, ''खयाल तो करो, उस कमबख़्त ने यह कर क्या डाला? लेकिन उसके दिमाग में हमेशा से ही ऐसी खुराफातें भरी थीं। कभी किसी बात को उसके सही रूप में, सहज और स्वाभाविक ढंग से लेना उसने सीखा ही नहीं; हर वक्त जैसे उसके सामने ज़िंदगी और मौत का सवाल बना रहता हो।''

"सब बकवास है।" स्मिथ बोले।

"कम से कम वह मुझे बता ही देता। तब तो मैं रुक भी जाती। आज के बजाय हम लोग किसी और रात को चले चलते।"

"हाँ-हाँ, और क्या?" स्मिथ ने कहा, "और क्या, हम लोग कभी और चले चलते।"

"खैर, छोड़ो भी। अब बैठे-बैठे उस पर सिर भी क्या खपाना?" पुरुष के गले में बाँह डालकर उसने फुसफुसाकर कहा, "अब तो जो होना था, सब हो ही गया।"

"हाँ डार्लिंग, अब तो सब हो ही चुका।" पुरुष ने उसे अपनी बाँहों में जकड़ लिया। लिफ्ट ऊपर चढ़ती रही।

एक मछुआ : एक मोती

जॉन स्टीनबेक

कस्बे में आज भी लोग उस महान और बहुमूल्य मोती की कहानी सुनाते हैं कि कैसे वह हाथ आया और फिर हाथ से निकल गया। इसे किनो मछुए, उसकी बीवी जुआना और बेटे कोयोतितो की कहानी के रूप में सुनाया जाता है। यह कहानी इतनी बार सुनी-सुनाई गई है कि हरएक के मन में बस गई है। और बहुत बार सुने-सुनाए गए जो किस्से लोगों के दिलों में घर कर लेते हैं उनमें या तो अच्छा होता है या बुरा, स्याह होता है या सफेद, पुण्य होता है या पाप। बीच की कहीं कोई चीज नहीं होती। इस कहानी के साथ भी यही है।

अगर यह कहानी बोध-कथा है तो हर कोई शायद इसका मतलब लगा लेगा और इसमें अपनी ज़िंदगी पढ़ लेगा!

बहरहाल, कस्बे के लोग सुनाते हैं कि...

1

भोर ही किनो की आँख खुल गई। तारे अभी भी दीखते थे और पूरब के निचले आसमान में हल्का उजास-भर झलका था। पालतू मुर्गे जाने कब से बाँग लगा रहे थे। खाने की किसी बची-खुची चीज की तलाश में सूअरों ने टहनियों और छिपटियों को बुरी तरह उलट-पलट डाला था। फूस की झोंपड़ी के बाहर, नाशपाती की झाड़ी में छोटी-छोटी चिड़ियाँ चूँ-चूँ करती हुई पंखों से फट्-फट् कर रही थीं।

आँख खुलते ही किनो की निगाह सबसे पहले रोशन चौकोर की ओर पड़ी, यह दरवाज़ा था। दृष्टि फिर पालने की ओर गई—उसमें कोयोतितो सोया था। सबके बाद उसने पास ही बिस्तरे पर सोई अपनी पत्नी जुआना की तरफ़ सिर घुमाया।

नीली ओढ़नी उसकी नाक और छातियों को ढकती हुई थोड़ी-सी पीठ पर पड़ी थी। जुआना की भी आँख खुल गई थी। किनो को याद नहीं पड़ता, कभी अपनी नींद टूटने पर उसे जुआना सोती मिली हो। उसकी काली-काली आँखों में तारों की बड़ी हल्की-हल्की परछाईं पड़ रही थी। किनो के जाग जाने पर जैसे वह हमेशा उसकी तरफ़ देखती है, इस समय भी ठीक उसी तरह देख रही थी।

सागर-तट से आते सुबह की लहरों के हल्के-हल्के थपेड़े किनो के कानों में पड़ रहे थे। बड़ा सुहाना लग रहा था—अपने मन का यह संगीत सुनने के लिए किनो ने फिर आँखें मूँद लीं। शायद वही अकेला है जो संगीत में यों डूब जाता है—या हो सकता है, उसके और लोग भी इसी तरह संगीत में खो जाते हैं। कभी उसके भाई-बिरादर बहुत बड़े गीतकार रहे थे और जो भी कुछ देखते, सोचते और करते या सुनते थे—सभी कुछ उनके निकट गीत बन उठता था। न जाने कितने पहले की बात है यह! उनके गीत आज भी हैं और किनो उन सबको जानता है, लेकिन उनमें नया कोई गीत नहीं जुड़ा है। यह नहीं है कि लोगों के अब अपने-अपने गीत नहीं रहे। नहीं, किनो के मन में ही इस समय एक कोमल और स्पष्ट गीत लहरा रहा है। काश, इसे वह शब्द दे पाता तो कहता—यह 'परिवार का गीत' है।

सीली हवा से बचने के लिए उसका कम्बल नाक तक आया हुआ था। पास की खसर-खसर आवाज़ से फिर उसकी पलकें खुल गईं। निःशब्द ही जुआना बिस्तर से उठ बैठी थी। नंगे, सख्त पैरों से चलकर वह पालने के पास आई। यहाँ कोयोतितो सो रहा था। उस पर झुककर उसने पुचकारा तो आँखें खोलकर पल-भर को कोयोतितो ने ऊपर ताका और फिर सो गया।

चूल्हे के पास आकर जुआना ने राख कुरेदी, एक कोयला निकाला और फूस के छोटे-छोटे तिनके उस पर डालकर पंखे से आग धधकाने लगी।

अब किनो उठा। कम्बल उसने अपने सिर, नाक और कन्धों पर लपेट लिया, पैरों में चप्पल डाली और पौ फटना देखने के लिए बाहर आ गया।

दरवाजे के बाहर ज़मीन पर ही वह आलथी-पालथी मारकर बैठ गया और कम्बल के दोनों सिरे समेटकर घुटनों पर रख लिए। उसने देखा, खाड़ी के ऊपरवाले बादलों के चकत्ते अधर में लपटों की तरह जल उठे हैं। एक बकरा उसके पास चला आया और उसे सूँघता और अपनी भावनाहीन आँखों से टुकुर-टुकुर ताकता रहा। पीछे जुआना की आग अब लपटों में धधक उठी थी और दीवार की झिरियों से रोशनी की बर्छियाँ फेंक रही थी। दरवाजे के बाहर रोशनी का चौखटा सिमट और फैल रहा था। आग की तलाश में कोई भूला-भटका पतंगा इधर से उधर मँडरा रहा था। और यों 'परिवार का गीत' अब किनो को अपने पीछे से सुनाई पड़ रहा था। सुबह की रोटियों के लिए अब जुआना आटा पीस रही थी और चक्की की घर्र-घर्र

परिवार-गीत की लय बन गई थी।

पौ अब जल्दी-जल्दी फटने लगी—पहले उजले-धुँधले एकाकार धब्बे, फिर उजास, फिर उजाला हुआ और खाड़ी के ऊपर सूरज निकलने के साथ ही आग का फव्वारा आसमान में फूट पड़ा। सामने के चौंधे से बचने के लिए किनो नीचे देखने लगा। अब घर से मकई की रोटियाँ बनने की फट-फट के साथ तवे की उड़ती सोंधी-सोंधी गंध भी आने लगी थी। चमकदार काले-काले चींटे और छोटी-छोटी मटमैली फुर्तीली चींटियाँ धरती पर अब अपने-अपने पेट की चिंता में निकल पड़ी थीं। किसी शिकारी चींटी ने रेत में छोटे-छोटे सुराखों का जाल बना दिया था और एक मटमैली चींटी उनसे निकल भागने की जी-तोड़ कोशिश में लगी थी। किनो भगवान जैसी तटस्थता से इस खेल को देखता रहा। एक सूखा-मरियल और डरपोक-सा कुत्ता किनो के पास आ गया। जैसे ही किनो ने पुचकारा कि लाड़ से कुत्ता दुहरा हो गया और उसकी दुम टाँगों से जा चिपकी। उसने बड़े प्यार से अपनी ठोड़ी घूरे पर टेक दी। कुत्ता काले रंग का था और उसकी भौंहों की जगह सुनहले-पीले रंग के धब्बे थे। रोज जैसी सुबह आज भी थी, फिर भी कैसी भरी-पूरी सुबह थी।

किनो को पालने की रस्सी की चरमराहट सुनाई दी—जुआना ने कोयोतितो को पालने से उठाया था। जुआना ने उसके नाक-मुँह साफ़ किए, फिर गाँठ बाँधकर ओढ़नी को अपने गले में झूले की तरह लटकाकर कोयोतितो को उसमें लिटा लिया। वह उसकी छाती से सटकर झूलता रहा। बिना उधर मुड़े ही किनो यह सब देख रहा था। बड़े मृदुल स्वर में जुआना कोई पुराना गीत गाने लगी। गीत में सुर तो केवल तीन ही थे, लेकिन बीच-बीच में आलाप लेने से जाने कितने राग निकल आते थे। यह भी उस परिवार-गीत का ही एक अंग था—बल्कि कहना चाहिए, यही सम्पूर्ण राग था। कभी-कभी लय इतनी ऊँची उठ जाती कि गला रुँध जाता—मानो कहती हो—यही तो मंगल-कल्याण है—यही तो प्यार का सुख है, यही तो सब कुछ, सब कुछ है।

उसके घर की फूस की बाड़ के बाद फूस के और घर थे। उनसे भी धुआँ उठ रहा था और वहाँ से भी नाश्ते की खटर-पटर आ रही थी—लेकिन वे गीत, दूसरे गीत थे—उनके सूअर दूसरे थे और उनकी बीवियाँ भी जुआना नहीं थीं। किनो जवान और मजबूत पट्ठा था और उसके काले-काले बाल गहरे गेहुँए रंग के माथे पर झूलते रहते थे। आँखों में प्यार की गर्मी और क्रूर और भयानकता थी और वे चमकती रहती थीं। मूँछें महीन-महीन और खुरदरी थीं। कम्बल उसने नाक से नीचे सरका लिया, क्योंकि रात की जहरीली हवा अब बंद हो गई थी। घर पर पीली-पीली धूप फैल उठी थी। फूस की बाड़ के नीचे दो पालतू मुर्गे झुके-झुके, डैने फैलाए और गर्दन के पंख फुलाए झूठ-मूठ एक-दूसरे पर झपट रहे थे। लड़ गए तो बेहूदे ढंग

से लड़ेंगे। लड़ाने के लिए तैयार किए गए मुर्गे तो हैं नहीं। कुछ देर किनो उन्हें देखता रहा, फिर उसकी आँखें ऊपर को उठ गईं। आसमान में जंगली बगुलों की पाँत मैदानों पर झिलमिल-झिलमिल करती पहाड़ों की तरफ़ उड़ी चली जा रही थी। सारी सृष्टि अब जाग उठी थी। किनो उठकर झोंपड़ी में आ गया।

दरवाजे से होकर उसके भीतर आते ही जुआना जलते चूल्हे के पास से उठ खड़ी हुई। कोयोतितो को वापस पालने में सुलाया और अपने काले-काले बालों में कंघी करने लगी। दो चोटियाँ गूँथकर दोनों सिरों को नीले रंग के पतले चुटीले से बाँध लिया। किनो चूल्हे के पास ही आलथी-पालथी मारकर जम गया था और मकई की गरम-गरम रोटी को गोल लपेटकर चटनी में डुबो-डुबोकर खा रहा था। ऊपर से थोड़ी-सी ताड़ी गटक ली तो नाश्ता पूरा हो गया। दावतों के दिनों को छोड़कर यही उसका नित्य का कलेवा था। हाँ, बस एक बार एक उत्सव में इतने पुए खा गया था कि मरते-मरते बचा। किनो के खाने के बाद जुआना ने भी वहीं आकर अपना नाश्ता किया। एक बार वे आपस में कुछ बोले भी, लेकिन बोलना ज़रूरत न होकर आदत ही हो तो बहरहाल बिना बोले भी तो काम चल सकता है। किनो ने तृप्ति की गहरी डकार ली। यही उनकी आपस में बातचीत थी।

धूप अब झोंपड़ी को तपाने लगी थी और उसकी झिरियों से लम्बी-लम्बी धारियों के रूप में भीतर घुस आई थी। एक किरण पालने और उसकी डोरियों पर भी आ गई थी जिसमें कोयोतितो सोया था।

इस नन्ही-सी हरकत से दोनों की आँखें पालने की ओर चली गईं तो किनो और जुआना दोनों जैसे सकते की हालत में जहाँ के तहाँ खड़े रह गए। जिस डोरी से पालना छत की बल्ली से लटका था उस पर एक बिच्छू धीरे-धीरे नीचे उतर रहा था। डंकवाली पूँछ, पीछे सीधी तनी थी, लेकिन पलक झपकते ही वह उससे कोड़े की तरह मार कर सकता था।

किनो की साँस नथुनों में फुंकार उठी और उसे रोकने के लिए उसने मुँह खोल लिया। अब अचानक चौंकने का भाव और शरीर की जड़ता उसके ऊपर से गायब हो गई थी। उसके दिमाग में एक नया गीत उभर आया था—पाप का गीत। शत्रु का, परिवार के दुश्मन का संगीत...एक हिंस्र, रहस्यमय और भीषण राग...और उसके नीचे परिवार का गीत बेचारा निरीह पड़ा-पड़ा कराह रहा था।

बिच्छू बड़े आहिस्ते रस्सी पर से पालने की ओर उतर रहा था। मुँह ही मुँह में साँस के साथ जुआना इस तरह के अमंगल से रक्षा करनेवाला कोई बहुत पुराना मंत्र दुहरा रही थी और ऊपर से भिंचे दाँतों के बीच 'जय माता मेरी' की प्रार्थना बुदबुदा रही थी, लेकिन किनो अब सक्रिय हो उठा था। बिजली की फुर्ती से दबे पाँव वह हथेलियाँ नीचे किए, हाथ सामने किए और बिच्छू पर एकटक निगाहें टिकाए

हुए कमरे के दूसरे सिरे पर झपटा। उधर नीचे पालने में लेटा कोयोतितो हँस-हँसकर बिच्छू की तरह हाथ उछाल रहा था। किनो ऊपर आया ही था कि बिच्छू ठिठक गया और लप-लप करती पूँछ पीठ के ऊपर तन आई। पूँछ के ऊपर हँसिया जैसा डंक चमक रहा था।

किनो बिना हिले-डुले जैसा खड़ा था वैसा ही खड़ा रहा। उसने सुना—जुआना फुसफुसाती हुई वह पुराना टोना फिर पढ़ रही है। शत्रु का दुष्ट संगीत भी उसके कानों में सुनाई दे रहा था। बिच्छू जब तक अपनी जगह से न हिला, किनो भी टस से मस नहीं हुआ। बिच्छू भी आनेवाली मौत के स्रोत को भाँप गया था। किनो बेहद चुपचाप और दबे पाँव और आगे की ओर बढ़ा। ऊपर तनी हुई डंकदार पूँछ थरथरा रही थी। तभी हँसते हुए कोयोतितो ने रस्सी हिला दी और बिच्छू नीचे टपक पड़ा।

किनो का हाथ उसे पकड़ने के लिए लपका, लेकिन बिच्छू उँगलियों से छूटकर बच्चे के कंधे पर जा पड़ा और वहाँ गिरते ही उसने डंक मार दिया। तभी फुंकार कर किनो ने उसे जा दबोचा। उँगलियों में लेकर चटनी की तरह मसल डाला। फिर उसे फर्श पर गिराकर घूँसे से उसका कचूमर निकाल दिया। उधर पालने में पड़ा-पड़ा कोयोतितो दर्द से चीख़ रहा था। लेकिन किनो दुश्मन को घूँसों और ठोकरों से कूटता रहा—आख़िर धरती पर सिर्फ़ ज़रा-सा चूरा और गीला निशान-भर बाक़ी रह गया। उसके भिंचे दाँत बाहर निकले आ रहे थे और गुस्से की आग उसकी आँखों में लपलपा रही थी और कानों में शत्रु-गीत गरज रहा था।

लेकिन जुआना ने दौड़कर बच्चे को गोद में उठा लिया। जहाँ बिच्छू ने डंक मारा था वहाँ तो जगह एकदम लाल हो उठी थी। जुआना ने वहीं होंठ लगा दिए और ज़ोर से चूसकर थूक दिया, फिर चूसा। कोयोतितो चीख़-चीख़कर रोता रहा।

बौखलाया-सा किनो इधर से उधर चक्कर मारता रहा। उस समय वह क्या करता? वह तो बीच में ही था और लाचार।

बच्चे का रोना सुनकर पड़ोसी बाहर निकल आए। अपने फूस के झोंपड़े से निकलकर किनो का भाई जुआन टामस, उसकी मोटी पत्नी अपोलोनियाँ और चारों बच्चे दरवाजे पर जमघट लगाकर खड़े हो गए। उनके पीछे से दूसरे लोग झाँकने की कोशिश कर रहे थे। एक छोटा-सा लड़का झुककर उनकी टाँगों के बीच से देखने के लिए घुस आया था। सामनेवालों ने पीछेवालों को बताया—"बिच्छू! बच्चे को बिच्छू ने डंक मार दिया।"

पल-भर को जुआना ने घाव चूसना रोका। छोटा-सा छेद कुछ बड़ा हो गया था और चूसने से उसके किनारे सफेद पड़ गए थे। लेकिन लाल-लाल सूजन चारों ओर काफी दूर तक फैलकर फोड़े जैसी सख़्त हो गई थी। बिच्छू काटने से क्या होता है यह किसी से छिपा नहीं था। डंक से बड़े आदमी की तो सिर्फ़ हालत ही

खस्ता होती है, लेकिन बच्चे तो इसी में मर तक जाते हैं। उन्हें मालूम था कि पहले सूजन होगी, फिर बुखार आएगा, फिर गला जकड़ेगा, पेट में ऐंठन होगी। और अगर जहर काफी फैल गया तो इसी में कोयोतितो चल बसेगा। लेकिन डंक की जलन अब खत्म हो गई थी और कोयोतितो की चीख़ें अब कराहने में बदल गई थीं।

किनो अपनी बीमार और नाजुक दुबली-पतली पत्नी की लोहे जैसी दृढ़ता पर चकित था। ऐसी आज्ञाकारिणी, ऐसी पति-भक्त, हँसमुख और सहनशील औरत थी कि बच्चा जनते समय पीठ के बल कमान हो गई थी, लेकिन क्या मजाल कि मुँह से उफ तक निकलने दी हो! खुद किनो के मुकाबले भूख और थकान ज़्यादा ही सह लेती थी। डोंगी पर उसका साथ एक अच्छे हट्टे-कट्टे आदमी का साथ होता है। इस समय भी उसने एक अत्यन्त विलक्षण बात कर डाली।

"डॉक्टर," वह बोली—"डॉक्टर साहब को बुलाओ।"

फूस की बाड़ के पीछे आँगन में जमघट लगाए खड़े पड़ोसियों में बात इस मुँह से उस मुँह तक चली गई—"जुआना डॉक्टर बुलाने को कहती है!" डॉक्टर बुलाने को कहना कैसी आश्चर्यजनक और स्मरणीय घटना थी। इन फूस की झोंपड़ियों के झुण्ड में डॉक्टर की कभी किसी ने सूरत नहीं देखी। और डॉक्टर यहाँ आए ही क्यों? बस्ती के पत्थर-चूने के मकानों में रहनेवाले रईस लोगों से ही डॉक्टर को फुरसत मिले तो आए भी!

"अरे वो नहीं आएँगे।" दरवाजे पर जमा लोगों ने कहा तो किनो को भी लगा कि वो नहीं आएँगे।

"डॉक्टर साहब नहीं आएँगे।" किनो ने जुआना से कहा।

उसने शेरनी जैसी सख्त और सर्द निगाहों से किनो की तरफ़ आँखें उठाकर देखा। कोयोतितो, जुआना का पहलौठी का बच्चा है, जुआना की दुनिया का सर्वस्व है। उसकी संकल्प-दृढ़ता को किनो ने महसूस किया और उसके सिर में परिवार-गीत का लौह-राग धमक उठा।

"तब फिर हम लोग ही उनके यहाँ चलेंगे।" जुआना बोली। अपनी गहरी नीली ओढ़नी को सिर पर ठीक करके उसने एक सिरे में कराहते बच्चे को लटकाया और दूसरे सिरे से, धूप के चौंधे से बचाने के लिए उसकी आँखों पर आड़ कर ली। दरवाजे वालों ने पीछे के लोगों को धकेलकर उसके निकलने के लिए रास्ता छोड़ दिया। किनो भी पीछे हो लिया। दरवाजे से निकलकर दोनों पक्की सड़क पर आ गए। बाक़ी लोग उनके पीछे-पीछे चले।

मामला अब पास-पड़ोस का हो गया था। तेज़ और फुर्तीले कदमों से सबके-सब जुलूस बनाकर कस्बे के अंदर की ओर बढ़ रहे थे। आगे-आगे जुआना और किनो थे, उनके बाद जुआन टामस और जैसे-तैसे चलती, हर कदम के साथ पेट को थल-थल

करती अपोलोनियाँ, फिर इधर-उधर बच्चे लिए पड़ोसी लोग। पीला सूरज पीछे से उनकी परछाइयाँ सामने की ओर फेंक रहा था और वे लोग अपनी ही परछाइयों पर कदम रखते, उन्हें कुचलते चले जा रहे थे।

अब ये लोग वहाँ आ गए जहाँ फूस की झोंपड़ियाँ खत्म हो गई थीं और पत्थर-चूने के मकानों का सिलसिला शुरू हो गया था। यह बाहर से सख्त-कड़ी दीवारों और भीतर से शीतर बाग-बगीचोंवाली नगरी थी, जहाँ पानी के छोटे-छोटे फव्वारे अपनी बहारें दिखा रहे थे और बोगनबोलिया ने दीवारों को बैंगनी, गेरुआ और सफेद फूलों की परत से छा दिया था। उन अनदेखे, रहस्यमय बगीचों से पिंजरे-बन्द चिड़ियों का चहचहाना और तपते पत्थर की पटियों पर शीतलता प्रदान करनेवाले पानी की छल-छल सुनाई दे रही थी। चकाचौंध करते चौक बाज़ार को पार करके जुलूस अब गिरजाघर के सामने आ गया। अब आकार में भी काफी बड़ा हो गया था। जुलूस के किनारेवाले लोग नए आनेवालों को बताते जा रहे थे कि कैसे बच्चे को बिच्छू ने काट लिया है और कैसे माँ-बाप उसे डॉक्टर के पास लिए जा रहे हैं।

और इन नए आनेवालों में सबसे प्रमुख थे गिरजाघर के सामने बैठनेवाले भिखारी। रुपये-पैसे का हिसाब-किताब लगाने में ये लोग पक्के घाघ थे। आते ही सबसे पहले जुआना के पुराने नीले लहँगे पर निगाह डाली, ओढ़नी के फटे छेदों को देखा, हरे चुटीले की कीमत का अन्दाजा लगाया, किनो के कम्बल और हजारों बार धुले कपड़ों की उमर आँकी और यह मानकर कि ये लोग गरीब आदमी हैं, इस उम्मीद में साथ हो लिए कि देखें क्या तमाशा होता है? गिरजा के सामनेवाले ये चारों भिखारी बस्ती की राई-बत्ती बात जानते थे। अपने पाप स्वीकार करने जाती हुई नवयुवतियों की मुद्राओं का अध्ययन तो विद्यार्थियों की तरह लौ लगाकर करते थे। जब वे बाहर निकलतीं तो उन्हें घूर-घूरकर देखते और भाँपते कि किसने क्या पाप किया है? छोटे से छोटे घपलों और कुछ बड़े-बड़े अपराधों की सारी जानकारी इन्हें थी। यों गिरजे की छाया में अपनी-अपनी जगहों पर पड़े-पड़े सोया करते, लेकिन बिना इनकी जानकारी के क्या मजाल है कि कोई मानसिक शान्ति के लिए चुपचाप गिरजे में चला आए। डॉक्टर को भी ये लोग समझते थे और उसका अज्ञान, उसकी निर्दयता, उसकी धनलिप्सा, उसकी तृष्णा और पाप—कुछ भी इनकी आँखों से छिपा नहीं था। उनके गंदे गर्भपातों और छठे-छमाहे कभी भीख में डाली गई बादामी पाइयों से भी इनका परिचय था। चूँकि सुबह की पूजा हो चुकी थी और इस समय इनका धन्धा ठण्डा पड़ा था इसलिए ये लोग भी जुलूस के पीछे-पीछे लग लिए। अपने जैसे मनुष्यों के विषय में सम्पूर्ण ज्ञान-प्राप्ति के ये अन्तहीन खोजी देखना चाहते थे कि बिच्छू काटे इस दरिद्र बालक के साथ मोटा-आलसी डॉक्टर आख़िर कैसा सलूक करता है।

यह हड़बड़ाता हुआ जुलूस आख़िर डॉक्टर के घर की दीवार में बने फाटक के सामने आ पहुँचा। छल-छल करता पानी, पिंजरों में बंद चिड़ियों की चूँ-चूँ और पत्थर की पटियों पर लम्बे-लम्बे झाड़ुओं की आवाज़ बाहर सुनाई दे रही थी। डॉक्टर के घर से सूअर का नमकीन मांस तलने की गन्ध आ रही थी।

एक क्षण को किनो असमंजस में पड़ रहा। यह डॉक्टर उसके अपने लोगों का डॉक्टर नहीं है, बल्कि यह तो उस जाति के लोगों का डॉक्टर है जिन्होंने चारेक सौ सालों से किनो की जाति के लोगों को पीटा है, भूखों मारा है, लूटा है और उन पर नफरत से थूका है—ताकि आदिवासी जब दरवाजे पर आएँ तो सहमते हुए आएँ, सिर झुकाकर मिमियाते हुए आएँ। और इसीलिए जैसा कि हमेशा होता है, आज किनो जब उस जाति के किसी व्यक्ति के पास आया था तो वह एक कमज़ोरी, भय के साथ-साथ गुस्सा भी महसूस कर रहा था। भय और क्रोध मन में होड़ लगाए थे। डॉक्टर से बात करने की बजाय उसे मार डालना उसके लिए ज़्यादा आसान काम था, क्योंकि डॉक्टर की जाति के सारे लोग किनो की जाति के सारे लोगों से यों बात करते थे जैसे वे शुद्ध जानवर हों। इसलिए जब फाटक के लोहे के कुण्डे की ओर उसने हाथ बढ़ाया तो उसका मन गुस्से से भर उठा था और घूँसे मारता शत्रु-संगीत उसके कानों में बजने लगा था, होंठ दाँतों पर कसकर चिपक गए थे, लेकिन बायाँ हाथ सिर का टोप उतारने के लिए अपने-आप उठ आया था। फाटक पर लोहे का कड़ा घनघनाया। टोप हाथ में लिए किनो राह देखता रहा। जुआना की बाँहों में कोयोतितो हल्के-हल्के कराह रहा था और वह उसे चुमकार रही थी। अच्छी तरह देखने और सुनने के लिए जुलूस आसपास ही भीड़ लगाए खड़ा था।

कुछ क्षण बाद फाटक ज़रा-सा खुला। दरार से किनो को बगीचे की हरी शीतलता और छल-छल करते छोटे-से फव्वारे की झलक मिली। फाटक से एक आदमी ने बाहर झाँककर देखा। यह किनो की अपनी बिरादरी का आदमी था। किनो ने अपनी प्राचीन भाषा में उसे बताया—"मेरे छोटे—पहलौठी के मुन्ने को बिच्छू ने डंक मार दिया है। किसी सयाने की विद्या से ही इसे आराम मिलेगा!"

डॉक्टर अपने कमरे में ऊँचे-से पलंग पर बैठा था। पेरिस से लाया हुआ, लाल रँगा ड्रेसिंग गाउन शरीर पर था जो बटन लगाने पर छाती के ऊपर कुछ छोटा पड़ता था। गोद में चाँदी का थाल रखा था। उसमें चाँदी की ही बनी चाकलेटदानी और अण्डे के छिलके जैसी पतली चीनी मिट्टी की नन्ही-सी प्याली थी। प्याली इतनी छोटी थी कि जब वह अपने बड़े-से हाथ से उसे उठाता तो अजब बेहूदा दिखाई देता—अँगूठे और उँगली की पोर से प्याली को पकड़े रहता, बाक़ी उँगलियाँ उड़ते पक्षी के डैनों की तरह इधर-उधर फैली रहतीं ताकि प्याली को पकड़ने के बीच में आएँ। फूले-फूले छोटे-छोटे थैलों में उसकी आँखें लटकी थीं और घोर असंतोष से

मुँह नीचे झूल आया था। शरीर बुरी तरह फूल गया था और गले तक आती चर्बी के दबाव से आवाज़ भोंडी और भारी हो गई थी। पास ही मेज पर एक एशियायी घण्टा और सिगरेट रखने की कटोरी रखी थी। कमरे का सारा साज-सामान भारी-भरकम, गहरे रंगों का और मनहूस-सा था। तस्वीरें सारी धार्मिक थीं। एक बड़ी-सी रंग-बिरंगी फोटो उसकी मृत पत्नी की भी लगी थी और अगर पत्नी को अपनी जायदाद की दान-दक्षिणा और गिरजे के पूजा-पाठ से स्वर्ग मिल पाया होगा तो इस समय वह स्वर्ग में ही विश्राम कर रही होगी। कभी, कुछ समय के लिए डॉक्टर का संबंध शेष लम्बी-चौड़ी दुनिया से भी रहा था और बाद की उसकी यह सारी ज़िंदगी फ्रांस की यादों या वहाँ के लिए ललकने में बीत रही थी। वह कहा करता–"उसे कहते हैं सभ्य लोगों की तरह जीना।" जिसका मतलब सिर्फ़ इतना था कि अपनी छोटी-मोटी आमदनी से वह एक रखैल रखता था और रेस्तराओं में खाना खा लेता था। उसने चाकलेट का दूसरा प्याला डाला और एक मीठे बिस्कुट को उँगलियों से मसलता रहा। फाटक से आकर नौकर ने कमरे का दरवाज़ा खोला और एक ओर खड़ा हो गया कि डॉक्टर का ध्यान उधर जाए तो कुछ कहे।

"हाँ, बोलो?" डॉक्टर ने पूछा।

"एक रेड-इंडियन बच्चे को लेकर आया हुआ है। कहता है, बिच्छू ने डंक मार दिया है।"

गुस्सा होने से पहले डॉक्टर ने प्याला मेज पर रखा और बोला, "कोई और काम नहीं है मुझे? इन कमीन रेड-इण्डियनों के कीड़े-मकोड़े काटे का इलाज करना ही रह गया है मेरे लिए? मैं आदमियों का डॉक्टर हूँ, मवेशियों का नहीं। समझे?"

"ठीक बात है अन्नदाता।" नौकर ने कहा।

"कुछ पैसा-वैसा है उसके पास?" डॉक्टर ने पूछा–"नहीं-नहीं, इन लोगों के पास कभी एक पाई नहीं होती। मैं...बस, बेगार करने के लिए दुनिया में एक मैं ही बचा हूँ? मेरी तो नाक में दम हो गया। देखो तो, कुछ पैसे-वैसे लाया है या नहीं?"

नौकर ने जाकर फाटक फिर ज़रा-सा खोला और प्रतीक्षा करते लोगों की ओर देखकर इस बार अपनी पुरानी भाषा में पूछा–"इलाज के लिए पैसे-वैसे लाए हो?"

अब किनो ने कम्बल के भीतर कहीं हाथ डालकर एक बेहद मुड़ा-तुड़ा कागज निकाला। एक-एक तह करके उसे खोला। आख़िर उसमें से मोतियों के आठ टूटे-फूटे-से दाने निकले। दाने बहुत भद्दे और फुड़ियों जैसे बदरंग थे। दबकर चपटे और बेकार हो गए थे–उनकी शायद अब कोई कीमत नहीं रह गई थी। पुड़िया लेकर नौकर ने फाटक फिर बन्द कर लिया। लेकिन इस बार उसने बहुत देर नहीं लगाई। वापस आकर इतना-सा फाटक खोला कि पुड़िया लौटाई जा सके।

"डॉक्टर साहब कहीं चले गए हैं।" उसने बताया–"कोई बड़ी बात हो गई

है इसलिए कोई उनको बुला ले गया है।" और मारे शर्म के उसने भड़ाक से फाटक बन्द कर लिया।

और शर्म की वह लहर सारे जुलूस में यहाँ से वहाँ तक दौड़ गई। लोग तितर-बितर हो गए। भिखारी वापस गिरजाघर की सीढ़ियों पर चले गए। बेकार लोग इधर-उधर हो गए और पड़ोसी किनो की इस दिन-दहाड़े बेइज्जती से आँखें चुराकर सरक गए।

जाने कब तक किनो फाटक के सामने खड़ा रहा। पास ही जुआना भी खड़ी थी। अदब दिखाने के लिए हाथ में लिया हुआ टोप फिर सिर पर रख लिया। और फिर अचानक फाटक पर एक ज़ोरदार घूँसा दे मारा। फिर सिर झुकाकर अपनी उँगलियों के फटे हुए गट्टों और उनके बीच से बहते ख़ून को चकित-सा देखता रहा।

2

यह कस्बा एक चौड़ी खाड़ी के किनारे बसा था और चूने की पीली-पीली इमारतों ने सागर-तट को प्रगाढ़ आलिंगन में बाँध रखा था। सागर के तट पर नायारित से लाई गई नीली-सफेद डोंगियाँ खींच-खींचकर डाल दी जाती थीं। पानी का असर रोकने वाले किसी ऐसे मसाले का सीपी जैसा सख्त लेप इन पर होता था कि पीढ़ी दर पीढ़ी ये ज्यों की त्यों बनी रहती थीं। इस मसाले का भेद सिर्फ़ मछुए ही जानते थे। डोंगियाँ काफी बड़ी-बड़ी और शानदार थीं—मुड़े धनुष के आकार का अगला भाग, पीछे की सुतवाँ पूँछ और बीचोबीच जड़ा हुआ वह भाग, जहाँ छोटा-मोटा पाल लगाने के लिए प्रयत्न को जमाया जा सके।

समुद्र-तट पर पीली रेत बिछी थी, लेकिन पानी के एकदम किनारे-किनारे रेत की बजाय सीपी-शंखों का चूरा और काई थी। चिकारा जैसी आवाज़ निकालनेवाले केकड़े, अपने रेतीले बिलों में बैठे-बैठे बुलबुले और थूक निकालते रहते और इधर उथ़ले में बजरी और रेत के घरों में झींगे कभी पानी के ऊपर सिर निकाल लेते और कभी गड़प से छिप जाते। सागर-तल रेंगने, तैरने और उगनेवाली चीजों से भरा पड़ा था। हल्की-हल्की धार में बादामी काई लहराती रहती और हरी-हरी जल-सर्पों जैसी घास कभी इधर और कभी उधर झूमती और नन्हे-नन्हे दरियाई घोड़े उसके तनों से लिपटे रहते। तले में इस सर्प-घाट की पट्टी पर, चितकबरी जहरीली मछलियाँ पड़ी रहतीं और उनके ऊपर तैरने वाले चमकीले रंगों के केकड़े धमाचौकड़ी मचाए रहते।

उधर तट पर बस्ती के भूखे और सूअर, चढ़ते ज्वार में वह आई किसी मरी

मछली या चिड़िया की तलाश में लगातार चक्कर लगाया करते।

यों कहने को भोर अपने यौवन पर थी, लेकिन धुंध की मरीचिका सामने फैली हुई थी। सारी खाड़ी के ऊपर अजब अनिश्चित-सी हवा छा गई थी। इसमें कुछ चीजें अपने आकार से बहुत बड़ी दीखती थीं और कुछ एकदम घुप हो गई थीं। सारा दृश्य बड़ा बनावटी-सा हो उठा था और जो कुछ दिखता था उस पर विश्वास नहीं होता था। सागर और धरती स्वप्न जैसे साफ़-तीखे, पर साथ ही धुँधले और अस्पष्ट-से दीखते थे। यही कारण होगा कि खाड़ी पर रहनेवालों को किसी चीज की दूरी, या स्पष्ट रूपरेखा, या दीखनेवाली चीजों की वास्तविकता के लिए अपनी आँखों पर उतना विश्वास नहीं था जितना विश्वास उन्हें अपनी आध्यात्मिक और कल्पना-दृष्टि से दीखनेवाली चीजों पर था। कस्बे के दूसरी ओर, खाड़ी के पार समुद्री पेड़ों का एक हिस्सा बहुत ही साफ़-सुथरा और कटा-छँटा नोक-पलक से दुरुस्त दिखाई देता था, दूसरी ओर उसी पेड़ का धुँधला काला-नीला ठूँठ दूह की तरह पड़ा था। तट का भाग, काफी दूर जाकर पानी जैसी दीखनेवाली झलमलाहट में जाकर खो गया था। जो कुछ दीखता है वह सचमुच वहाँ है ही। खाड़ी के लोग सोचते-समझते थे कि सभी जगह ऐसा ही होता होगा और इसमें उन्हें कुछ भी अनदेखा नहीं लगता था। पानी के ऊपर एक ताँबई धुंध छाई हुई थी और तपती सुबह का सूरज उस धुन्ध को और भी तपा रहा था और वह इससे इस तरह थरथराने लगा था कि उधर देखते ही आँखों में चौंधा लगता था। मछली-मारों के फूस के मकान, समुद्र-तट के पीछे, कस्बे के दाहिनी ओर पड़ते थे और उनके सामनेवाले खुले हिस्से में डोंगियाँ खींच-खींचकर डाल दी जाती थीं।

किनो और जुआना भारी कदमों से सागर तट पर होते हुए अपनी डोंगी के पास आ गए। किनो के पास दुनिया में कीमती कहने लायक कोई चीज थी तो यह डोंगी। डोंगी बहुत पुरानी थी। किनो का दादा इसे नायारित से लाया था। उसने इसे किनो के बाप को दिया और इस प्रकार यह उसे मिली। यह उसकी जायदाद भी थी और जीविका का आधार भी। क्योंकि जिस मछुए के पास नाव है वह अपनी औरत को कुछ न कुछ खिलाने का जिम्मा तो ले ही सकता है। भूखों मरने की हालत से लड़ने के लिए यही मोर्चा सही। हर साल किनो, सीपी जैसा सख्त मसाला लगाकर डोंगी की मरम्मत कर लेता था। यह रहस्यमय तरीका भी नाव के साथ-साथ उसे अपने बाप से मिला था। लंगर का पत्थर, एक डलिया और दो रस्सियाँ वह डोंगी के पास रेत में ही रखता था। उसने कम्बल को तह करके 'कमान' में बिछा दिया।

जुआना ने कोयोतितो को कम्बल पर लिटाकर अपनी ओढ़नी से इस तरह ढक दिया कि धूप सीधी ऊपर न पड़े। बच्चा अब चुप हो गया था, लेकिन कन्धे की सूजन गर्दन और कनपटी तक बढ़ आई थी और उसका चेहरा फूलकर ज्वर-ग्रस्त

हो उठा था। जुआना पैरों से पानी ठेलती हुई समुद्र में घुस गई। यहाँ उसने कुछ बादामी सिवार इत्यादि जमा की और उसकी गीली पुल्टिस जैसी टिकिया बनाकर बच्चे के सूजे हुए कन्धे पर रख दी। क्या कोई डॉक्टर बताएगा ऐसा इलाज? हाँ, इस इलाज में वह रोब कहाँ? बेहद सीधा-सीधा और बिना पैसे-टके का जो इलाज था। कोयोतितो को फिर पेट की ऐंठन नहीं हुई। उसका सारा जहर जुआना ने शायद समय से ही चूस फेंका था, लेकिन अपने इकलौते की चिन्ताएँ तो नहीं चूस पाई थी। बच्चे के ठीक होने के लिए सीधे-सीधे प्रार्थना उसने भले ही न की हो, लेकिन यह तो वह मना ही रही थी कि जैसे भी हो, आज उन्हें एक मोती ज़रूर मिल जाए, तो डॉक्टर की फीस देकर बच्चे को दिखा दें।...खाड़ी की मरीचिका की तरह कितना खोखला होता है आदमी का मन भी।

अब किनो और जुआना दोनों ने मिलकर डोंगी को किनारे से पानी में सरका दिया। सामने से धनुषाकार हिस्सा पानी में तैरने लगा तो लपककर जुआना ऊपर चढ़ गई और किनो पीछेवाले हिस्से को ठेलता हुआ साथ-साथ पानी में चलने लगा। डोंगी बड़े बेमालूम तरीके से पानी पर तैरने और थपेड़े मारती छोटी-छोटी लहरों पर काँपने लगी थी। जुआना और किनो ने मिलकर सागर में चप्पू खेने शुरू कर दिए तो नाव पानी की सतह चीरती सपाटे से आगे बढ़ने लगी। मोती खोजनेवाले दूसरे मछुए बहुत पहले ही निकल गए थे। ज़रा देर में ही वे धुन्ध के पार घोंघोंवाली पट्टी के ऊपर एक साथ झुण्ड बनाए झलमलाते नज़र आने लगे।

पानी से छन-छनकर रोशनी नीचे तले तक जा रही थी—जहाँ ऊबड़-खाबड़ ज़मीन के साथ, मोतियोंवाले लहरदार घोंघे चिपके पड़े थे। ज़मीन पर दुनिया-भर के खुले और टूटे घोंघों की सीपियाँ बिखरी थीं। यही तो वह पट्टी थी जिसने स्पेन के सम्राट को यूरोप की महान शक्ति के रूप में उठाकर स्थापित कर दिया था, उसकी लड़ाइयों के खर्चे जुटाने की मदद की और अन्त समय में उसकी आत्मा की शान्ति के लिए गिरजाघरों को दुनिया-भर के साज-सामान से जगमगा दिया था। ऊपर के खोल पर लहँगों जैसी चुन्नटोंवाले भूरे-भूरे घोंघे, चिपचिपी सतहवाले घोंघे, जिनकी चुन्नटों से चिपके छोटी-छोटी जल-घास के तिनके झूलते थे और उनके ऊपर नन्हे-नन्हे केकड़े यहाँ-वहाँ रेंगते दीखते थे। इन घोंघों की ज़िंदगी में कभी एक संयोग घटित हो जाता है। मांसपेशियों की किसी तह में रेत का कोई जर्रा फँसकर, काँस में जलन पैदा करने लगता है। आख़िर आत्मरक्षा की प्रेरणा से मांस, इस जर्रे पर मुलायम-से सीमेंट की परत लपेट लेता है। लेकिन जहाँ एक बार यह क्रिया शुरू हुई कि मांस इस अतिथि-कण को लगातार उसी द्रव में लपेटता रहता है। हाँ, ज्वार के कारण किसी उथल-पुथल की चपेट में आ जाने, या घोंघे के ही नष्ट हो जाने से वह जर्रा छिटककर अलग हो जाए तो बात दूसरी है। सदियों से लोग डुबकी लगाकर तले

में जाते हैं, उस पट्टी में फैले घोंघों को तोड़कर लाते हैं फिर इसी द्रव-लिपटे रेत के कण की तलाश में इन्हें चीर-चीरकर देखते हैं। मछलियों के झुण्ड के झुण्ड इस पट्टी के आसपास मँडराया करते हैं, ताकि इन खोजी गोताखोरों द्वारा तोड़कर फेंके गए बेकार घोंघे उनसे दूर न जा पाएँ और खोल के अंदर के चमकीले हिस्सों को ये मछलियाँ कुतर-कुतरकर खाती रहें। लेकिन मोतियों का होना तो संयोग और उन्हें पा लेना सौभाग्य है—यानी इसकी पीठ पर भगवान, या देवताओं, या दोनों का हाथ होना ज़रूरी है।

किनो के पास दो रस्सियाँ थीं, एक में भारी पत्थर बँधा था और दूसरी में एक डलिया। उसने झटके से अपनी कमीज और पतलून खोलकर एक ओर फेंके और टोप को डोंगी के तले में रख दिया। पानी में तेलिया चिकनाहट थी। एक हाथ से पत्थर उठाया और डोंगी के किनारे से पैरों के बल पानी में सरक गया। पत्थर का ढोंका उसे तले की ओर खींचता ले चला। उसके पीछे बुलबुले उठते रहे। फिर पानी साफ़ हुआ तो उसे साफ़ दिखाई देने लगा। ऊपर पानी की सतह पर कौंधा मारते शीशे जैसी चिलक थरथरा रही थी—वहीं डोंगियों के पेंदे यहाँ-वहाँ चिपके हुए जड़े थे।

रेत और कीचड़ से पानी गँदला न हो, इसलिए किनो बड़ी होशियारी से आगे बढ़ा। पत्थर में लगे फंदे में उसने अपनी एक टाँग फँसा ली और जल्दी-जल्दी हाथ चलाते हुए घोंघे तोड़ने लगा। अकेला हाथ आ गया तो अकेला और गुच्छा हाथ लग गया तो गुच्छा। सबको डलिया में डालता जाता था। कहीं-कहीं तो घोंघे एक-दूसरे से ऐसे चिपके थे कि गुच्छे के गुच्छे ही उठे चले आए।

जो भी कुछ होता था उस सबको लेकर किनो की जाति के लोगों ने गीत बना लिए थे। उन्होंने मछलियों के गीत रचे थे, शान्त और क्षुब्ध सागर के गीत गाए थे, अँधेरे और उजाले, सूरज और चंदा के गीत गाए थे। और कभी भी किसी ने जो गीत बनाए थे, वे सारे के सारे गीत, यहाँ तक कि भूले-बिसरे गीत, वे सब किनो के अपने भीतर और उसकी जाति के लोगों के भीतर आज तक गूँजते थे। इसलिए जैसे-जैसे वह अपनी डलिया भरता जाता था, उसके मन में गीत उभरता आ रहा था। रुकी हुई साँस से जीवन-वायु पीता और धक्-धक् करता उसका हृदय गीत की ताल था और भूरा-हरा पानी, इधर-उधर उछल-कूद करते जल-जीव और मछलियों का वह बादल जो एक बार चारों ओर फैलकर नौ-दो ग्यारह हो गया था—ये सब उस गीत की रागिनी थे। लेकिन उस गीत के भीतर छोटा-सा एक और रहस्यमय गीत छिपा था—एकदम अदृश और निराकार, लेकिन जिद्दी बच्चे की तरह हमेशा बना रहनेवाला, बहुत मधुर और अत्यंत गोपन—और उलट-रागिनी के भीतर छिपा बैठा यह गीत था किसी संभावित मोती का गीत—कौन जाने डलिया में फेंकी गई

हर सीपी में एक-एक नन्हा-मुन्ना मोती सो रहा हो! अवसर इसके विरुद्ध था, लेकिन हो सकता है, भाग्य और देवता उसका ही साथ दें! और किनो जानता था कि ऊपर डोंगी में बैठी जुआना, देवताओं के हाथ से सौभाग्य छीनने के लिए प्रार्थना-मंत्र पढ़ रही है—अपने कठोर चेहरे और कसी मांसपेशियों के साथ इस जादू से भाग्य को जबर्दस्ती उसकी ओर ठेले दे रही है, क्योंकि कोयोतितो के सूजे कन्धे के लिए आज उसे सौभाग्य की ज़रूरत है। और चूँकि ज़रूरत और इच्छा बहुत जबर्दस्त है इसलिए मोती-रागिनी चाहे जितनी क्षीण और अदृश हो—आज की सुबह से ही बार-बार उभर रही है। समुद्र-तल वाले इस गीत में उस रागिनी का एक-एक शब्द सुस्पष्ट और मधुर सुनाई पड़ रहा है।

अपने जोश, जवानी और ताकत के कारण किनो बिना खास दिक़्क़त के पानी के भीतर दो मिनट से भी ऊपर बना रहा और बड़ी से बड़ी सीपियाँ छाँटता हुआ संयत-भाव से अपने काम में लगा रहा। इस उथल-पुथल से घोंघों की सीपियाँ खूब कसकर बंद हो गई थीं। उसके थोड़ा दाहिनी ओर ऊबड़-खाबड़ पत्थर का एक टीला-सा खड़ा था, उस पर छोटे-छोटे घोंघे लदे थे-जो अभी तोड़ने लायक नहीं हुए थे। घूमकर किनो इस टीले के पीछे की ओर बढ़ा। तभी उसकी निगाह टीले की बगल में, सामने निकले पत्थर के नीचे पड़े एक बहुत बड़े घोंघे पर जा पड़ी। घोंघा एकदम अकेला था और उसके आसपास कोई भाई-बन्द नहीं चिपका था। चूँकि सामने निकले पत्थर इस पुराने घोंघे की आड़ किए हुए थे, इसलिए सीपी का मुँह अभी भी ज़रा-सा खुला हुआ था। होंठों जैसी इस पेशी के बीच किनो को एक स्वर्गीय चमक दिखाई दी ही थी कि सीपी का मुँह बन्द हो गया। भारी ताल देता हुआ उसका दिल धक्-धक् कर उठा और सम्भावित मोती की रागिनी उसके कानों में झनझना उठी। धीरे-धीरे खींचकर उसने घोंघे को उस जगह से छुड़ाया और कसकर छाती से चिपका लिया। पाँव झटककर पत्थर में फँसा फंदा अलग किया तो उसका शरीर सतह पर उठता चला आया। उसके काले-काले गीले बाल पानी में चमक उठे। डोंगी के किनारे पर चढ़कर उसने घोंघे को नाव के तले में जा रखा!

जब वह चढ़कर ऊपर आया तो जुआना नाव को हिलने-डुलने से रोके रही। उत्तेजना से उसकी आँखें दमक रही थीं, लेकिन भलमनसाहत में उसने पहले पत्थर खींचा, फिर घोंघोंवाली डलिया खींचकर दोनों को उठाकर नाव में रख लिया। जुआना ने उसकी उत्तेजना ताड़ ली थी, लेकिन दूसरी ओर देखने का बहाना किए रही। किसी चीज की इतनी अधिक कामना करना अच्छा नहीं होता। इससे कभी-कभी सौभाग्य और भी दूर भाग जाता है। जितनी ज़रूरत हो, बस उतनी ही कामना करो। और फिर भगवान और देवताओं के साथ तो और भी चतुराई बरतने की आवश्यकता है। लेकिन जुआना की साँस गले में ही अटकी हुई थी। किनो ने बड़े निरुद्विग्न-भाव

से अपना छोटा-सा मजबूत चाकू खोला और तोलती-सी निगाह घोंघे पर डाली। अच्छा हो, उस घोंघे को सबसे बाद में खोला जाए। उसने एक छोटा-सा घोंघा पहले उठाया, उसे चाकू से चीरा, तहों में मोती तलाश किया और पानी में फेंक दिया। तब उसने ऐसा भाव दिखाया, मानो उस बड़े घोंघे को पहले-पहल ही देख रहा हो। आलथी-पालथी मारकर डोंगी के तले में बैठ गया और घोंघे को हाथ में लेकर उलट-पलट देखने लगा। नालियाँ काली से बादामी होती हुई चमक रही थीं और ऊपर से सीप पर बहुत ही कम चीजें चिपकी थीं। किनो का मन उसे खोलने को नहीं कर रहा था। वह जानता था, जो कुछ दीखा है वह रोशनी की परछाईं भी हो सकती है। हो सकता है, किसी सीपी का कोई चपटा-सा टुकड़ा ही संयोग से उसमें सरक गया हो, या हो सकता है, कुछ भी न हो और उसकी आँखों का शुद्ध भ्रम ही हो। इस खाड़ी में यों ही रोशनी का कभी कुछ भी ठीक नहीं होता, सो यहाँ वास्तविकता की अपेक्षा भ्रान्तियों की ही गुंजाइश ज़्यादा है।

लेकिन जुआना की आँखें तो उसी पर टिकी थीं और उससे राह देखते नहीं बन रहा था। एक हाथ उसने कोयोतितो के ढके सिर पर रखा और निहायत ही मुलायम स्वर में कहा—"इसे खोलो न!"

उसने बड़ी होशियारी से चाकू खोलकर किनारे पर रखकर भीतर तक फाड़ दिया। काटते हुए मांस का सिकुड़कर और भी सख़्त पड़ते जाना उसने अपने चाकू के फल पर महसूस किया। सटी हुई पेशियों में चाकू का फल अड़ाकर जो ज़ोर लगाया तो सीपी अलग जा पड़ी। होंठ जैसा मांस सिकुड़कर पहले ऐंठा और फिर ठण्डा पड़ गया। किनो ने मांस का लोथड़ा उठाकर देखा, पूनम के चाँद-सा मोती दप्-दप् कर रहा था। प्रकाश उस पर पड़कर निर्मल हो जाता था और उसमें से रुपहली आभा की किरणें फूट रही थीं। हंस के अंडे जितना आकार था। वह दुनिया का सबसे बड़ा और महान मोती था।

जुआना की साँस गले में फँस गई और वह जैसे बेचैनी से कराह उठी। और किनो के भीतर सोई, संभावित मोती की गोपन रागिनी अब अपने सुन्दरतम और स्पष्टतम रूप में फूट पड़ी—कैसी समृद्ध, भावोच्छ्वसित और प्रिय, कैसी उजली, ललकारती और विजयिनी रागिनी थी वह। मोती की सतह पर उसे अपने सपनों की छायाएँ तैरती दीखने लगीं। मुर्दार होते गोश्त से उसने मोती अलग किया और हथेली पर रख लिया। उलट-पलटकर देखा कि उसकी हर नोक-पलक एकदम दुरुस्त है। उसकी हथेली में रखे मोती को और भी गौर से देखने के लिए जुआना पास खिसक आई। यही तो वह हाथ था जिसे उसने डॉक्टर के फाटक पर दे मारा था। उँगलियों की गाँठों पर फटा मांस अब समुद्री पानी के कारण भूरे रंग का हो गया था।

अपने-आप ही जुआना, बाप के कम्बल पर सोए पड़े कोयोतितो के पास आ गई। समुद्री घास की पुल्टिस हटाकर उसने कन्धा देखा तो भर्राए गले से चीख़ उठी—"किनो!"

मोती के ऊपर से निगाह फेंककर किनो ने देखा, मुन्ने के कंधे की सूजन कम हो रही थी और उसके शरीर से अब जहर उतर रहा था। और तब किनो की मुट्ठी मोती के ऊपर कस उठी और भावनाओं का ज्वार उसे बहा ले गया। सिर को झटके से पीछे फेंका और एक ज़ोरदार चिंघाड़ मारी। उसकी आँखें फैल गईं और वह ज़ोर-ज़ोर से चीख़ने लगा। उसका शरीर सख्त हो उठा। दूसरी डोंगियोंवाले लोगों ने उधर सिर घुमाकर देखा तो चौंक पड़े, और फिर अपने-अपने चप्पुओं से समुद्र का पानी उलीचते अन्धाधुन्ध किनो की डोंगी की ओर दौड़ पड़े।

3

कस्बा, अनेक नस्लों और तत्त्वों के मिश्रण से बने प्राणी जैसा ही सजीव होता है। उसकी अपनी स्नायु-प्रणाली होती है, अपना सिर, अपने कन्धे और अपने पैर होते हैं। एक कस्बा दूसरे कस्बे से एकदम अलग होता है और कोई भी दो कस्बे एक जैसे नहीं होते। हर कस्बे की अपनी स्वतंत्र और सम्पूर्ण आत्मा, अपना भावना-जगत् होता है। ख़बरें वहाँ कैसे चलती और फैलती हैं, इस रहस्य का पता लगाना बड़ी टेढ़ी खीर है। अपनी-अपनी बाड़ों और मुँडेरों पर झुककर एक-दूसरे से सिर जोड़े औरतों और धक्कामुक्की करते अन्धाधुन्ध भागते बच्चों के मुँह से बात निकलने के पहले ही ख़बरें सारी बस्ती में आग की तरह फैल जाती हैं।

किनो, जुआना और दूसरे मछुए अपनी-अपनी फूस की झोंपड़ियों में वापस भी नहीं पहुँचे थे कि उधर बस्ती की नसें इस ख़बर से झनझना और थरथरा रही थीं कि किनो को दुनिया का सबसे बड़ा मोती मिला है। हाँफते हुए लड़कों के मुँह से हकलाते शब्द निकलने से पहले ही उनकी माँओं को पता लग गया था। और यह ख़बर झागदार समुद्री लहर की तरह एक ही झपाटे में झोंपड़ियों को पार करती हुई पत्थर-चूनेवाले मकानों पर जा फैली थी। बगीचे में टहलते पादरी के पास ख़बर की यह लहर आई तो आँखों में चिन्ता के बादल घिर आए। एक साथ ही उसे गिरजाघर की कुछ ज़रूरी मरम्मत का ध्यान हो आया। 'कितने का होगा मोती?'—वह मन ही मन हिसाब लगाने लगा। तभी ख्याल आया कि पता नहीं उसने किनो के बच्चे का नामकरण-संस्कार कर दिया है या नहीं। या इस धर्म-दीक्षा के लिए उसकी बाकायदा शादी भी कर दी है या नहीं। ख़बर दुकानदारों के पास आई तो उन्हें मर्दाने कपड़ों

का ख्याल हो आया जो छठे-छमाहे कभी एकाध बिक जाते थे और दुकान में पड़े-पड़े सूख रहे थे।

जब डॉक्टर को ख़बर मिली, वह किसी मरीज औरत के पास बैठा था। औरत की मूल बीमारी तो बढ़ी उम्र थी, लेकिन इस सत्य को डॉक्टर और मरीज दोनों ही स्वीकार करते कतराते थे। जैसे ही पता चला कि यह किनो कौन है तो वह पलक मारते ही बेलौस और इन्साफ़ी हो उठा। बोला–"मेरा ही मरीज है। मैं उसके बच्चे का, बिच्छू काटे का इलाज कर रहा हूँ।" मोटे-मोटे पपोटों में उसकी आँखें खुल आईं और उसे पेरिस याद हो आया। उसे वह कमरा याद हो आया जिसे वह बड़ी लम्बी-चौड़ी एय्याशी की जगह मानकर रहा करता था। उस कठोर चेहरेवाली औरत का ख्याल आया जो उन दिनों बड़ी खूबसूरत और सरलहृदय लड़की थी–जबकि वास्तविकता यह थी कि वह इन तीनों में से कुछ भी नहीं थी। डॉक्टर सामने बैठी उस बुढ़िया के पार देख रहा था–मानो वह पेरिस के रेस्त्राँ में बैठा है और बैरे ने अभी-अभी उसके लिए शराब की बोतल लाकर खोली है।

गिरजे के सामने भिखारियों को ख़बर बहुत पहले ही मिल गई थी, और खुशी से उनकी बाछें खिली जा रही थीं। वे जानते थे, किसी गरीब को अगर यों छप्पर फाड़कर धन मिले तो उस जैसा औढरदानी दूसरा नहीं होता।

किनो को दुनिया का सबसे बड़ा मोती मिला है। कस्बे के अपने छोटे-छोटे दफ्तरों में मछुओं से मोती खरीदनेवाले व्यापारी बैठे थे। अपनी-अपनी गद्दियों में बैठे-बैठे ये मोतियों के आने की राह देखा करते और जैसे ही कोई मोती आता कि भाव-ताव के लिए जो चिल्लपों, हाथापाई, गाली-गलौज करते कि ख़ुदा की पनाह! और जब अच्छी तरह देख लेते कि मछुआ इससे कम भाव पर किसी भी हालत में तैयार है तो सौदा कर डालते। लेकिन एक खास कीमत से नीचे उतरने की हिम्मत इन्हें भी नहीं होती थी, क्योंकि कभी-कभी ऐसा भी हो जाता था कि कोई मछुआ बेहद ही हताश हो उठता और झुँझलाकर अपना मोती गिरजाघर को दान कर डालता। और जब सौदा पट जाता तो ये व्यापारी अकेले में बैठे अपनी चंचल उँगलियों से मोतियों को उलटते-पलटते हुए मनाया करते–काश, ये मोती उनके अपने होते! वास्तव में खरीदार कई नहीं, एक ही था और होड़ का आडम्बर बनाए रखने के लिए वह अलग-अलग दफ्तरों में इन सब दलालों को बैठाए रखता था। इस मोती की ख़बर पाते ही इनकी पलकें जल्दी-जल्दी झपकने लगीं, उँगलियों की पोरों में चुनचुनाहट होने लगी और हरएक सोचने लगा कि मालिक अमर होकर तो आया नहीं है। आख़िर कभी न कभी तो मरेगा तब कोई दूसरा उसकी जगह ले लेगा। हरएक के मन में यही बात आई कि क्यों न वह खुद ही थोड़ी-बहुत पूँजी लगाकर अपना कारोबार शुरू कर दे!

जिनके पास कुछ भी बेचने को था या जिनका जरा भी किनो से स्वार्थ सधता था, उन सभी लोगों की दिलचस्पी अब किनो में बढ़ गई थी। मानो मोती के मूल तत्त्व से मनुष्य का मूल तत्त्व एकाकार हो गया था, और इसके अतिरिक्त जो भी कुछ था वह सब गाढ़ी कालिमा के सागर में डूबता चला जा रहा था। अचानक हर कोई किनो के मोती से सम्बन्धित हो उठा था, और किनो का मोती था कि हरएक के सपनों में, आशाओं में, योजनाओं और कार्यक्रमों में, इच्छाओं और ज़रूरतों में, तृष्णाओं में और भूखों में भीतर तक समा गया था—और उन सबका रास्ता रोके खड़ा था किनो नाम का आदमी! यही कारण था कि किनो कुछ अजीब तरीके से एकसाथ सबका दुश्मन बन बैठा था। यह ख़बर मानो कस्बे के अन्तर्तम में छिपी किसी अतल कालिमा और कुटिलता को मथकर ऊपर ले आई थी। भाप बन-बनकर घुलती हुई यह कालिमा मानो एक विषैला बिच्छू हो, खाने की गंध से जागी हुई दुर्दान्त भूख हो, प्यार से वंचित होने पर मन को पीसता असहाय अकेलापन हो। कस्बे की जहर-कुप्पियाँ अब जहर उगलने लगी थीं और उस जहर के दबाव से मानो सारा कस्बा फूलकर फुफकार करने लगा हो।

लेकिन किनो और जुआना इस सबसे एकदम बेख़बर थे। जैसे वे उल्लास और उत्तेजना से पागल थे उसी तरह सोचते थे कि सारी दुनिया उनकी खुशी से खुश है। जुआन टामस और अपोलोनियाँ भी खुश थे और वे क्या दुनिया नहीं थे? साँझ को जिस समय सूरज सरहद पारवाले पहाड़ों को लाँघकर दूसरी तरफ़ के सागर में डूबने चला गया था, उस समय किनो अपनी झोंपड़ी में पत्नी के पास आलथी-पालथी मारकर बैठा था। झोंपड़ी पड़ोसियों से भरी थी। किनो ने मोती हाथ में ले रखा था और मानो उसके हाथ में वह गरम और सजीव हो उठा था। मोती का गीत परिवार के गीत में कुछ इस तरह घुल-मिल गया था कि एक दूसरी सुन्दरता में चार चाँद लगा रहा था। किनो के हाथवाले मोती को देख-देखकर पड़ोसी लोग मन ही मन सोच रहे थे कि ख़ुदा जब किसी को देता है तो यों छप्पर फाड़कर देता है।

भाई होने के नाते जुआन टामस किनो के दाहिने बैठा था। वह पूछने लगा—"अब तो तू पैसेवाला हो गया है। अब क्या-क्या कर डालने का इरादा है तेरा?"

किनो मोती की तरफ़ टकटकी लगाए देख रहा था। जुआना ने पलकें नीची कर लीं और ओढ़नी फैलाकर चेहरा ढक लिया—कहीं लोग उसकी खुशी को न ताड़ लें। और किनो के सामने मोती की जगर-मगर में वे सारी चीजें एक-एक करके साकार होने लगीं जो अक्सर उसके मन में आया करती थीं, लेकिन जिन्हें असम्भव मानकर उनके बारे में सोचना उसने छोड़ दिया था। मोती में उसने देखा—जुआना, कोयोतितो और वह स्वयं एक ऊँची-सी वेदी के सामने झुके खड़े हैं। उनका विवाह हो रहा है। अब वे दक्षिणा दे सकने की हालत में हैं न! उसने धीरे से कहा—"हम लोग

गिरजा में जाकर शादी करेंगे।''

मोती के पटल पर ही उसे दिखाई दिया कि वे कैसे कपड़े पहने हैं। नई-निकोर खड़-खड़ करती ओढ़नी है, नया लहँगा है और लहँगे के नीचे से दीखते हैं जुआना के नए-नए जूते। पूरी की पूरी तस्वीर मोती में से ही उजली-उजली झाँक रही थी। सिर पर चटाई का बुना नहीं, नम्दे का नया बढ़िया टोप है और उसके पैरों में बाकायदा जूते हैं—ये भौंडे, बेडौल चप्पल नहीं, फीते से बाँधनेवाले जूते! कोयोतितो, उसका इकलौता कोयोतितो अमेरिका के बने खलासियों के सूट में है और मल्लाहोंवाली टोपी लगाए है। एक बार सैलानियों की एक नाव खाड़ी में आकर रुकी थी, तब किनो ने वैसी टोपी देखी थी। उस तेजोज्ज्वल मोती में किनो ने यह सब देखा और बोल उठा—''हम लोग नए-नए कपड़े खरीदेंगे।''

और मोती का गीत ढोल-नगाड़ों का सम्मिलित राग बनकर उसके कानों में गूँजने लगा।

और तब मोती की उस प्यारी-प्यारी भूरी सतह पर वे छोटी-छोटी चीजें उभरने लगीं जिनकी किनो को ज़रूरत थी। पिछले साल मछली मारने की बर्छी खो गई थी, उसकी जगह नई शिकारी बर्छी, लोहे के फल और पीछे डण्डे में कड़ा लगी नई बर्छी! बहुत डरते-हिचकिचाते हुए-से उसके मन में आया, एक बंदूक भी! हाँ, हाँ, क्यों नहीं? अब तो पैसे की कोई कमी नहीं रही, फिर बंदूक क्यों नहीं? और किनो को मोती के भीतर एक दूसरा किनो खड़ा दिखाई दिया—हाथ में विंचेस्टर बंदूक लिए दूसरा किनो खड़ा था। जन्म-जन्मान्तर का स्वप्न और चरम सुख का क्षण होगा किनो के लिए वह। उसके झिझकते-से होंठ फड़के और शब्द निकले—''एक बंदूक! हो सकेगा तो एक बंदूक भी लूँगा।''

बंदूक एक ऐसी चीज थी जिसने मन की रही-सही रुकावटें भी तोड़ डालीं। वह...वह बंदूक रखने की बात सोच सकता है। अब तो उसे लगा कि सारा दिगन्त यहाँ से वहाँ तक फट गया है और वह उसमें दौड़ पड़ा है। कहते हैं, आदमी की तृष्णा कभी नहीं मरती। आदमी को एक चीज दो तो वह दूसरी की चाहना करने लगेगा। बात निन्दा के रूप में कही जाती है, लेकिन यही तो मानव का सर्वोपरि मानसिक गुण है और उसे जानवरों से ऊँचा उठा देता है। जानवरों का क्या है, जो कुछ मिल गया, बस उसी में खुश है।

झोंपड़ी में ठसाठस भरे और मौन पड़ोसी लोग किनो की इन ऊल-जलूल कल्पनाओं पर सिर हिला रहे थे। पीछे कहीं कोई बुदबुदाया—''बंदूक! अरे, वो बंदूक लेगा!''

लेकिन किनो के भीतर तो मोती का संगीत विजयोन्मत्त और तीखे स्वर में झनझना रहा था। जुआना ने मुँह उठाकर किनो की तरफ़ देखा। उसकी हिम्मत और

कल्पना-शक्ति पर उसकी आँखें फटी रह गईं। दिगन्तों को उसने जूते की नोक पर उड़ा दिया था और नस-नस में शक्ति की बिजलियाँ दौड़ रही थीं। उसने मोती में देखा, कोयोतितो स्कूल में चौकी पर बैठा पढ़ रहा है, ठीक उसी तरह, जैसा उसने एक बार खुले दरवाजे से बच्चों को पढ़ते देखा था। कोयोतितो ने जाकेट पहन रखी है, सफेद कालर लगा रखा है और उस पर चौड़ी-चौड़ी रेशमी टाई डाटे है। बड़े-से कागज पर कोयोतितो कुछ लिख रहा है और तैश में किनो ने पड़ोसियों की दिशा में देखकर कहा—"मेरा कोयोतितो पढ़ने के लिए पाठशाला जाएगा।" सुनकर पड़ोसियों को जैसे साँप सूँघ गया। सहसा जुआना की साँस रुक गई। किनो को देख-देखकर उसकी आँखें चमक रही थीं। झट उसकी निगाह गोदी में लेटे कोयोतितो के चेहरे की ओर उठ गई—'हाय, सचमुच कभी ऐसा होगा!'

लेकिन किनो के चेहरे पर भविष्य की परछाइयाँ नाच उठी थीं—"मुन्ना पढ़ेगा, बड़ी-बड़ी किताबें पलटेगा। मुन्ना लिखना सीखेगा और लिखा करेगा। मुन्ना हिसाब सीखेगा। और इसका यह सारा ज्ञान हमें जहालत से छुड़ाएगा, स्वतन्त्र करेगा। क्योंकि तब तो इसे सारी बातों की जानकारी हो जाएगी न। यह जानेगा तो इससे हम सब जानेंगे।" और किनो ने मोती में देखा कि झोंपड़ी में वह और जुआना चूल्हे के पास आलथी-पालथी मारे बैठे हैं, कोयोतितो पास बैठा-बैठा एक किताब, बड़ी-सी हिसाब पढ़ रहा है। किनो बोला—"यह सब इस मोती की बदौलत होगा।" सारी ज़िंदगी में उसने कभी इतने सारे शब्द एकसाथ नहीं बोले थे। सहसा अपनी बातों से वह खुद ही सहम उठा। उसकी मुट्‌ठी खुद-ब-खुद बंद हो गई और मोती का जगमगाना बंद हो गया। जैसे बिना कुछ समझे-बूझे 'मैं यह करूँगा' कहनेवाला व्यक्ति अपनी ही बात से भयभीत हो जाता है, ठीक उसी तरह किनो भी भयभीत हो उठा।

पड़ोसी जानते थे कि उनकी आँखों के आगे एक महान चमत्कार घटित हो रहा है। उन्हें यह भी पता था कि अब समय का हिसाब किनो के मोती से लगाया जाया करेगा और अगले अनेक वर्ष वे इस क्षण का जिक्र किया करेंगे, इस पर बहसें किया करेंगे। अगर से सारी बातें सच हो गईं तो लोग याद किया करेंगे कि किनो ने उस समय क्या-क्या बातें कही थीं, किस तरह उसकी आँखें चमक रही थीं। लोग कहा करेंगे—'उस आदमी का तो जैसे कायापलट ही हो गया। जैसे उसे कोई शक्ति मिल गई थी। बस, तभी से सारा रंग बदलने लगा। अरे, उस क्षण के बाद ही से वह इतना बड़ा आदमी हो गया। मैंने खुद अपनी आँखों से देखा।'

और अगर किनो की सारी योजनाएँ शेखचिल्ली की बकवास साबित हुईं तो वही पड़ोसी कहेंगे—'बस, तभी से रंग बदलने लगा। वह तो जैसे एकदम पगला उठा और अजीब बहकी-बहकी बातें करने लगा। भगवान बचाए ऐसी मुसीबत से! हाँ, हाँ, भगवान ने किनो को इसीलिए सजा दी कि वह उसके बनाए नियमों के ख़िलाफ़

हो गया था। आज उस बेचारे की क्या हालत हो गई। उसकी अकल पर कैसे पत्थर पड़ गए थे, मैंने खुद अपनी आँखों से देखा।'

किनो निगाहें झुकाए अपनी बंद मुट्ठी और उँगलियों के घायल गट्टों को देख रहा था। जहाँ उसने उन्हें फाटक पर मारा वहाँ उसकी खाल छिलकर सख्त और खुरदरी हो गई थी।

अब साँझ का धुँधलका घिरता चला आ रहा था। जुआना ने बच्चे के नीचे से ओढ़नी लेकर इस तरह गाँठ लगा ली कि वह उसके कूल्हे के पास झूलने लगा। फिर चूल्हे के पास जाकर राख से कोयला कुरेदा, फूस के थोड़े-से तिनके डाले और फूँका तो आग की एक लपट निकलने लगी। नाचती लपट की परछाईं पड़ोसियों के चेहरों पर पड़ रही थी। उन्हें भी लगा कि अब अपने-अपने घर जाकर खाना खाने की बेला हो गई है, लेकिन वहाँ से उठकर जाने को किसी का भी मन नहीं कर रहा था।

अँधेरा पूरी तरह गहरा आया था और जुआना की आग झोंपड़ी की दीवारों पर परछाइयाँ फेंक रही थी, तभी एक मुँह से दूसरे मुँह होती हुई फुसफुसाहट फैल गई—"फादर आ रहे हैं। पुजारी जी आ रहे हैं।" पुरुषों ने सिरों के कपड़े उतार लिए और दरवाजे से दो कदम पीछे हटकर खड़े हो गए। औरतों ने ओढ़नियाँ सँभालकर घूँघट ठीक किए और नज़रें नीची कर लीं। किनो और उसका भाई जुआन टामस स्वागत में उठ खड़े हुए। पुजारी जी ने अंदर प्रवेश किया—सफेद बाल, पकी उम्र, पुरानी झुर्रियोंदार खाल, लेकिन तेज़-तीखी जवान आँखें। बच्चे हैं...वह इन सबको बच्चा समझता था और उनके साथ वैसा ही व्यवहार करता था।

"किनो!" पुजारी जी ने मुलायम स्वर में कहा—"तेरा नाम तो बहुत बड़े आदमी के नाम पर है। जानता है, एक बहुत बड़े धार्मिक संत का नाम किनो था।" उन्होंने बात ऐसे ढंग से कही मानो आशीर्वाद दे रहे हों—"तुझे नहीं पता, तेरे नाम-राशि ने रेगिस्तान झुका दिए थे और तेरी जाति के लोगों के मन में प्यार की नदियाँ बहाई थीं। मैं मन से नहीं कह रहा, सब शास्त्र में लिखा है।"

किनो की निगाह झट जुआना के कूल्हे पर झूलते कोयोतितो के सिर की ओर चली गई। उसका मन बोला—'एक दिन मुन्ना जानेगा कि किताब में क्या लिखा है, क्या नहीं लिखा।' संगीत किनो के मन से उड़ गया था, लेकिन अब बड़े महीन और मध्यम सुर में सुबहवाला कुटिल-संगीत और शत्रु-गीत की रागिनी गूँजती सुनाई दे रही थी—इस समय बहुत ही धीमी और निर्बल। किसके कारण यह संगीत उसके मन में आया? जानने के लिए उसने अपने पड़ोसियों की ओर देखा।

लेकिन पुजारी जी फिर बता रहे थे—"मैंने सुना, तुझे बड़ा माल मिला है। कोई बहुत बड़ा मोती तूने पाया है।"

किनो ने मुट्ठी खोलकर हाथ आगे बढ़ा दिया। मोती की सुन्दरता और आकार देखकर पुजारी जी का मुँह खुला रह गया। और तब वे बोले–"बेटा, जिसने तुझे यह खजाना दिया है उसे शुक्रिया देना मत भूल जाना। मनाना कि आगे भी वह तुझे नेक रास्ते पर लगाए रखे।"

किनो ने गूँगे की तरह सिर हिला दिया। जुआना ही मुलायम लहजे में बोली–"हाँ फादर, हम ज़रूर उसका शुक्रिया अदा करेंगे। और अब हम लोग जाकर शादी करेंगे। किनो कह रहा था।" और अनुमोदन के लिए उसने पड़ोसियों की तरफ़ देखा तो सबने संजीदगी से सिर हिलाए।

पुजारी जी कहने लगे–"कैसी खुशी की बात है कि तुम लोगों के मन में शुरू से ही नेक विचार हैं। बेटा, भगवान तुम्हें सुखी रखें।" कहकर वे मुड़े और चुपचाप चले गए। लोगों ने उनके जाने के लिए जगह छोड़ दी।

लेकिन किनो की मोतीवाली मुट्ठी और भी कस उठी। वह बड़े संदिग्ध ढंग से उधर ही देख रहा था और इस समय मोती के गीत के मुकाबले पाप का गीत अधिक तीखे स्वर से कानों में झनझना रहा था।

पड़ोसी एक-एक करके अपने-अपने घरों को सरक गए। जुआना चूल्हे के पास ही बैठ गई। उबली मटरों की हाँडी उसने आँच पर चढ़ा दी। किनो देहलीज़ पर निकलकर बाहर देखने लगा। हमेशा की तरह घर-घर के चूल्हों का धुआँ गंधा रहा था और तारे धुँधले-धुँधले टिमटिमाने लगे थे। रात की हवा की सीलन शरीर पर महसूस होती थी। किनो ने उससे बचने के लिए कम्बल से अपनी नाक ढक ली। वही मरियल कुत्ता फिर उसके पास आ गया और लाड़ में आकर आंधी में फड़फड़ाते झंडे की तरह अपने शरीर को किनो से दे-देकर मारने लगा। किनो ने नीचे उसकी ओर देखा–लेकिन वास्तव में उसे देख नहीं रहा था। दिगन्तों को फाड़कर वह अब जिस दुनिया में निकल आया था वह निहायत सर्द और सुनसान थी। उसे लग रहा था मानो वह एकदम अकेला और आरक्षित है। झन्-झन् करते झींगुर और चीं-चीं करते पेड़ों के मेंढक या टर्र-टर्र करते नालियों के मेंढक वही कुटिल रागिनी अलाप रहे थे। किनो सिहर उठा और नाक पर अपना कम्बल उसने और कसकर लपेट लिया। कसी मुट्ठी में बंद मोती अभी भी उसके पास था और उसकी गर्मी और चिकनाई हथेली की खाल पर महसूस हो रही थी।

पीछे, जुआना का, मिट्टी के तवे पर डालने से पहले रोटियों को थप-थप करना सुनाई देता था। किनो को अपने पीछे परिवार के कल्याण और प्यार की एकसाथ अनुभूति हो रही थी और परिवार-गीत पालतू बिल्ली की गुर्र-गुर्र की तरह पीछे से आ रहा था। लेकिन अब भविष्य क्या होने जा रहा है इस बात को मुँह से कहकर उसने उसे एक आकार दे दिया था। कोई भी योजना एक वास्तविकता होती है,

और उस योजना को प्रस्तुत करना उसे अनुभव करना भी होता है। किसी योजना को बनाना और उसे अपनी आँखों के सामने साकार देखना, अन्य वास्तविकताओं जैसी ही वास्तविकता है। वह खत्म कभी नहीं होती। हाँ, उस पर लोगों की बुरी नज़र ज़रूर लग जाती है और चारों तरफ़ से हमले होने लगते हैं। इस प्रकार किनो का भविष्य भी अब एक वास्तविकता थी और उसे वास्तविक रूप में स्थापित होने के साथ ही, दूसरी शक्तियों का उसके नाश के लिए जुट पड़ना भी एक सच्चाई थी। किनो इस बात को समझता था और अब उसे हमलों का सामना करने के लिए अपने को तैयार करना था। किनो को यह भी मालूम था कि देवता लोग आदमी की योजनाएँ पसन्द नहीं करते, और उन्हें आदमी की सफलताएँ भी प्यारी नहीं होतीं। हाँ, संयोग से ही आदमी सफल हो जाए, यह बात दूसरी है। नतीजे के तौर पर किनो हमेशा योजनाएँ बनाते डरता था, लेकिन अब योजना बन ही गई थी तो उसे नष्ट कर सकना भी उसके हाथ में नहीं था। हमले का सामना करने के लिए दुनिया के ख़िलाफ़ खड़े हो सकने के लिए अपने मन को तैयार करने लगा—अब तो जो भी हो सो हो जाए। खतरा खुद उसके सामने आ खड़ा हो, इससे पहले ही उसकी आँखें और दिमाग उसे ढूँढ़ निकालना चाहते थे।

दरवाजे में खड़े-खड़े उसने देखा, दो आदमी उसी ओर चले आ रहे हैं। उनमें से एक लालटेन लटकाए हुए था जिसकी रोशनी ज़मीन और उन दोनों व्यक्तियों की टाँगों पर हिल रही थी। वे लोग घूमकर किनो की फूस की बाड़ के दरवाजे से अंदर आ गए। किनो ने देखा—एक व्यक्ति था डॉक्टर और दूसरा उसका नौकर, जिसने सुबह फाटक खोला था। जैसे ही उसने उन दोनों को पहचाना, उसके दाहिने हाथ की उँगलियों के गट्टे दर्द से जलने लगे।

डॉक्टर कहने लगा—"जब तुम आए थे तो मैं घर पर नहीं था। लेकिन अब सबसे पहले मैं तुम्हारे बच्चे को देखने ही चला आ रहा हूँ।"

किनो पूरा का पूरा दरवाज़ा घेरे खड़ा था और उसकी आँखों की गहराई में नफरत और गुस्सा लहक रहे थे। साथ ही था एक भय। सैकड़ों सालों की गुलामी भी तो उसके भीतर गहरी उतरकर उसका संस्कार बन गई थी।

उसने बेबसी से कहा—"बच्चा तो अब ठीक-सा हो गया।"

डॉक्टर के चेहरे पर मुस्कान आ गई, लेकिन छोटे-छोटे कीचड़दार पपोटों में झूलती आँखों में कहीं मुस्कान का पता नहीं था।

कहने लगा—"लेकिन दोस्त, बिच्छू-काटे का असर कभी-कभी बड़ा अजब होता है। ऊपर से लगता है कि हालत सुधर रही है, लेकिन तब अचानक ही...फक्...।" उसने होंठ भींचकर हवा छोड़ी, जिसका मतलब था कि कैसे देखते-देखते मामला खत्म होता है। इसके बाद उसने अपना छोटा-सा डॉक्टरी थैला इस तरह एक तरफ़ से

दूसरी तरफ़ किया कि लालटेन की रोशनी उस पर पड़ने लगी। इतना तो वह भी अच्छी तरह जानता था कि किनो की जाति को सभी तरह के औजारों से प्यार होता है और उन पर उनका सहज विश्वास होता है। डॉक्टर अपनी शहद-जबान से बता रहा था–"कभी पाँव गल जाता है, कभी आँख जाती रहती है, या कमर ही झुकी रह जाती है। दोस्त, बिच्छू काटने के असर को तो मैं समझता हूँ और उसका इलाज भी सिर्फ़ मुझे पता है।"

किनो को लगा जैसे उसके मन की नफरत और गुस्सा एक भय में बदलते चले जा रहे हैं। नहीं, हो सकता है डॉक्टर ही बात को ज़्यादा समझता हो। अपनी असंदिग्ध मूर्खता को, इस आदमी के संभव ज्ञान के मुकाबले तरजीह देकर खतरा क्यों मोल लिया जाए? और अब किनो जाल में फँस गया था–जैसा कि खुद उसने कहा था, उस वक्त तक हँसते रहेंगे जब तक कि सारी बातों को खुद नहीं जान लेंगे कि जो बातें शास्त्रों और किताबों में बताई जाती हैं वे सचमुच वहाँ हैं भी या नहीं। नहीं, वह एक ज़िंदगी के साथ, वह भी अपने कोयोतितो की ज़िंदगी के साथ खिलवाड़ नहीं करेगा। वह डॉक्टर और उसके नौकर को झोंपड़ी में आने देने के लिए एक तरफ़ को हट गया।

जुआना चूल्हे से उठ खड़ी हुई और जैसे ही डॉक्टर ने प्रवेश किया कि उसने पीछे सरककर बच्चे के मुँह को ओढ़नी के सिरे से ढाँप दिया। डॉक्टर ने उसके पास आकर बच्चा लेने के लिए हाथ बढ़ाया तो जुआना ने उसे कसकर छाती से चिपका लिया और किनो की ओर निगाहें उठाकर याचना से देखने लगी। उसके चेहरे पर आग की परछाइयाँ उछल-कूद रही थीं।

किनो ने जब सिर हिलाकर इशारा कर दिया तब कहीं जाकर उसने डॉक्टर को बच्चा लेने दिया।

"रोशनी उठाओ।" डॉक्टर ने कहा तो नौकर ने लालटेन ऊपर उठा दी। डॉक्टर ने क्षण-भर बच्चे के कन्धे के घाव को देखा और थोड़ी देर के लिए वह सुस्त और संजीदा हो गया। फिर बच्चे की पलकें उलटकर पुतलियों को गौर से देखा और कुछ समझने के भाव से सिर हिलाया। कोयोतितो उससे चिपका छटपट करता रहा।

"वही हो गया न!" डॉक्टर बोला–"जहर भीतर समा गया है और जल्दी ही गुल खिलाएगा। देखो, तुम खुद देख लो।" कहकर उसने बच्चे की पलकें खींचते हुए बताया–"देखो, ये नीली पड़ गई हैं।" और देखकर किनो परेशान हो उठा कि सचमुच वे नीली रहती थीं या अभी ऐसी हैं। लेकिन जाल तो अब बिछ ही गया था। किनो खतरा मोल नहीं लेगा।

डॉक्टर की आँखों के पपोटे पानी से गिलगिले हो आए। "जहर मारने की दवा दिए देता हूँ।" कहकर किनो की गोद में बच्चा दे दिया।

फिर अपने थैले से सफेद बुकनी-भरी बोतल और सरेस की बनी छोटी-सी कैप्सूल निकाली। कैप्सूल में बुकनी भरकर उसे बन्द कर दिया, फिर पहली डिबिया में रखकर बड़ी जल्दी-जल्दी और कुशलता से हिलाया। बच्चे को गोद में लेकर, उसके निचले होंठ को इस तरह चुटकी से भींचा कि बच्चे का मुँह खुल गया। अब अपनी मोटी-मोटी उँगलियों से कैप्सूल को बच्चे के हलक में इतने भीतर रख दिया कि थूक न सके। फिर फर्श से ताड़ी की हंडिया उठाकर कोयोतितो के मुँह में एक घूँट उँडेला कि कैप्सूल भीतर चली गई। इसके बाद उसने फिर बच्चे की पुतलियां देखीं और होंठ भींचकर कुछ सोचने का भाव दिखाता रहा।

आख़िर उसने बच्चा जुआना की गोद में पकड़ा दिया और किनो से बोला—"मेरा खयाल है कि जहर घण्टे-भर में ज़ोर करेगा। हो सकता है, मेरी दवाई बच्चे की आफत टाल दे। लेकिन मैं एक घण्टे में फिर वापस आऊँगा। यों समझ लो कि गनीमत है, इसकी जान बचाने मैं मौक़े पर आ गया...वरना...।" उसने गहरी साँस ली और झोंपड़ी से बाहर निकल आया। लालटेन उठाए उसका नौकर पीछे-पीछे था।

बच्चा अब जुआना की गोदी में उसकी ओढ़नी से ढका था और वह चिन्ता तथा भय से टकटकी लगाए उसे निहार रही थी। पलकें उठाकर देखने के लिए जैसे ही किनो ने हाथ बढ़ाया कि देखा, मोती अभी भी उसकी मुट्ठी में ही है। तब वह दीवार के पास रखे एक बक्से के पास गया और वहाँ से कम्बल का एक टुकड़ा निकालकर मोती को उसमें लपेटा, फिर झोंपड़ी के एक कोने में जाकर उँगलियों से मिट्टी में एक छोटा-सा गढ़ा बनाया, उसमें मोती को रखा और ऊपर से रेत-मिट्टी डालकर जगह छिपा दी। इतना करके वह चूल्हे के पास आ गया। वहाँ जुआना बैठी-बैठी बच्चे का मुँह जोह रही थी।

घर वापस आकर डॉक्टर कुर्सी पर जम गया। आँखें घड़ी पर लगी थीं। घरवालों ने रात के खाने के लिए चाकलेट, पुए और फल लाकर सामने रखे और वह बड़ा झल्लाया-सा उन्हें घूरता रहा।

पड़ोसियों के घरों में आनेवाले लम्बे समय के लिए बातचीत का जो विषय निर्धारित हो गया था, उसका रुख पहली बार इस ओर मुड़ा कि अब देखें, आगे क्या गुल खिलनेवाला है! वे एक-दूसरे को अँगूठा दिखा-दिखाकर बताते कि मोती इतना बड़ा और प्यार से छाती लगा लेने का भाव दिखाकर जताते कि इतना प्यारा है। अब वे जुआना और किनो की गतिविधि पर कड़ी निगाह रखेंगे कि धन पाकर जैसे और सब बौरा जाते हैं, उसी तरह इनका दिमाग भी फिरता है या नहीं। डॉक्टर क्यों आया है, यह सब जानते थे। आँखों में धूल झोंकने की कला में डॉक्टर बहुत माहिर नहीं था, इसलिए किसी से उसकी असलियत छिपी नहीं थी।

बाहर खाड़ी में छोटी-छोटी मछलियों के एक दल को बड़ी मछलियों का गुट

खा डालने के इरादे से खदेड़े जा रहा था। छोटी मछलियों का दल जान बचाने के लिए लहरों को चीरता हुआ, झिलमिल-झिलमिल करता भागा जा रहा था। और उधर जब वह हत्याकाण्ड चल रहा था तो छोटी-छोटी मछलियों की सरसराहट और बड़ी मछलियों के ज़ोरदार छपाके झोंपड़ी में बैठे लोगों को भी सुनाई दे रहे थे। खाड़ी की सतह से सीलन उठकर छोटी-छोटी खारी बूँदों के रूप में झाड़ियों, नागफनी और पौधों पर जमा हो रही थी। रातवाले चूहे धरती पर इधर-उधर रेंग रहे थे और रात के बाज बेआवाज़ उनका शिकार कर लेते थे।

भवों की जगह लपट जैसे सुनहरे धब्बेवाला काला, मरियल कुत्ता किनो के घर के दरवाजे पर आकर अंदर झाँकने लगा था। कुत्ता घर के अंदर आने की हिम्मत तो नहीं कर रहा था लेकिन वहीं खड़ा-खड़ा बड़े ही ललचाए भाव से किनो को छोटी-सी चीनी की रकाबी में मटरें खाते देखता रहा। किनो ने मकई की रोटी से रकाबी पोंछकर साफ़ कर दी और रोटी का निवाला मुँह में रख लिया। ताड़ी के एक घूँट से मुँह का रहा-सहा कौर भी पेट में उतर गया।

खाना खाकर किनो पत्तियाँ लपेटकर बीड़ी बना ही रहा था कि जुआना ने तेज़ी से पुकारा–"किनो!" किनो ने उसकी तरफ़ देखा तो उठकर झटपट इधर लपका। उसे जुआना की आँखें भयभीत दिखाई दी थीं। वह उसके ऊपर झुका-झुका देखने लगा, लेकिन रोशनी बड़ी धुँधली थी। पाँव से झटककर उसने टहनियों का ढेर चूल्हे में सरका दिया। भकभकाकर आग जल उठी तो उसे कोयोतितो का चेहरा साफ़ दीखने लगा। बच्चे का चेहरा एकदम लाल पड़ गया था। गला चल रहा था और होंठों के किनारे पर जरा-सी गाढ़ी-गाढ़ी लार निकल आई थी। पेट की पेशियों में ऐंठन शुरू हो गई थी और बच्चे की हालत बहुत बिगड़ गई थी।

किनो पत्नी के बगल में झुककर बोला–"अच्छा, तो डॉक्टर जानता था।" मानो वह अपने आपको और जुआना को सुनाकर बोला था। मन उसका बड़ा कठोर और शक्की हो उठा था और उसे वह सफेद-सफेद बुकनी याद आ रही थी। जुआना कभी इधर और कभी उधर करवटें बदल रही थी और परिवार का गीत कराह बनकर उसके मुँह से इस तरह निकल रहा था मानो वही आनेवाले खतरे को टाल देगा। बच्चा उसकी बाँहों में उलटियाँ करता और छटपटाता रहा। अब किनो के मन में भी बड़ी खींचतान मची थी और पाप का गीत उसके सिर में इस तरह धड़-धड़कर रहा था कि उसने जुआना के गीत को लगभग खदेड़ भगाया था।

चाकलेट खत्म करके डॉक्टर पुए के बचे-खुचे टुकड़ों को कुतरता रहा। फिर उसने रूमाल से उँगलियाँ पोंछीं और घड़ी देखकर उठ खड़ा हुआ। अपना छोटावाला थैला हाथ में उठा लिया।

बच्चे की बीमारी की ख़बर आनन-फानन में सारी झोंपड़ियों में फैल गई। गरीबों

के दो ही तो दुश्मन हैं और उनमें बीमारी का नम्बर भूख के बाद ही आता है। किसी ने आहिस्ता से कहा–"अरे भाग्य अपने साथ-साथ दुःख-दर्द भी लाता है।" सबने स्वीकृति में सिर हिलाया और किनो की झोंपड़ी में चलने के लिए उठ खड़े हुए। अपनी-अपनी नाक ढाँप सारे पड़ोसी अंधेरे में गिरते-पड़ते फिर किनो की झोंपड़ी पर आकर जमा हो गए। खड़े-खड़े बीमार बच्चे को देखते रहे और एक-दो वाक्यों में इस दुख़ को भी कोसते रहे कि इसे भी खुशी के इसी मौक़े पर आना था। फिर बोले–"जो भगवान चाहता है वही होता है। मारना-जिलाना उसी के हाथ है।" बूढ़ी औरतें जुआना के पास ही धरती पर बैठ गईं कि जो भी बन पड़े सहायता देने की कोशिश करें, और कुछ न हो सके तो दिलासा ही दें।

तभी जल्दी-जल्दी कदम रखता हुआ डॉक्टर फिर आ धमका। उसका नौकर भी पीछे-पीछे लगा था। उसने इन बुढ़ियों को मुर्गियों की तरह तितर-बितर कर दिया। बच्चे को लेकर उसकी नब्ज देखी, सिर छुआ। बोला–"जहर अपना रंग दिखा रहा है। लेकिन मेरा खयाल है, मैं इसे पछाड़ दूँगा। उठा तो कुछ भी नहीं रखूँगा।" फिर उसने पानी मंगाकर उसमें नौसादर की तीन बूँदें छोड़ीं और बच्चे का मुँह खोलकर पानी गले में उँडेल दिया। इस सारे उपचार के बीच बच्चा गले से घरघराहट की आवाज़ें निकालता और चीख़ता-चिल्लाता रहा और आँखों में खौफ की परछाइयाँ लिए जुआना उसे लाचार-सी ताकती रही। व्यस्तता के बीच-बीच में डॉक्टर ने एकाध बात कही–"खैरियत है कि मैं बिच्छू-काटे के बारे में जानता हूँ, वरना..." वरना जो कुछ होता, उसे बताने के लिए उसने अपने दोनों कन्धे झटक दिए।

लेकिन क़िनो के दिमाग में संदेह कुलबुला रहा था और वह डॉक्टर के खुले थैले और खासतौर से उसमें रखी सफेद बुकनी से अपनी निगाहें नहीं हटा पा रहा था। धीरे-धीरे ऐंठन कम होती गई और बच्चा डॉक्टर के हाथों में आराम से लेटा रहा। और तब कहीं कोयोतितो ने गहरी साँस ली और फिर सो गया। उलटियाँ करके बहुत बेदम भी तो हो गया था।

डॉक्टर ने बच्चा जुआना की गोद में दे दिया और कहा–"अब यह ठीक हो जाएगा। मैंने बाजी जीत ली है।"

जुआना ने आँखों में श्रद्धा भरकर डॉक्टर को देखा।

डॉक्टर अपना थैला बन्द करता रहा। बोला–"क्यों, मेरी फीस कब तक दे दोगे?"

किनो ने जवाब दिया–"मोती बिकते ही आपकी फीस हाजिर कर दूँगा।"

"कोई मोती है क्या तुम्हारे पास? कोई खास मोती है क्या?" दिलचस्पी से डॉक्टर ने सवाल किया।

अब तो सारे के सारे पड़ोसी एक स्वर से अलाप उठे–"इसे दुनिया का सबसे

बड़ा मोती मिला है।'' सब एक साथ ही चिल्ला-चिल्लाकर बताने लगे और मोती कितना बड़ा है यह दिखाने के लिए अँगूठे और उँगली को जोड़कर दिखाने लगे।

''अब तो किनो रईस हो जाएगा।'' सबने एक स्वर से चिल्लाकर कहा—''ऐसा मोती आज तक कभी किसी को आँखों देखना नसीब नहीं हुआ।''

डॉक्टर के चेहरे पर विस्मय उतर आया—''मुझे तो उसके बारे में कुछ भी नहीं पता। मोती को हिफाजत की जगह तो रखते हो न? न हो तो मेरी तिज़ोरी में रख दो।''

किनो के गाल अरुचि और झल्लाहट से खिंच गए और आँखें उनके पीछे जा छिपीं। उसने जवाब दिया—''मेरे पास बड़ी हिफाजत से रखा है। कल बेचकर आपकी फीस दे दूँगा।''

डॉक्टर ने कंधे उचकाए, लेकिन उसकी गिलगिली आँखें पल-भर को भी किनो की आँखों से नहीं हटीं। उसे मालूम था कि मोती इसी झोंपड़ी में कहीं गड़ा है। और उसका खयाल था कि शायद किनो उस ओर देखेगा। ''बेचने से पहले ही कहीं मोती चोरी-वोरी हो गया तो सारा गुड़-गोबर हो जाएगा।'' डॉक्टर के यह कहते ही किनो की निगाहें अपने-आप झोंपड़ी के फर्श की ओर उठ गईं और डॉक्टर से वह छिपा न रहा।

डॉक्टर चला गया और पड़ोसी बड़े बेमन से अपने-अपने घरों को लौट आए। किनो चूल्हे में सुलगती हल्की आँच के पास आकर धरती पर ही आलथी-पालथी मारकर बैठ गया और रात में सुनाई पड़नेवाली तरह-तरह की आवाज़ें सुनने लगा। छोटी-छोटी लहरें सभुद्र के किनारे पर हल्के-हल्के थपेड़े मार रही थीं और कहीं दूर कुत्ते भौंक रहे थे। झोंपाड़ियों की फूस की छतों से होकर चलती हल्की हवा सन-सन कर रही थी और गाँव के घरों से पड़ोसियों के बातें करने की भनभनाहट सुनाई दे जाती थी। ये लोग सारी रात घोड़े बेचकर सोते नहीं—बल्कि बीच-बीच में जागते रहते हैं, थोड़ी-बहुत बातें करते हैं और फिर सो जाते हैं। कुछ देर ठहरकर किनो उठकर अपनी झोंपड़ी के दरवाजे पर आया।

कुटिल संगीत उसके दिमाग में बज रहा था और इससे वह खूँखार और भयभीत हो उठा था। दरवाजे पर खड़े होकर शीतल हवा की गंध ली और कानों पर ज़ोर देकर जब खूब चौकन्ने होकर उसने रात का अच्छी तरह जायजा ले लिया तो धीरे से छप्पर की थूनी के पास उस जगह आया जहाँ मोती दबा था। मोती खोदकर बाहर निकाला और सोनेवाली चटाई के नीचे ज़मीन में दूसरा छोटा-सा गढ़ा खोदकर उसे वहाँ गाड़ दिया। ऊपर से चटाई फिर बराबर कर दी।

चूल्हे के पास बैठी-बैठी जुआना जिज्ञासा-भरी दृष्टि से उसे देख रही थी। जब किनो मोती को गाड़ चुका तो उसने पूछा—''किसका डर है तुम्हें?''

किनो ने सही जवाब टटोला और आख़िर कहा—"सभी का।" और उसे लगा, कठोरता एक खोल की तरह उसके चारों ओर लिपट आई है।

कुछ देर बाद दोनों चटाई पर पास-पास आ लेटे। आज जुआना ने बच्चे को पालने में न सुलाकर अपनी छाती से चिपकाकर ही सुला लिया और अपनी ओढ़नी उसके मुँह पर ढक दी। धीरे-धीरे चूल्हे की सिन्दूरी आँच ठण्डी पड़ने लगी।

लेकिन सोते-सोते भी किनो का दिमाग सुलग रहा था। सपने में उसने देखा—कोयोतितो पढ़ने लगा है...उसकी जाति का ही एक व्यक्ति अब हर बात की वास्तविकता बता देता है। उसने देखा, कोयोतितो घर के बराबर ऊँची किताब खोलकर पढ़ रहा है, उसके अक्षर कुत्तों जैसे बड़े-बड़े हैं और शब्द किताब पर उछल-कूद मचाए हुए हैं। तब अचानक पृष्ठों पर निवाड़ अँधेरा छा गया और उस अंधेरे के साथ ही वह कुटिल संगीत भी सुनाई देने लगा तो किनो नींद में ही कुनमुना उठा। उसकी इस हरकत से जुआना की नींद टूट गई। चारों ओर अन्धकार था। किनो भी जाग पड़ा। दुष्ट संगीत अब भी उसके कानों में बज रहा था। अंधेरे में, चौकन्ना होकर वह चुपचाप जैसा का तैसा लेटा रहा।

तभी झोंपड़ी के कोने की ओर जरा-सा खटका हुआ। ऐसा हल्का कि यों ही कोई दिमागी खयाल, या केवल एक संदेहास्पद क्षण भी हो सकता था—लगा जैसे धरती पर किसी ने पाँव रखा हो, रोकी हुई साँस की निहायत ही बेमालूम-सी सूँ-सूँ हो रही हो। आहट लेने के लिए किनो साँस रोके पड़ा रहा। और वह यह भी जान गया कि उसके घर में जो भी कोई आया है वह भी आहट लेने के लिए साँस रोके हुए है। कुछ देर झोंपड़ी के कोने में कोई आहट नहीं हुई। किनो इस सबको दिमाग का फितूर मानने ही जा रहा था कि सहसा जुआना ने जैसे चेताने के लिए हाथ सरकाकर उसे छुआ। तभी फिर आहट हुई। सूखी धरती पर पाँव की खस-खस और उँगलियों से मिट्टी खोदने की आवाज़।

और अब एक वहशी डर किनो की छाती में भर उठा। फिर डर के ऊपर गुस्सा चढ़ आया। उसके साथ हमेशा यही होता था। अब किनो का हाथ चुपचाप सरककर छाती पर डोरी से बँधे चाकू पर आ गया और फिर गुस्से से वह पागल बिल्ली की तरह कोनेवाली छाया की दिशा में चाकू से वार करता हुआ टूट पड़ा। उसका हाथ किसी कपड़े से छुआ तो उसने ज़ोर से उस पर चाकू चला दिया, लेकिन चूक गया। दुबारा चाकू मारा तो लगा, चाकू कपड़ा फाड़ता हुआ चला गया। पर फिर अचानक उसके सिर पर बिजली टूट पड़ी और दर्द का ज्वालामुखी फूट पड़ा। दहलीज पर दबी-दबी भाग-दौड़ हुई, एक क्षण को भागते कदमों की आवाज़ सुनाई दी और फिर सन्नाटा छा गया।

किनो को महसूस हुआ जैसे माथे से गर्म-गर्म ख़ून बह रहा है। उसने सुना,

जुआना उसे पुकार रही है—"किनो, ओ किनो!" जुआना का स्वर भयाक्रान्त था। जिस तरह उस पर गुस्से का भूत सवार हुआ था ठीक उसी तरह देखते-देखते एक ठण्डापन छा गया। बोला—"मैं बिल्कुल ठीक हूँ। जो आया था वह चला गया।"

वह वापस रास्ता टटोलता हुआ चटाई पर आ लेटा। जुआना पहले ही आग सुलगाने लगी थी। उसने राख कुरेदकर अंगारा निकाला, उस पर मकई के बाल डालकर फूँक मारी तो भूसे ने आग पकड़ ली और एक छोटी-सी लौ झोंपड़ी में थिरक उठी। फिर जुआना ने कहीं से खोजकर पूजा की एक मोमबत्ती निकाली, लपट से उसे जलाया और चूल्हे के पत्थर पर जमा दिया। गुन-गुन करते हुए वह जल्दी-जल्दी इधर से उधर काम कर रही थी। अपनी ओढ़नी का कोना पानी में डुबोकर उसने किनो के माथे की खरोंच से निकला ख़ून पोंछ डाला। किनो ने कहा तो सही कि, 'कुछ भी तो नहीं हुआ।' लेकिन उसकी आँखें और आवाज़ कठोर और सर्द हो उठी थीं और एक चिन्ता में घहराती घृणा उसके भीतर लहरा रही थी।

इतनी देर से जो तनाव जुआना के अंदर उबल रहा था, अब उफनकर सतह पर आ गया और उसके होंठ खिंच आए। उसने कड़वेपन से ऊँची और रूखी आवाज़ में कहा—"यह चीज बड़ी मनहूस है। यह मोती नहीं, साक्षात् पाप है। यह हमारा सत्यानाश कर देगा।" फिर उसकी आवाज़ आवेश से कंपकंपा उठी—"किनो, इसे फेंक दो। या चलो, हम ही इसे पत्थर से चूर-चूर कर डालें, कहीं गाड़कर भूल जाएँ। यह अपने साथ कम्बख्ती लाया है। किनो, मेरे मालिक, यह हमारा नाश कर डालेगा।" और चूल्हे की आँच में उसके होंठ और आँखें फड़फड़ा रहे थे।

लेकिन किनो का चेहरा दृढ़ था और उसका मन और संकल्प अडिग थे। वह बोला—"हमें एक मौक़ा मिला है। हमारा बेटा, मुन्ना पाठशाला जाएगा। हम तो कुएँ के मेंढक रह ही गए। अब इसके लिए तो बहुत ही ज़रूरी है कि यह दीवारें तोड़कर बाहर निकले।"

"यह हम सबको ले डूबेगा, किनो।" जुआना रोने लगी—"हमारे मुन्ने को भी नहीं छोड़ेगा।"

"चुप!" किनो ने उसे डांट दिया—"बकवास बन्द कर। कल हम इसे जाकर बेच-बाच देंगे तो सारी मनहूसी चली जाएगी और शुभ ही शुभ बचा रह जाएगा। बहुरिया, इस वक्त चुप हो जा।" उसने भौंहें चढ़ाकर गुस्से से आग की नन्ही-सी लपट की ओर नज़र उठाई तो पहली बार उसे ध्यान आया कि चाकू अभी तक उसके हाथ में ही है। उसने फल उठाकर देखा तो लोहे पर ख़ून की पतली-सी धारी बनी थी। पहले तो पल-भर को उसका हाथ चाकू को पतलून से पोंछ लेने को बढ़ा, मगर फिर उसने मिट्टी में गाड़कर रेत से उसे साफ़ कर डाला।

कहीं दूर पालतू मुर्गे बाँग देने लगे और हवा बदल गई। तड़का होने लगा।

सुबह की तेज़ हवा खाड़ी के पानी को मथने और प्रेड़ों के झुरमुटों में साँय-साँय करने लगी और छोटी-छोटी लहरें, पत्थर-मिट्टी के ऊबड़-खाबड़ किनारों पर और भी जल्दी-जल्दी ज़ोर से थपेड़े मारने लगीं। किनो ने चटाई उठाकर ज़मीन खोदी और मोती को निकालकर सामने रख लिया और देर तक उसे निहारता रहा।

छोटी-सी मोमबत्ती की रोशनी में झिलमिल-झिलमिल करके कटाक्ष करते मोती ने अपने सौंदर्य की मोहिनी से किनो के मन को मोह लिया था। कैसा प्यारा और चिकना, मुलायम था वह मोती! और अब मोती का अपना संगीत उससे निकल-निकलकर फैलने लगा—आनन्द और आश्वासन का संगीत, भविष्य के सुख, कल्याण और विश्वास का संगीत। उसकी गरमाहट-भरी प्यारी-प्यारी ज्योति, मानो सारे दुःख-दर्द, सारे अपमान-अवज्ञाओं की दीवारों के ख़िलाफ़ एक पुल्टिस, सांत्वना का हाथ बनकर सहलाने लगी। उसने भुखमरी के दरवाजे पर ताला डाल दिया। और इस प्रकार उसकी ओर देखते-देखते किनो की आँखें नम हो आईं और चेहरा नरम हो गया। पूजा की बत्ती की छोटी-सी परछाईं मोती की चिकनी सतह पर झिलमिलाती दीखती रही और उसके कानों में फिर से सागर के अन्तर का मधुर संगीत, सागर-तल की धुंधली-धुली हरी आभा का मधुर राग गूँजने लगा। जुआना ने कनखियों से उसकी तरफ़ देखा तो वह मुस्कुरा रहा था। और चूँकि वे दोनों किस तरह एकरूप, एकलक्ष्य हो गए थे, इसलिए वह खुद भी मुस्कुराने लगी।

और आशा के रथ पर सवार उनका यह दिन शुरू हुआ।

4

कस्बा बड़े विलक्षण ढंग से अपनी और अपने में रहनेवाले हर छोटे-बड़े की खोज-ख़बर रखता है। अगर हर मर्द और औरत, किशोर और बालक अलग-अलग परिचित लकीर पर ही चलता और व्यवहार करता रहे, कोई लीक न तोड़े, किसी से उसका मतभेद न हो और ज़िंदगी में कहीं कोई प्रयोग न करे, न कभी बीमार पड़े और न उससे किसी के मन की शान्ति और चैन टूटे या उससे कस्बे के एकरस, अनवरत प्रवाह को कोई खतरा न पहुँचे—ऐसा व्यक्ति किसी भी समय कहीं भी गायब हो सकता है। न तो कोई कभी उसके बारे में जानेगा, न उसे लेकर कुछ सुनेगा; लेकिन जहाँ जरा भी किसी ने नियमित विचार-प्रवाह, या बँधे-बँधाए पुराने ढर्रे को तोड़कर बाहर कदम रखा कि फिर देखिए किस तरह कस्बेवालों की नसें घबराहट से झनझनाने लगती हैं और कस्बे की स्नायु-धाराओं में कैसी तूफानी गति से सूचनाएँ इधर से उधर चक्कर लगाने लगती हैं। उस समय हर इकाई सारी की सारी सूचनाओं का,

सबके लिए केन्द्र हो उठती है।

सो सारे ला-पाज कस्बे में सुबह तड़के ही यह ख़बर फैल गई कि किनो आज अपना मोती बेचनेवाला है। झोंपड़ियोंवाले पड़ोसियों और गोताखोर मछुओं में यह बात फैलती-फैलती चीनी मोदीखानों के मालिकों से होती हुई गिरजाघर में जा पहुँची। पूजन-वेदी के लड़के फुस-फुस करके इस बात का जिक्र करने लगे। ख़बर देवदासियों के पास पहुँची, और गिरजा के सामनेवाले भिखारी भी इसी को लेकर बातें करते रहे। इसका कारण तो स्पष्ट ही था—सौभाग्य के इस वरदान में किनो को जो कुछ भी पहले-पहले मिलेगा, उसमें अपना दसवां भाग लेने जा पहुँचने में चूक नहीं होनी चाहिए। जैसे ही छोटे-छोटे लड़कों ने यह बात जानी कि वे तो उत्तेजना से बेचैन हो उठे। अधिकांश मोती-व्यापारियों को तो पहले ही इसका पता चल गया था। जब मौक़े का दिन आया तो मोती-व्यापारियों की गद्दियों में सामने काले मखमल की तश्तरी रखे हर व्यक्ति अकेला बैठा-बैठा, उँगलियों से मोती लुढ़काता-समेटता इस सारे खेल में अपनी भूमिका पर मनन कर रहा था।

लोगों को भ्रम था कि ये मोती-खरीदार अलग-अलग व्यक्ति हैं और अकेले काम करते हैं, मछुए जो भी मोती लाते हैं उनकी मोल-तोल करते हुए एक-दूसरे की होड़ में बोलियां बोलते हैं। कभी किसी जमाने में ऐसा रहा होगा। लेकिन उस तरीके में पैसा बहुत लुटा दिया जाता था और होता यह था कि इसी होड़ में कभी-कभी अच्छे मोती के भाव-ताव में किसी-किसी मछुए को बहुत ही ऊँची कीमत मिल जाती थी और व्यापारियों का बहुत-सा पैसा बेकार चला जाता था। अतः इस तरीके को बढ़ावा देना अनुचित माना गया। अब तो स्थिति थी कि खरीदार एक ही था, बाक़ी सब उसके हाथ थे। जो लोग अपनी-अपनी गद्दियों में बैठे किनो की राह देख रहे थे वे सबके-सब जानते थे कि क्या दाम उन्हें बोलने हैं, कहाँ तक जाना है और अलग-अलग कौन-सा हथकण्डा बरतना है। हालांकि उन्हें अपनी-अपनी तनखा के अलावा मिलना कुछ भी नहीं था, लेकिन इन दलालों में भारी सनसनी थी। सभी शिकार के खेलों में ऐसी उत्तेजना रहती है। अगर कोई शिकारी किसी कीमत पर बाजी मार लेने में सफल हो जाता है तो कम से कम दामों पर मामला पटा लेने का सुख और संतोष ही उसके लिए बहुत है और इसे पाने का उसे पूरा-पूरा हक है। दुनिया में हर आदमी भरसक अपनी योग्यता के अनुसार ही काम करता है। कोई भी अपनी सामर्थ्य से कम नहीं करता। यों सोचने को कोई कुछ भी सोचता रहे। बदले में इनाम मिले या न मिले, तारीफ और तरक्की हो या न हो, मोती का खरीदार तो मोती-खरीदार ही होता है। सबसे अच्छा और सबसे सुखी खरीदार वह है जो कम-से-कम पर मोती पटा ले।

उस दिन पहले पहर का सूरज पीले रंग का था और तप रहा था। इससे खाड़ी

के तटों और सागर की लहरों से सीलन और नमी खिंच-खिंचकर ऊपर उठ आई थी और झलमलाती झालरों की तरह वह हवा में झूल रही थी, हवा थरथराती लगती थी और सारा दृश्य पर्दे की तरह झूल रहा था—दो सौ मील से अधिक की दूरी पर स्थित पहाड़ों की श्रेणियाँ पास सरक आई थीं। इस पर्वत-माला के ऊँचे-ऊँचे ढलवानों पर चीड़ के पेड़ों की पट्टियाँ लिपटी हुई थीं और साल-वन की पांतियों के ऊपर से बड़ी-बड़ी पथरीली चोटियाँ झाँक रही थीं।

आज सुबह से ही डोंगियों की कतारें समुद्र-तट पर लगी खड़ी थीं। आज मछुए मोतियों के लिए गोते लगाने नहीं गए थे। आज तो यहाँ बड़ा तमाशा जो होनेवाला था। किनो जब अपने महान मोती को बेचने ले जाएगा तो बहुत कुछ देखने को मिलेगा।

सागर-तट पर बनी झोंपड़ियों में किनो के पड़ोसी देर तक बैठे-बैठे अपना-अपना नाश्ता करते रहे और बताते रहे कि अगर यह मोती उन्हें मिलता तो वे क्या-क्या करते। एक बोला—"मैं इसे ले जाकर रोम के जगत्गुरु को भेंट दे आता।" दूसरे ने कहा—"मैं तो हजारों सालों के लिए अपने परिवार के वास्ते पूजा-पाठ की सामग्री खरीदकर डाल देता।" एक और साहब का खयाल था कि पैसा लेकर वह ला-पाज के सारे गरीबों में बाँट देते और चौथे ने तो वे सारे पुण्य-कार्य सोच डाले थे जो मोती का पैसा मिलने पर किए जा सकते थे, जैसे दुनिया-भर की दान-दक्षिणा, परोपकार, जन-कल्याण और पैसा हो जाने पर करने लायक सारे धर्म-कार्य। सभी पड़ोसी इस पर एकमत थे कि अचानक मिला धन पाकर कम से कम किनो तो नहीं बौराएगा, वह 'पैसेवाला' बन ही नहीं सकता। लोभ, घृणा और स्वार्थ तथा बेरुखी के अंकुर वह अपने भीतर नहीं पनपने देगा। किनो सभी की आँखों का तारा था। अगर मोती ने उसका यह पतन कर दिया तो चुल्लू-भर पानी में डूब मरने की बात हो जाएगी। वे कहने लगे—"अगर मोती ने उसकी यह दुर्गति कर डाली तो उसकी वह सोने-सी बहू जुआना, प्यारा-प्यारा मुन्ना कोयोतितो या आगे आनेवाली सन्तान सबके लिए कितना बुरा हो जाएगा।"

किनो और जुआना के लिए तो यह सुबह ज़िंदगी की इनी-गिनी सुबहों में से एक थी। कहना चाहिए, इतनी ही महत्त्वपूर्ण दूसरी सुबह वह थी जब कोयोतितो का जन्म हुआ था। आज के दिन के बाद ही अगले दिनों का रूप निर्धारित होगा। वे कहा करेंगे—'हमारे मोती बेचने के छः हफ्ते बाद की घटना है।'—या—'हमारे मोती बेचने से दो साल पहले की बात है।' सारी बातों का खयाल रखते हुए जुआना ने सारी फिक्र-चिन्ताओं को हाथ जोड़े और जो कपड़े कोयोतितो के धर्म-संस्कार के लिए तैयार कराए थे, वही उसे पहना दिए। सोचा था, पैसा होगा तो धर्म-संस्कार हो जाएगा। खुद जुआना ने खूब कंघी-चोटी करके लाल चुटीले डाले, शादी का लहँगा

और कुर्ती पहनी। वे तैयार हुए तो सूरज आसमान में चौथाई चढ़ आया था। किनो के पास कपड़े फटे-पुराने थे तो क्या हुआ, थे तो साफ़-सुथरे। फिर फटे-पुराने कपड़े पहनने का भी यह आख़िरी दिन था। कल से, या कहिए आज सन्ध्या से ही उसके पास नए-नए कपड़े होंगे।

अपनी-अपनी झोंपड़ियों की झिर्रियों से किनो के दरवाजे पर निगाह रखे हुए पड़ोसी भी कपड़े बदल-बदलकर तैयार हो गए। किनो और जुआना मोती बेचने जाएँगे, उनके साथ उन्हें जाना चाहिए या नहीं, इसे लेकर उनके मन में कोई झिझक या झेंप नहीं थी। बल्कि यह तो पहले से ही था। ऐसा ऐतिहासिक क्षण और इस अवसर पर वे न जाएँ? उनका क्या दिमाग खराब हुआ है? यही नहीं, अपनापन निभाने के लिए साथ जाना ज़रूरी था।

जुआना ने बड़े सलीके से ओढ़नी ओढ़ी थी। उसका लम्बा-सा छोर अपनी दाहिनी कुहनी के नीचे खोंस लिया था और बाक़ी को दाहिने हाथ में समेटकर बाँह के नीचे एक झूला-सा निकाल लिया था। उसमें कोयोतितो को लिटाकर ओढ़नी में से उसका सिर इस तरह बाहर निकाल दिया कि कोयोतितो भी सब देखता रहे और हो सके तो याद भी रखता चले। किनो ने अपना बड़ा-सा चटाईवाला टोप सिर पर लगाया था और बार-बार छूकर देख लेता था कि सिर पर वह ठीक से रखा है या नहीं। कहीं गैरजिम्मेदार और अनब्याहे आवारा की तरह बहुत आगे या पीछे तो नहीं झुक आया या बड़े-बूढ़ों की तरह सिर पर बहुत पिचक तो नहीं गया? बल्कि उसने अपनी कड़क, गम्भीरता और शक्ति जताने के लिए सामने की ओर ज़रा-सा तिरछा झोंक दे रखा था। आदमी के सिर पर रखे टोप के हल्के-से तिरछे झुकाव में ही उसका बहुत कुछ प्रकट हो जाता है। पाँवों में किनो ने चप्पलें डालीं और पीछे एड़ियों पर पट्टे चढ़ा दिए। बहुमूल्य मोती को पुरानी, नरम मृगछाला के टुकड़े में लपेटा और चमड़े की थैली में रखकर उसे कमीज की जेब में डाल लिया। बड़ी सावधानी से कम्बल की तह की और दुशाले की तरह उसे डाल लिया तो सब लोग चलने को तैयार हो गए।

बड़े रोब के साथ किनो ने घर के बाहर कदम रखा, कोयोतितो को लिए जुआना उसके पीछे हुई। जब वे बरसाती परनालों से धुली पतली-सी गली से होकर कस्बे की ओर बढ़े तो पड़ोसी भी साथ हो लिए। घरों से लोग दरवाज़ों और पौलियों से बच्चे उलटियों की तरह निकल-निकलकर बाहर आ गए। लेकिन मौक़े की संजीदगी को देखते हुए सिर्फ़ एक आदमी किनो के बराबर चल रहा था, उसका भाई जुआन टामस।

जुआन टामस ने भाई को चेताते हुए कहा–''बहुत होशियार रहियो। देखियो, साले ठग-ठगा न लें।''

किनो ने हामी भरी–"हाँ भैया, बड़ी होशियारी की ज़रूरत है।"

"हमें तो यह भी नहीं पता कि दूसरी जगह क्या-क्या कीमतें दी जाती हैं।" जुआन टामस बोला–"मोतियों के व्यापारी दूसरी जगह इस मोती का क्या बताएँगे–जब तक यह न मालूम हो तब तक हमें क्या पता, अच्छी कीमत कितनी होगी।"

किनो ने जवाब दिया–"सच कहते हो। लेकिन भैया, हमें पता कैसे लगेगा? हम लोग तो यहाँ हैं, वहाँ तो हैं नहीं।"

जैसे-जैसे कस्बे की ओर बढ़ते गए, उनके पीछे की भीड़ भी बढ़ती गई। और सिर्फ़ घबराहट की वजह से ही जुआन टामस कुछ न कुछ बक-बक करता रहा।

कहने लगा–"किनो, तुम्हारे पैदा होने से पहले की बात है। बड़े-बूढ़ों ने अपने मोतियों की अच्छी कीमत पाने का एक रास्ता निकाला था। उनका ख़याल था कि अगर कोई ऐसा दलाल हो जो मोतियों को ले जाकर राजधानी में बेच आया करे और अपने लिए मुनाफे का हिस्सा रख ले तो ज़्यादा फायदा है।"

किनो ने स्वीकृति में सिर हिलाया–"मुझे याद है। विचार बुरा तो नहीं था।"

जुआन टामस बताता रहा–"और उन लोगों ने आदमी तैयार कर लिया। सबों ने अपने-अपने मोती एक जगह इकट्ठे करके उसे रवाना कर दिया। लेकिन वह पट्ठा तो ऐसा गया कि उसकी हवा तक न मिली। गाँठ से मोती गए सो अलग। सो उन्होंने फिर दूसरा आदमी तय करके उसे भेजा। उसका भी अता-पता नहीं मिला। हारकर उन्होंने इरादा ही छोड़ दिया और फिर पुराने ढर्रे पर लौट आए।"

"मुझे पता है।" किनो ने कहा–"मैंने बाबू को यह किस्सा कहते सुना है। विचार तो अच्छा था, लेकिन पुजारी जी ने खूब खुलासा करके बताया था कि यह तरीका धर्म के ख़िलाफ़ है। जिन-जिन लोगों ने अपना ठिया छोड़कर जाने की कोशिश की उन्हें इसी तरह दण्ड भुगतना पड़ा कि मोतियों से हाथ धोए। पुजारी जी ने यह भी समझाकर बताया था कि हर आदमी और औरत भगवान के भेजे हुए सिपाही की तरह है कि दुनिया के किले के किसी न किसी भाग की निगरानी करता रहे। कुछ लोगों को बुर्जियों पर तैनात किया गया है तो कुछ दीवारों से घिरे दूर गहरे अंधेरे में नियुक्त हैं। मगर हर आदमी को अपनी-अपनी जगह और काम पर वफ़ादार होने की ज़रूरत है। सब कोई इधर-उधर भागेंगे तो नरक और पाप के हमलों से किला ही खतरे में पड़ जाएगा।"

"उन्हें यह उपदेश देते मैंने भी सुना है।" जुआन टामस ने कहा–"हर साल ही तो देते हैं।"

दोनों भाई चलते जाते थे और कनखियों से इधर-उधर देखते जाते थे, जैसे उनके बाप-दादे और उनके भी बाप-दादे पिछले चार सौ सालों से देखा करते थे। इस तरह देखना उन्होंने तब शुरू किया जब पहले-पहल कुछ अजनबी तर्कों और

अधिकारों के साथ आए थे और उनके इन तर्कों और अधिकारों के पीछे बारूद और गोली थी। इन चार सौ सालों में किनो की जाति के लोगों ने बचाव का सिर्फ़ यह तरीका सीखा था—जरा-सी आँख दबाकर कनखियों से देखना और होंठों को जरा-सा सख्त करके अपने खोल में वापस जा घुसना। इस लक्ष्मण रेखा को कभी कोई नहीं लांघ पाता था और इस दीवार के पीछे कोई भी उनका बाल बाँका नहीं कर सकता था।

एकत्र हुए लोगों का यह जुलूस बड़ा धीर-गम्भीर था। सबको इस दिन के महत्त्व का पता था। अगर कोई बच्चा खांसने, रोने-चीख़ने का भाव दिखाता, या चुपके से टोप उतारना चाहता या बाल बिगाड़ने लगता तो उसके साथवाले बड़े लोग होंठों पर उँगली रखकर 'शू-शू' कर देते। यह दिन इतना महत्त्वपूर्ण था कि एक बूढ़ा अपने लम्बे-तड़ंगे भतीजे के कन्धों पर चढ़कर तमाशा देखने आया था। जुलूस अब झोंपड़ियों को छोड़कर पत्थर-चूने के मकानोंवाली बस्ती में आ गया था। यहाँ सड़कें अधिक चौड़ी थीं और मकानों के सामने पतली पट्टी जैसी पक्की खुली ज़मीन थी। गिरजे के सामने से निकलते ही पहले की तरह भिखमंगे भी साथ लग लिए। परचूनिए गर्दनें तान-तानकर इन सबको जाते हुए देखने लगे। छोटे-छोटे शराबघरों में एक भी ग्राहक नहीं था। मालिकों ने भी उसमें ताले डाले और साथ-साथ चल पड़े। कस्बे की सड़कों पर धूप कड़ाके की पड़ रही थी और ज़मीन पर नन्हे-नन्हे पत्थरों तक की परछाइयाँ खिंच आई थीं।

जुलूस के आने की ख़बर पहले ही पहुँच गई थी और अपनी-अपनी अँधेरी गद्दियों में बैठे, मोती-व्यापारी तनकर चौकन्ने हो गए थे। उन्होंने कागज निकालकर सामने फैला लिए थे, ताकि जब किनो आए तो वे काम में व्यस्त दिखाई दें। अपने मोती उन्होंने दराजों में उठाकर रख दिए। एक निहायत खूबसूरत मोती के मुकाबले छोटे-मोटे मोतियों का रहना अच्छा नहीं लगता। किनो के मोती की खूबसूरती की चर्चा उनके कानों तक पहले ही पहुँच चुकी थी। मोतियों के व्यापारियों की गद्दियां एक ही पतली-सी गली में इकट्ठी थीं। खिड़कियों में लोहे की छड़ें लगी थीं और रोशनी रोकने के लिए लकड़ी की पतली-पतली फट्टियां ठुकी थीं। इससे कोठरियों में नाम को ही उजाला आ पाता था।

एक भारी-भरकम सुस्त-सा आदमी एक गद्दी में बैठा राह देख रहा था। चेहरे पर बुजुर्गी और दयालुता थी और आँखें अपनेपन के भाव से चमकती रहती थीं। वह सुबह ही सबसे नमस्कार करता, बड़ी आत्मीयता और तपाक से हाथ मिलाता और हालचाल पूछता। बड़ा ही हँसमुख आदमी था और उसे दुनिया-भर के चुटकुले याद थे। फिर भी दूसरों के दुःख-दर्द भी उसकी आँखों में रहते थे। हँसी-ठिठोली के बीच भी उसे सामनेवाले की चाची की मौत की बात याद रहती, और मिलनेवाले

के किसी नुकसान के दुःख से उसकी आँखें भर आतीं। आज की सुबह उसने गुलदान में बड़ी-बड़ी पंखुड़ियोंवाला सुर्ख जवा का फूल लगाकर अपने सामनेवाली चौकी पर सजाया था। गुलदान के पास ही काली मखमल-मढ़ी मोती रखनेवाली तश्तरी रखी थी। आज उसने ऐसी कसकर हजामत बनाई थी कि दाढ़ी में बालों की नीली-नीली जड़ें झलकने लगी थीं। हाथ खूब साफ़ किए थे और नाख़ून कटे-छंटे दुरुस्त थे। उसके खुले हुए दरवाजे आज की सुबह का अभिनन्दन कर रहे थे। मुँह ही मुँह में कुछ गुनगुनाता जाता था और उसके हाथ बाजीगरी के खेल का अभ्यास कर रहे थे। एक सिक्के को साधकर उँगलियों के गट्टों पर आगे-पीछे लुढ़काने का खेल कर रहा था। कभी सिक्का गायब हो जाता, कभी दीखने लगता और कभी चमचम चमकता हुआ फिरकनी की तरह नाचने लगता। सिक्का झलक दिखाकर एकाएक गायब हो जाता। अपने इस कमाल की ओर उसका ध्यान कतई नहीं था। उँगलियाँ बस मशीन की तरह निहायत सधे ढंग से यह सब कर रही थीं और वह खुद ही गुनगुनाता हुआ रह-रहकर बाहर झाँक लेता था। तभी उसे आती हुई भीड़ के पैरों की थप्-थप् सुनाई दी और उसके दाहिने हाथ की उँगलियाँ और भी तेज़ी से अपने खेल में लग गईं। आख़िर किनो दरवाजे के बीचोबीच खड़ा दिखाई दिया। सिक्का चमककर गायब हो गया।

"नमस्कार भैया!" भारी-भरकम दलाल बोला—"मेरे लायक सेवा?" उस छोटी-सी कुठरिया के धुंधलके में किनो आँखें गड़ा-गड़ाकर देख रहा था। बाहर के चौंधे के कारण उसकी आँखें मिचमिचा रही थीं। लेकिन व्यापारी की आँखें, बाज की आँखों की तरह अपलक, स्थिर और बेदर्द थीं, साथ ही बाक़ी सारा चेहरा स्वागत में मुस्कुरा रहा था। चौकी की आड़ में उसका दाहिना हाथ चुपचाप सिक्के के खेल का अभ्यास किए जा रहा था।

किनो ने कहा—"मेरे पास एक मोती है।" जुआन टामस उसके पास ही खड़ा था। किनो के ऐसे मरियल ढंग से मोती की बात कहने पर उसने मुँह बिगाड़कर नाक से फुफकार छोड़ी। सारे पड़ोसी दरवाजे में इधर-उधर से झाँक रहे थे, बच्चे खिड़कियों की छड़ों पर जा चढ़े थे और वहाँ से ताक-झाँक कर रहे थे। अनेक छोटे-छोटे लड़के घुटनों और हाथों के बल घोड़ा बने किनो के पैरों के इधर-उधर से सारा दृश्य देख रहे थे।

"बस, एक ही मोती है?" व्यापारी ने पूछा। "कोई-कोई आदमी तो कभी दर्जन-भर मोती ले आता है। खैर, लाओ तुम्हारा मोती भी देखें। जाँच-परख के बाद हम तुम्हें अच्छी-से-अच्छी कीमत देंगे," और उधर उसकी उँगलियाँ सिक्के को अन्धाधुन्ध नचा रही थीं।

किनो को अपने आप ही मालूम पड़ गया था कि उसका प्रभाव कैसा जबर्दस्त

और नाटकीय पड़ने जा रहा था। बड़े इत्मीनान से उसने चमड़े की थैली निकाली, बड़े ही धीरे-धीरे मृगछाला का गंदा-मुलायम टुकड़ा बाहर किया और सामने रखी काली मखमल की तश्तरी में मोती लुढ़काने के साथ ही उसकी निगाहें व्यापारी के चेहरे पर जा जमीं। लेकिन चेहरे पर कोई शिकन नहीं आई, कोई हरकत नहीं हुई और वैसा ही जड़-अप्रभावित बना रहा, लेकिन चौकी की ओट में छिपा हाथ इस बार अपने सधाव में चूक गया। उँगली की एक गाँठ से टकराकर सिक्का व्यापारी की गोद में लुढ़क आया और चौकी की आड़ में उँगलियाँ सिमटकर मुट्ठी की शक्ल में बदल गईं। दाहिना हाथ ओट से सामने आ गया। बड़ी उँगली ने मोती को उठाकर पारखी की आँखों के पास किया और फिरकनी की तरह उसे हवा में घुमा दिया।

किनो साँस रोके रहा, पड़ोसी साँस रोके रहे और फुसफुसाहट भीड़ में पीछे तक तैरती चली गई—"अभी तो परख रहा है। अभी दाम नहीं बोले हैं। अभी तक कोई कीमत तय नहीं हुई है।"

व्यापारी का हाथ अलग और स्वतंत्र व्यक्तित्व बन गया था। हाथ ने उस अमूल्य मोती को तश्तरी में वापस लुढ़का दिया और उँगली ने बढ़कर उपेक्षा से जरा-सा परे धकेल दिया। चेहरे पर तरस और उपेक्षा-भरी मुस्कान आ गई।

"अफसोस है दोस्त," वंह बोला तो कन्धे इस तरह ठेल दिए कि मखमली तश्तरी के किनारों से वह दो-तीन बार इधर से उधर टकराया।

"तुमने शेखचिल्ली के सोने का किस्सा तो सुना होगा न?" व्यापारी बोला—"यह भी शेखचिल्ली के सोने की तरह है। इतना बड़ा है कि इसे खरीदेगा कौन? ऐसी चीजों का कोई खरीदार नहीं होता। यह तो सिर्फ़ एक अजूबा है। मुझे अफसोस है दोस्त! तुम सोच बैठे हो कि बड़ी ऊँची कीमत की चीज है, लेकिन यह तो एक अजूबा-भर है। इससे ज़्यादा इसकी कोई वकत नहीं है।"

किनो के चेहरे पर परेशानी और चिन्ता के बादल घिर आए। चिल्लाकर बोला—"यह दुनिया का सबसे निराला मोती है। आज तक किसी ने कभी ऐसा मोती नहीं देखा।"

"बल्कि यह कहो..." व्यापारी ने बीच में ही बात काट दी—"कि यह इतना बड़ा और बेडौल है। अजूबे के रूप में ज़रूर चीज दिलचस्प है। कोई अजायबघर अपने शंख-सीपियों के संग्रह में रखने के लिए भले ही खरीद ले। मैं इसके लिए तुम्हें ए...ए...एक हजार पीसो तक दे दूँगा।"

किनो का चेहरा काला और खतरनाक हो उठा। कहने लगा—"इसका दाम पचार हजार है। आप खुद जानते हैं, लेकिन मुझे उल्लू बनाना चाहते हैं।"

कीमत सुनते ही भीड़ में शिकायत की भनभनाहट यहाँ से वहाँ तक तैर गई और व्यापारी ने भी उसे सुना। उसके मन में भय की एक सुरसुरी फैल गई।

जल्दी से बोला—"मुझे दोष क्यों देते हो भाई, मैं तो सिर्फ़ पारखी हूँ। औरों से जाकर पूछ लो, उनकी गद्दियों में जाकर मोती जंचवा लो, या उन्हें भी बुला लो। तब अपनी आँख से देख लेना कि हमारी कोई सांठ-गाँठ नहीं है। अरे ओ लड़के," उसने नौकर को आवाज़ दी। नौकर ने जब पीछे के दरवाजे से झाँका तो बोला—"अरे लड़के, जाकर फलाने-फलाने दो-तीनों को बुला ला। बस, उनसे आने को कह दीजो, यह मत बतइयो, क्यों बुलाया है। कह देना, जरा-सा मिलना है। बड़ी मेहरबानी होगी—एक मिनट को चले चलें।" और उसका दाहिना हाथ फिर चौकी के पीछे चला गया। उसने जेब से दूसरा सिक्का निकाला और वह उसकी उँगलियों के गट्टों पर फिर आगे-पीछे लुढ़कने लगा।

किनो के सारे पड़ोसी फुस-फुस करके सलाह करने लगे। उनको भी कुछ ऐसा ही डर था। मोती आकार में बड़ा ज़रूर था, लेकिन इसका रंग बड़ा अनोखा-सा था। उनके मन में शुरू से ही इसे लेकर बड़ा शक था। हजार पीसो भी आख़िर नाली में पड़ा नहीं मिलता—उसे ठुकराना कहाँ की अक्लमंदी है। निर्धन के लिए तो यही बड़ा धन है। मान लो, किनो हजार पीसो पर तैयार हो जाए! कल तक तो घर में भूनी भाँग नहीं थी।

लेकिन किनो एकदम अडिग और दृढ़ हो गया था। उसे लग रहा था मानो तकदीर सामने से सरकती चली आ रही है, चारों तरफ़ से भेड़िये घिर आए हैं और गिद्ध मंडराने लगे हैं। उसे महसूस हुआ मानो दुष्टता और मक्कारी उसके चारों ओर पाँव रोपकर जम गई है और अपने आपको बचाना उसके बस के बाहर की बात है। कानों में वही दुष्ट संगीत सुनाई दे रहा था। काली मखमल पर अभी भी वह दुर्लभ मोती इस तरह जगमगा रहा था कि व्यापारी की आँखें उधर से हट नहीं पा रही थीं।

दरवाजे की भीड़ में हलचल हुई, बीच से रास्ता बना तो मोतियों के तीन और व्यापारी अंदर आ गए। भीड़ अब एकदम चुप और शान्त थी, कहीं ऐसा न हो कि कोई शब्द कानों से चूक जाए, चेहरे का कोई भाव, कोई मुद्रा देखने से रह जाए। किनो चुप और चौकन्ना था। पीठ पर उसे कुछ कसमसाहट-सी महसूस हुई, मुड़ा तो उसकी निगाहें जुआना की निगाहों से जा टकराईं। जब वापस सिर घुमाकर सामने की ओर देखा तो उसके भीतर नई शक्ति लहरा रही थी।

व्यापारियों ने न तो एक-दूसरे से आँखें मिलाईं, न मोती की तरफ़ देखा। चौकी के पीछेवाले ने कहा—"भाइयो, इस मोती का दाम मैंने लगा दिया है। मोती जिसका है वह समझता है कि दाम बाजिव नहीं है। मैं चाहता हूँ, आप इस सामनेवाली चीज को परखकर अपनी बोली दें। देख लो," उसने किनो की ओर देखकर कहा—"मैंने जो दाम लगाए हैं वो इनको नहीं बताए।"

एक बेरुखे और रूखे-से व्यापारी ने ऐसा भाव दिखाया मानो मोती को पहली बार देख रहा हो। उसने मोती उठाया, अँगूठे और उँगली में घुमाया और फिर बड़ी हिकारत के साथ उसे वापस तश्तरी में डाल दिया।

उसने रूखेपन से कहा—"मुझे तो भाई, इस भाव-ताव में शामिल मत करो। मैं कोई बोली नहीं बोलूँगा। मुझे इसकी ज़रूरत नहीं है। यह कोई मोती है? अरे, यह तो दानव है, दानव!" और उसने पतले-पतले होंठ झटक दिए।

अब दूसरे व्यापारी ने मोती हाथ में लेकर बड़े गौर से परखा। उसका स्वर बड़ा धीमा और मुलायम था। जेब से उसने आतिशी शीशा निकालकर मोती के बड़े आकार को जाँचा। फिर बड़े धीमे से हँसा।

"आजकल मसाले के मोती इससे अच्छे बनने लगे हैं।" उसने कहा—"मुझे इन चीज़ों की असलियत पता है। यह मोती बड़ा नरम और भुरभुरा है। कुछ ही महीनों में इसका रंग उड़ जाएगा और यह किसी काम का नहीं रहेगा। देखो, देखो, तुम खुद देख लो—" उसने अपना आतिशी शीशा किनो की ओर बढ़ा दिया और इस्तेमाल का ढंग समझा दिया। किनो ने इससे पहले मोती की सतह को कभी बड़े आकार में नहीं देखा था। उसने जो मोती की अजब-सी सतह देखी तो सिर चकरा गया।

तीसरे व्यापारी ने मोती किनो के हाथ से लेकर कहा—"मेरे एक ग्राहक को ऐसी चीजों का शौक है। इसलिए मैं इसके पाँच सौ पीसो तक दे दूँगा। पट गया तो उस ग्राहक को छः सौ में भिड़ा दूँगा।"

किनो ने आगे झपटकर मोती उसके हाथ से छीन लिया। वापस उसे मृगछाला में लपेटा और कमीज के भीतर ठूँस लिया।

चौकी के पीछेवाले ने कहा—"तब तो मैं ही बेवकूफ रहा। खैर, एक बार मैंने जो दाम लगा दिए, वही अभी भी हैं। अभी भी मैं हजार देने को तैयार हूँ।" किनो ने जब सामने से मोती उठाकर जल्दी से जेब में ठूँसा तो वह कहता रह गया—"अरे, अरे, यह क्या करते हो?"

"उल्लू बनाने को मैं ही मिला।" वह दहाड़कर बोला—"मुझे यहाँ अपना मोती नहीं बेचना। हो सका तो राजधानी जाकर बेच आऊँगा।"

अब व्यापारियों ने तेज़ी से एक-दूसरे को आँखों ही आँखों में इशारे किए। समझ गए कि ज्यादती हो गई। यह भी जान गए कि अपनी इस चूक के लिए आड़े हाथों लिए जाएँगे। चौकीवाले ने फुर्ती से कहा—"अच्छा भाई, मैं तुम्हें पन्द्रह सौ तक दे दूँगा। बस?"

लेकिन किनो भीड़ ठेलता बाहर निकल आया था। बात की भनभनाहट-भर ही उसके कान में पड़ी। ख़ून खौलकर उसके कानों में ठोकरें मार रहा था। भन्नाता

हुआ बाहर आया और लम्बे-लम्बे डग रखता हुआ एक ओर चल दिया। जुआना भागती-भागती चल रही थी।

रात हुई। झोंपड़ियों में बैठे-बैठे मकई की रोटियाँ और मटर खाते हुए पड़ोसी सुबहवाले विषय पर ही वाद-विवाद कर रहे थे। वे तो कुछ समझते नहीं थे, हाँ, मोती ज़रूर उन्हें कुछ ऊँची किस्म का और बढ़िया लगा था, लेकिन ऐसा मोती पहले कभी किसी ने देखा तो था नहीं। उनकी अपेक्षा व्यापारी लोग मोती के दाम के बारे में ज़्यादा समझते होंगे। कहने लगे—''एक बात पर ध्यान दो, इन बातों पर व्यापारियों ने कोई बातचीत ही नहीं की। तीनों जानते थे कि मोती अनमोल है।''

''मान लो, उनकी पहले से ही सांठ-गाँठ हो तो?''

''इसका मतलब तो यह हुआ कि ये लोग हमें सारी ज़िंदगी उल्लू ही बनाते रहे हैं।''

कुछ की दलील थी कि अगर किनो पन्द्रह सौ पीसो पर ही मान जाता तो शायद सौदा बुरा नहीं था। इतना पैसा बहुत होता है। उसने तो कभी देखा भी नहीं होगा। शायद किनो ने बहुत ही बड़ी बेवकूफी कर डाली है। मान लो, वह राजधानी जा भी पहुँचे और वहाँ उसे मोती का कोई खरीदार ही न मिले तो? झटका संभालना मुश्किल हो जाएगा किनो से।

जो जरा भीतर से डरपोक थे, वे बोले—''अब तो आगे व्यापारी किनो से सौदे की बात करना भी पसन्द नहीं करेंगे। किनो ने खुद अपने पैरों पर कुल्हाड़ी मार ली है। खुद अपना गला काट लिया कम्बख्त ने।''

कुछ का कहना था कि किनो बहादुर और धाकड़ आदमी है। उसने बिल्कुल ठीक किया। उसकी दिलेरी से हम सबका फायदा होगा। उन्हें किनो पर गर्व था।

अपनी झोंपड़ी में किनो चटाई पर आलथी-पालथी मारकर बैठा-बैठा विचारों में डूबा था। घर के चूल्हे के एक पत्थर के नीचे उसने मोती को गाड़ दिया था और अपनी सोनेवाली चटाई की बुनी हुई सींकों को अपलक टकटकी लगाए देखे जा रहा था। आख़िर चटाई की आड़ी-तिरछी सींकें उसके सिर में नाचने लगीं। एक दुनिया उसके हाथ से चली गई थी और दूसरी उसे मिली नहीं थी। किनो को डर भी लग रहा था। ज़िंदगी में कभी घर से दूर बाहर परदेस में गया नहीं। नए-नए लोगों और नई-नई जगहों से वैसे ही उसे डर लगता था। राजधानी नाम के उस अजनबी राक्षस के नाम से ही उसे पसीना छूटता था—वहाँ सभी कुछ तो अजान और अपरिचित है। सागर के उस पार, पहाड़ों के भीतर न जाने कहाँ हजारों मील दूर जाकर शहर बसा है, और हर अपरिचित-अनजान मील उसके लिए भूत जैसा डरावना है। लेकिन अब ओखली में सिर दे ही दिया तो मूसलों से क्या डरना! एक दुनिया जब छूट ही गई तो दूसरी में छलांग लगाए बिना चारा भी तो नहीं था। भविष्य का वह सपना

भी तो अब उसके लिए यथार्थ ही बन गया था और उसे वह किसी भी कीमत पर नष्ट नहीं होने देना चाहता था। और चूँकि उसने अपने मुँह से कह दिया था कि 'मैं राजधानी जाऊँगा', तो बात उसके लिए वास्तविकता ही बन गई थी। मन में जाने की ठान लेना और एक बार मुँह से कह देना ही आधा रास्ता तय कर लेने के बराबर था।

जिस समय वह मोती गाड़ रहा था, जुआना उसे देख रही थी। कोयोतितो के मुँह-हाथ साफ़ करने से लेकर दूध पिलाती और सुलाती जाती थी और किनो को देखती जाती थी। फिर उसने रात के खाने के लिए रोटियां सेंक दीं।

जुआन टामस आकर किनो के पास ज़मीन पर ही बैठ गया। देर तक बिना बोले चुपचाप बैठा रहा। आख़िर किनो ने ही सवाल किया—"तुम्हीं बताओ, मैं और क्या करता? वो तो साले सबके-सब ठग हैं।"

जुआन टामस ने सिर हिलाकर संजीदगी से हामी भरी। वह बड़ा था, इसलिए किनो उससे कोई समझदारी की सलाह चाहता था। "हर बात को समझना बड़ा मुश्किल है।" वह कहने लगा—"लेकिन इतना हम ज़रूर जानते हैं, जन्म से लेकर कफन तक में हमारी जेब काटी जाती है। मगर हम हैं कि सब सह लेते हैं और जिए चले जाते हैं। आज तुमने अकेले मोतियों के व्यापारियों को ही ठेंगा नहीं दिखाया, तुमने सारी व्यवस्था को, ज़िंदगी की एक लीक को ठोकर मार दी है। इसलिए तुम्हें लेकर मैं डरता हूँ।"

"ज़्यादा से ज़्यादा भूखों ही तो मर जाऊँगा या और कुछ?" किनो ने पूछा।

लेकिन जुआन टामस ने धीरे से सिर हिला दिया—"खैर, उससे तो हम सभी का डरना उचित ही है। पर मान लो, तुम्हारी बात ही सही है, मान लो तुम्हारा मोती बहुत ही ऊँचे दामों की चीज है, तब क्या तुम समझते हो कि बात यहीं खत्म हो जाएगी?"

"क्या मतलब?"

"यह तो मैं नहीं जानता।" जुआन टामस ने जवाब दिया—"लेकिन तुम्हें लेकर मन में डरता हूँ। तुम एक नई धरती पर चल रहे हो और रास्ते की तुम्हें कोई जानकारी नहीं है।"

"मैं चला जाऊँगा। जल्दी ही चला जाऊँगा।" किनो ने कह दिया।

"हाँ-हाँ," बात मानकर जुआन टामस कहने लगा—"सो तो तुम्हें जाना ही चाहिए। पर मैं नहीं सोचता कि राजधानी में तुम्हें कोई नई या दूसरी बात मिलेगी। यहाँ तो तुम्हारे यार-दोस्त हैं, मैं तुम्हारा भाई हूँ। वहाँ तो कोई भी नहीं होगा।"

"तो आख़िर मैं करूँ क्या?" किनो चीख़ उठा—"यह तो बड़े जुल्म की बात है। मुन्ने को एक बार पढ़ने का अवसर मिलना ही चाहिए। और इसी की वो लोग

जड़ खोदने पर तुले हैं। अपने यार-दोस्तों का ही तो मुझे भरोसा है। वे ही मुझे बचाएँगे–"

"सिर्फ़ उस वक्त तक, जब तक इससे खुद उनके ऊपर किसी तरह की आँच नहीं आती।" कहकर जुआन टामस उठ खड़ा हुआ। "अच्छा, ख़ुदा हाफिज।"

किनो ने भी कह दिया–"ख़ुदा हाफिज।" लेकिन निगाह उठाकर उधर नहीं देखा। उसे उन शब्दों में अजीब ठण्डापन महसूस हुआ।

जुआन टामस के जाने के बाद बड़ी देर तक किनो चटाई पर बैठा उधेड़बुन में लगा रहा। एक अजब अलस-जड़ता और बदरंग निराशा उसके ऊपर छा गई थी। लगता था, हर रास्ता उसके लिए बंद हो गया है। सिर के भीतर सिर्फ़ गूँजता सुनाई देता था शत्रु का काला-कलुषित संगीत। उसकी चेतना सुलगकर सजीव हो उठी थी। अपने लोगों से उसे एक सहज शक्ति मिली थी–सारी सृष्टि के साथ, हर चीज के साथ प्रगाढ़ संबंध की अनुभूति, और इस समय वह इसी अनुभूति में डूब गया था। घिरती हुई रात की हल्की से हल्की आहट उसे सुनाई पड़ रही थी, अपनी-अपनी जगहों पर जाकर बैठती चिड़ियों की निंदासी शिकायतें, बिल्लियों के प्यार की दर्दीली आवाज़ें, किनारे पर लहरों का टक्कर मारकर लौट पड़ना और बाहर के फैले खुलाव की साँय-साँय की आवाज़ें उसके कानों में आ रही थीं। और भाटे के उतरते पानी में बाहर निकल आई सेवार की तीखी गंध यहाँ तक आती थी। जलती टहनियों की नन्ही-सी लपट, चटाई के नक्शे को उसकी चेतना-शून्य आँखों के आगे उछाल रही थी।

बड़े चिन्तित भाव से जुआना यह सब देख रही थी। लेकिन वह किनो को जानती थी। जानती थी कि चुप रहकर और उसके आसपास ही बनी रहकर वह उसे सबसे बड़ा सहारा दे सकती है। जैसे पाप का संगीत उसे भी सुनाई पड़ रहा था और इसलिए स्वयं परिवार के राग को मधुर-मधुर गाकर, परिवार के कल्याण, ऊष्मा-प्यार और सम्पूर्णता के राग को गुनगुनाकर वह उस दुष्ट संगीत से लड़ रही थी। कोयोतितो को गोदी में लेकर पाप के गीत को परे धकेल देने के लिए उसे लोरी सुना रही थी। कुटिल गीत के खतरे के सामने भी उसका स्वर निष्कंप और निडर था।

किनो न तो हिला-डुला, न ही उसने खाना माँगा। जुआना जानती थी, जब उसकी इच्छा होगी, तभी माँगेगा। किनो की आँखें जैसे मोहाच्छन्न हो गई थीं और उसे भास रहा था जैसे झोंपड़ी के बाहर कहीं कोई बेहद सतर्क, चौकन्नी दुष्ट छाया खड़ी है। लगता था, रात में वह बाहर निकले–बस, इसी घात में मानो कोई काली सरकती चीज वहाँ तैयार बैठी है। भूत जैसी वह चीज कहीं छिपी बैठी है और बेहद डरावनी है, लेकिन मानो उसे पुकार-पुकारकर गालियाँ दे रही है, डरा-धमका रही है

और बार-बार ललकार रही है। दाहिने हाथ ने कमीज के भीतर का चाकू छुआ और उसकी आँखें फैल उठीं। वह उठ खड़ा हुआ और दरवाजे की ओर बढ़ा।

जुआना के मन में आया कि उसे रोक दे। उसने रोकने को हाथ बढ़ाया भी, लेकिन मारे डर के उसका मुँह बस खुलकर रह गया। बड़ी देर तक किनो अँधेरे में आँखें गड़ा-गड़ाकर देखता रहा, फिर बाहर निकल आया। जुआना को हल्की-हल्की-सी भाग-दौड़, फूँ-फूँ के साथ हाथापाई और फिर धमाका-सा सुनाई दिया। खौफ के मारे पहले तो एक मिनट को उसे लकवा मार गया, पर फिर बिल्ली की तरह उसके दांत होंठों को ठेलकर बाहर निकल आए। कोयोतितो को ज़मीन पर सुलाया और चूल्हे से एक पत्थर उठाकर बाहर की ओर लपकी। लेकिन तब तक दुश्मन खेल खेल चुका था। किनो धरती पर पड़ा उठने के लिए छटपटा रहा था। आसपास कोई नहीं था। सिर्फ़ कुछ छायाएँ, लहरों की टकराहट, दौड़ना और दूर की साँय-साँय। लेकिन कुछ अशुभ था जो चारों तरफ़ समाया था—फूस की बाड़ के पीछे छिपा था, घर के अँधेरे में घुटनों के बल सरक रहा था, हवा में मँडरा रहा था।

जुआना ने पत्थर एक ओर फेंका और बाँहों में भरकर किनो को उठाकर खड़ा कर दिया, फिर सहारा देकर घर में भीतर ले आई। उसकी कनपटी से ख़ून बह-बहकर टपक रहा था। कनपटी पर कान से लेकर ठोड़ी तक कटने का गहरा, ख़ून-सना निशान था, जैसे किसी ने झटके से फाड़ दिया हो। किनो नीम-बेहोशी की हालत में था और सिर को कभी इधर और कभी उधर झटक देता था। कमीज ऊपर से नीचे तक फट गई थी, कपड़े आधे अस्त-व्यस्त हो गए थे। जुआना ने उसे चटाई पर बैठाया और चेहरे के गाढ़े पड़ते ख़ून को लहँगे से पोंछ डाला। छोटी-सी सुराही में ताड़ी लाकर पीने को दी। फिर भी वह इस तरह सिर झटकता रहा मानो आँखों के अँधेरे को दूर झाड़ फेंकना चाहता हो।

"कौन था?" जुआना ने पूछा।

"पता नहीं।" किनो ने जवाब दिया—"मैंने देखा नहीं।"

जुआना पानी-भरा घड़ा ले आई और चेहरे का घाव धोने लगी। इस बीच किनो भौंचक-सा बस अपने सामने घूरता रहा।

"किनो, मेरे मालिक किनो!" उसने पुकारकर कहा तो वह सूनी-सूनी आँखों से कहीं उसके पार देखता रहा—"किनो, मेरी बात सुनते हो किनो?"

"हाँ, सुनता हूँ।" वह बेजान-सा बोला।

"किनो, यह मोती मनहूस है। यह हमारा सत्यानाश कर डालेगा। इससे पहले ही हम इसे ठिकाने लगा दें। पत्थर से इसे चूर-चूर कर दें या समुद्र में ही वापस फेंक दें। वहीं की यह चीज है। किनो, यह मनहूस है, यह मनहूस है।"

वह बोल रही थी और किनो की आँखों में रोशनी लौट आई थी और खौफनाक

तरीके से वे जगमगाने लगी थीं। उसकी मांसपेशियाँ कठोर हो उठी थीं और संकल्प-शक्ति बलवती हो गई थी।

"नहीं..." उसने जवाब दिया—"मुझे इस चीज से ही लड़ना है। और इस लड़ाई को जीतना ही है। हमसे जो कुछ करते बनेगा, ज़रूर करेंगे।" आवेश से उसने चटाई पर मुक्का मारकर कहा—"हमसे हमारी किस्मत कोई नहीं छीन सकता।" उसकी आँखों में नरमाहट आ गई। उसने प्यार से अपना हाथ जुआना के कन्धे पर रख दिया—"मेरी बात मान ले।" वह बोला—"मैं मर्द हूँ।" और उसके चेहरे पर काइयाँपन उतर आया।

"कल सुबह ही हम अपनी डोंगी उठाएँगे और दोनों सागर के पार, पहाड़ों के पार राजधानी चलेंगे। कोई हमें यों ठग नहीं सकता। मैं मर्द-बच्चा हूँ।"

"किनो!" भर्राए गले से जुआना कहने लगी—"मुझे डर लगता है। मर्द मारे भी तो जाते हैं। हम इस मोती को समुद्र में ही फेंक दें तो अच्छा है।"

"चोप।" किनो ने दहाड़कर डाँट दिया—"मैं मर्द-बच्चा हूँ। अब चुप हो जा।" जुआना चुप हो गई, क्योंकि इस बार किनो के स्वर में आदेश था। वह बोला—"अब थोड़ी-सी देर सो लें। सुबह तड़के ही हम लोग निकल चलेंगे। मेरे साथ जाने में डर तो नहीं लगता न?"

"नहीं राजा, नहीं।"

तब किनो की आँखें जुआना के प्रति नरमी और प्यार से भर आईं। उसका गाल थपथपाकर बोला—"अच्छा, अब चल, थोड़ा-सा सो लें।"

5

मुर्गे की पहली बाँग से पहले ही कृष्ण-पक्ष का चाँद आसमान में उठ आया था। किनो को अपने पास ही कुछ आहट-सी लगी तो अँधेरे में ही उसकी आँखें खुल गईं। वह जरा भी हिले-डुले बिना, बस, आँखों से इधर-उधर टटोलता रहा। फूस की झिर्रियों से आती पीली-पीली चाँदनी में किनो ने देखा, जुआना चुपचाप उसकी बगल से उठी और चुपके से चूल्हे की तरफ़ बढ़ी। ऐसे दबे पाँव, सावधानी से वह यह सब कर रही थी कि जब उसने चूल्हे का पत्थर उठाया तो बहुत ही बेमालूम-सी आहट सुनाई पड़ पाई। फिर छाया की तरह वह दरवाजे की ओर सरकी। पालने में लेटे कोयोतितो के पास आकर वह पल-भर को ठिठकी, फिर जरा-सी देर को दरवाजे में काली-काली छाया दीखी और निकल गई।

गुस्से से किनो का सिर भन्ना उठा। पाँव समेटकर उठा और उसी तरह

चुपके-चुपके उसके पीछे हो लिया। सागर-तट की ओर तेज़ी से लपकते कदमों की आवाज़ सामने सुनाई पड़ रही थी। शीघ्र ही उसने जुआना को जा पकड़ा। उसकी आँखों में ख़ून उतर आया था। झप से वह झाऊ की झाड़ियों से बाहर निकलकर पत्थरों पर लुढ़कती-पुढ़कती पानी की ओर बढ़ ही रही थी कि उसने किनो के आने की आवाज़ सुन ली। अब वह दम छोड़कर दौड़ पड़ी। जैसे ही फेंकने के लिए उसने हाथ ऊँचा किया कि किनो ने उछलकर उसे जा दबोचा और ज़ोर से बाँह मरोड़कर मोती हाथ से छीन लिया। दाँत भींचकर ज़ोर का एक मुक्का जो मुँह पर मारा तो वह पत्थरों पर जा पड़ी। उसने दो ठोकरें और ऊपर से जड़ दीं। पीली-पीली चाँदनी में उसने देखा, छोटी-छोटी लहरें उस पर छहराती हुई चढ़ रही हैं और लहँगा पानी पर तैर आया है। पानी के लौटने के साथ लहँगा टाँगों पर लिथड़ गया।

किनो ने नीचे पड़ी जुआना को देखा, गुस्से से उसके दांत बाहर निकल आए थे और वह साँप की तरह फुफकार रहा था। धरती पर पड़ी जुआना, कसाई के सामने पड़ी भेड़ की तरह फटी-फटी बेखौफ आँखों से उसे ताक रही थी। वह जानती थी कि उस पर हत्या सवार है; और गलती भी उसकी नहीं। उसके क्रोध को उसने स्वीकार कर लिया था। प्रतिकार और विरोध, उसने कुछ भी नहीं किया। तब उसका गुस्सा उतर गया और एक रुग्ण वितृष्णा से उसका मन भर उठा। वह उधर से पलटा और किनारे-किनारे होता हुआ झाऊ की झाड़ियों के बीच से लौटने लगा। उद्वेग और उत्तेजना ने उसकी चेतना को निस्पन्द और कुन्द कर दिया था।

उसे फिर कुछ भाग-दौड़-सी सुनाई पड़ी तो झपाक् से चाकू निकाल लिया और एक काली छाया पर टूट पड़ा। उसे लगा कि चाकू किसी के शरीर में उतर गया है। तभी उसके पाँव उखड़ गए, पहले घुटनों के बल गिरा, फिर धरती पर लुढ़कने लगा। किसी की ललचाई उँगलियाँ जल्दी-जल्दी उसके कपड़ों को टटोलने लगीं। उन भूखी उँगलियों ने उसकी अच्छी तरह तलाशी ली...लेकिन इस छीना-झपटी में मोती उसके हाथ से छूटकर पगडण्डी के एक पत्थर के पीछे पड़ा-पड़ा आँखें मटकाता रहा और मधुर चाँदनी में झिलमिल-झिलमिल करता रहा।

जुआना पानी के किनारेवाली चट्टानों पर जैसे-तैसे अपने-आपको घसीटती चल रही थी। उसके चेहरे पर पथराया दर्द था और एक तरफ़ की पसली टीस रही थी। घुटनों को कड़ा करके उसने संभलने की कोशिश की तो लहँगा शरीर से चिपक गया। किनो के मन में कहीं गुस्सा नहीं था। उसने कहा था—'मैं मर्द हूँ।' जुआना के लिए इस शब्द के कुछ विशेष अर्थ थे। आशय था कि वह आधा पागल, झक्की और आधा देवता है। आशय था कि किनो पहाड़ से टक्कर ले सकता है और सागर को मथ सकता है। और नारी मन में जुआना यह भी जानती थी कि पहाड़ का कुछ नहीं बिगड़ेगा, लेकिन आदमी टूट जाएगा। सागर वैसे ही लहरें लेता रहेगा और

आदमी डूब जाएगा। मगर यही तो जोम था जिसके कारण वह मर्द था—आधा पागल और आधा देवता था। और जुआना को मर्द की ज़रूरत थी, मर्द के बिना वह रह नहीं सकती थी। हालांकि आदमी और औरत के अन्तर की इस पहेली में उलझकर शायद उसका दिमाग चक्कर खा जाता, लेकिन वह उसे समझती थी, स्वीकार करती थी और उसे ये अन्तर आवश्यक लगते थे। इसमें तो कोई सन्देह ही नहीं कि किनो जैसा कहेगा, वह वही करेगी। आख़िर औरत के गुण, उसका विवेक, चौकन्नापन, सावधानी और कल्याण की भावना, किनो के इस 'मर्दपने' को तोड़कर उसके भीतर तक पैठ ही जाएँगे और इससे सबका कल्याण होगा। वह बड़े कष्ट से उठ खड़ी हुई, दोनों हाथों का चुल्लू बनाकर छोटी-छोटी तरंगों से पानी लिया और चुनचुनाते खारे पानी से अपना खरोंचें लगा मुँह धो डाला था। वह किनारे पर घिसटती हुई किनो के पीछे चल रही थी।

नन्ही-नन्ही मछलियों जैसे बादलों की एक पट्टी दक्षिणी आकाश से उठकर ऊपर घिर आई थी। बादलों के चकत्तों में कभी चाँद डूब जाता और कभी बाहर निकल आता। जुआना कभी छाया में चलती, कभी चाँदनी में। दर्द से उसकी पीठ झुकी जा रही थी और सिर झूल रहा था। जब वह झाऊ की झाड़ियों में होकर चल रही थी तो चाँद ओट में था। जैसे ही बादलों के पीछे से बाहर आया कि निगाह पगडण्डी पर पत्थर के पीछे मोती की जगमगाहट पर जा पड़ी। धप् से घुटनों के बल झुककर मोती उठा लिया। चाँद फिर बादलों के पीछे अंधेरे में चला गया। घुटनों के बल बैठी-बैठी जुआना इसी उधेड़बुन में थी कि चाँदनी फिर निकल आई। उसने देखा—सामने पर रास्ते में दो काली-काली छायाएँ धरती पर पड़ी हैं। झपटकर आगे बढ़ी। उनमें से एक तो किनो ही था, दूसरा कोई अपरिचित था। उसके गले से काला-काला चमकीला तरल पदार्थ धारी बनकर बह रहा था।

बड़ी मुश्किल से जैसे-तैसे किनो हिला। उसके हाथ-पाँव कुचली हुई कलीली की तरह छटपटाए, गले से भारी-सी घरघराहट निकली और क्षण भर में जुआना को समझ में आ गया कि पुरानी ज़िंदगी अब हमेशा के लिए विदा ले चुकी है। पगडण्डी पर पड़ा हुआ एक मरा आदमी, और ख़ून से काला पड़ा, पास ही गिरा किनो का चाकू—उसकी समझ में सारी बात आ गई। इस बीच सारे समय जुआना भरसक यही कोशिश करती रही थी कि जैसे भी हो, मोती पाने के पहलेवाले सुख-चैन का कुछ अंश ही किसी तरह वापस मिल जाए, कुछ बचा लिया जाए। लेकिन अब तो सब चला गया, उसका कुछ भी हाथ नहीं आएगा। और जैसे ही यह बात उसकी समझ में आई, उसने झटके से सारे अतीत का मोह त्याग दिया। अब तो अपनी जान बचाने के सिवा कोई चारा नहीं है।

उसका दर्द और जड़ता सब उड़ गए। फुर्ती से उस मरे आदमी की लाश को

रास्ते से घसीटकर झाऊ के पीछे डाल दिया। फिर किनो के पास जाकर भीगे लहँगे से उसका चेहरा पोंछा। वह होश में आ रहा था और कराहने लगा था।

"मेरा मोती छीन ले गए राक्षस। जुआना, मोती हाथ से चला गया। सारा खेल खत्म हो गया।" वह कहने लगा—"मोती चला गया।"

जुआना ने उसे इस तरह पुचकारकर चुप किया जैसे किसी बच्चे को चुप कर रही हो। बोली—"चुप-चुप। देखो, यह रहा तुम्हारा मोती। रास्ते में पड़ा मिला था। कुछ सुनाई दे रहा है? यह रहा तुम्हारा मोती। समझ में आया? लेकिन तुमने एक आदमी की जान ले ली है। अब हमें भागना पड़ेगा। लोग हमें पकड़ने आएँगे। कुछ समझ रहे हो? दिन निकलने से पहले ही हमें निकल चलना चाहिए।"

"मेरे ऊपर वार किया था।" किनो ने बेचैनी से बताया—"मैंने तो अपनी जान बचाने को मारा था।"

"कल की बात याद है?" जुआना ने पूछा—"तुम्हारे खयाल से वे मान जाएँगे? कस्बे के लोगों को भूल गए हो क्या? सोचते हो, तुम्हारी इस सफाई का उनके ऊपर कुछ असर पड़ेगा?"

किनो ने गहरी साँस खींची और कमज़ोरी परे झटककर फेंक दी। बोला—"नहीं। कोई नहीं सुनेगा। तू ही सच कहती है।" उसका शरीर और संकल्प फिर कठोर हो आए और अब वह फिर से वही पुराना मर्द था।

"घर जाकर कोयोतितो को उठा ला।" उसने जुआना से कहा—"और जितना भी अन्न घर में हो, सब उठा लाना। मैं डोंगी को पानी में खींचता हूँ। हम लोग अभी निकल चलते हैं।"

उसने अपना चाकू उठाया और चल पड़ा। लड़खड़ाता, टकराता वह किनारे की ओर बढ़ा और डोंगी के पास आ पहुँचा। जैसे ही चाँदनी फिर से साफ़ हुई तो उसने देखा, डोंगी के पेंदे को तोड़कर बड़ा-सा छेद बना है। अब तो वह गुस्से से जैसे भनभना उठा। शरीर में नई ताकत आ गई। अंधियारा उसके परिवार को लीलने बढ़ा चला आ रहा था। दुष्ट संगीत रात में यहाँ से वहाँ तक गूँज उठा था—पेड़ों के झुरमुटों पर झूल रहा था और लहरों की धड़कनों में चिचिया रहा था। उसके बाप-दादों की डोंगी, जिसमें जाने कितनी बार मसाला चढ़ा है, और आज उसी को कोई यों फोड़ गया है। ऐसा पाप तो कल्पना के बाहर की चीज है। आदमी की हत्या इतना बड़ा पाप नहीं, जितना नाव की हत्या करना। क्योंकि नाव के तो बेटे भी नहीं होते, न वह अपना खुद बचाव कर पाती है। घायल हो जाने पर आदमी की तरह उसका घाव भी नहीं भरता। किनो के गुस्से में व्यथा थी। लेकिन इस आख़िरी चोट ने उसके कलेजे को ऐसा पत्थर कर दिया कि अब उसे संसार की कोई चीज नहीं तोड़ सकती थी। अब वह सिर्फ़ एक जानवर रह गया था, जिसे कहीं अपना

सिर छिपाना था, ज़रूरत पर हमला करना था और सिर्फ़ अपने परिवार को बचाने के लिए जिन्दा रहना था। उसके सिर-दर्द हो रहा था, लेकिन उसे इसका होश ही नहीं था। वह किनारे से कूदता-फांदता, झाऊ वन से होता हुआ घर की ओर लपका। उसे यह सूझा ही नहीं कि किसी पड़ोसी डोंगी को ले ले। जिस तरह नाव तोड़ने की बात उसके दिमाग के बाहर थी, उसी तरह किसी दूसरे की डोंगी ले लेने की बात भी उसके मन में आई ही नहीं।

मुर्गे बाँग देने लगे थे। पौ फटने में देर नहीं थी। सुबह के चूल्हों का धुआँ झोंपड़ियों की दीवारों से छन-छनकर निकलने लगा था और मकई की रोटी सिंकने की पहली गंध हवा में तैर रही थी। सुबह की चिड़ियों ने झाड़ियों में जाने कब इस डाल से उस डाल पर फुदकना शुरू कर दिया था। निस्तेज़ चन्द्रमा का प्रकाश फीका पड़ने लगा था और दक्षिण की ओर बादल गाढ़े होकर तह पर तह जमाने लगे थे। खाड़ी में बड़ी व्याकुल घबराई-सी तेज़ हवा, आँधी के आसार लिए अभी-अभी चलने लगी थी। हवा में बेचैनी और परिवर्तन के लक्षण थे।

अपने घर की ओर जल्दी-जल्दी कदम बढ़ाते हुए किनो के मन में उल्लास की लहरें उठ रही थीं—अब कहीं कोई झमेला नहीं था, अब तो एक ही काम करना था। किनो का हाथ पहले तो कमीज में रखे उस दुर्लभ मोती पर गया, फिर कमीज में झूलते चाकू पर।

सामने उसे हल्का उजाला दिखाई दिया ही था कि अँधेरे में, आग का भभूका-सा ऊपर आसमान की ओर उठा, कड़-कड़ करती आवाज़ आई और आग की विराट होली से सारा रास्ता भकभका उठा। किनो दम छोड़कर दौड़ा। वह जानता था कि यह उसी की झोंपड़ी जल रही है। और झोंपड़ियों का क्या है, देखते-देखते जल जाती हैं, इस बात को भी वह जानता था। वह भागा जा रहा था कि एक हड़बड़ाती छाया उसकी ओर दौड़ती आती दीखी—यह जुआना थी। गोदी में कोयोतितो था और किनो का दुशाला हाथ में लिए थी। बच्चा डर के मारे हिचकियाँ लेकर रो रहा था। किनो ने देख लिया कि घर चला गया है। उसने जुआना से कोई सवाल-जवाब नहीं किया। उसे पता था, फिर भी जुआना ने बताया—"घर सारा तोड़-फोड़ डाला था और फर्श खुदा पड़ा था। पालने तक को उलटा पटक गए थे। मैं भीतर जाकर यह सब देखने में लगी थी कि बाहर से आग लगा दी।"

जलते हुए घर की भीषण लपट किनो के चेहरे को प्रचण्ड रूप से दीप्त कर रही थी। उसने पूछा—"कौन था?"

"पता नहीं।" जुआना ने जवाब दिया—"वही राक्षस होंगे।"

पड़ोसी लोग गिरते-पड़ते अपनी-अपनी झोंपड़ियों से बाहर निकल आए थे और उछलती हुई चिनगारियों को ताक रहे थे। जैसे ही कोई अंगारा गिरता कि पाँव से

कुचल देते ताकि अपने घर पर आँच न आए। हठात् किनो भयभीत हो उठा। रोशनी ने उसे भयभीत कर दिया और पगडण्डी के किनारे झाड़ी में मरे पड़े आदमी का उसे ध्यान हो आया। उसने जुआना को बाँह से खींचकर रोशनी से परे एक घर की आड़ में कर लिया, क्योंकि रोशनी से उसे भी खतरा था। क्षणभर वह सोच-विचार करता रहा, फिर आड़ ही आड़ में होता हुआ अपने भाई जुआन टामस के घर पर आ गया। चुपके से अंदर घुसकर पीछे से जुआना को भी खींच लिया। बाहर बच्चों की चिल्ल-पौं और पड़ोसियों की चीख़-पुकार सुनाई दे रही थी। उसके मित्रों का खयाल था कि वह जलते घर के अंदर ही फँसा रह गया है।

जुआन टामस का घर हू-ब-हू किनो के घर जैसा था। सारी ही झोंपड़ियाँ एक जैसी थीं और सभी की झिर्रियों से हवा और रोशनी आती। इसलिए भाई के घर में, एक कोने में बैठे जुआना और किनो को दीवार के उस ओर से छलाँगें लगाती लपटें साफ़ दिखाई दे रही थीं। उन्होंने देखा कि लपटें ऊँची और क्रोधोन्मत्त होती चली जा रही हैं, फिर उन्हें छत गिरती दिखाई दी, फिर देखते-ही-देखते आग इस तरह ठण्डी हो गई जैसे फूस की आग प्रायः ठण्डी हो जाती है। दोस्तों को सावधान करती और खतरे को चेताती आवाज़ें सुनाई दे रही थीं। जुआन टामस की पत्नी अपोलोनियाँ की चिचियाती, प्रचण्ड दहाड़ें सुनाई दे रही थीं। वह सबसे पास की औरत रिश्तेदार थी, इसलिए परिवार के मरनेवालों के लिए ज़ोर-ज़ोर से बाकायदा स्यापा कर रही थी।

अचानक अपोलोनियाँ को लगा कि उसकी ओढ़नी सबसे अच्छी वाली नहीं है, कुछ कम अच्छी वाली है। सबसे अच्छी और नई ओढ़नी लेने वह घर की ओर लपकी। दीवार के सहारे का सन्दूक खोल ही रही कि किनो का निरुद्विग्न स्वर सुनाई दिया–"अपोलोनियाँ भाभी, रोओ मत, हमें कुछ भी नहीं हुआ है।"

"अरे, तुम यहाँ कैसे?" उसने चौंककर पूछा।

"बहस मत करो।" किनो ने कहा–"जाकर पहले जुआन टामस को बुला लाओ। और देखो भाभी, हमारे हित के लिए यही ज़रूरी है, तुम किसी से कुछ भी मत बताना।"

असहाय-से हाथ सामने फैलाए वह ठिठक गई। फिर बोली–"बहुत अच्छा देवर।"

कुछ देर में ही उसके साथ जुआन टामस भी आ पहुँचा। उसने एक मोमबत्ती जलाई और इन लोगों के पास ही चला आया। ये लोग एक कोने में सिमटे-सिमटाए बैठे थे। बोला–"अपोलोनियाँ, दरवाजे पर निगाह रखना। किसी को भीतर मत आने देना।" जुआन टामस बड़ा था, इसलिए अब अधिकार से उसने पूछा–"हाँ तो भाई..."

किनो ने बताया–"अँधेरे में छिपकर मेरे ऊपर किसी ने हमला किया। लड़ाई

में मैंने एक का काम तमाम कर दिया।''

''कौन था?'' फौरन ही जुआन टामस ने सवाल किया।

''मुझे नहीं मालूम। चारों ओर अँधेरा ही अँधेरा था। और उस घुप अँधेरे में वह व्यक्ति भी अँधेरे की बनी छाया जैसा ही लगता था।''

''यह मोती की करामात है।'' जुआन टामस ने कहा—''उस मोती में शनि का वास है। बेच-बाचकर इस शनि से भी छुट्‌टी पा लेते। चाहो तो अभी भी बेचकर अपने लिए चैन और शान्ति खरीद लो।''

''खूब,'' किनो बोल उठा—''अरे भैया, मेरी जो बेइज्जती की गई है, उसके सामने मेरी ज़िंदगी कुछ भी नहीं है। बड़ी गहरी चोट मुझ पर पड़ी है। वहाँ किनारे पर मेरी नाव तोड़ दी, मेरा घर, यहाँ सामने ही फूँक-फाँक दिया, और उधर झाड़ी में एक आदमी मरा पड़ा है। अब तो कोई रास्ता दिखाई ही नहीं देता। भैया, हमें छिपा लो।''

बड़े गौर से किनो देख रहा था कि भाई की आँखों में गहरी चिन्ता के बादल घिर आए हैं। लगा, शायद वह इन्कार कर दे। जल्दी से आगे बोला—''बहुत दिनों को नहीं, सिर्फ़ यह दिन बीत जाए और रात हो जाए तो हम लोग खुद चले जाएँगे।''

''हाँ, हाँ, मैं तुझे छिपा लूँगा।'' जुआन टामस ने जवाब दिया।

''तुम्हारे ऊपर मैं कोई मुसीबत नहीं लाना चाहता।'' किनो ने कहा—''मुझे पता है, मैं कोढ़ जैसा खतरनाक हूँ। आज रात को चला जाऊँगा, फिर तो तुम्हारा बाल बाँका भी नहीं होगा।''

''मैं तुझे बचाऊँगा।'' कहकर उसने अपोलोनियाँ से कहा—''दरवाज़ा बन्द कर ले और ख़बरदार, जो मुँह से एक शब्द भी निकाला कि किनो यहाँ है।''

घर के अंदर अँधेरे में वे लोग साँस रोके चुपचाप बैठे रहे। अपने बारे में बातें करते पड़ोसियों का स्वर उन्हें सुनाई देता रहा। झोंपड़ी की दीवारों से लम्बे बाँस लेकर, राख में उनकी हड्डियां तलाश करते पड़ोसी लोग दिखाई दे रहे थे। जुआन टामस के घर घुटनों में सिर दिए बैठे हुए उन्होंने सुना, नाव के टूटने की ख़बर से किस तरह पड़ोसियों के बीच, दिली चोट की लहर फैल गई। पड़ोसियों को शक न हो, इसलिए जुआन टामस भी उनमें जाकर शामिल हो गया था और किनो, जुआना और बच्चे के साथ क्या-क्या बीत सकता है, इस बारे में अपनी धारणाएँ और तरह-तरह के अनुमान बताता रहा। एक से उसने कहा—''मुझे तो लगता है उन पर जो आफत आई हुई थी, उससे बचने के लिए वे किनारे-किनारे दक्षिण की तरफ़ निकल गए हैं।'' दूसरे को बताया—''किनो से समुद्र कभी नहीं छूटेगा। हो सकता है, उसे कोई दूसरी नाव मिल गई हो।'' साथ ही जड़ दिया—''मारे दुःख के अपोलोनियाँ तो बेहाल हो गई। घर में बीमार पड़ी है।''

और उस दिन खाड़ी को कूट डालने के लिए हवा कमर कसे चल रही थी। पानी के किनारे लगे सिवार और मोथे उखड़-पुखड़कर बिखर गए थे और झोंपड़ियों में होकर आँधी चीत्कार करती घूम रही थी। सागर में कोई नाव सुरक्षित नहीं थी। अब जुआन टामस ने पड़ोसियों को बताया, "किनो तो सदा को ही चला गया समझो। समुद्र के जरिए गया होगा तो ज़रूर कहीं डूब-डाब गया होगा।" और जितनी बार वह पड़ोसियों के पास जाता, कुछ-न-कुछ सामान उधार माँग लाता। एक बार चटाई का बुना छोटा-सा थैला लाया, उसमें लाल मटर भरे थे, साथ में तूँबा-भरे चावल थे। सुखाई हुई काली मिर्चों की कटोरी और नमक का ढेला उधार माँग लाया—फिर काम-काज करने का अठारह इंची भारी-सा चाकू उठा लाया। चाकू क्या, छोटी-मोटी कुल्हाड़ी ही था। हथियार का हथियार और औजार का औजार। चाकू देखते ही किनो की आँखों में चमक आ गई। प्यार से उसने फल पर हाथ फेरा, अँगूठा रखकर धार को जाँचा।

खाड़ी के पानी पर आँधी हू-हू करती दौड़ रही थी और पानी को मथकर सफेद झागों से भर दिया था। पेड़ों ने सहमे हुए जानवरों की तरह धरती में सिर गड़ा लिए थे। ज़मीन से महीन रेत के बगूले उड़ रहे थे और समुद्र के ऊपर दमघोंटू बादल बनकर छाए हुए थे। आंधी ने इन बादलों को खदेड़ भगाया था, आसमान को झाड़-पोंछकर साफ़ कर दिया था और रेत को बरफ के ढेर की तरह एक ओर सरका दिया था।

जब रात होने लगी तो जुआन टामस देर तक भाई से बातें करता रहा—"जाएगा कहाँ?"

"उत्तर को चला जाऊँगा।" किनो ने बताया—"सुना है, उत्तर में बहुत-से शहर हैं।"

"समुद्र के किनारे बच-बचकर जाना।" वह बोला—"सागर-तट पर तलाश करने के लिए वे सब लोग एक दल बना रहे हैं। कस्बे के लोग तो घात में ही रहेंगे। मोती तो तेरे ही पास है न?"

"हाँ, मेरे पास है।" उसने जवाब दिया—"और इसे मैं अपने पास ही रखूँगा। पहले मैं इसे शायद पूजा में भेंट की तरह दे भी देता, लेकिन अब तो यह मेरा दुर्भाग्य मेरी ज़िंदगी बन गया है। इसलिए मैं ही इसे अपने पास रखूँगा।" उसकी आँखें कठोर, बेरहम और तीखी हो उठीं।

कोयोतितो कुनमुनाने और ठुनकने लगा तो उसे चुप करने को जुआना ने मुँह ही मुँह में कुछ मन्त्र-टोटके पढ़ने शुरू कर दिए।

"इस वक्त आँधी का चलना ठीक है।" जुआन टामस ने बताया—"पीछे कोई निशान ही नहीं बचेगा।"

चाँद उगने से पहले ही, अँधेरे में ये लोग चुपचाप निकल पड़े। बड़े कायदे से सारा परिवार जुआन टामस के घर खड़ा था। ओढ़नी से लिपटे, झूलते कोयोतितो को जुआना अपनी पीठ पर लिए थी। जुआना के कन्धे के साथ उसकी कनपटी एक ओर टिकी थी और बच्चा सो गया था। ओढ़नी से बच्चा ढका था और उसका एक छोर रात की दुष्ट हवा से बचाव करने के लिए तिरछा जुआना की नाक को ढके था। जुआन टामस ने भाई को दो बार बाँहों में भरकर छाती से लगाया और उसके दोनों गालों को चूमकर कहा—"ख़ुदा हाफिज।" लगा, जैसे किसी के मरने पर कहते हों—"तो तुम मोती का मोह नहीं छोड़ोगे?"

किनो ने जवाब दिया—"भैया, यह मोती मेरी आत्मा बन गया है। अगर इसे छोड़ दूँगा तो अपनी आत्मा गंवा दूँगा। अच्छा, तुम्हारा भी ख़ुदा हाफिज।"

6

भयानक और प्रचण्ड आँधी चल रही थी और शाखें-टहनियाँ, धूल, कंकड़ आ-आकर उन्हें लग रहे थे। जुआना और किनो कसकर कपड़ों को शरीर पर लपेटे थे। नाक ढकी थी और बाहर दुनिया में निकल पड़े थे। आंधी ने आसमान को धो-पोंछकर साफ़ कर दिया था और तारे काले आसमान में निरपेक्ष जड़ भाव से चमक रहे थे। दोनों बड़ी सावधानी से चल रहे थे। कस्बे के बीचवाले हिस्से को बचाते हुए घूमकर निकले थे। कौन जाने पैली में सोया हुआ कोई उन्हें देखदाख ही ले। रात होते ही कस्बा अपने-आपको समेटकर सिकोड़ लेता था, सब अपने-अपने घरों को बन्द कर लेते थे। इसलिए अँधेरे में किसी चलते-फिरते आदमी की ओर फौरन ध्यान चला जा सकता था। किनो बस्ती के किनारे-किनारे घूमकर उत्तर की ओर मुड़ पड़ा था। सितारों के सहारे उत्तर दिशा खोजता हुआ। आगे पहियों की लीकवाला दगरा पकड़ लिया जो झाऊ के जंगलों में होकर लोरेटो की तरफ़ जाता था। वहीं तो सिद्ध 'कुमारी' का पीठ है।

अपने टखनों पर उड़ती रेत के थपेड़े महसूस करके किनो बड़ा खुश हो रहा था। अब पीछे पैरों के निशान नहीं छूटेंगे—रेत उन्हें भर देगी। तारों की मद्धिम रोशनी, झाऊदार जंगलों के बीच सँकरा रास्ता दिखाती चल रही थी। अपने पीछे आती जुआना के पैरों की धप्-धप् किनो को सुनाई पड़ रही थी। वह चुपचाप और फुर्ती से चला जा रहा था, जुआना को उसका साथ रखने के लिए बीच-बीच में दौड़ना पड़ता था।

किनो के भीतर कुछ पुराना और आदिम तत्त्व कसमसा रहा था। अंधकार और निशाचरों के डर को चीरकर उल्लास का एक अजीब झोंका उसे रोमांचित कर

जाता था। आदिम पशु का कोई तत्त्व था जो उसमें सक्रिय हो उठा था और वह निहायत सावधान, चौकन्ना और खूँखार हो उठा था। पुराने युग के पुरखों का कोई तत्त्व था जो उसमें भी जाग उठा था। आँधी अब उसकी पीठ पर थी और सितारे रास्ता दिखा रहे थे। आँधी झाऊ में हू-हू करती चीत्कार करती रही और परिवार एक के बाद दूसरा घण्टा, एक ही गति से लगातार चलता रहा। न रास्ते में कोई मिला और न किसी ने उन्हें देखा। और आख़िर दाहिनी ओर पीला-पीला चाँद उठने लगा। जब ऊपर आ गया तो आँधी अपने-आप ठण्डी पड़ गई और धरती-मैदान सब शान्त हो गए।

अब इन्हें अपने सामने जाती सड़क और पहियों की गहरी चली जाती लीकें साफ़-साफ़ नज़र आने लगीं। आँधी के जाने के साथ ही पैरों के निशान छूटने लगेंगे। लेकिन अब तो कस्बे से दूर भी काफी निकल आए हैं। हो सकता है, उनके निशानों पर किसी का ध्यान ही न जाए। किनो बड़ी होशियारी से पहिए की गाड़ (लीक) में पाँव रख-रखकर चल रहा था और जुआना ठीक उसी तरह अनुसरण कर रही थी। सुबह कोई भारी-सी गाड़ी कस्बे की ओर जाएगी तो पैरों के रहे-सहे निशान मिट जाएँगे।

सारी रात दोनों चलते रहे और उन्होंने चाल में कोई फ़र्क़ नहीं आने दिया। एक बार कोयोतितो जाग गया तो जुआना ने उसे उठाकर सामने की ओर ले लिया और दुलार-पुचकारकर फिर से सुला दिया। रात में घूमनेवाले दुष्ट जीव उनके चारों ओर घिरे थे। झाऊ के भीतर सियार और भेड़िये चीख़ते और हँसते थे, ऊपर उनके सिरों पर उल्लू चीख़ मार उठते और सूँ-सूँ करने लगते थे। एक बार कोई बड़ा-सा जानवर भी झूमता-झामता सामने से गुजर गया—उसके पैरों के नीचे के घास-फूस चटर-चटर कर रहे थे। किनो की मुट्ठी लम्बे चाकू पर कस गई। चाकू का साथ होना उसे बड़ा सहारा और सुरक्षा की भावना दे रहा था।

मोती का संगीत किनो के मन में अब विजेता बनकर गूँज रहा था और परिवार की प्रशान्त रागिनी संगत कर रही थी, और धूल पर पड़ती धीरे-धीरे धप्-धप् करती कदमों की लय के साथ-साथ दोनों चले जा रहे थे। सारी रात चल चुकने पर पौ फटने के साथ ही सबसे पहले किनो ने आसपास किसी आड़वाली जगह की तलाश करनी शुरू कर दी—ताकि दिन में वहाँ पड़ रहा जाए। सड़क के पास ही किनो को एक ऐसी जगह दीख गई। सड़क के किनारेवाले सूखे खंखड़ पेड़ों की घनी आड़ के पीछे ही एक छोटी-सी खुली जगह थी। यहाँ शायद हिरन लोट लगाते होंगे। यहाँ आते समय सीधी सड़क से हटकर जो पैरों के निशान बन गए थे, उन्हें एक टहनी लेकर किनो ने सावधानी से झाड़कर मिटा दिया। तभी, सुबह की पहली किरण के साथ ही उसने एक गाड़ी के आने की खड़-खड़ सुनी। वह सड़क के किनारे ही नीचे

झुककर छिप गया। देखा, एक भारी-सी बैलगाड़ी सामने से निकली–उसमें दो सूखे-मुर्झाए-से बैल जुते थे। जब यह दूर जाकर आँखों से ओझल हो गई तो किनो ने फिर सड़क पर जाकर पहिए की गाड़ में देखा–पैरों के निशान मिट गए थे। उसने फिर अपने निशान झाड़कर मिटा दिए और जुआना के पास लौट आया।

जुआना ने उसे, अपोलोनियाँ द्वारा रास्ते के लिए बाँधी मकई की मुलायम रोटियाँ खाने को दीं। फिर कुछ देर बाद उसे नींद आ गई। लेकिन किनो धरती पर बैठा-बैठा सामने की ज़मीन को अपलक देखता रहा और चींटियों के एक छोटे-से जत्थे को जाते देखता रहा। जत्था उसके पैर के पास आ गया तो उसने रास्ते में पाँव रख दिया और चींटियों की पाँत अपने पंजों के ऊपर से होकर चलते देखता रहा।

सूरज ऊपर आकर तपने लगा था। अब ये लोग खाड़ी से काफी दूर थे–इसलिए लू चल रही थी। गर्मी से झाऊ तनकर सख़्त हो गए थे और उनसे सोंधी गंध निकल रही थी। जुआना की नींद टूटी तो सूरज सिर पर आ गया था। किनो उसे वो बातें बताने लगा था जिन्हें वह पहले से ही जानती थी।

''उस तरह के पेड़ से होशियार रहना।'' उँगली से इशारा करके उसने बताया–''छूना नहीं। अगर उसे छूकर आँखों को हाथ लग गए तो अंधी हो जाएगी। और देख, उस सामनेवाले पेड़ से भी होशियार रहना। उसमें से ख़ून जैसा लाल-लाल पानी टपकता है। अगर उसकी डाली तोड़ेगी तो उससे ख़ून बहने लगेगा। यह बड़ा भारी असगुन माना जाता है। आफत आती है।'' उसने हामी भरी और मुस्कुराने लगी। ये सब बातें तो उसे पहले से ही पता हैं।

उसने पूछा–''वो लोग हमारा पीछा तो नहीं करेंगे? तुम्हारा क्या खयाल है, हमें खोजने की कोशिश करेंगे वो लोग?''

''ज़रूर करेंगे।'' किनो ने जवाब दिया–''जो भी हमें पकड़ लेगा, उसे मोती जो मिलेगा। अरे, वो तो हमें खोजने में ज़मीन-आसमान एक कर देंगे।''

जुआना कहने लगी–''शायद व्यापारी ठीक ही कहते थे। मोती कौड़ी कीमत का नहीं लगता। शायद हम लोगों को ही भ्रम हो गया है।''

किनो ने कपड़ों में हाथ डालकर मोती बाहर निकाल लिया और धूप में उसका जगमगाना देखता रहा। आख़िर उसकी चमक उसकी आँखों में जलन पैदा करने लगी। बोला–''नहीं...अगर ये बेकार और किसी कीमत का न होता तो वो लोग इसे हमसे यों चुराने की कोशिश ही क्यों करते?''

''जिसने तुम्हारे ऊपर हमला किया था उसे पहचानते हो? व्यापारियों की करतूत है?''

''पता नहीं।'' किनो ने कहा–''मैं देख नहीं पाया।''

अपने सपने की खोज में उसने फिर मोती को गौर से देखा–''जब भी कभी

यह बिके, मैं एक बंदूक ज़रूर खरीदूँगा।'' और मोती के चमकीले पानी में वह बंदूक का प्रतिबिम्ब तलाश करने लगा, लेकिन वहाँ केवल एक मुड़ी-तुड़ी-सी लाश धरती पर पड़ी दिखाई दी जिसकी गर्दन से चमकदार ख़ून टपक रहा था। और तब वह जल्दी से कह उठा—''बहुत बड़े गिरजे में जाकर हम लोग शादी करेंगे।'' और मोती में देखा, पिटा हुआ चेहरा लिए जुआना रात में घिसटती चली आ रही है घर की ओर। ''हमारा मुन्ना ज़रूर पढ़ना-लिखना सीखेगा।'' वह जैसे उन्माद में बोलता रहा। मोती की सतह पर, दवा के असर से कड़ा पड़ा हुआ, बुखार से तमतमाया कोयोतितो का चेहरा झाँक रहा था।

किनो ने मोती वापस कपड़ों में ठूँस लिया। मोती का संगीत उसके कानों को बड़ा पाप और गुनाह से भरा लगने लगा जो कुटिल संगीत में घुल-मिलकर एकाकार हो गया था।

धरती पर कड़कड़ाती धूप पड़ने लगी थी, इसलिए किनो और जुआना झाऊ की पट्टीदार छाँह के नीचे सरक गए। छोटी-छोटी भूरे रंग की चिड़ियाँ छाँह में इधर-उधर फुदक रही थीं। दिन की गर्मी के बावजूद किनो सुस्ताने लगा। आँखें टोप से ढक लीं और मक्खियों से बचने के लिए दुशाला मुँह पर लपेट लिया तो नींद आ गई।

लेकिन जुआना की नींद उड़ गई थी। वह पत्थर की तरह चुप बैठी थी और उसका चेहरा एकदम भावहीन और शान्त था। जहाँ किनो ने मारा था वहाँ उसका मुँह अभी भी सूज रहा था। बड़ी-बड़ी मक्खियाँ उसकी ठोड़ी की चोट पर भिनभिना रही थीं। मगर वह पहरेदार की तरह निश्चल बैठी रही। कोयोतितो जागा तो उसने अपने सामने ज़मीन पर ही बैठा लिया और उसे हाथ-पाँव चला-चलाकर खेलते देखती रही। वह उसकी ओर टुकुर-टुकुर देखकर मुस्कुराया और गूँ-गूँ करने लगा तो वह भी मुस्कुराने लगी। ज़मीन पर पड़ी एक टहनी उठाकर वह उसे गुदगुदाने लगी, फिर पोटली से पानी निकालकर उसे पानी पिलाया।

सोते हुए कोई सपना देखकर किनो कुनमुनाया और घरघराई आवाज़ में बर्राने लगा। उसने हाथ को इस तरह झटका दिया जैसे किसी से लड़ाई कर रहा हो। फिर वह कराहने लगा और अचानक झटके से उठ बैठा। आँखें फैली हुई थीं और नथुने फड़क रहे थे। कानों में सिर्फ़ कड़कती धूप और दूर की साँय-साँय ही सुनाई दे रही थी—और वह कान खड़े करके उसे ही सुनने लगा।

''क्या बात है?'' जुआना ने पूछा।

''चुप।'' किनो बोला।

''सपना देख रहे थे क्या?''

''यही होगा।'' लेकिन वह बहुत बेचैन-सा हो उठा था। जुआना ने सामान में से मकई की रोटी निकालकर दी तो उसे चबाते-चबाते सहसा रुककर फिर सुनने

लगा। बड़ा व्याकुल और घबराया हुआ-सा था। गर्दन घुमाकर कन्धे के ऊपर से देखा और बड़ावाला चाकू उठाकर उसकी धार पर उँगली फेरने लगा। ज़मीन पर बैठे कोयोतितो ने गूँ-गूँ किया, तो एकदम बोल उठा—"इसे चुप कर दे।"

"बात क्या है?"

"पता नहीं।"

वह फिर कानों पर ज़ोर देकर सुनने लगा। आँखों में जानवरों जैसी हिंस्र चमक आ गई। फिर वह बहुत ही आहिस्ते से उठ खड़ा हुआ और नीचे झुका-झुका झाउओं में रास्ता बनाता सड़क की तरफ़ बढ़ने लगा। लेकिन सड़क पर न आकर एक कंटीले पेड़ की आड़ में खड़े होकर जिस रास्ते से आया था उधर आँखें गड़ा-गड़ाकर देखने लगा। और तब उसकी निगाह दूर से चले आते लोगों पर पड़ी। शरीर तन गया और सिर गड़ाप् से नीचे करके, गिरकर नीचे लटकती हुई एक डाली के नीचे से झाँक-झाँककर देखने लगा। दूरी पर तीन छायाकृतियाँ दिखाई दे रही थीं, दो पैदल और एक घोड़े पर सवार। वह समझ गया कि ये लोग कौन हैं, और भय की एक ठंडी फुरहरी उसके शरीर में दौड़ गई। दूर होने के बावजूद उसने देख लिया कि पैदल चलनेवाले दोनों आदमी बहुत धीरे-धीरे ज़मीन पर झुके-झुके चल रहे हैं। लो, उनमें से एक ठिठक गया, तब तक दूसरा भी पास आ गया। ये खोजिए थे। पथरीले पहाड़ों पर मेढ़ों के सुराग खोज निकालना इनके बाएँ हाथ का खेल था। शिकारी कुत्तों जैसी इनकी तेज़ निगाहें और घ्राण-शक्ति थी। लो, शायद कहीं वह और जुआना पहिये की लीक से बाहर चलने लगे होंगे और मैदानों के रहनेवाले ये शिकारी, किसी टूटे तिनके, या ठोकर से बनी छोटी-सी धूल की ढेरी को सूँघते-सूँघते पीछे लगे चले आ रहे हैं। उनके पीछे घोड़े की पीठ पर एक काला आदमी था, उसने कम्बल से नाक तक ढक रखी थी और रकाब के पास आड़ी बंदूक धूप में चमचमा रही थी।

किनो ठूँठ जैसा निर्जीव होकर पड़ा रहा। ऊपर की साँस ऊपर और नीचे की नीचे थी। उसकी निगाह उस जगह चली गई जहाँ निशान मिटाने के लिए उसने टहनी से झाड़ दिया था। झाड़ने के वे निशान भी तो इन खोजियों को पता देने को काफी होंगे। इन मैदानी शिकारियों को वह खूब जानता है। उस जगह पर जहाँ कोई शिकार नहीं मिलता, वहाँ भी ये लोग रह लेते हैं, क्योंकि शिकार को खोज निकालने की इनमें अद्भुत क्षमता होती है। और ये ही अब उसके शिकार पर निकल पड़े हैं। ये लोग धरती पर जानवरों की तरह फुदक-फुदककर चल रहे थे। अचानक इन्हें कोई निशान दीख जाता तो उस पर झुक पड़ते। इस बीच घोड़ेवाला खड़ा-खड़ा राह देखता रहता।

खोजी हल्के से इस तरह कुनमुना उठे, जैसे किसी के जाने के ताजा-ताजा छूटे निशानों को देखकर उत्तेजित कुत्ते बेचैनी से कुनमुना उठते हैं। किनो ने धीरे

से चाकू खींचकर हाथ में पकड़कर तैयार कर लिया। क्या करना होगा, यह भी उसने तय कर लिया। अगर इन खोजियों को झाड़ी हुई जगह दीख जाती है तो वह उछलकर सबसे पहले घोड़ेवाले पर टूट पड़ेगा और फौरन उसका काम तमाम करके उसकी बन्दूक छीन लेगा। बस, यही रास्ता अब दुनिया में उसके लिए बचा है। जैसे-जैसे वे तीनों पास आते गए, वह चप्पल के अँगूठे से ज़मीन में छोटे-छोटे गड्ढे बनाता रहा, ताकि एकदम बिना ज़रा भी आवाज़ किए वह छलाँग लगा सके और उसके पाँव रेत में न फिसलें। गिरी हुई डाली के पीछे उसे बहुत थोड़ा-सा ही क्षेत्र दीखता था।

उधर जुआना लौटकर छिपने की जगह पहुँची ही थी कि घोड़े की टापों की धप्-धप् सुनी। कोयोतितो गूँ-गूँ कर रहा था। उसने झट से उसे गोदी में उठाकर ओढ़नी से ढका और उसके मुँह में स्तन देकर चुप कर दिया।

जब खोजिए काफी पास आ गए तो गिरी हुई डाली के पीछे से किनो को उनकी और घोड़े की सिर्फ़ टाँगें-भर दिखाई देती थीं। किनो को इन आदमियों के काले-काले सींगों जैसे सख्त पाँव और फटे-चिथड़े कपड़े दिखाई दे रहे थे। रकाब के चमड़े की चरमराहट और एड़ की झनन-झनन भी सुनाई पड़ रही थी। झाड़ी गई जगह आकर खोजिए रुके और गौर से जगह को जाँचने लगे। घोड़ेवाला भी रुक गया। लगाम खींचकर घोड़े ने ज़ोर से गर्दन झटकी और लगाम का लोहा उसकी जबान के नीचे दांतों में कड़-कड़ बोला। घोड़ा ज़ोर से हिनहिनाया तो खाजियों ने मुड़कर घोड़े को गौर से देखा और खासकर उसके कानों की तरफ़ ध्यान दिया।

किनो की साँस बन्द थीं, लेकिन उसकी पीठ तनकर धनुष की तरह खिंच गई थी और तनाव के मारे शरीर की मांसपेशियाँ, हाथ-पाँव ऐंठकर बाहर निकले पड़ रहे थे और ऊपर के होंठ पर पसीने की धारी बह आई थी। देर तक खोजिए सड़क पर झुके खड़े रहे, फिर धीरे-धीरे ज़मीन जाँचते हुए आगे बढ़ गए। घुड़सवार भी पीछे-पीछे चलने लगते। किनो जानता था, ये लोग वापस आएँगे। इधर-उधर मँडराएँगे, खोजेंगे, झाँकेंगे-झुकेंगे और देर-सवेर उनकी छिपी जगह पर ही जा पहुँचेंगे।

वह पीछे खिसक आया। इस बार निशानों को मिटाने की चिन्ता भी नहीं की। कर भी नहीं सकता था—बहुत-से निशान छूट गए थे, जाने कितनी टूटी टहनियाँ, पैरों की घिसटन और हटे-सरके पत्थर। अब किनो के हाथ-पाँव फूल गए थे और उस पर भागने का भूत सवार हो गया था। वह जानता था, खोजिए उसके छूटे निशान ज़रूर खोज निकालेंगे। अब तो भागने के सिवा कोई भी चारा नहीं बचा था। सड़क से बचकर तिरछे रास्ते से जल्दी-जल्दी दबे पाँव वह जुआना के पास, छिपे स्थान पर लौट आया। उसने प्रश्न-दृष्टि से किनो की ओर देखा।

"खोजिए।" उसने बताया—"चल उठ।"

और तब अचानक एक बड़ी लाचारी और हताशा का भाव उस पर छा गया। चेहरा काला पड़ गया और आँखों में कातरता उमड़ आई। "अब तो शायद पकड़े जाने में ही कुशल है!"

झटके से जुआना तनकर खड़ी हो गई। उसकी बाँह पर हाथ रखा और भर्राए गले से प्रायः चीख़कर पूछा—"तुम्हारे पास मोती है न? तुम सोचते हो, तुम्हें ये लोग जिन्दा वापस ले जाएँगे, ताकि तुम लोगों से कह दो कि इन्होंने मोती चुरा लिया है?"

उसने मरे-मरे हाथ से कपड़ों के भीतर मोती टटोलते हुए बड़े निर्बल भाव से कहा—"ये लोग इसे यहाँ से ले लेंगे।"

"चलो।" जुआना ने कहा—"चलो।"

और तब भी किनो पर इसकी कोई प्रतिक्रिया नहीं हुई—"तू सोचती है, ये राक्षस मुझे जिन्दा छोड़ेंगे? हमारे मुन्ने को, इस बच्चे को जीवित रहने देंगे?"

लेकिन जुआना का उकसाना उसके मन को लग गया था। उसके होंठ ऐंठकर कस गए और आँखें खूँखार हो उठीं—"चल!" वह बोला—"हम लोग पहाड़ों पर निकल जाएँगे। हो सकता है, हमारे पीछे ये लोग भटक ही जाएँ।"

फिर उन्मत्त की तरह उसने अपने तूंबे और छोटे-छोटे थैले उठा लिए। यही उसकी सम्पत्ति थी। किनो बाएँ हाथ में एक पोटली लिए था, दाहिने हाथ में बड़ा चाकू झूल रहा था। वह जुआना के लिए झाऊ चीर-चीरकर रास्ता बनाता जाता था। वे लोग ऊँचे-ऊँचे पथरीले पहाड़ों की तरफ़ यानी पश्चिम दिशा की ओर जल्दी-जल्दी चले जा रहे थे। नीचे की घास-फूस में उलझते-फंसते वे लोग तेज़-तेज़ भाग रहे थे। एक तरह सिर पर पाँव रखकर भागना था। कंकड़-पत्थरों को ठोकरें मारता, छोटे-छोटे पेड़ों से झरी चुगलखोर पत्तियों को कुचलता वह जिस रास्ते से भागा चला जा रहा था, उसे छिपाने की कोशिश भी इस बार उसने नहीं की। सिर के ऊपर सूरज चटखी हुई धरती पर कहर ढा रहा था, इसलिए नीचे की घास-फूस भी विरोध में किटकिटा रही थी। लेकिन सामने ही पत्थर ढोंकों के मलबे के ऊपर काले-काले ग्रेनाइट पत्थरों के नंगे पहाड़ खड़े थे और आसमान की पृष्ठभूमि में ऐसे लगते थे जैसे एक ही पत्थर का स्तूप हो। और किनो उस ऊँची जगह की ओर इस तरह भागा जा रहा था जैसे पीछा किए जाने पर अक्सर सारे जानवर भागते हैं।

यह ज़मीन बंजर थी, सिर्फ़ नागफनी चारों ओर फैली थी। यहाँ यह पेड़ अपने भीतर काफी दिनों तक पानी जमा रखता है और इसकी जड़ें काफी बड़ी और झालरदार होती हैं, जो हल्की-सी तरावट के लिए धरती में बहुत गहरी चली जाती हैं और जरा-सी सीलन पाकर ही बढ़ निकलती हैं। इस समय पैरों के नीचे ज़मीन नहीं, बल्कि टूटे-फूटे पत्थरों की तिकोनी गिट्टियाँ, बड़े-बड़े नुकीले पत्थर पड़े थे। इनमें धारा के पानी

से घिसकर गोल हुई बटिया एक भी नहीं थी। बेचारी मरी-सूखी घास के गुच्छे पत्थरों के बीच उग आए थे। एक बारिश में यह घास जमी, उगी और बीज छोड़कर मर गई। सींगों वाले मेंढक इस परिवार को जाते हुए देखते और अपने छोटे-छोटे घूमनेवाले पौराणिक राक्षसों जैसे सिर इधर-से-उधर घुमाते। कभी-कभी कोई बड़ा-सा जंगली खरगोश छाँह में इनके आने की आहट से चौंकता और उछलकर बाहर भागता हुआ पासवाले पत्थर के पीछे जा छिपता। बंजर पर भाँय-भाँय करती चिलचिलाती धूप फैली थी और सामने के पथरीले पहाड़ बड़े ठण्डक-भरे और बाँहें फैलाकर बुलाते दीखते थे।

और किनो भाग रहा था। भाग रहा था और जानता था, आगे क्या होगा। कुछ दूर सड़क-सड़क आगे जाकर खोजिए जान लेंगे कि वे चूक गए हैं, इसलिए खोज लगाते, एक-एक चीज जाँचते-परखते लौट आएँगे। जरा-सी देर में उस जगह का पता लगा लेंगे जहाँ किनो और जुआना सुस्ताए थे। उसके बाद तो काम आसान हो जाएगा, ये छोटे-छोटे पत्थर, गिरी हुई पत्तियाँ, झटककर इधर-उधर की गई टहनियाँ, जहाँ-तहाँ पाँव फिसला है वहाँ घिसटन के निशान उनके लिए काफी हैं। मन की आँखों के सामने किनो को वे साफ दिखाई दे रहे थे, निशान-निशान धीरे-धीरे खिसकते हुए उत्सुक बेचैनी से कूँ-कूँ करते खोजिए और उनके पीछे वह काला, बंदूक लिए उदासीन-सा घुड़सवार। इस बंदूकवाले का काम सबसे बाद में आएगा क्योंकि उन्हें वह जिन्दा पकड़कर तो ले जाने से रहा। उफ! कुटिल संगीत अब किनो के सिर में जोर-जोर से बजने लगा था। साथ-साथ बज रही थी चिलचिलाती धूप की कराह और साँप के फुँफकारने का झनझनाता निर्दय स्वर। उस समय वह संगीत बहुत शक्तिशाली और छा जानेवाला नहीं था, लेकिन था बड़ा गोपन, रहस्यमय और जहरीला और उसके दिल की धाड़-धाड़ उसमें निम्न स्वर और ताल का काम कर रही थी।

अब रास्ता ऊपर चढ़ाई पर उठने लगा। जैसे-जैसे रास्ता ऊपर जाता था, चट्टानें बड़ी-बड़ी होती जाती थीं। लेकिन किनो, अपने परिवार और पीछे लगे खोजियों के बीच कुछ फासला बनाए रखने में सफल हो गया था। इसलिए पहली चढ़ाई पर ही वह सुस्ताया। एक बड़े से ढोंके पर चढ़कर उसने सबसे पहले तो चिलचिलाती भूमि को देखा—लेकिन दुश्मन नज़र नहीं आए और न ही झाऊ में होकर आता ऊँचा घुड़सवार दीखा। ढोंके की ओट में जुआना आलथी-पालथी मारकर बैठ गई। उसने पानी का तूंबा उठाकर कोयोतितो के होंठों से लगा दिया तो उसकी सूखी जीभ चुसुर-चुसुर करके बुरी तरह पानी चूसने लगी। किनो लौटा तो सिर उठाकर जिज्ञासा से उधर देखा। उसने देखा, किनो झाऊ और पत्थरों से उसके कटे-फटे, खरोंचें लगे टखनों को गौर से देख रहा है तो झट लहँगे से उन्हें ढक लिया। फिर पानी की कुप्पी उसकी तरफ़ बढ़ा दी, लेकिन किनो ने अनिच्छा से सिर हिला दिया। जुआना

का चेहरा थका-माँदा था, लेकिन उसकी आँखों में चमक थी। किनो ने अपने चटखे-सूखे होंठों को जीभ फेरकर तर किया। बोला–"जुआना, मैं आगे जाता हूँ। तू कहीं छिप जा। मैं उन्हें पहाड़ों में ले जाकर भटका दूँगा। और जैसे ही वे यहाँ से चले जाएँ, वैसे ही तू उत्तर की ओर लॉरिटो या सान्ता रोजालिया को चली जाना। अगर इनसे बचकर आ पाया तो मैं भी वहीं तेरे पास आ जाऊँगा। अब तो यही एक सुरक्षित रास्ता नज़र आता है।"

वह पल-भर सीधे उसकी आँखों में आँखें डालकर देखती रही, फिर कहा–"नहीं। हम लोग सब साथ ही रहेंगे।"

"मैं अकेला रहूँगा तो ज़्यादा फुर्ती से जा सकूँगा।" उसने झिड़ककर कहा–"अगर मेरे साथ रहेगी तो मुन्ने को भी खतरा रहेगा।"

"नहीं।" जुआना ने जवाब दिया।

"तू मान जा, इसी में अक्लमन्दी है। और मेरी इच्छा भी यही है।" उसने फिर समझाया।

"नहीं।" जुआना ने जवाब दिया।

किनो ने उसके चेहरे की ओर देखा, शायद कहीं कोई कमज़ोरी, भय या विकल्प का चिन्ह हो; लेकिन चेहरे पर ऐसा कुछ भी नहीं था। उसकी आँखें खूब चमक रही थीं। लाचारी के भाव से उसने अपने कंधे उचकाए, लेकिन जुआना ने उसे शक्ति दे दी थी। इस बार ये आगे बढ़े तो यह भागना पहले जैसा घबराहट-भरा भागना नहीं था।

जैसे-जैसे ज़मीन पहाड़ की ओर ऊँची होती जाती थी, पल-पल हर रंग बदल रही थी। अब पहाड़ों से कट-कटकर गिरे काले पत्थरों के ढोंके थे, जिनमें बीच-बीच में गहरी दरारें पड़ी थीं। सपाट, नंगे और सख्त पत्थरों पर निशान नहीं छूटते थे, इसलिए जहाँ तक बन पड़ता था किनो उन्हीं पर चल रहा था, या एक पटिया से दूसरी पर छलांग लगाकर पहुँच जाता था। जानता था, जहाँ खोजिए उसका रास्ता पाने में चूकेंगे, वहीं इधर-उधर चक्कर लगाएँगे और दुबारा उसका सुराग खोज निकालने में उनका काफी वक्त जाया होगा। इसलिए अब सीधे पहाड़ की ओर न जाकर वह कभी इधर और कभी उधर आड़े-तिरछे ढंग से जाने लगा। कभी एकदम उलटा दक्षिण की ओर चल देता, वहाँ कोई निशान छोड़ता और फिर नंगे पत्थरों पर होकर पहाड़ों की ओर बढ़ जाता। अब रास्ते की चढ़ाई सीधी हो गई थी सो चलते हुए थोड़ा-थोड़ा हाँफना पड़ता था।

सूरज अब नीचे पहाड़ों की नंगी, नुकीली, दांतेदार चोटियों की ओर उतर रहा था। पर्वतमालाओं के अंदर एक घनी और छायादार दरार को अपना लक्ष्य बनाकर किनो उधर की ओर बढ़ा जा रहा था। अगर यहाँ कहीं पानी नाम की चीज हो

सकती है तो उसी दरार में होगी। बहुत दूर पर, वहीं पेड़-पत्तों की हरियाली के हल्के-हल्के चिन्ह दिखाई पड़ रहे हैं। और अगर इन चिकने समतल पत्थरों के बीच से कहीं जाने का रास्ता होगा तो वह भी उस गहरी दरार के आसपास होकर ही निकलता होगा। इसमें एक खतरा यह भी हो सकता है कि यही बात खोजियों के मन में भी आएगी। लेकिन पानी की खाली कुप्पी ने यह बात मन में अधिक टिकने ही न दी। जैसे-जैसे सूरज अस्ताचल की ओर आता रहा, किनो और जुआना, थके-माँदे जैसे-तैसे खड़ी चढ़ाई से होकर उस दरार की ओर बढ़ते चले गए।

भूरे-भूरे पत्थर के पहाड़ों में ऊपर जाकर, झुकी-कुबड़ी-सी चोटी के नीचे, एक पत्थर फोड़कर छोटा-सा झरना कल-कल करता बह निकला था। गर्मियों में किसी आड़ में बची-खुची बर्फ पिघल-पिघलकर इसमें बहती रहती थी। जब-तब एकदम सूख भी जाता था। उस समय सपाट चट्टानें और मोथे की सूखी जड़ें ही तले में बची रह जाती थीं। पर प्रायः ही यह झरना सदा छलछलाता, शीतल, स्वच्छ और सुहावना बहता रहता था। जिन दिनों जल्दी-जल्दी बारिशें होती थीं उन दिनों शायद यह ताजे पानी के भारी प्रपात का रूप ले लेता होगा और सफेद पानी की मोटी-सी धारें पहाड़ी दरार से धड़-धड़ करके गिरती रहती होंगी, लेकिन प्रायः हमेशा यह पतले से चश्मे के रूप में ही जा गिरता। यह गड्ढा लबालब भर जाता तो पानी बह-बहकर फिर आगे फैलने लगता और इसी क्रम से नीचे और नीचे का सिलसिला चला गया था। हाँ, नीचेवाली उठी हुई धरती के ऊबड़-खाबड़ मलबे में जाकर झरना एकदम गायब हो गया था। यों भी वहाँ तक पहुँचते-पहुँचते उसमें कुछ रह भी नहीं जाता था, क्योंकि जितनी भी बार यह नीचे ढालू जगह पर पड़ता, प्यासी हवा उसका कुछ-न-कुछ भाग सोख ही लेती थी और रहा-सहा गड्ढों से छलक-छलककर आसपास की सूखी हरियाली में फैल जाता। मीलों दूर से जानवर इन छोटे-छोटे गड्ढों से पानी पीने आ जाते थे। इस झरने के आसपास बन-बिलाव, सेही—सबके-सब पानी के लालच से आ जाते थे। इस झरने के आसपास जहाँ-तहाँ इतनी मिट्टी जम पाई थी कि जड़ें पनप सकें, वहीं-वहीं पेड़-पौधों के उपनिवेश जैसे उग आए थे। उनमें से जंगली अंगूर, छोटे-छोटे ताड़, निहायत खूबसूरत और मुलायम पत्तों वाले फर्न के पेड़, जंगली जवा की झाड़ियाँ, नुकीली पत्तियों के ऊपर उठे पंखदार सरकंडोंवाली सरपत के झुरमुट। गड्ढे में मेंढक और मछलियाँ रहती थीं और गड्ढे के तले में दुनिया-भर के जलचर रेंगते थे। जिस-जिसको पानी से प्यार था वही इन इक्की-दुक्की उथले पानीवाली जगहों पर आ जाता था। बिल्लियां यहाँ आकर शिकार करतीं, पंख बिखेर जातीं और चप्-चप् करके अपने ख़ून सने दांतों से पानी पीतीं। ये छोटे-छोटे गड्ढे पानी के कारण जीवन के केन्द्र थे और पानी के कारण ही मरण-स्थल भी।

सबसे नीचे पहुँचकर जहाँ से पानी सौ फीट नीचे गिरकर ऊबड़-खाबड़ बंजर

में खो जाता था, वहाँ ठीक ऊपर, नीचे गिरने से पहले झरने का पानी एक जगह इकट्ठा होता था और पत्थर और रेत का एक छोटा-सा चबूतरा बन गया था। पानी की सिर्फ़ एक निहायत ही पतली धार की बदौलत चट्टान के नीचे, उभरे हिस्से में खड़े फर्न के पेड़ हरे-भरे बने रहते थे, जंगली अंगूर की बेलें पहाड़ पर चढ़ आई थीं और दुनिया-भर के पेड़-पौधे चैन की वंशी बजाया करते थे। बरसाती झरनों ने रेत के छोटे-छोटे तट बना दिए थे और उन्हीं में होकर गड्ढों का पानी बहता रहता था और गीली रेती में हरी-भरी चमकदार जल-कुम्भी उग आई थीं। पानी पीने या शिकार की तलाश में आनेवाले जानवरों के पैरों से रेत के ये तट कट-फट गए थे और दुनिया-भर के खुरों के निशान खुद गए थे।

किनो और जुआना जैसे-तैसे, बमुश्किल तमाम, चढ़ाव उतरकर ढाल पर होते हुए आख़िरकार जिस समय झरने पर आकर लगे, उस समय सूरज पथरीले पहाड़ों को लांघ गया था। इस जगह खड़े होने पर, धूप-धुने बंजर के पार बहुत दूर नीली-नीली खाड़ी तक दिखाई देती थी। जब ये यहाँ पहुँचे तो थककर चूर-चूर हो गए थे। जुआना तो धम् से घुटनों के बल बैठ गई। सबसे पहले उसने कोयोतितो का मुँह धोया, फिर कुप्पी भरकर उसे पानी पिलाया। बच्चा अत्यन्त थकान के कारण चिड़चिड़ा हो गया और धीरे-धीरे रोने लगा था। जुआना ने उसके मुँह में स्तन दे दिया तो चुप हो गया और फिर गूँ-गूँ करता हुआ उसकी छाती से चिपका रहा। किनो ने गड्ढे से ही खूब लम्बे-लम्बे घूँटों से जी भरकर पानी पिया। फिर कुछ देर हाथ-पाँव तानकर अंगड़ाइयां लेता और अपने अंग-प्रत्यंग ढीले छोड़कर जुआना को स्तन-पान कराते देखता रहा। फिर सहसा ही उठ खड़ा हुआ और चट्टान के किनारे, जहाँ से पानी गिरता था, वहाँ खड़े होकर दूर-दूर तक बड़ी सावधानी से देखता-भांपता रहा। उसकी आँखें एक बिन्दु पर जम गईं, शरीर सख़्त हो आया। ढाल के नीचे बहुत दूर वे दोनों खोजिए दिखाई पड़ रहे थे। बिन्दुओं या गुप्तचर चींटियों से कुछ ही बड़े लगते थे, उनके पीछे एक बड़ी चींटी थी।

जुआना उसकी ओर घूमी तो किनो की तनी हुई पीठ पर नज़र पड़ी।

"कितनी दूर हैं?" धीमे से पूछा।

"रात होते-होते यहाँ आ पहुँचेंगे।" कहकर किनो ने दरार की सीधी खड़ी ढलान को देखा, जहाँ से पानी बहकर नीचे आता था। "पश्चिम की तरफ़ चले चलें।" वह बोला और उसकी निगाहें इस चट्टान के पीछे पत्थर के पुट्ठे में कहीं कोई जगह तलाश करने लगीं तो इस पुट्ठे में करीब तीस फीट ऊपर पत्थर के फट जाने से बनी छोटी-छोटी गुफाओं का सिलसिला दिखाई दिया। उसने चप्पलें उतारीं और यहाँ-वहाँ नंगे पत्थर पर अँगूठे अड़ाता हुआ ऊपर चढ़ गया और इन खोहों में झाँक-झाँककर देखने लगा। ये सिर्फ़ कुछ ही फीट गहरी होंगी—आँधी-पानी के लगातार

प्रहारों से पत्थरों में कटोरी की तरह पोली हो गई थीं, लेकिन अंदर पीछे की तरफ़ थोड़ी ढालू थीं। किनो ने सबसे बड़ी खोह में लेटकर देखा कि बाहर से कोई देख सकता है या नहीं। पता लगा, नहीं देख सकता; तो फुर्ती से जुआना के पास लौट आया।

"तू ऊपर चल। वहाँ शायद वे लोग हमें न खोज पाएँ।" किनो बोला।

बिना कुछ पूछे-ताछे उसने पानी की कुप्पी को मुँह तक भर लिया। फिर किनो ने सहारा देकर उसे खोह तक चढ़ा दिया और नीचे से ही खाने की पोटलियां इत्यादि पकड़ा दीं। खोह के मुँह पर बैठी-बैठी जुआना उसे देखती रही। देखा, किनो ने रेत में निशानों को मिटाने की कोई कोशिश नहीं की। उलटे, पानी के पासवाली झाऊवाली चट्टान पर चढ़ते समय, फर्न के पेड़ों की जंगली अंगूर की बेलों को खींचता-नोचता फिर नीचे उतर आया। बड़ी सावधानी से देखभाल लिया कि गुफा की तरफ़वाले चिकने चट्टानी पुट्ठे पर कोई निशान तो नहीं छूट गया। यह सब करके वह ऊपर चढ़ आया और खोह में सरककर जुआना के पास आ गया।

"जब वे लोग उधर सामनेवाले चढ़ाव पर ऊपर चले जाएँगे, तो हम लोग फिर नीचे उतर चलेंगे। मुझे सिर्फ़ यही डर है कि कहीं मुन्ना न रोने लगे। ध्यान रखियो, रोए बिल्कुल भी नहीं।"

"नहीं, ये नहीं रोएगा।" जुआना बोली और मुन्ना का मुँह उठाकर अपने मुँह के पास ले आई और उसकी आँखों में देखने लगी। मुन्ना बड़ी संजीदगी से टुकुर-टुकुर उसकी आँखों में देखता रहा।

"सब समझता है।" जुआना ने लाड़ से कहा।

अब किनो खोह के मुहाने पर ही लेट गया, दोनों बाँहें एक-दूसरे पर रखीं और उन पर अपनी ठोड़ी टिका ली। देखता रहा, कैसे पहाड़ की नीली परछाईं उस झाऊ-भरे बंजर पर होती हुई अन्त में खाड़ी तक जा पहुँचती है और उस परछाईं की गोधूलि किस तरह मैदानों पर दूर तक फैली रहती है।

खोजियों को आने में बहुत समय लग रहा है—शायद किनो के जान-बूझकर छोड़े गए निशान उन्हें इधर-उधर भटका रहे होंगे। आख़िर जब वे पानी के छोटे गड्ढे पर दिखाई पड़े तो रात का धुंधलका पूरी तरह उतर आया था। अब तीनों ही पैदल थे। इस अन्तिम सीधी ढलान पर घोड़ा शायद चढ़ नहीं पाया था। रात के समय ऊपर से तीनों पतली-पतली छाया-मूर्तियों जैसे लगते थे। दोनों खोजियों ने छोटे-से तट पर इधर-उधर ताक-झाँक की तो ऊपर वाली चट्टान की ओर चढ़ते किनो के निशान मिल गए। अब उन्होंने पानी पिया। बन्दूकवाला बैठकर सुस्ताने लगा। दोनों खोजिये भी उसके पास ही आलथी-पालथी मारकर बैठ गए। रात में उनकी सिगरेटों के जलते गुल कभी भभक उठते, कभी मंद पड़ जाते। और फिर

किनो ने देखा, वे लोग खाना खा रहे हैं। उनकी बातचीत की हल्की भनभनाहट ही उसके कानों में पड़ पा रही थी।

फिर पहाड़ी चट्टान पर गाढ़ा-गाढ़ा काला अंधेरा उतर आया। रोज पानी के गड्ढे का उपयोग करने वाले जानवर आज भी आए; लेकिन आदमियों की गन्ध पाकर अंधेरे में वापस खिसक गए।

किनो को अपने पीछे बोलने की आवाज़ सुनाई पड़ी। जुआना फुसफुसाकर कोयोतितो को चुप करने की चिरौरी कर रही थी—"कोयोतितो!" सुना, बच्चा ठुनकने लगा है। फिर उसकी घुटी आवाज़ से वह समझ गया कि जुआना ने उसके सिर को ओढ़नी में लपेट लिया है।

नीचे पानी के किनारे एक माचिस भक् से जली और उसकी क्षणिक रोशनी में किनो ने देखा, दो आदमी कुत्तों की तरह गुड़ीमुड़ी होकर पड़े सो रहे हैं और तीसरा रखवाली कर रहा है। बंदूक की चमक भी रोशनी में झलकी। माचिस की रोशनी बुझ गई, लेकिन किनो की आँखों में पूरी तस्वीर अभी भी खिंची रह गई थी। अब उसे साफ़-साफ़ दीख रहा था—कौन आदमी किस तरह है। गोलमोल होकर दोनों आदमी सो रहे हैं और तीसरा दोनों घुटनों के बीच बन्दूक लिए, आलथी-पालथी मारे रेत में बैठा है।

आहिस्ता से किनो खोह के भीतर खिसक आया। आसमान का कोई निचला सितारा जुआना की आँखों में प्रतिबिंबित हो रहा था और वे दोनों अंगारों जैसी चमक रही थीं। किनो सरककर एकदम उसके पास आ गया और कनपटी से होंठ सटाकर बोला—"एक तरीका है।"

"मगर तुम्हें मार डाला तो?"

किनो ने कहा—"बन्दूकवाले को पहले जा दबोचूँ तो काम बन जाएगा। अगर उसे मार लिया तो समझो फिर कोई डर नहीं है। उनमें दो तो सो रहे हैं।"

उसका हाथ ओढ़नी से बाहर निकल आया और उसने किनो की बाँह पकड़ ली—"तारों की रोशनी में तुम्हारे ये सफेद कपड़े दिखाई पड़ जाएँगे।"

"नहीं।" उसने कहा—"करना है तो चाँद निकलने से पहले ही वहाँ पहुँच जाऊँगा।"

वह कोई प्यार का शब्द खोजता रहा, फिर कह गया—"अगर ये मुझे मार डालें तो चुपचाप यहीं पड़ी रहना। जब ये लोग चले जाएँ तो लॉरिटो चली जाना।"

किनो की कलाई थामे उसका हाथ कँपकँपा रहा था।

"अब तो कोई और रास्ता बचा ही नहीं है।" किनो ने कहा—"यही एक तरीका है, वरना सुबह होते ही ये हमें पकड़ लेंगे।"

जुआना की आवाज़ जरा-सी थरथराई—"भगवान तुम्हारी रक्षा करें।" स्वर

निकला।

बहुत पास से किनो ने आँखें गड़ा-गड़ाकर जुआना को देखा तो बड़ी-बड़ी आँखें दिखाई पड़ीं। थरथराता हाथ मुन्ना को टटोल रहा था। पल-भर अपनी हथेली कोयोतितो के सिर पर रखे रहा। फिर हाथ हटाकर जुआना का गाल थपथपाया और जुआना साँस रोके अपने-आपको संभाले रही।

खोह के मुँह पर पीछेवाले आसमान के उजास में जुआना ने देखा, किनो अपने सफेद कपड़े उतार रहा है। चाहे कितने गंदे और फटे-चिथड़े हो गए हों, रात के अंधेरे में तो चमक ही जाएँगे। शरीर का सांवला-गेहुँआ रंग उसका बचाव ज़्यादा अच्छी तरह कर सकता था। फिर उसने देखा, किनो ने गले में तावीजवाले डोरे को चाकू की सींग की मूँठ में फँसाकर सामने छाती की ओर लटका लिया। अब उसके दोनों हाथ खाली थे। लौटकर जुआना के पास नहीं आया। पलभर खोह के मुँह पर झुका और शरीर की काली छाया पल-भर खड़ी रहकर झटके से बाहर चली गई।

खोह के द्वार पर आकर जुआना ने बाहर इधर-उधर देखा। पहाड़ में बने खोंतर से वह उल्लू की तरह मुटर-मुटर देख रही थी। पीठ पर कम्बल में लिपटा मुन्ना सो रहा था। और उसका चेहरा एक करवट, जुआना के कन्धे और गर्दन से सटा था। अपनी खाल पर मुन्ने की गर्म-गर्म साँसें उसे महसूस हो रही थीं। मुँह से वह प्रार्थना और मंत्र, मेरी के भजन और कुटिल राक्षसों से बचने के पुराने जादू-टोने सबको एकसाथ मिला-जुलाकर साँस ही साँस में बोले चली जा रही थी।

बाहर झाँककर देखने से रात का अंधियारा कुछ कम लगता था। पूरब दिशा में जहाँ से चाँद निकलनेवाला था वहाँ क्षितिज के पास, नीचे आसमान उजला हो चला था। नीचे झाँकने पर उसे निगरानी करते आदमी की सिगरेट का गुल भी दिखाई दिया।

किनो चट्टान के ढोंके पर छिपकली की तरह धीरे-धीरे नीचे सरक रहा था। उसने गले की डोरी घुमाकर पीछे की तरफ़ कर ली थी और चाकू पीठ पर ले लिया था, इससे वह पत्थर पर नहीं टकराता था। पंजे फैलाकर वह पहाड़ को पकड़ लेता और नंगे पाँव के अँगूठे इधर-उधर टटोलकर टिकने के लिए कोई जगह खोज लेते। उसकी छाती पत्थर से इस तरह सटकर चिपकी थी कि वह फिसलने नहीं देती थी। जरा-सी भी खिसकन नीचे निगरानी करते लोगों के कान खड़े करने को काफी थी। कोई ऐसा खटका, जो रात का अपना नहीं था, उन्हें चौकन्ना कर देता। लेकिन रात भी एकदम निस्तब्ध नहीं थी। धार के पास रहनेवाले छोटे-छोटे मेंढक चिड़िया की तरह चूँ-चूँ कर रहे थे, झींगुरों की झनकार पहाड़ी दरार में झन-झन करती भरी थी। और किनो के सिर में उसका अपना संगीत था—प्रायः शान्त सोया बहुत ही मन्द स्वर में स्पन्दित शत्रु-संगीत। लेकिन उसका परिवार-गीत जंगली बिल्ली के नुकीले

पंजों जैसा खूँखार और धारदार और बिल्ली जैसा ही सतर्क हो उठा था। परिवार-गीत अब जीवित और जीवन्त हो आया था और उसे कुटिल शत्रु की तरफ़ धकेल रहा था। टिटहरी ने कान फोड़ती आवाज़ में बाकायदा आलाप ही शुरू कर दिया था और चूँ-चूँ करते छोटे-छोटे मेंढक सुर में सुर मिलाकर दाद दिए जा रहे थे।

और किनो पहाड़ के सपाट पत्थरों पर छाया की तरह बे-आवाज़ सरक रहा था। पहले एक पंजा बित्ता-दो बित्ता बढ़ता, पत्थर को छूकर अंगूठा उससे लिपट जाता, फिर दूसरा पैर कुछ दूर जाता, तब एक हथेली नीचे सरकती और दूसरा हाथ आ जाता। इस तरह सारा शरीर चुपके से सरक जाता, लेकिन लगता बिल्कुल भी नहीं था कि शरीर सरका है। मुँह खुला था—ताकि साँस तक आवाज़ न कर पाए। उसे खुद भी तो यह पता था कि वह अदृश्य नहीं है। अगर रखवाली करनेवाले ने उसका सरकना ताड़कर पत्थर पर के काले धब्बे की तरफ देख लिया तो वह एकदम साफ ही दिख जाएगा। यह धब्बा ही तो उसका शरीर था। उसे ऐसे आहिस्ते सरकना था कि उधर चौकीदार की निगाह ही न खिंच पाए। जाने कितनी देर बाद आख़िर वह नीचे जड़ में जा पहुँचा और एक छोटे और बौने-से ताड़ के पीछे उकड़ूँ होकर बैठ गया। छाती के भीतर दिल धाड़-धाड़ कर रहा था और चेहरा पसीने से तरबतर हो गया था। उकड़ूँ बैठे-बैठे ही अपने को शान्त करने के लिए लम्बी-लम्बी साँसें खींचीं।

अब सिर्फ़ बीस फुट का फासला उसे दुश्मन से अलग किए था। बीच की ज़मीन को वह अच्छी तरह दिमाग में बैठाने की कौशिश कर रहा था। पैरों में झुरझुरी चढ़ने लगी थी, उसे रोकने के लिए उसने पिंडलियों को मसलना शुरू कर दिया। लगा, इतनी देर तनाव के बाद जैसे उसका अंग-प्रत्यंग थर-थर काँप रहा है। तभी बड़े डरते-डरते उसने पूरब की ओर आशंका से निगाह डाली। कुछ ही देर में चाँद निकल आएगा—उससे पहले ही उसे हमला कर देना है। रखवाली करनेवाले की रूपरेखा उसे दिखाई पड़ती थी, लेकिन सोनेवाले नीचे आड़ में पड़ गए थे। सबसे पहले तो उसे इस रखवाले को ही दबोचना है, और दबोचना बिना एक पल भी इधर-उधर किए बेहिचक सीधे इसी क्षण है। चुपके से उसने तावीज की डोरी खींचकर लम्बे चाकू की मूठ से गाँठ खोलकर उसे अलग कर लिया।

लेकिन मौक़ा हाथ से निकल गया था। उकड़ूं बैठे रहने की स्थिति से जैसे ही ऊपर उठा कि देखा, पूरबी क्षितिज पर चाँद की रुपहली कोर झाँकने लगी है। किनो झट फिर अपनी झाड़ी के नीचे, ओट में हो लिया।

चाँद बड़ा फटा-टूटा और बूढ़ा-सा था, लेकिन चाँदनी सख़्त थी और पहाड़ी दरार में निष्कंप परछाईं डाल रही थी। पानी के गड्ढे के पास किनारे पर बैठी रखवाले की मूर्ति अब किनो को साफ़-साफ़ दीखने लगी। रखवाला चाँद की तरफ़ भकुओं

की तरह देखे जा रहा था। उसने दूसरी सिगरेट जला ली। दियासलाई की रोशनी ने उसके अँधेरे चेहरे को उद्भासित कर दिया। अब बिलकुल भी देर नहीं करनी है, जैसे ही रखवाले ने उधर सिर घुमाया कि किनो टूट पड़ेगा। कसी कमानी की तरह उसके पाँव तन गए।

और तभी ऊपर की ओर से हुआँ-हुआँ करके रोने की आवाज़ सुनाई दी। यह कैसी आवाज़ है? सुनने के लिए रखवाले ने उधर की ओर सिर घुमाया और उठकर खड़ा हो गया। एक सोनेवाला भी धरती पर कुनमुनाकर जाग पड़ा। धीरे से पूछने लगा—"यह क्या चीज है?"

"पता नहीं।" रखवाला बोला—"रोने की आवाज़ लगती है। आदमी की...किसी बच्चे के रोने जैसी आवाज़ है।"

सोनेवाले आदमी ने कहा—"तुम्हें क्या पता? कोई साली लकड़बग्घी होगी। मैंने लकड़बग्घी के बच्चे को बिल्कुल आदमी के बच्चे की तरह रोते सुना है।"

पसीना किनो के माथे से फूटकर बूँद-बूँद टपकने लगा था और आँखों में गिरकर झलझलाहट पैदा कर रहा था। रोने की ज़रा-सी आवाज़ फिर आई तो रखवाला पहाड़ी के ऊपर अँधेरी खोह की ओर मुँह उठाकर देखने लगा।

"लकड़बग्घा ही लगता है।" कहने के साथ ही किनो ने बंदूक में गोली भरने की 'क्लिक' आवाज़ सुनी।

"लकड़बग्घा होगा तो यह उसे अभी ठंडा किए देती है।" खोह की तरफ़ बंदूक तानकर रखवाला बोला।

और किनो की छलाँग के बीच ही बंदूक दहाड़ी और नली से कौंधती आग ने उसकी आँखों के सामने एक तसवीर खींच दी। झपटकर चाकू का वार, चर-चर करके शरीर चीरता चला गया और गर्दन फाड़कर पसलियों में उतर गया और किनो अब एक खूँखार मशीन में बदल गया। चाकू झपटकर वापस खींचने के साथ-साथ उसने बंदूक को भी मुट्ठी में कसकर पकड़ लिया। उसकी शक्ति, उसकी गति और फुर्ती सब मशीन जैसी अचूक और अमोघ हो उठी थी। तेज़ी से पलटकर उसने बैठे हुए आदमी को तरबूज की तरह दोंच डाला। तीसरा आदमी केकड़े की तरह हाथ-पाँव के बल लुढ़कता-पुढ़कता भागा और गड्ढे में उतरकर पागलों की तरह अंधाधुंध ऊपर चढ़ने लगा। वह उस चट्टान पर चढ़कर भागने की कोशिश कर रहा था जहाँ से पानी की पतली-सी धार नीचे गिरती थी। जंगली अंगूर की बेल के गुंझल में उलझे हुए अपने हाथ-पाँव पटक-झटककर वह जी-जान से अपने को छुड़ाने की कोशिश कर रहा था और इस उठ-भागने की कोशिश में वह लगातार झल्लाता, झुंझलाता, हुआ मुँह से गालियाँ बके जा रहा था। लेकिन किनो फौलाद की तरह सर्द, निर्दय और खूँखार हो उठा था। बड़ी दृढ़ता से उसने घोड़ा चढ़ाया, बंदूक उठाकर उसी

दृढ़ता से निशाना साधा और घोड़ा दबा दिया। धांय! देखा, दुश्मन पीठ के बल गड्ढे में लुढ़क पड़ा था। किनो पानी ठेलता एकदम उसके पास जा पहुँचा। चाँदनी में चमकती दो पागल और भय-स्तब्ध आँखें सामने देख रही थीं—और तब किनो ने ठीक आँखों के बीच निशाना साधकर फिर बंदूक दाग दी।

और अब किनो असमंजस में खड़ा था। समझ में नहीं आ रहा था कि क्या करे? कोई संकेत था जो उसके दिमाग में रह-रहकर ठोकर मारता समझा रहा था कि कहीं कुछ गलत और गड़बड़ हो गया है। पेड़ों के मेंढक और झींगुर सहसा ही चुप हो गए थे। और फिर इसी ख़ूनी एकाग्रता से किनो का दिमाग साफ़ हो गया और उसकी समझ में आने लगा कि पथरीले पहाड़ के पुट्ठे में बनी उस छोटी-सी खोह से निकल-निकलकर आनेवाली कराहती, रोती-बिलखती और कानों को चीरते सन्निपात-ग्रस्त विलाप की लगातार आवाज़ क्या है? किसकी है? यह विलाप वास्तव में मौत का विलाप था।

ला-पाज़ का हर व्यक्ति आज भी परिवार के लौटने की घटना को याद करता है। हो सकता है, कुछ बड़े-बूढ़े अब भी हों, जिन्होंने खुद अपनी आँखों से उस घटना को देखा हो। बहरहाल, जिनके बाप-दादाओं ने उसके बारे में बताया होगा, वे भी उसे याद करते हैं। क्योंकि यह एक ऐसी घटना थी, जिसका असर सभी पर पड़ा था और सबका इससे संबंध था। मानो यह घटना सबके साथ घटित हुई हो।

सुनहला अपराह्न ढल रहा था। तभी पहले-पहल छोटे-छोटे लड़कों ने कस्बे में अंधाधुंध भागते हुए आकर सबको ख़बर कर दी—किनो और जुआना लौटकर आ रहे हैं। पश्चिमी पहाड़ों की ओर सूरज डूब रहा था और ज़मीन पर परछाइयाँ लंबी हो चुकी थीं। शायद इस वातावरण के कारण भी उन्हें देखनेवालों के मन पर गहरा असर छूट गया हो।

दोनों खेतों, चरागाहों से आनेवाली लीकदार सड़क से कस्बे में आए। हमेशा की तरह—किनो आगे और जुआना पीछे—सीधी लाइन बनाकर नहीं, बल्कि दोनों साथ-साथ चले आ रहे थे। सूरज उनके पीछे था और उनकी लंबी-लंबी परछाइयाँ चुप-चुप आगे-आगे सरकती आ रही थीं। लगता था मानो दोनों अंधकार की दो मीनारें साथ-साथ लिए चले आ रहे हों। किनो के हाथों में आड़ी पकड़ी हुई बंदूक थी—और जुआना अपनी ओढ़नी को बोरे की तरह कंधे पर लटकाए थी। उसमें एक छोटी-सी निर्जीव, भारी गठरी लिपटी थी। ओढ़नी ख़ून के दागों की परत से कड़ी हो गई थी और जुआना के चलने के साथ गठरी इधर से उधर हिलती थी। उसका चेहरा थकान और थकान से लड़नेवाली कसावट के कारण सख्त, झुर्रियोंदार और चमड़े जैसा खुरदुरा

हो गया था। उसकी फटी-फटी आँखें, बाहर नहीं—अपने भीतर और अपने को ही घूर रही थीं। वह स्वर्ग की तरह, अपने-आपसे अलग होकर, बहुत-बहुत दूर चली गई थी। किनो के होंठ भिंचे थे, जबड़े कसे थे और लोग कहते हैं कि उसे देखते ही मन भय से थर्रा उठता था और वह उठते हुए तूफान जैसा खूँखार दीखता था। लोगों का कहना है कि दोनों को देखकर ऐसा लगता था मानो किसी भी मानवीय अनुभव और संवेदना से कट गए हों, यातना की गहराइयों से गुजरकर दूसरे सिरे पर निकल आए हों और जैसे एक जादुई कवच उनके आसपास पड़ गया हो। और जो लोग, भागे-भागे उन्हें देखने के लिए आए थे, वे भीड़ की भीड़ सहमकर उन्हें निकल जाने को रास्ता छोड़ते पीछे हट आए। कोई उनसे एक शब्द बोलने का साहस नहीं जुटा पाया।

किनो और जुआना कस्बे की सड़कों पर इस तरह चले जा रहे थे जैसे कस्बे का अस्तित्व ही न हो। उनकी आँखें न दाहिने देखती थीं न बाएँ, न ऊपर देखती थीं न नीचे, बल्कि सीधे सामने देखे जा रही थीं। उनके कदम काठ की बनी गुड़ियों के पाँव की तरह झटके के साथ पड़ते थे और काले भय के डरावने खंभे उनके साथ-साथ, आसपास चल रहे थे। पत्थर-चूने के मकानोंवाले शहर के बीच से होकर जब ये दोनों चले जा रहे थे तो दलाल सलाखोंवाली खिड़कियों के पीछे से झाँक-झाँककर देख रहे थे, फाटक की फाँक से नौकर लोग एक आँख लगाए थे और माँओं ने अपने गोदी के बच्चों के चेहरे अपने लहँगों में छिपा लिए थे। साथ-साथ कदम-ब-कदम चलते हुए किनो और जुआना पत्थर-चूने का शहर पार करके, नीचे फूस की झोंपड़ियों तक आ गए तो पड़ोसियों ने पीछे हट-हटकर उनको रास्ता छोड़ दिया। जुआन टामस ने स्वागत के लिए हाथ उठाया, लेकिन मुँह से उसके कोई दुआ-सलाम नहीं निकली और कुछ देर के असमंजस के बाद उसका हाथ अपने-आप नीचे लटक आया।

किनो के कानों में परिवार का गीत अब दारुण रुदन की तरह भीषण हो उठा था। अब वह हर असर से दूर था, खूँखार था और उसका गीत अब युद्ध की चीत्कार बन गया था। थके और घिसटते पाँवों से उन्होंने उस जले हुए हिस्से को पार किया जहाँ कभी उनका घर था। लेकिन उधर आँख उठाकर भी नहीं देखा। सागर के किनारे-किनारे लगे झाऊ को बीच से चीरकर उन्होंने रास्ता बनाया और तट पर होकर पानी तक आ गए। अपनी टूटी नाव को भी उन्होंने एक बार नहीं देखा।

जब एकदम पानी के किनारे आ गए तो खड़े होकर खाड़ी के पानी के ऊपर कहीं दूर, अपलक ताकते रहे। और फिर किनो ने बंदूक नीचे ज़मीन पर रखी, कपड़ों में हाथ डाला और उस दुर्लभ, सपाट मोती को हाथ में ले लिया। उसने मोती की सतह में देखा तो वह मटमैली भूरी और फोड़े जैसी दिखाई देती थी। राक्षसी चेहरे

उसमें से झाँक-झाँककर उसको आँखें दिखाने लगे और उसमें उसे आग की लपटें उठती दीखने लगीं। मोती के पानी में उसे गड्ढे में पड़े आदमी की भयाक्रांत आँखें दिखाई पड़ीं और मोती की सतह पर छोटी-सी खोह में पड़ा कोयोतितो दिखाई दिया, जिसकी खोपड़ी बंदूक की गोली से उड़ गई थी। और मोती बेहद कुरूप, बेहूदा—ख़ून की खराबी से शरीर पर फट पड़नेवाली फुड़िया की तरह बदरंग और बेनूर—लगता था। और किनो को मोती का संगीत निहायत ही बेतुका, बेमानी और बकवास जैसा सुनाई दिया। किनो ने हल्के से सिर झटका और आहिस्ते से जुआना की तरफ़ मुड़कर मोती उसकी तरफ़ बढ़ा दिया। वह उसकी बगल में ही खड़ी थी और कंधे पर लदी मुर्दा गठरी को अभी तक थामे थी। उसने किनो की हथेली में रखे मोती को क्षण-भर देखा, फिर किनो की आँखों में आँखें डालकर नरम स्वर में कहा—''नहीं...तुम... ।''

और किनो ने पीछे हाथ तानकर सारी ताकत से मोती को सागर में फेंक दिया। किनो और जुआना उसे डूबते सूरज की रोशनी में झलमलाते, आँखें मिचकाते दूर जाता देखते रहे। उन्होंने देखा, काफी दूर जाकर एक हल्का-सा छपाका-भर हुआ। और दोनों पास-पास खड़े देर तक उस जगह को ताकते रहे।

मोती हरे सुहाने पानी में पैठकर तले की ओर उंतरता चला जा रहा था। मोथे की लहराती टहनियाँ हाथ हिला-हिलाकर उसे बुलाती और इशारे कर रही थीं। उसकी सतह पर झिलमिलाने वाली आभा हरी और बड़ी प्यारी लगती थी। फर्न जैसे पौधों के बीच मोती रेतीले तल पर जाकर ठहर गया। ऊपर हरे-हरे, आईने जैसे पानी की सतह थी और तले में मोती पड़ा था। तले की धरती पर जल्दी-जल्दी दौड़ते एक केकड़े के पाँवों से उठकर धूल का छोटा-सा बादल पानी में उठा और जब धूल साफ़ हुई तो मोती वहाँ नहीं था।

और इस प्रकार मोती का संगीत, केवल काँपते होंठों के अस्पष्ट शब्दों में लहराता हुआ सदा के लिए खो गया।

लम्बी कविता

मुक्त हुआ हिन्दोस्ताँ आख़िर

अर्नेस्ट जोन्स

[एक अंग्रेज़ द्वारा अपने ख़ून से लिखी गई भारत के रक्तरंजित स्वाधीनता-संग्राम की कहानी]

अठारहवीं और उन्नीसवीं शताब्दियों में जोन्स नाम के दो ब्रिटिश नागरिक हुए हैं। पहले थे सर विलियम जोन्स (1746 से 1794)। ये पादरी थे और न्यायालय के एक कनिष्ठ अधिकारी की तरह 1783 में भारत आए थे। क्लाइव ने अगर ब्रिटिश साम्राज्य की नींव डाली तो सर विलियम जोन्स ने उनके निहित उद्देश्यों को पूरा करने के लिए 'सांस्कृतिक राष्ट्रवाद' का एजेण्डा प्रस्तुत किया। उन्होंने कलकत्ता में रॉयल एशियाटिक सोसाइटी की स्थापना की और अपने अनेक सहयोगियों की मदद से वेदों, उपनिषदों, तथा अन्य धर्मग्रंथों के प्रामाणिक पाठ तैयार कराए। रामायण पर शोध के लिए अलग विभाग खोला। अनेक भाषाओं के कोश और व्याकरण तैयार कराए। संस्कृत की वर्तनी का मानकीकरण किया। सब मिलाकर उन्होंने सांस्कृतिक क्षेत्र में वह सब किया जिसे एडवर्ड सईद जैसे विचारक 'ओरियेण्टलिज्म' के नाम से पहचानते हैं। प्राचीन धर्मग्रंथों के उद्धार का यह काम अपने-अपने स्तर पर ब्रिटिश साम्राज्य के हर देश में हुआ। कहने की ज़रूरत नहीं है कि सर विलियम जोन्स का यह काम क्लाइव के मुकाबले ज़्यादा घातक और भयंकर था। हिन्दुत्ववादी आज जिस 'सांस्कृतिक राष्ट्रवाद' की स्थापना करना चाहते हैं वह मूलतः उपनिवेशवादी विलियम जोन्स और उसके सहयोगियों द्वारा गढ़ा गया था।

तो यह था अठारहवीं सदी का जोन्स...उन्नीसवीं सदी का जोन्स ब्रिटिश साम्राज्यवाद का विरोधी था।

यह कम आश्चर्य की बात नहीं कि जब 1857 में एक ओर अंग्रेज़ लुटेरे निरीह भारतीयों की जान-माल, इज्जत, धर्म, राज, रोटी-रोजी आदि लूट रहे थे तो दूसरी ओर उनके सशस्त्र सैनिक भारतीयों पर बर्बर अत्याचार कर रहे थे। उसी समय रॉयल एक्सचेंज लंदन के एफिगम विल्सन ने इंग्लैंड के विद्रोही कवि अर्नेस्ट जोन्स की एक लंबी कविता प्रकाशित की, जिसका शीर्षक था 'रिवोल्ट ऑफ हिंदोस्तान और द न्यू वर्ल्ड' (हिंदोस्तान का विद्रोह अथवा नई दुनिया)। इसके मुख-पृष्ठ पर एक वाक्य

छपा था : ''मैंने एक नया स्वर्ग और एक नई दुनिया देखी।''

पत्नी के प्रति समर्पण

इस लंबी कविता को जोन्स ने अपने ख़ून से लिखा था और समर्पित किया था अपनी दिवंगत पत्नी को। इसकी कैफियत स्वयं लेखक ने इस प्रकार दी है : ''मेरी इस कविता में घरेलू जीवन के बारे में कुछ भी नहीं है। पर चूँकि घर हमारे सारे कार्यों का मूल स्रोत है, एक ऐसा आधार है, जिस पर हमारी शक्ति या दुर्बलता निर्भर करती है, और चूँकि यह हमारे पार्थिव जीवन के मार्ग का निर्णय करता है, मैं इन पृष्ठों को सबसे सच्ची और अच्छी महिला को भेंट करता हूँ। 'नई दुनिया' को मैंने 1848-49 के बीच, जबकि मुझे दो वर्ष तक कालकोठरी में कैद रखा गया, अपने ही ख़ून से प्रार्थना-पुस्तक (शायद बाइबिल) के फाड़े हुए पन्नों पर सींक से लिखा, क्योंकि लिखने-पढ़ने का सामान मुझे नहीं दिया गया था। इस समय जबकि चारों ओर हैजे का प्रबल प्रकोप था, मुझे यह भी नहीं जानने दिया गया कि मेरे स्त्री-बच्चे कैसे हैं? वे जिंदा भी हैं या नहीं? मुझे उनसे मिलने की भी इजाजत नहीं थी और एक वर्ष में मुझे अपनी स्त्री के केवल चार पत्र पाने की इजाजत थी। बिना मेरी जानकारी या अनुमति के मेरी पत्नी ने बड़े साहस के साथ इन सब यातनाओं को सहा, संघर्ष किया और पूरी लगन के साथ मेरे प्रति होने वाले दुर्व्यवहार में रियायतें कराने की चेष्टाएँ कीं। पर उसके सारे प्रयत्नों का जवाब था—निरी-उपेक्षा, निर्मम उद्दंडता और जानबूझकर की जानेवाली अभद्रता। इनके परिणामस्वरूप उसे जो आघात लगे, उनसे गत अप्रैल में वह चल बसी। अतः विशेष रूप से मैं जेल का अपना यह गीत उसे समर्पित कर रहा हूँ। यह मेरे हृदय का उद्गार है और उसकी मृत्यु के बाद मेरा पहला प्रकाशन। अतः इसी को मैं अपनी तुच्छ श्रद्धांजलि के रूप में उसकी स्मृति में अर्पित कर रहा हूँ...मैं उसकी कब्र पर संगमरमर का कोई स्मारक नहीं बनवा सकता। इसलिए सिर्फ़ यही दे रहा हूँ।''

साम्राज्यवाद का प्रबल विरोधी

उपर्युक्त पंक्तियों में जो मर्म-वेदना है, उसे शायद ब्रिटिश साम्राज्यवाद के प्रचारक-दलाल शोषक, आततायी और वे बेईमान पढ़े-लिखे लोग न समझ सकें जिन्होंने ब्रिटिश पार्लियामेंट को जनतांत्रिक शासन की जननी और ब्रिटिश राजतंत्र को उदार शासन की झूठी संज्ञाएँ देकर जनसाधारण को धोखा दिया है। जोन्स को दी गई यंत्रणाएँ, उसके स्त्री-बच्चों के साथ हुआ दुर्व्यवहार उस बर्बर आततायीपन की नंगी तस्वीर सामने रख देते हैं, जिसके शिकार स्वयं अंग्रेज़ तो शायद सौ-पचास हुए होंगे, पर भारतीय, एशियाई, अफ्रीकी, आयरिश आदि सब मिलाकर करोड़ों की संख्या में हैं। आज भी अफ्रीका, मध्य

पूर्व, साईप्रस और मस्कट आदि में ब्रिटिश साम्राज्य के इसी आततायी चेहरे को सुस्पष्ट देखा जा सकता है। इसे विस्मय कहिए या संयोग या आकस्मिकता कि आज से सौ से भी अधिक साल पहले जोन्स ने इस विश्व-संहारी साम्राज्यवाद की दुरभि-संधि के ख़िलाफ़ गला फाड़कर आवाज उठाई और फलस्वरूप जेल की वे यंत्रणाएँ सहीं, जिनकी केवल इटली की फासिस्ट, जर्मनी की नात्सी और स्टालिन युग की कम्युनिस्ट जेलों से ही तुलना की जा सकती है। जोन्स ने 1857 के भारतीय स्वाधीनता-संग्राम को उचित ही नहीं, अनिवार्य तथ्य भी बतलाया। इसके समर्थन में उसने लंदन की न जाने कितनी सभाओं में भाषण दिए, जबकि उसके शरीर पर कमीज़ तक न थी। जेनी मार्क्स ने लंदन के सेंट-जार्ज हाल में हुई एक मीटिंग का जिक्र करते हुए कहा है कि उसमें हिंदोस्तान की आजादी के लिए हर्षध्वनि करने वाला जोन्स मानो हर हिंदुस्तानी को कोसुथ (हंगरी की स्वाधीनता का एक सिपाही) बनाने पर तुला हुआ है।

जोन्स का व्यक्तित्व

हॉर्न के शब्दों में जोन्स यद्यपि अपने देश (इंग्लैंड) और मानवता का बहुत बड़ा शुभैषी था, पर अंग्रेज़ी साहित्य की किसी भी उल्लेखनीय परिचयमाला या चरित्रमाला में जोन्स का कहीं जिक्र नहीं है। यहाँ तक कि सन् सत्तावन के भारतीय स्वाधीनता संग्राम का अंग्रेज़ी साहित्य के इतिहास में उल्लेख तक नहीं मिलता। जोन्स द्वारा अपनी उल्लिखित कविता और सार्वजनिक सभाओं में दिए गए भाषणों ने उसे बड़ा व्यापक और बहुचर्चित व्यक्ति बना दिया था। जोन्स ने 'दि बैटल डे' और 'दि एम्परर विजिल' नाम से दो अन्य पुस्तकें भी लिखीं जिनकी बड़ी चर्चा हुई। यद्यपि जोन्स का एंगेल्स और मार्क्स से परिचय था, पर वह उनसे पूर्णतया सहमत न था। उसने चार्टिस्ट आंदोलन का नेतृत्व उस समय सँभाला जबकि वह प्रायः मुरझा रहा था। उसका जन्म बर्लिन में 26 जनवरी 1819 को और मृत्यु चेस्टर में 26 जनवरी 1869 को हुई।

भारत के स्वाधीनता संघर्ष पर लिखी गई उसकी पूरी कविता डिमाई साइज के 44 पृष्ठों की है। इसका काफी हिस्सा ब्रिटेन के उस मध्यवर्ग से संबंध रखता है जिसके सदस्य ब्रिटिश साम्राज्य के लूट और अपहरण के अभियानों में अपने प्राणों की बलि देते हैं। फिलहाल उस भाग को छोड़कर सिर्फ़ भारत संबंधी अंश का ही स्वतंत्र भाषांतर यहाँ दिया जा रहा है। मूल प्रति कोशिश करने पर भी नहीं मिल पाई। संभव हुआ तो कभी फिर इसका संपूर्ण अनुवाद भी देने की कोशिश करूँगा। आज भी मेरे पास इसे मूल से मिलाकर जाँचने की सुविधा नहीं है।

यह अनुवाद बहुत संतोषजनक नहीं है। भाषा और कविता की दृष्टि से तो बिल्कुल नहीं। वस्तुतः सन् 1957 में पहले स्वतंत्रता-संग्राम की शताब्दी वर्षगाँठ पर यह अनुवाद विशेष रूप से 'नया समाज' (कलकत्ता) में पहली बार प्रकाशित हुआ था। वह कच्चापन अभी भी इसमें मिलेगा।

मुक्त हुआ हिन्दोस्ताँ आख़िर

एक

अब तक पश्चिम के कूच नगाड़े बजे नहीं थे,
सारी धरती की दृष्टि लगी थी हिंदोस्ताँ पर।
बादल-दल घुमड़े आते थे,
तह पर तह जाने कब से,
घाटी-घाटी में
मैदानों में उमस भरी थी।
अंग्रेज़ों के पाँवों की धरती ज्वालामुखी-सी धधक उठी थी।
दूर हिमालय की चोटी पर महा-भयंकर
रह-रह कौंधा लपक रहा था युद्धदूत-सा।
सरहद पर चलने वाली वह अलस लड़ाई
अब गहरा आई थी।
उत्तर का आकाश नहूसत में लिपटा था।
पहला दल हारा, कुमुक बढ़ी
पर शंकास्पद सौभाग्य हमेशा चंचल कर देता है मन को
लो, सहसा उठ आया वह दक्षिण जगकर,
नई चाहिए फौज दौड़कर उसे दबाने।
लेकिन नष्ट-भ्रष्ट फौजों को अब भी
अफगानी तलवारों की ही याद बनी है।
होंठ चबाते देख रहे हैं जनरल गुमसुम,
उनकी मुट्ठी-भर फौजें चुकती जाती हैं।
एक-एक कर
पर देसी सेना को मोर्चों पर लाने की
हिम्मत नहीं किसी को भी बिल्कुल पड़ती है।
उधर सदा खतरे के क्षण में
कायर-संधि-नीति से
'कौंसिल' सैन्य-शिविर की घबराहट दूनी करती है।
डरते हैं यह राष्ट्र मुक्त हो पूछ न बैठे,
कहीं कड़ककर
"आप वहाँ से क्यों आए हैं?
यहाँ बैठकर क्या करते हैं?"
डरते हैं वे खोज न डालें अपना उत्तर

स्वयं उतरकर रक्त-सिंधु की गहराई में...
"कुछ का घर भरने को हमने लाखों को मारा है।"
अंतिम आशा यही, निहोरे भर आँखों में
ताक रहे हैं बार-बार इंग्लैंड दिशा को
अपनी लगातार चीख़ों से हिला रहे संसद का आसन।
इधर बालकों की बलि पर पलने वाला 'मौलोख' देवता
खूब ठूँस-ठूँसकर पेट भरे हैं,
फिर भी माँगे जाता है :
"भूख लगी है
बेड़े लाओ, फौजें लाओ"
आदत से मजबूर
निहायत बेशर्मी से
नए तर्क गढ़ता जाता है,
ठहराता है उचित दमन को बार-बार ले नाम धर्म का।
"कितना बड़ा स्वार्थ यह होगा", वह रोता है :
"उनके सारे हित, सारी कर्तव्यपरायणता,
सबकुछ क्या हम भूल जाएँगे?
कैसी विकट उपेक्षा, अहसानफरामोशी है
उनको मरता हुआ छोड़ना जो अपने हैं,
आज पड़े हैं बर्बर आदिम दूर कहीं पर
अँधियारी रातों में, शासनहीन देश में।
जहाँ पुण्य इंजील अभी तक
हल्की-धुँधली किरण नहीं पहुँचा पायी है।
भारत-विजय स्वप्न से पीड़ित जब-जब बनी योजना तब-तब
मुँह की खाकर तुमने ही तो ज़ोर दिया था।
हम तो उनको सभ्य बनाकर
उन्नत करके मुक्ति पा रहे स्वयं सभ्यता के ऋण से
तब इसके जवाब में
उन होंठों पर
हल्की सी मुस्कान लहककर मुखर हो उठी
(अविश्वास की)
तुमने भी हर जंगी-जहाज पर
धर्म-पुरोहित भिजवाए थे।
अपनी हर निर्दयता, हर हत्या के घृणित कृत्य को

इस शेखी पर वार दिया था :
"देखो, हम सच्चाई को, महाधर्म को,
कैसे फैलाते हैं बाइबिल द्वारा
अब तो मौक़ा मत दो सारी धरती तुम पर थूके।
जब सोने के ढेर लगे थे,
अंधाधुंध मुनाफे के मालिक थे।
तुमने कभी नहीं कहीं तोला था, ख़ून बहा जो, इसे जुटाने!
लेकिन अब जब सारा हिस्सा,
खर्चा ही खाए जाता है : तो तुमने
'सत्य' 'कला' 'आस्था' सबकुछ को
दिया झोंक इस तरह भाड़ में!
मत सोचो झंडा बेइज्जत होता है,
मत सोचो जनता लुटती है,
पर देखो,
आख़िर ये गिरजे किसके जलते हैं?
किसका है भगवान, न जिसको गिनता कोई?
मत सोचो
प्रतिशोध
तुम्हें लेना है अपनी खेत रही फौजों का
लेकिन दौड़ो
कम से कम जीवित लोगों की
हत्यारों के जबड़ों से रक्षा तो कर लो।
उन प्राणों की भी सोचो
जिनकी रक्षा का भार तुम्हारे सिर है।
सोचो, कितना भीषण नरक खड़ा उनके आगे है।
वह बेचारी सती अभागी
शर्मनाक व्यापार आल्मेह का,
परम पूज्य 'हैबर' की पावन छाया सी वह।

दो

गड़-गड़
ताली गूँज उठी सीमेन्ट हाल में,
मिला समर्थन,
अकसर ही सीनेटी निर्णय कानों पर चलते हैं।

यहाँ हो रही हैं ये बहसें–
उधर उनींदे हिंदोस्ताँ का,
भाग्य बनाने उठता है मानव
हिम्मत कर निपटारा करने...
छिटपुट बिखरी हुई लड़ाई रूप बदलती,
नभ से सब नक्षत्र बताते हैं अंतिम यह तूफाँ,
चौकस होकर चौकन्ना इंग्लैंड जमा कर रहा ताकत सारी,
अपनी सबसे बड़ी फौज की सफें सजाईं।
दाँव आख़िरी
हुई किले-बंदी नगरों की,
मानो खुद महसूस किया हम कितने दुर्बल,
शत्रु हमारा कैसा दुर्दम बलशाली है।
यह तैयारी
साजबाज
यह रंग
दिखावा
बतलाता है साफ
विजय की उम्मीदें बस आधी ही हैं।
कितनी जोखिम का यह काम उठाया
इस भय से थर-थर कंपित
बूढ़ा दैत्य उठा डगमग कदमों से।
लगा दिया था चूँकि सभी कुछ एक दाँव पर,
अतः एक कौड़ी भी हाथ न लग पायी–
यों किस्मत का वह सुंदर क्षण
रह गया अछूता।
लेकिन चढ़ते नक्षत्रों वाले हिंदू-योद्धा ने,
सबकुछ होम दिया इस समर-यज्ञ में।
अगर भाग्य धोखा दे,
या निकले मैदान हाथ से,
नदी, पहाड़ों, जंगल के अंचल तो हैं ही।
अगर हरावल दस्ते को
संगीन ब्रिटिश की कहीं तोड़ दे,
तो उस फौलादी तट पर नई-नई लहरें धावा बोलेंगी।
स्वयं किया महसूस ब्रिटेन ने,

संकट का यह पहला स्वासोच्छ्वास,
भयानक, दुर्दम कितना!
उसकी किस्मत को
और विजय को बोझ दे कहीं न खुद को।
धन का दंभ
वंश का गौरव ही अब तक पुजता आया था।
अब खतरे से दबकर
उन्हें विवश हो,
पीछे हटकर कान दबाकर
जगह छोड़नी पड़ी शक्ति को, कौशल को।
घर की फिक्रों से सरकारी सेनाओं का बल चूर-चूर था
चुना गया अनुभवी सिपाही नेता पद पर।
लेकिन जब कौंसिल खुद आमंत्रित करे पराजय,
एक सुदृढ़ तत्काल फैसला ही लज्जा रखता है।
नेता की छाती पर उपाधि के लगे न फीते
डिग्री की भी पूँछ नहीं थी,
रिरियाते-घिघियाते वैभव के आगे
वह उजड्ड, जाहिल लगता था।
उठा
मगर दृढ़ निश्चय लेकर
अविचल गति से।
वैसे जब-जब संकट के बादल गहराए,
उसका परामर्श सबसे सच्चा था,
रण में सबसे निडर जुझारू,
लेकिन चार्नक के बेटे की कुत्सित शेखी,
हर पल उसकी बूढ़ी पत्थर-सी निष्ठा पर
परम घृणा से हँसती रहती
दरबारी उखाड़-पछाड़ के माहिर वे कालीनी-जनरल,
हँसी उड़ाते थे
प्यादे के पद से सेनापति बनने वाले, इस नेता पर
कई बार आजमाए हुए खड्ग-सा,
मौक़ा आने पर गलने-सड़ने को
डाल दिया कोने में लापरवाही से...
सिर्फ़ खोखले पद की गरिमा के भ्रम में

उसने मारे मैदान,
मगर यश ले गए दूसरे
जो ख़ून-पसीना, देकर अनथक श्रम करते हैं,
लेकिन दाने-दाने को जिनको तरसाया जाता,
उन पर अत्याचारों के लिए
इस निरीह का
सारा श्रम झोंका जाता था।
इन्हीं फिसलती आशाओं को,
भरमाती उम्मीदों को,
बुझती-जलती प्यार-घृणा को देख-देखकर ही,
वह बेचारा अब तक जीता आया था,
लेकिन फिर भी हँसते-हँसते,
मार समय की सहते-सहते
चिंताओं, फिक्रों के पाले में अनबुझ,
साठ साल का अंधड़ अब उसकी भौंहों पर रुका हुआ था।
झुर्री गालों पर छोड़ गया था।
जर्जर जीर्ण-शीर्ण ऊपर से
लेकिन भीतर से फौलादी गढ़-सा।
पड़ी उपेक्षा और ग़रीबी की काली-म्यानों में,
उस विश्वासी खड्ग को अब वे बाहर लाए।

लेकिन जिनके दिल को
आग मुक्ति की भड़काती रहती हो लड़ने
उस महान-शक्ति से लड़ना इसे नहीं था!
इन सत्यानाशी युद्धों के बदले
इन्हें मिला क्या?
इन्हें बचा क्या?
क्यों अपने प्राणों को झोंकें इन दाँवों पर
वे जीतें साम्राज्य,
मगर चप्पा-भर भी धरती उन्हें न मिलती।
अपने वीर-रक्त से
सींचा जिस मिट्टी को,
विजय प्राप्त की, जहाँ खड़े हो,
उस मिट्टी को भी क्या वे अपनी तक कह पाए?

सोचो,
वे भी देशभक्ति का नाटक करते,
चार पेन्स प्रतिदिन पाकर ख़ून बहाते,
भूखों मरते, हत्या करते,
जब जीवन का यंत्र किसी मतलब का न रह सके,
तो फेंको सड़ने दो,
कौन फिक्र ऐसे कूड़े की।
या वर्षों के दुःखों के, तकलीफ़ों के,
टूटे-फूटे अंगों के बदले वे पाएँ उससे भी कम
जो आपकी वर्दीधारी चपरासियों की जमात पाती है।
लेकिन वे ही आगे बढ़कर लड़ें,
दूसरों की दुरभिसंधियाँ, दुष्ट योजनाएँ पूरी करने।
मगर उन्हें खुद वंचित रखा जाए मूल नागरिक अधिकारों से?
तुम तो लूटो ऐश
हरम में, रंगमहल में,
वे पाएँ संतोष ठसाठस बैरक में, कमरों में,
अपनी उन फूलों की सुहाग-सेजों पर?
उन्हें बताया जाए कि योग्यता
क्षमता-नैतिक दृढ़ता
निश्चय ही उनकी कसी-कसाई
जबकि अफसरों की,
पंचों की टोली
बिकी चली जाती हो आँखों के आगे।
बड़े-बड़े अनुभवियों की छाती पर आकर
किसी बड़े साहब का दुधमुँहा छोकरा,
सबसे उच्चस्थल पर सीधा जम जाता है।
वे झूठे गजटों को पढ़ें
कि जिनमें नेताओं के कामों के डंके बजते हों,
लेकिन एक पंक्ति भी न हो इन सैनिक नामों की!
देखो तो अंधेर
लॉर्ड का लॉर्ड फैसला कर सकता है
लेकिन प्यादे सैनिक का भाग्य विधाता अफसर ही है।
हथियारों में उम्र झोंक दो, फिर भी कोई बात न पूछे।
वे पाएँ पट्टी उन्नति की

तुम केवल झब्बे पाओगे।
हर टुटपुँजिया सरदार लदा हो सम्मानों से,
तुमको वे कोड़े हैं, चोरों को भी न मिलें जो।
वे दागीले दास
दर-दर भीख माँगते,
परिवारों को छोड़ें भूखों मरते
खुद चलते जाएँ कब्रों का परिवार बढ़ाने,
चढ़ दौड़ें
मारें-काटें वे उन लोगों को
जिनसे उनको कभी शिकायत रही नहीं हो
जिन्हें न प्रभु ने जन्म
दिया था शत्रु बनाकर
ये सब बातें हैं जो मथती रहती थीं
उनके भी मन को।
मगर अनमने वार किया करते बेचारे,
औ' वे जनरल, अपने तंबू में मस्ताने वाले,
जोड़-तोड़ करते हैं अब भी ठेकों की
सट्टों की
हुंडी, सौदों की।
उनमें कुछ है अलग
स्वार्थ से विवश फौज में आए हैं जो,
कुछ दुश्मन की कठपुतली बनकर रहते हैं...
(वह चोरों की जाति जानती कब क्या करना है?
युद्ध जीतने से पहले ही सौदे पक्के कर लेती है)
वे मन ही मन कुढ़ते हैं
सबकुछ पाने को जो तलवारों से ही मिल सकता है
अड़ जाते हैं, समझौते करने
मैदान छोड़ते, बहसें करते, धोखा देते,
संसद की भेजी फौजों को यहाँ-वहाँ भटकाने पर तुले हुए हैं।
यद्यपि उन बेचारों ने बता दिया है साफ
कहाँ से, कैसे होगी शांति
जहाँ एक का लक्ष्य मुक्ति हो
दूसरे का हो दास बनाना?
बेचारा कप्तान चाहता है अपनी बातें समझाना

उस दंभी सदस्य-परिषद को
जिसमें वाक्शूर रहनुमा भरे हैं।
उसने बारंबार कहा है :
"विजय हमेशा बेहतर है, पीछे हटने से
लेकिन ईश्वर उनकी बुद्धि छीन लेता है
जिन्हें मारता है।"
ये सारी बेजान बहस
चुप हो जाती है, भय के लंबे खिंचते-खिंचते क्षण में
"तो फिर भारत गया।"
खींचकर लंबी साँस, झुका लेता सिर आख़िर वृद्ध सिपाही
दोस्तों से ठुकराया अविजेय
दुश्मन द्वारा दिया
भाग्य का अंतिम पल भी गया...

तीन

बाजे बजने लगे लौट चलने के
कायरों के दल पीछे हटने लगे।
पलायन करती इन फौजों पर
भारत ने हल्ला बोल दिया तब आगे बढ़कर
सीमाएँ सिमटीं
हो सकता है, इसका कारण शक्ति न होकर
घबराहट हो
लेकिन औरों को मिल गया उदाहरण
कैसी भीषण थी वह प्रलय
दल के दल जागे सैन्य सिपाही
पर्वत से गिरते बरसाती नालों जैसी
दुर्दमनीय शक्ति से
टूट पड़े जनता के अधिकारों को लेने,
आख़िर भूलो मत
वह पितृभूमि उनकी ही तो है
कौड़ी के अंग्रेज़ भिखारी, लंपट 'पीयर' जज वे झूठे
आकर बन बैठे नवाब
जो रखकर भागे पाँव सिरों पर
वे जुआघरों के शेर

रौब टकहे बनियों का
कब तक टिक पाता, जब,
देश भड़क उठा हो सारा मुक्ति अग्नि से?
आख़िर पीछे हटती गई फौज फिर
बिना एक भी युद्ध किए ही सबकुछ खोकर—खासकर हथियारों को
लेकिन सबसे बढ़कर छोड़ा उस आयुध को
और वही है, तत्त्व असल में समर-विजय का
यानी आग सिपाही के दिल की, साहस की बुझ गई एकदम
तब हारी हुई फौज पर, बँधे हाथ सेनानायक पर,
अब तक का रुका हुआ संघर्ष भयंकर आ पहुँचा था।
पर्वतमालाओं से घिरे हुए उस धर्म-क्षेत्र में,
कौरव-पांडव तब भिड़े,
एक ओर थी अबुझ लालसा, विकट हौसले,
और सामने सुप्त-सिंह का चिढ़कर बरपा किया कहर था।
उस निर्णायक धरती के पर्वत, अमर-पहरुए से लगते थे,
गरज रही थी, गूँज रही थी जिनकी छाती
अंतर के फुँकते गुस्से में।
उन ख़ूनी खुशियों भरे नजारों का वर्णन बस क्या हो!
उधर पाशवी शक्ति सीखती विज्ञानों से महानाश है
इतना काफी है, वे लड़े, हथेली पर जानें रख-रखकर लड़े,
इधर स्वतंत्रता थी जनता की, उधर प्रश्न था फौजी यश का।
अंग्रेज़ी हर्षोन्माद ने मृत्यु-देवी का भवन भर दिया।
कितनी झूठी शान, विज्ञान-दंभ कितना घातक है।
ईश्वर, आशा, इतिहास-पक्ष में हिंदू के हैं।
इधर फौज थी उनकी, जिनका अविचल साहस,
ग़लत लक्ष्य की ओर लगा था,
उधर राष्ट्र था, वर्षों की अपनी भूलों से जर्जर, आहत।
बगूलों के बादल से ढँकी, ख़ून की वर्षा जब कुछ थमी,
तोप के गोले कुछ कम हुए,
मगर आतंक बीच में चीख़-चीख़ उठता था रह-रह।
नील धुएँ के बारूदी पर्दे से तब झाँक उठी झिलमिल करती
बहुत उदासी की मुस्कानों में छाया टीपू की।
अपने भुतहे हाथों में चिथड़े लिए ध्वजा के

जब उसके युद्धों ने ब्रिटिश निशान झुका डाला था
कब्रों से उठकर युद्ध-क्षेत्र के आर-पार छाया के सिंहासन पर,
दीखा बैठा औरंगजेब।
हर हिंदू के मन में अंगारों-सी धधक रही थीं स्मृतियाँ
उन राजाओं की,
जिनकी छायाएँ अपने छिने हुए राज्यों पर मँडराया करती थीं।
जब तक जैसे-तैसे निर्वाह किया,
पर यहाँ हो गया ध्येय खत्म अब नेता का?
अफसोस, बची थी अब केवल यह राह एक,
मर्दों-से लड़कर मर जाओ या भागो कायर-से छिपकर।
काम आ गया हँसते-हँसते वो श्वेत-केश जनरल वीरों-सा।
लेकिन उसकी एक पराजय में कितनी विजयों के गीत छिपे थे
यह भूल गया इतिहास-पुरुष, कैसी क्रूर छलना है।
हिंदू के हाथों अपनी काली करतूतों के
पन्नों की असमाप्त कथा का अंतिम तर्पण करवाने,
भागे जाते थे जहाँ-तहाँ अंग्रेज़ी शासन के बदनाम चोर।
छोड़ लूट का माल पड़ा, भागे जाते थे अंधे ठग,
पापों की गठरी की (यानी खुद की) जैसे भी हो जान बचाओ।
ख़ूनी मैमन के दो जुड़वाँ केवल बचे रह गए
पादरी और वकील
अपने स्वर्णिम पापों को छाती से बाँधे-बाँधे
जब अंतर की आग विष-बुझी प्रतिहिंसा से उफन-उफनकर
बढ़कर अपना दाय माँगती,
तब जज ही अपराधी बनकर आता है।
वे कानूनी-जाल अकड़ की रक्षा में ओछे पड़ते हैं।
वे सारे कानून झूठ हैं, जो ग़रीब का गला काट दें।
लेकिन अत्याचारों के अंतिम निर्णय के दिन,
जिस दिन जयदेवी हँसती है,
दुष्ट दमन के कोई तर्क, दलीलें, रिरियाहट, चिल्लाना,
उस अविचल निर्णय को तिलभर हिला न पाते।
सच है, पीड़ा भोगते गुलाम ने ही उकसाया है क्रूर घृणा को,
माँगीं भीखें दया, रहम की, होनी का भी दिया हवाला,
और आज वह वक्त आ गया
राष्ट्र तानकर सीना कह दे—"अब न चलेगा।"

धन का भारी बोझ लदा है सीने पर, भागने न दे रहा,
उधर तुम्हारा बिशप रो रहा काफिर के कदमों में सिर रख।
बदले में अनगिनत सुखों के सारे स्वर्ग दिए देता है।
बहुत ठीक है बिशप, मगर अब यह भी बोलो,
इस दुनिया में इतने अभिशापित हम क्यों हैं?
तब वास्ता देता है झुकते हुए छुरे को
ईसा के कहने का—'प्राणी सब भाई-भाई हैं'
बहुत ठीक है बिशप, मगर मेरे भाई के प्राण कहाँ हैं,
यह भी बोलो?
और एक ही बार चीख़कर चक्कर खाकर,
बिशप गिर पड़ा धूल चाटता
यों ही यह प्रतिशोध भयानक बढ़ता है, आगे, फिर आगे।
भटकी-बिछुड़ी हुई टुकड़ियाँ
दुश्मन से मुँह हिला-हिलाकर,
(अब न शक्ति लोहा लेने की)
आधी रातों में फुर्तीले कदम बढ़ाती चौकन्नी-सी
भीषण जंगल को भाग रही हैं,
आख़िर एक जगह सब मिलकर
पीछे हटती हैं—जगह खोजती।
एक बार फिर दुश्मन के हाथों बिकने पर
फूले-फूले फिरने वालों को नहीं,
बल्कि खतरे के क्षण में साहस से बढ़कर सीना ताने उठने वाले
नौजवान सरदारों को ले, वे चूर-चूर घायल फौजें,
अपने यश की रक्षा करने आख़िर उठकर खड़ी हो गईं।
यद्यपि उनकी ललक भरी आँखें, मानस के हारे सपने
नीलम सागर के पार लगे थे,
पर एक बार फिर उनकी आँखों ने, दुश्मन से, भिड़ने अपने
नामी झंडों को उठते देखा, बढ़ते देखा।
"सब्राओं" "अलीवाल" "औ" "म्यानी",
वे टूटे-फूटे घायल झंडे,
बारूदी मनहूसी के बीच खड़े, लगते थे मानो,
शाहंशाहत को घेरे प्रेत, विजय के खड़े हुए हैं।

चार

दिन ढल गया, कड़क तोपों की थमी,
शीघ्र फिर जग उठने को,
ढलते सूरज की छाया में जीत गया इंग्लैंड बहादुर।
सुबह बहुत तड़के तंबू से
नेता आया, उस पहाड़ की चट्टानी ऊबड़-युद्धभूमि में,
धरती दूर-दूर फैली थी, किसी शत्रु का नाम नहीं था,
शांत-स्तब्ध हवा में लेटे घाट अकेले ऊँघ रहे थे।
पास लगे सागर के तट पर बलशाली दृढ़ आज्ञाकारी,
पीछे ले जाने या नई कुमुक को ले आने को
बेड़ा अब तक आ पहुँचा था,
बिजली-सी जलकर कौंधी यह बात एकदम :
"फिर से होगा युद्ध, दाँव फिर एक लगेगा,
भटकी छितरी हर दिग्भ्रमित टुकड़ी पर हल्ला बोलो।"
"हम देखेंगे, आने दो," हटती फौजों की हर एक कयामत।
"आओ," पुलकित लहर ख़ुशी की चट्टानों से तट तक दौड़ी।
पर अफसोस, विकट उनकी हुंकारें
अपनी रक्षा करने तक रह गई गूँजकर,
पिछली संध्या की मुठभेड़ों की घिसटी-घिसटी
उठते यश-सी शिविर पताका,
अभी फूटती किरणों को केवल छू पाई थी
कि भयंकर काली छाया, गहरी निर्दय चुपचाप
हर हिंदुस्तानी पर्वत से जैसे टूट पड़ी आकर बेड़े पर।
केवल एक घड़ी, बूढ़ी अंग्रेज़ी शान-अखंडित अविजित दुर्दम
हिला चली रूमाल राजसी, विदा, अलविदा,
ईश्वर के वरदानी हाथों-सी हल्की समीर में।
सुबह हुआ, वह देश छोड़कर,
मोड़ दिया घर की राहों पर।
आहत सैनिक—वह दुख भरी कसक,
चल पड़े नील सागर पर।
झंडे ऊँचे उठे, पाल तन गए और फिर
मुक्त हुआ हिंदोस्ताँ आख़िर!

●●●